Susanne von Berg

DAS KAUFHAUS
Zeit der Wünsche

aufbau taschenbuch

Susanne von Berg ist das Pseudonym des Schriftstellers Andreas Schmidt, der mit seinen zahlreichen veröffentlichten Kriminalromanen deutschlandweit seit vielen Jahren eine große Stammleserschaft erreicht. Andreas Schmidt lebt und arbeitet als freier Autor und Journalist in seiner Heimatstadt Wuppertal.

Der erste Band seiner spannenden Kaufhaussaga »Das Kaufhaus – Zeit der Sehnsucht« liegt im Aufbau Taschenbuch vor.

Seit Flora und ihr Mann Leonhard einen zum Scheitern verurteilten Laden zu einem riesigen Erfolg gemacht haben, sind fünf Jahre vergangen, und die Geschäfte laufen besser denn je. Voller Elan planen die beiden eine Expansion und suchen nach einem Standort für eine weitere Filiale, wobei ihnen Leonhards Onkel behilflich ist. Doch innerhalb der Familie kriselt es, denn »Onkel Hertie« hatte auch Leonhards Bruder Hilfe angeboten – nur um das Startkapital für dessen Laden frühzeitig zurückzufordern. Voller Sorge um ihre Zukunft und die ihrer Kinder fragt Flora sich, worauf sie sich da eingelassen haben ...

Susanne von Berg

DAS KAUFHAUS

Zeit der Wünsche

ROMAN

 aufbau taschenbuch

MIX
Papier | Fördert
gute Waldnutzung
FSC® C083411

ISBN 978-3-7466-3913-0

Aufbau Taschenbuch ist eine Marke der Aufbau Verlage GmbH & Co. KG

2. Auflage 2023
© Aufbau Verlage GmbH & Co. KG, Berlin 2023
www.aufbau-verlage.de
10969 Berlin, Prinzenstraße 85
Der Verlag behält sich das Text- und Data-Mining nach § 44b UrhG vor, was
hiermit Dritten ohne Zustimmung des Verlages untersagt ist.
Umschlaggestaltung www.buerosued.de, München
unter Verwendung von Motiven von © Ildiko Neer / Arcangel und © mauritius
images / imageBROKER / Helmut Meyer zur Capellen
Satz LVD GmbH, Berlin
Druck und Binden CPI books GmbH, Leck, Germany

Printed in Germany

Kapitel 1

Oscar Tietz lag trotz der späten Stunde hellwach in seinem Bett und lauschte dem dumpfen Donnergrollen, das aus weiter Entfernung an seine Ohren drang. Ein greller Blitz hatte kurz zuvor die Dunkelheit für den Bruchteil einer Sekunde zerrissen.

Eins, zwei, drei, vier, zählte er. Obwohl er damit gerechnet hatte, zuckte er bei dem markerschütternden Donnerhall zusammen. Nun zog die Unwetterfront offenbar auf Gera zu, denn die Abstände zwischen Blitz und Donner verkürzten sich. Im nächsten Augenblick setzte der Regen ein. Bis eben war es noch eine laue Sommernacht gewesen, doch nun zog ein frischer Wind auf.

Oscar erhob sich aus seinem Bett und tappte barfuß zum offenen Schlafzimmerfenster, um es zu schließen. Die Dächer der umliegenden Häuser glänzten bereits nass. Immer wieder zuckten Blitze vom Himmel herab und tauchten die Stadt in ein bizarres Licht. Fröstelnd kroch er ins Bett zurück. Es lag nicht an dem Unwetter, dass er in dieser Nacht keinen Schlaf fand. Die Sorgen, die ihn plagten, machten ihm schwer zu schaffen. Dabei hätte er sich, wenn alles nach Plan verlaufen wäre, keine Gedanken mehr um seine Zukunft machen müssen.

Vor einiger Zeit war ihm, eher zufällig, ein Durchbruch gelungen. Er hatte beim Experimentieren ein Verfahren entwickelt, mit dem sich Spitze so preisgünstig herstellen ließ wie nie zuvor. Seitdem belieferte er Groß- und Einzelhändler im gesamten preußischen Reich mit Spitzenbändern, und auch der kleine Laden im Erdgeschoss des Hauses war tagsüber gut besucht. Dort kümmerte sich Oscars Cousine Rebecka, genannt Betty, um die Wünsche der zumeist weiblichen Kundschaft.

Seufzend fragte sich Oscar, wie lange der Laden wohl noch bestehen würde. Anfangs hatte ihm Onkel Hermann, begeistert von der Idee des findigen Neffen, das Geld für die Geschäftsgründung zur Verfügung gestellt. Zum Dank hatte Oscar das Geschäft sogar nach seinem Onkel benannt. Doch den anderen Verwandten, allen voran sein Onkel Chaskel, war es wohl sauer aufgestoßen, dass Hermann Tietz das Geld der Familie in eine so »windige Idee«, wie sie es nannten, investierte. Ihrer Forderung, Oscar solle das Geld zurückgeben, bevor es zu spät war, hatten sie immer wieder Ausdruck verliehen. Chaskel hatte seinen Bruder Hermann dazu gebracht, das Startkapital von Oscar zurückzuverlangen. Zwar konnte Oscar dem Onkel die tausend Mark auszahlen, doch seitdem war er nicht mehr in der Lage, die Rechnungen seiner Lieferanten zu begleichen. Seine ersten Geschäftspartner hatten bereits die Lieferungen eingestellt. Auch die Miete für das Wohn- und Geschäftshaus an der Straße Sorge 23 war rückständig, und es war zu befürchten, dass sie früher oder später auf der Straße stehen würden. Stöhnend drehte sich Oscar wieder auf den Rücken, um an die Decke zu starren, die längst einen neuen Anstrich nötig hatte.

Als er den Blick zum Fenster wandte, sah er, dass es draußen bereits langsam hell wurde. Er streckte sich, setzte sich auf und suchte mit den Füßen blind nach seinen Filzpantoffeln. Er schlüpfte hinein und machte sich auf den Weg in das kleine Bad. Auf dem Flur versuchte er, jedes unnötige Geräusch zu vermeiden, um Betty nicht zu wecken. Seine Cousine hatte ihren Schlaf nötig, denn sie schuftete tagein, tagaus bis zum Umfallen. Eine treue Seele war sie, die Ziehtochter von Onkel Hermann. Ein Lächeln schlich sich auf Oscars Lippen, als er an Bettys Zimmertür vorbeikam. Sie war ein hübsches Mädchen und gescheit obendrein. Oscar mochte sie sehr.

Im Bad angekommen, wusch er sich das Gesicht in der bereitstehenden Waschschüssel. Das kalte Wasser sorgte dafür, dass seine

Sinne klar wurden. Er fröstelte, als er sich die Wangen mit Rasierschaum einrieb, um die Schatten der Nacht mit der Rasierklinge zu vertreiben. Kritisch betrachtete er sein Antlitz in dem kleinen Spiegel, der über der Waschschüssel an der Wand hing. Dunkle Ringe lagen unter seinen Augen, untrügliche Anzeichen für die Sorgen, die ihn Tag und Nacht umtrieben. Es war zum Verrücktwerden. Seine Geschäftsidee war genial, der Laden lief, und dennoch steckte er in finanziellen Problemen. Immer wieder dachte er an den Tag, als sein Onkel das Geld zurückgefordert hatte. »Es tut mir leid, und ich hoffe, dich damit nicht in Bedrängnis gebracht zu haben, mein lieber Neffe«, klangen die Worte von Hermann Tietz in ihm nach. *Doch*, dachte Oscar verbittert, *du bringst mich damit an den Rand einer Pleite.*

Niemand verstand, warum der junge Kaufmann in letzter Zeit so wortkarg und geistesabwesend schien, wenn er sich im Laden blicken ließ. Das alltägliche Geschäft hatte er seiner Cousine Betty überlassen, sie kümmerte sich um die Wünsche der Damen, die im *Woll- und Weißwarengeschäft Tietz* alles erstehen konnten, um sich ihre Kleider selbst zu schneidern, während er sich um die kaufmännischen Dinge kümmerte. Die Arbeit im gemeinsamen Unternehmen stärkte ihren Zusammenhalt, und sie führte zu einer ungewöhnlichen Konstellation. So lebten sie seit der Geschäftsgründung in einer Wohnung, die sich im Haus neben dem kleinen Ladengeschäft befand. Auch Onkel Hertie hatte hier mit ihnen unter einem Dach gewohnt, doch jetzt war er fortgezogen, um sich eine neue Aufgabe zu suchen – und hatte sein Geld mitgenommen.

Händeringend suchte Oscar nach einer Lösung, um wieder liquide zu werden, doch wenn sich nichts tat, war es bald aus und vorbei mit seiner Geschäftsidee.

Seine Entdeckung, dass eine Baumwollstickerei auf Wolle bei einem Tauchbad in Salzsäure bestehen bleibt, während sich das Wollmaterial auflöst, war ein Segen für seine Umsätze gewesen. Die von der Wolle befreite Baumwollstickerei ließ sich hervorragend als Spitze verkaufen. Seitdem kaufte Oscar billige Wolle ein, um sie als Trägermaterial für seine Spitze zu verwenden. Das war um ein Vielfaches billiger als die originale, teure Brüsseler Spitze. Hermann Tietz war begeistert von der Idee seines Neffen gewesen und hatte ihm für die Geschäftsgründung spontan das Geld zur Verfügung gestellt. Doch jetzt war das Kapital futsch, und auch der Onkel hatte Gera auf Drängen seiner Brüder wieder verlassen. Nur Betty war Oscar noch geblieben.

In Momenten wie diesen war er froh, dass er keine Familie zu versorgen hatte. Obwohl mit sechsundzwanzig Jahren längst im heiratsfähigen Alter, war ihm die Frau, mit der er den Rest seines Lebens verbringen wollte, noch nicht begegnet. Oscar fühlte sich von einer ständigen inneren Unruhe umgetrieben.

»Guten Morgen, Oscar, hast du gut geschlafen?«

Erschrocken wirbelte er herum und schnitt sich prompt mit der Rasierklinge. Lautlos war Betty hinter ihm im Bad aufgetaucht. Mit einem Lächeln auf den Lippen stand sie lässig im Türrahmen. Erst, als sie bemerkte, dass sie ihm einen gehörigen Schrecken eingejagt hatte, verblasste ihr Lächeln.

»Oje«, rief sie. »Ich wollte dich nicht erschrecken, verzeih mir!«

»Schon gut, schon gut«, murmelte Oscar und angelte nach dem Tuch, das er sich neben dem Waschtisch bereitgelegt hatte. Die Wunde am Kinn brannte höllisch, doch er wollte nicht allzu wehleidig sein. »Meine Schuld«, bemerkte er und rang sich ein Lächeln ab. »Ich war in Gedanken, und …«

»Ich hätte anklopfen sollen«, entgegnete Betty und trat näher. Sie trug ein weißes, knöchellanges Nachthemd. Während Oscar stillschweigend betete, dass die Blutung am Kinn schnell nachließ, betrachtete er Betty. Sie war eine junge Frau von natürlicher Schönheit. Ihre Haut fand er ein wenig zu blass, dafür faszinierten ihn ihre hohen

Wangenknochen und die kleine Nase, die vollen Lippen und ihre wunderschönen smaragdgrünen Augen, in denen er hätte ertrinken können. Die langen roten Haare fielen in sanften Locken auf ihre Schultern und umrahmten ihr liebes Gesicht. Kurz verlor Oscar sich in ihrem Anblick.

Doch sie war seine Cousine. Auch wenn Betty nur die Stieftochter von Onkel Hermann war, der keine eigenen Kinder hatte und sich wohl deshalb so rührend um Betty und um seine Neffen kümmerte. Betty war die Tochter einer gewissen Rosa, von der Onkel Hertie nur selten erzählte. Rosa war offenbar eine von seinen Bekanntschaften im fernen Amerika gewesen, die an einer heimtückischen Lungenkrankheit gestorben war. So hatte Hermann sich ihrer jungen Tochter angenommen und sie mit nach Deutschland gebracht. Ein Seufzen kam über Oscars Lippen, als er an Onkel Hertie dachte. Schnell verdrängte er die beklemmenden Gedanken und erfreute sich wieder an Bettys Anwesenheit. Sie begann, ihn liebevoll zu umsorgen, nahm ihm das Tuch aus der Hand und tupfte die Schnittwunde ab, während er die Rasierklinge zusammenklappte und auf den Waschtisch legte.

»Das tut mir wirklich leid«, hörte er sie sagen.

»Du kannst ja nichts dafür, dass ich in Gedanken war«, erwiderte er mit einem sanften Lächeln, während er sich von ihr versorgen ließ. Er mochte sie sehr gut leiden, nein, er hatte sie gewissermaßen sogar lieb. Und dennoch … Die Leute würden sich die Mäuler über sie zerreißen, sobald bekannt wurde, dass sie … Er verbot sich, den Gedanken zu Ende zu führen, und nahm ihr das Tuch wieder aus der Hand. »Es hat schon aufgehört zu bluten.«

»Ein Glück.« Betty war sichtlich erleichtert.

Für einen Augenblick waren sich ihre Gesichter so nahe, dass sie die Welt um sich herum vergaßen. Erstaunt stellte Oscar fest, dass seine Cousine den Moment der innigen Vertrautheit ebenfalls zu genießen schien. Er war versucht, die Hand zu heben, um ihr schönes

Gesicht zu berühren, ihre zarte Haut zu streicheln, doch er hielt sich zurück und unterdrückte das Verlangen. Mit einem Seufzer trat er einen halben Schritt zurück.

»Ich werde uns einen Kaffee aufsetzen«, schlug Betty mit geröteten Wangen vor.

»Einverstanden.« Oscar holte ein paarmal tief Luft. Die Spannung des Augenblicks verblasste nur langsam. Er wusch sich den Rest des Rasierschaums ab und achtete darauf, die Wunde möglichst nicht zu berühren. Im Spiegel beobachtete er seine Cousine, die noch ein paar Sekunden dastand, um ihn zu betrachten, bevor sie sich abwandte und in Richtung Küche verschwand.

Kapitel 2

Sehnsüchtig blickte Flora Tietz auf die monoton tickende Wanduhr in ihrem Büro. Eine Stunde musste sie noch arbeiten, dann wollte Leonhard sie ausführen. Es war der Abend ihres fünften Hochzeitstages, und Leo war der Ansicht, dass dieser Tag entsprechend gewürdigt werden musste. Schon im Vorfeld hatte er sich um alles gekümmert. Nachdem er Magda, ihre Hausdame, gebeten hatte, heute etwas länger zu bleiben, um Heinrich und Alfred zu hüten, hatte er einen Tisch im Gasthaus Lindenhof reserviert, um seine Frau mit einem festlichen Essen zu verwöhnen.

Floras Herz schlug ein paar Takte schneller, wenn sie daran dachte, wie sehr sie ihren Mann immer noch liebte. Seit ihrer Eheschließung vor fünf Jahren war so unendlich viel passiert, und das Glück war stets auf ihrer Seite gewesen. Noch vor der Hochzeit hatten sie das kleine Weißwarengeschäft von Albert Holst übernommen, um es zu renovieren und mit einem neuen Konzept für die moderne Zeit wiederzueröffnen. Dabei waren ihnen Floras jüngster Bruder Sally und seine Verlobte Anna eine wertvolle Hilfe gewesen. Schon am Tag der Eröffnung war ihnen die Stralsunder Kundschaft zugetan. Schnell hatten sie mehr Personal einstellen müssen, doch auch das hatte nicht genügt, und bereits im Folgejahr hatte das junge Paar sich dazu entschlossen, ein größeres Ladenlokal in der Ossenreyer Straße anzumieten.

Es bot deutlich mehr Platz für eine ansprechende Warenpräsentation und verfügte über ein ausreichend großes Lager, um die Materialien bereitzuhalten. Doch auch hier wurde es in letzter Zeit immer enger. Das Kaufhaus Tietz hatte sich innerhalb des ersten Jahres einen

Namen machen können. Sogar Georg Wertheim beneidete Flora und Leonhard um ihren Erfolg. So lieferten sich die Konkurrenten Wertheim und Tietz schon seit der Eröffnung des Geschäfts ein Wettrennen, in dem es täglich um die Gunst der Kundschaft ging.

Flora und Leonhard Tietz waren inzwischen Eltern geworden, und ihre beiden Söhne Heinrich und Alfred Leonhard bereiteten ihnen viel Freude. Der Laden warf genug Umsatz ab, um sich ein Kindermädchen leisten zu können, das sich tagsüber um die Kinder kümmerte. Wobei, streng genommen war Magda viel mehr als nur ein Kindermädchen, denn sie ging Flora auch bei der täglichen Hausarbeit zur Hand.

Magda war ein zierliches Ding mit blasser Haut und hellblauen Augen. Die aschblonden Haare waren tagsüber von einer Haube bedeckt, ihre mädchenhafte Figur konnte man unter der weißen Schürze nur erahnen. Magda war ruhig, zuvorkommend und zurückhaltend, jedoch fand sie stets den rechten Ton, wenn es darum ging, Heinrich und Alfred zu bändigen. Darüber hinaus war sie eine begnadete Köchin und konnte backen wie keine andere. Dass sie ganz nebenbei die anfallenden Arbeiten in der Wohnung mit erledigte, war ein Segen für Flora, denn wenn sie spätabends heimkehrte, war sie oft zu erschöpft, um sich noch um die Wäsche oder ums Putzen der Wohnung zu kümmern. Leo sprach immer von der guten Seele, die er in Magda sah.

Bei aller Arbeit taten Flora und Leonhard ihr Bestes, auch die beiden Jungen nicht aus den Augen zu verlieren, und das war besonders für Flora sehr wichtig. Im nächsten Jahr wurde sie dreißig Jahre – die Zeit verging wie im Fluge, und sie wollte nicht immer nur mit Arbeit beschäftigt sein.

In den vergangenen Wochen war Leonhard mit ihrem Bruder Sally quer durch das Kaiserreich gereist, um die besten Materialien für ihr Geschäft einzukaufen. Gestern war die Lieferung eingetroffen. Jetzt platzte das Kontor im Keller des Hauses aus allen Nähten. Die fleißigen Kommis hielten das Lager stets auf Vordermann. Selbst jetzt, da sie wieder Unterstützung von Sally und Leonhard bekamen, gab es immer noch genug zu tun. Es galt, die frisch eingetroffene Lieferung zu kommissionieren, die Qualität zu überprüfen und einzulagern, bevor sie in die Regale des Ladens geräumt wurden.

Eine Zeit lang hatte Leonhards jüngerer Bruder Oscar sich bei ihnen als Kommis verdingt. Vieles konnte man Oscar vorwerfen, doch an Fleiß hatte es ihm nie gemangelt. So war er mit dreizehn Jahren von seinen Eltern zu Onkel Chaskel in die Lehre nach Prenzlau geschickt worden. Seine Lehrjahre waren alles andere als ein Zuckerschlecken gewesen. Er hatte unermüdlich und an sechs Tagen in der Woche im Lumpenlager seine Arbeit verrichtet, um nachts noch stundenlang mit anderen Kontorarbeitern über der Buchhaltung zu brüten. Doch Lehrjahre waren schließlich keine Herrenjahre, und bei seiner Arbeit war es Oscar immerhin gelungen, sich auch in Sachen Warenkunde zu bilden. Er lernte, die Materialien voneinander zu unterscheiden und sie angemessen zu bewerten. Nach der Lehrzeit hatte ihn sein Onkel vor die Tür gesetzt mit den Worten: »Jetzt sei ein guter Kommis, aber nicht bei uns.« Als Abschiedsgeschenk hatte der alte Chaskel ihm einen Hut und einen Stock gegeben und ihn weggeschickt, anstatt ihm eine feste Anstellung zu geben. So stand der junge Kaufmann erst einmal vor dem Nichts. Von dem Moment an war das Verhältnis zwischen Onkel und Neffen gestört gewesen.

Nachdem Oscar eine Zeit lang hier und da eine Anstellung gesucht hatte, war er in Stralsund aufgetaucht und hatte seinen Bruder um Arbeit gebeten. Leonhard hatte, gutmütig, wie er war, nicht lange gezögert und Oscar eine Chance gegeben. Flora hatte ihm dabei den Rücken gestärkt. Sie wusste, wie wichtig ihrem Mann der Zusammenhalt innerhalb der Familie war.

Da Oscar fleißig im Kontor gearbeitet hatte, war er schon bald als reisender Handelsvertreter eingesetzt worden. Den Vorschlag, Oscar könne Leonhard bei den Reisen vertreten, hatte Flora gemacht, damit ihr Mann mehr Zeit bei ihr in Stralsund verbringen konnte. In der Folgezeit hatte Oscar Kunden, aber auch Großhändler und Hersteller besucht. Dabei gehörte es zum Tagesgeschäft, dass die Konkurrenten versuchten, sich gegenseitig die besten Kunden abspenstig zu machen. Oscar hatte Kampfgeist bewiesen, als Georg Wertheim einen lukrativen Kunden in Ludwigslust hatte stehlen wollen. Nicht nur durch geschäftliches Kalkül motiviert, hatte Oscar dem alten Carl Meister versprochen, seiner äußerst attraktiven Tochter eine Anstellung als Ladenmädchen in Stralsund zu besorgen, wenn dieser sämtliche Geschäftsverbindungen zu Wertheim abbräche.

Zurück in Stralsund, hatte Oscar ihnen die junge Hannah Meister als seine enge persönliche Freundin vorgestellt. Somit hatten weder Leonhard noch Flora Bedenken, sie als Ladenmädchen einzustellen. Im Nachhinein hatte sich diese Entscheidung als Fehler herausgestellt, denn dass dem Weißwarengeschäft Tietz aus dieser an Bestechung grenzenden Abmachung ein bedeutender Vorteil entstand, erzürnte Georg Wertheim, als dieser von dem fragwürdigen Geschäft erfuhr. Es hatte einen mittelprächtigen Skandal gegeben, der Leonhard dazu gezwungen hatte, seinen Bruder zu entlassen, um den Ruf des noch jungen Geschäfts nicht über Gebühr zu strapazieren.

Jetzt lebte Oscar unter einem Dach mit seinem Onkel Hermann und seiner Cousine Betty in Gera, wo sie zu dritt ein Weißwarengeschäft mit Schwerpunkt auf Spitze gegründet hatten.

Flora hatte Oscars Weggang bedauert, denn während seiner Anstellung bei ihnen hatte Leo weniger reisen müssen und mehr Zeit mit ihr und den Kindern verbringen können. Sie würde sich wohl nie ganz daran gewöhnen, dass Leonhard wieder so oft auf Reisen war und sie die Geschicke des Ladens allein lenken musste.

Seufzend legte Flora den Stift zur Seite und betrachtete ihre Notizen. Die Männer befanden sich unten im Kontor, um die frisch eingetroffenen Stoffe zu kommissionieren und für den Verkauf vorzubereiten. Leo war auch im fünften Jahr nach der Geschäftsgründung voller Tatendrang. Er freute sich über die tatkräftige Unterstützung von Floras Bruder Sally, der in der Familie Baumann wegen seiner Abenteuerlust als schwarzes Schaf galt, und seiner Verlobten Anna, die als Ladenmädchen arbeitete. Die beiden hatten sich während der Sommerfrische auf der Insel Rügen kennen- und lieben gelernt. Anna und Leonhard war es gemeinsam gelungen, aus dem abenteuerlustigen Wildfang einen erwachsenen Mann zu machen, der bereit war, Verantwortung zu tragen, und der ein vorbildliches Pflichtgefühl an den Tag legte. Umso verwunderlicher erschien Flora der Umstand, dass Sally sich bisher nicht getraut hatte, Annas Vater Johann Abel um die Hand seiner Tochter zu bitten. So lebten die beiden in wilder Ehe zusammen, eine Tatsache, die in der Gesellschaft des Öfteren auf Ablehnung stieß. Doch für Sally und Anna war das Leben, so wie es war, goldrichtig.

Das Gleiche konnte Flora von dem Leben mit ihrer Jugendliebe behaupten. An Leonhards Seite hatte sie schon als junges Mädchen die beschauliche Provinz Birnbaum, in der sie aufgewachsen waren, verlassen, um in Stralsund ein neues Leben zu beginnen. Leo war wortgewandt und schlau, er war wissensdurstig, und er liebte Musik und Tanz. Dass er sich in der jüngsten Vergangenheit nicht nur als guter Ehemann, sondern auch als fürsorglicher und liebevoller Vater erwiesen hatte, machte Floras Glück vollkommen. Sie freute sich schon sehr auf ihr Rendezvous heute Abend. Anna hatte ihr versprochen, die Kasse abzurechnen, so dass Flora den Laden pünktlich verlassen konnte.

Ein leises Klopfen an der angelehnten Bürotür riss Flora aus ihren Gedanken. Sie richtete sich auf, rief »Herein!«, und glättete den Stoff ihres himmelblauen Kleids.

Es war Anna, die den Kopf zögerlich durch den Türspalt steckte. »Ich stör ja nur ungern, aber im Laden ist Besuch für dich.«

»Für mich?« Während Flora sich erhob, überlegte sie verwundert, wer sie hier im Geschäft besuchen wollte. Als einzige Möglichkeit kam ihr ihre beste Freundin Paula in den Sinn. Paula war die Tochter der berühmten Malerin Antonie Biel, die zwischen Berlin und Stralsund pendelte, um ihre Ausstellungen zu begleiten.

»Ein Herr«, erklärte Anna zu Floras Überraschung. »Er hat explizit nach dir gefragt.«

Flora folgte Anna durch den Korridor in Richtung Ladenlokal. Von hier aus hörte sie die Männer unten im Kontor miteinander reden. Der Duft von Farbe und Stoffen drang durch die offen stehende Kellertür nach oben.

An dem Vorhang, der den Laden vom hinteren Teil des Geschäfts trennte, blieb Flora kurz stehen, um sich zu sammeln. Dann schob sie den samtenen Vorhang zur Seite und trat ins Geschäft. Tatsächlich stand dort ein Mann, der ihr gerade den Rücken zukehrte, um die Auslagen des großen Schaufensters in Augenschein zu nehmen. Er trug einen dunklen Anzug mit langem Gehrock und hielt den Zylinder an der breiten Krempe hinter dem Rücken. Sein Haar war grau und akkurat geschnitten. Den Gehstock mit dem silbernen Griff hatte er sich lässig in die Armbeuge gehängt. Der Griff mündete in die Nachbildung eines stolzen Schwanenkopfs und verlieh dem Stock ein hochwertiges Aussehen.

Flora zögerte. »Sie wollten zu mir?«

Anna war inzwischen in ein Gespräch mit einer Kundin vertieft, einer stattlichen Frau mit einem weit ausladenden Hut auf dem Kopf, der farblich wundervoll mit ihrem dunkelgrün schimmernden Kleid harmonierte. Sie interessierte sich offenbar brennend für die neueste Kollektion Brüsseler Spitze und nahm Annas Aufmerksamkeit vollkommen in Beschlag.

Der Mann riss sich vom Anblick der Auslage los und wandte sich zu Flora um. Durch die Gläser seines Zwickers sahen zwei amüsiert funkelnde Augen sie an. »Flora«, sagte er mit seinem angenehm tiefen Timbre, während er näher trat. »Gut siehst du aus!« Sein Lächeln war entwaffnend.

»Onkel Hertie!« Flora konnte es kaum glauben. Hermann Tietz, den sie in der Familie wegen seines mehrjährigen Amerikaaufenthaltes liebevoll Onkel Hertie nannten, sah blendend aus. Er war seinerzeit Leonhards Mentor gewesen, als es um die Eröffnung ihres ersten Geschäfts gegangen war. Und auch um Leos Bruder Oscar hatte er sich väterlich gekümmert.

»Flora«, sagte Hermann erfreut, wobei der prächtige ergraute Schnurrbart bei jeder Silbe wippte, »schön, dich zu sehen!«

»Was treibt dich in unser beschauliches Stralsund?« Flora ahnte, dass es nicht ausschließlich die Sehnsucht nach seiner Familie war, die ihn hierhergetrieben hatte. Meistens hatte er bei seinen Besuchen einen Hintergedanken.

»Ich wollte mal nach dir und nach meinem Neffen schauen«, sagte Hermann Tietz mit einem schelmischen Lächeln auf den Lippen. »Und natürlich nach Heinrich und dem kleinen Alfred.«

»Das ist alles?« Flora musste lachen.

»Die Seeluft tut mir gut«, behauptete Hermann. »Es ist eine Wohltat, am Strand entlangzuwandern, den Blick in die Ferne zu richten und den frischen Wind von der See zu genießen.«

»Wie schön.« Flora gab vor, ihm zu glauben. Früher oder später würde sie schon den wahren Grund des Besuchs erfahren. »Wie lange bleibst du denn?«

»Nun, ich denke, ein paar Tage werde ich es in Stralsund aushalten.« Onkel Hertie zwinkerte ihr vergnügt zu.

Als Flora bemerkte, dass die Kundin ihrem Gespräch sichtlich interessiert lauschte, senkte sie die Stimme. »Komm mit nach hinten«, raunte sie Onkel Hertie zu. »Leo wird Augen machen, wenn er dich sieht.«

»Davon bin ich überzeugt.« Hermann lachte, als er ihr durch den weinroten Vorhang nach hinten folgte. Und Flora wurde den Verdacht nicht los, dass Onkel Hertie mal wieder etwas im Schilde führte.

Kapitel 3

»Was bedrückt dich, Oscar?« Voller Sorge betrachtete Betty ihn, während sie ihm einen Kaffee einschenkte. Es war ihr nicht verborgen geblieben, dass ihn etwas bewegte. Oscar war wortkarg und wirkte an diesem Morgen in sich gekehrt, mitunter sogar geistesabwesend.

Ihr konnte er nichts vormachen, darüber war sich Oscar im Klaren. Mit rotem Kopf rang er sich ein Lächeln ab und zuckte mit den Schultern. In der kleinen Küche duftete es nach frischem Brot und Kaffee. Betty stand am Küchenofen und war gerade damit beschäftigt, zwei Eier in einer Schüssel mit Milch zu verquirlen, um ihm seinen geliebten Matzenbrei zuzubereiten. Doch Oscar verspürte keinen Hunger. Lustlos nippte er an seinem Kaffee, während er nach den richtigen Worten für eine Antwort suchte. Er wollte ihr keine Angst einjagen, indem er sie wissen ließ, wie viele Sorgen er sich um die Existenz ihres Geschäfts machte. Bisher hatte er die kaufmännischen Belange immer von Betty ferngehalten. Doch nun, so schien es, hatte sie ihn durchschaut. »Du hast etwas auf dem Herzen, oder?«, half sie ihm auf die Sprünge, als sie sich zu ihm an den Küchentisch setzte.

Er betrachtete sie nachdenklich. »Du kennst mich gut, Betty.«

»Wie sollte es auch anders sein?« Sie rollte mit den Augen. »Wir leben unter einem Dach wie ein Ehepaar, wir arbeiten den ganzen Tag Seite an Seite im Laden.«

»Recht hast du.« Lächelnd nahm er ihre zierliche Hand und drückte sie sanft. Dann verblasste sein Lächeln. »Es ist so, dass mir die Auszahlung von Onkel Hertie schwer zu schaffen macht«, eröffnete er ihr. Dabei achtete er auf jede Regung in ihrem Gesicht. »Seine

Brüder haben das eingesetzte Geld zurückverlangt, und ich habe es ihm geben müssen.«

»Und jetzt sind wir pleite.«

»Das könnte man so sagen.« Oscar nickte. »Doch ich kann das Geschäft nicht aufgeben, Betty, denn daran hängt unsere ganze Existenz. Nur weiß ich nicht mehr ein noch aus, und das macht mir schwer zu schaffen.« Ein tiefes Seufzen kam über seine Lippen.

»Wir werden einen Ausweg finden, Oscar.« Betty beugte sich zu ihm hinüber. »Es geht immer irgendwie weiter.« Er spürte für einen kurzen Moment ihren Atem auf seiner Haut. Es war ein eigenartiges Gefühl, der geliebten Cousine so nahe zu sein, und Oscar lehnte sich ein wenig zurück. »Aber wie?«, fragte er. »Wie soll es mit dem Geschäft weitergehen, wenn die Lieferanten sich weigern, uns zu beliefern, solange wir mit den Rechnungen im Rückstand sind?«

Betty, der offenbar aufgefallen war, dass ihm ihre Nähe unangenehm gewesen war, erhob sich, um zurück an den Herd zu treten. Sie nahm einen Holzlöffel aus dem Wandregal und setzte ihre Arbeit fort.

Nachdenklich betrachtete Oscar ihren schlanken Rücken. Ihm wollten die rechten Worte nicht in den Sinn kommen, und so schwieg er betreten.

»Wir werden eine Lösung finden, Oscar«, sagte sie schließlich in die Stille hinein, ohne ihre Arbeit zu unterbrechen. »Ich lasse mir etwas einfallen.«

Kapitel 4

Leonhard machte tatsächlich große Augen, als Flora ihn ins Büro rief und er dort auf seinen Onkel traf. Die Männer fielen sich voller Herzlichkeit in die Arme, wobei Hermann Tietz seinen eher kleinen und schmalen Neffen beinahe erdrückte.

»Flora«, sagte Leo schließlich, während er sich die Kleider richtete. »Darauf müssen wir anstoßen.«

Flora runzelte die Stirn und sah bedeutungsvoll auf die Uhr. »Um diese Zeit schon?«

»Der Anlass ist es wert«, bemerkte Leonhard augenzwinkernd und stellte zwei Gläser bereit. »Du trinkst doch ein Glas koscheren Wein mit mir, werter Onkel?«

»Da lasse ich mich nicht zweimal bitten«, lachte Hermann Tietz, legte seinen Zylinder auf den Schreibtisch, hängte den Spazierstock mit dem Griff an die Tischkante und zog sich einen der vier gedrechselten Mahagonistühle heran, die Leo von einer Reise nach Kassel mitgebracht hatte. Ein wohliges Seufzen kam über seine Lippen, als er in das bequeme Polster sank und die Hände auf die rundgeschliffenen Armlehnen legte.

Flora gab sich geschlagen und trat an das Kabinett in der Ecke des Büros, um eine Flasche des Muskatweins hervorzuholen, die Leonhard für besondere Zwecke bereithielt. Flora entkorkte die Flasche und befüllte die zwei Gläser auf dem kleinen Mahagonitischchen neben Hermann. »Sagt«, eröffnete der Onkel das Gespräch, »wie ist es euch in der Zwischenzeit ergangen?«

Flora setzte sich auf den hölzernen Drehstuhl am Fenster, um dem Gespräch der Männer zu lauschen.

Leonhard setzte sich zu seinem Lieblingsonkel und lächelte. »Wir können nicht klagen«, antwortete er. »Die Kundschaft hält uns die Treue, denn zum Glück verkauft Georg Wertheim sein Sortiment nicht zu den attraktiven Konditionen, wie wir sie seit dem Tag unserer Eröffnung anbieten. Das verschafft uns einen Vorteil.« Die Männer prosteten sich zu und nippten von ihrem Wein. »Und wie du siehst, mussten wir uns bereits vergrößern.« Leonhard breitete die Arme aus. »Der Laden von Herrn Holst wurde schnell zu klein. Hier haben wir genügend Platz.«

»Euer Fleiß hat sich also gelohnt«, stellte Hermann mit anerkennendem Blick fest. Er trank noch einen Schluck von seinem Wein und seufzte genießerisch. »Ein herrlicher Tropfen, lieber Neffe. Hast du mal darüber nachgedacht, Wein ins Sortiment aufzunehmen?«

Leonhard musste lachen. »Der Wein ist in der Tat köstlich«, sagte er, »jedoch verbietet uns das aktuelle Sortiment die Ausweitung um Wein. Alles auf einmal geht nicht. Aber ich bin zuversichtlich, dass es eines Tages möglich sein wird.«

Hermann lächelte nachdenklich, bevor er sich Flora zuwandte. »Und wie geht es dir als Ladenbesitzerin?«

»Auch ich bin glücklich mit dem, was wir uns hier aufgebaut haben«, erwiderte Flora wahrheitsgemäß. »Und dennoch«, sie warf ihrem Mann einen Blick zu, »könnten wir uns vorstellen, noch mehr zu schaffen.«

»Die Kaufkraft der Kundschaft in Stralsund ist gewissermaßen begrenzt«, stimmte Leonhard ihr zu. »Wir haben gute Umsätze und erfreuen uns breiter Bekanntheit sowie einer großen Stammkundschaft – und trotzdem …« Leo suchte nach den richtigen Worten. »Ich bin mit Flora einer Meinung, wir könnten noch mehr erreichen.«

»Aber nicht in Stralsund?« Onkel Hertie schien zu begreifen, worauf sein Neffe hinauswollte.

»Ich habe schon mit neuen Standorten außerhalb der Stadt geliebäugelt«, räumte Leonhard ein. »Um uns neue Märkte zu erschließen.«

Flora beobachtete Onkel Hertie aufmerksam.

»Ein gewagter Plan«, murmelte er nachdenklich. »Doch durchaus sinnvoll.«

»Der Erfolg unseres Geschäfts ermutigt uns, das Wagnis einzugehen«, erklärte Flora. »Derzeit suchen wir nach einer geeigneten Stadt, in der wir ein zweites Geschäft eröffnen können.«

»Dabei will ich das Risiko zu Anfang gering halten«, warf Leonhard ein. »Ein kleines Ladenlokal zur Miete sollte also genügen. Wenn unser Plan von Erfolg gekrönt ist, können wir am neuen Standort expandieren.«

»Das klingt alles sehr vernünftig, Leonhard.« Wieder nippte Hermann an seinem Muskatwein. Flora bemerkte, dass ihn etwas zu beschäftigen schien.

»Wann musst du zurück zu Oscar und Betty?«, fragte Leonhard.

Sein Onkel blickte ruckartig zu ihm auf. »Gar nicht«, antwortete er. Seine Stimme war emotionslos, doch Flora sah, dass in seinen Augen ein trauriger Ausdruck lag. Etwas musste in Gera vorgefallen sein.

»Aber das Geschäft dort lief doch so gut?«

»Das tut es immer noch, liebe Flora«, bekräftigte Hermann. »Der Laden ist nur selten leer, und Oscar kommt kaum mit der Produktion neuer Spitze hinterher.«

»Aber?«

»Mein Bruder Chaskel hat verlangt, dass ich mir das Geld, das ich Oscar seinerzeit zur Verfügung stellte, zurückhole. Es handle sich schließlich um das Kapital der ganzen Familie, und es sei ein Unding, dass ich es für die verrückten Ideen des abenteuerlustigen Oscar ausgebe.« Onkel Hertie sah Flora und seinen Neffen bedauernd an. »Es tat mir in der Seele weh, das Geld von deinem Bruder zurückzuverlangen, das kannst du mir glauben.«

»Liegt ihr seither miteinander im Streit?« Flora konnte sich gut vorstellen, dass der Haussegen nach so einer Aktion schief hing.

»Nein, das nicht. Aber es überschattet unser Verhältnis ein wenig, wie ihr euch vorstellen könnt.« Hermann schüttelte das ergraute Haupt. »Und dennoch würde ich Oscar und Betty gern weiterhin zur Seite stehen.«

»Du hast also deine Zelte in Gera abgebrochen?« Leonhard betrachtete seinen Onkel über den Rand des Weinglases hinweg.

»So könnte man es sagen, ja.« Hermann senkte den Blick. »Aber wenn sich eine Türe schließt, tut sich eine neue auf, heißt es immer.«

Flora sah die Wehmut in seinem Blick. »Du kannst erst einmal bei uns wohnen.«

»Nein, nein, das kann ich nicht annehmen.« Hermann hob abwehrend die freie Hand. »Ich bin im Hotel untergekommen, dort kümmert man sich reizend um mich.«

»Aber …«, widersprach Leonhard, brach aber ab, als er das energische Kopfschütteln seines Onkels bemerkte.

»Es geht mir gut damit«, versicherte Hermann Tietz ihm.

»Wie geht es denn jetzt weiter mit Oscar?«, wechselte Leonhard das Thema.

»Ursprünglich hatte auch er daran gedacht, einen zweiten Laden zu eröffnen, auch wenn ich nicht weiß, ob er das jetzt noch umsetzen kann. Er wollte sich in Bayern nach einem Standort umschauen, eventuell in München.«

»Ich möchte meinem Bruder auf keinen Fall Konkurrenz machen«, überlegte Leonhard. »Der Süden scheidet bei unserer Suche also aus.«

»Mein Angebot, euch behilflich zu sein, steht.« Onkel Hermann leerte sein Glas in einem letzten großen Schluck. Flora nahm es ihm aus der Hand. »Wenn du deinem Bruder nicht auf den Schlips treten willst, müsst ihr euch an den Norden halten.«

Flora atmete tief ein. »Sollten wir es nicht zunächst hier in der Nähe versuchen? Wie wäre es mit Rostock?«

Leonhard und Hermann tauschten einen Blick, schüttelten dann aber die Köpfe. »Nicht erstrebenswert«, fand Hermann. »In Rostock ist die Käuferschicht noch begrenzter als hier in Stralsund, das wäre keine Herausforderung für euch.« Er sah ins Leere. »Man müsste erkunden, wo zahlungskräftige Kundschaft zu gewinnen ist.«

»Solange es nicht München ist«, betonte Leonhard noch einmal.

»Nein, nein.« Hermann schüttelte nachsichtig den Kopf. »Macht euch keine Sorgen, meine Lieben, Onkel Hertie steht euch zur Seite.«

*

Flora musste zugeben, dass sie sich ihren Hochzeitstag anders vorgestellt hatte. Die romantischen Pläne, die Leonhard geschmiedet hatte, waren mit dem Auftauchen von Onkel Hermann nichtig geworden. Doch die Freude angesichts des Wiedersehens überwog, und auch Anna und Sally hatten sich am Abend zu ihnen gesellt. Während die Frauen in der großen Küche damit beschäftigt waren, das Essen zuzubereiten, hielten sich die Männer im Salon der großen Wohnung auf. Bei einem weiteren Glas Wein schmiedeten die Männer Zukunftspläne für das Geschäft.

Magda hatte sich vor einer Stunde zurückgezogen, nachdem sie die Jungen gebadet und ins Bett gebracht hatte. Onkel Hertie hatte ihnen zuvor noch schnell eine gute Nacht gewünscht. »Ihr zwei könnt wirklich stolz auf eure Eltern sein«, hatte er den Kindern ins Ohr geflüstert.

»Ich mag deinen Onkel Hermann sehr«, bemerkte Anna, während sie das geschabte Rind- und Kalbfleisch in den Topf gab, in dem sich schon die geriebenen Semmeln befanden.

Flora, die gerade eine Zwiebel schnitt, nickte mit tränenden Augen. »Er ist Leos Lieblingsonkel. Immer, wenn sie zusammen sind, kommt etwas Gutes dabei heraus.«

»Stimmt es eigentlich, dass er eine Zeit lang in Amerika war?«

»Das ist richtig, er hat dort seine Lehre gemacht und viele Ideen gesammelt, die uns allen hier jetzt zugutekommen.«

»Warum nennt ihr ihn eigentlich immer Onkel Hertie und betont das so komisch?«

Jetzt musste Flora lachen. Diese Frage hatte sie sich zu Anfang auch immer gestellt. »Es ist wohl eine Eigenart der Amerikaner, solche Namen zu erfinden, wenn sie die echten Namen nicht richtig aussprechen können«, erklärte Flora und wischte sich mit der Schürze eine Träne ab. »Bei Onkel Hermann haben sie einfach die ersten Silben aus seinem Vor- und Nachnamen zu einem Wort zusammengefügt.«

»Her-Tie«, sprach Anna langsam aus. »Stimmt!« Auch sie musste nun lachen, während sie den Topf auf den Ofen hob und mit einem Holzlöffel darin zu rühren begann. »Und mit amerikanischem Akzent kommt dann so etwas wie *Hördy* dabei heraus.«

Abwechselnd sprachen die beiden jungen Frauen das lustige Wort aus und kicherten dabei haltlos.

»Lacht ihr über mich?«

Sie hatten nicht bemerkt, dass Hermann die Küche betreten hatte. Peinlich berührt drehten sie sich zu ihm um. »Ich habe Anna gerade erklärt, wie es zu deinem Spitznamen kam«, erklärte Flora verlegen.

»Ach das!« Leonhards Onkel lachte schallend. »Ja, die verrückten Amerikaner. Aber sie haben viele gute Ideen, die ich mir abgeschaut habe.«

»Warum bist du eigentlich dorthin gereist?«, fragte Flora und gab die Zwiebeln in den Topf. Sie putzte sich die Hände an einem rot-weiß karierten Tuch ab und trank einen Schluck Wasser.

Hermann Tietz wirkte nachdenklich. Er sank auf die Holzbank am Fenster. »Deutschland hat mir als junger Mann nicht mehr gefallen«, sagte er mit einer für ihn untypischen Melancholie in der Stimme. »Das Deutsche Reich war mir zu undemokratisch, und die Stimmen, die sich gegen unsere Religion aussprachen, wurden immer lauter.«

»Und auf dem amerikanischen Kontinent hatte man nichts gegen Juden?« Flora setzte sich zu ihm.

»Man ist dort jedenfalls viel toleranter als hier«, erklärte er lächelnd. »Ich bin dort gut zurechtgekommen. Die Amerikaner sehen viele Dinge anders. Und ich mag ihre Leichtigkeit und ihre Art, Geschäfte zu machen.« Er bat Flora um ein Glas Wasser. »Ich habe dort viel Geld verdient, wovon ich einiges Oscar für sein Geschäft in Gera bereitgestellt habe. Der Rest kam von meinen Brüdern.« Er wirkte nachdenklich. »Euch hingegen habe ich nichts gegeben, außer klugen Ratschlägen.«

»Das ist schon in Ordnung«, versicherte Flora ihm. »Leo hat das Geld aus der Abfindung seiner Teilhaberschaft von Winkelmann in die Gründung des Ladens investiert.« Mit einem unangenehmen Gefühl im Bauch erinnerte sie sich an Leonhards Schulfreund Alfons Wagner, mit dem er die angeschlagene Firma einst übernommen hatte. Wagner hatte Flora nachgestellt und sie zu einer Affäre überreden wollen, obwohl er selbst verheiratet war. Schließlich hatte das zum Bruch zwischen den Geschäftspartnern geführt, und Flora war froh, dass sie Wagner seitdem nicht mehr begegnet war. »Und deine Ratschläge waren Gold wert«, fügte sie hinzu und lächelte Onkel Hertie an.

»Sie beruhen auf den Ideen, die ich in Amerika gesammelt habe«, erwiderte Onkel Hermann. »Dort haben sie große Warenhäuser, in denen es alles zu kaufen gibt, was das Herz begehrt.«

»Unvorstellbar«, meinte Anna.

»Warum?« Hermann sah zu dem Ladenmädchen hinüber. »Die Idee hat durchaus ihren Charme. Man bekommt, wenn man mehrere Dinge erstehen möchte, die Möglichkeit, alles in einem einzigen Laden zu finden.« Jetzt schmunzelte er. »Und wenn es regnet, bleibt man beim Einkaufen trocken.«

»Wie groß muss ein derartiges Geschäft dann wohl sein?«, fragte Anna fasziniert.

»So groß wie ein ganzes Haus.« Hermann blickte versonnen. »Schon seit meiner Rückkehr aus Amerika träume ich davon, ein derartiges Warenhaus auch hier im Deutschen Reich zu eröffnen.«

Flora lachte. »Bei jedem anderen würde ich das als Luftschloss abtun, aber bei dir glaube ich fest daran, dass du es in die Tat umsetzen wirst.«

»Ach, liebe Flora, wenn es nur so einfach wäre.« Er seufzte. »Ein derartiges Haus zu bauen, setzt hohes Eigenkapital voraus. Geld, über das ich gerade nicht verfüge. Aber träumen kann man ja.« Er erhob sich und stellte das leere Wasserglas zurück. »Und jetzt«, sagte er, »gehe ich zu den Männern zurück.« Im Türrahmen wandte er sich noch einmal zu Flora und Anna um. »Wir müssen Pläne schmieden.«

Während Flora ihm nachblickte, versuchte sie sich vorzustellen, was der Onkel ihres Mannes da plante. Doch sprach sie ihn noch nicht darauf an. *Alles zu seiner Zeit*, hatte ihre Mutter immer gesagt. Und ihre Mutter war eine sehr weise Frau.

Kapitel 5

Der Abend war hereingebrochen, und sie saßen trotz später Stunde noch beieinander. Da es längst dunkel war, hatten sie es sich zu fünft im Schein der Petroleumlampe in der Küche gemütlich gemacht. Die Glocke der Nikolaikirche schlug zehn Uhr, und eigentlich war es höchste Zeit, in die Betten zu kriechen.

Nach Leonhards anfänglichen Zweifeln hatte Flora ihren Mann darin bestärkt, das Angebot seines Onkels anzunehmen, sie bei der Geschäftsvergrößerung zu unterstützen. Doch sie suchten immer noch nach einem geeigneten Standort für eine Filiale.

»Ich bin nach wie vor der Meinung, dass ihr euer Glück im Süden versuchen solltet«, bemerkte Hermann Tietz und sah Anna, Flora, Sally und Leonhard ernst an.

»Aber es ist nicht erstrebenswert, Oscar in Bayern Konkurrenz zu machen«, warf Leonhard erneut ein. Flora wusste, dass die gute Beziehung zu seinem Bruder ihm wichtiger war als geschäftliche Interessen.

»Wo genau will Oscar denn eine Niederlassung eröffnen?« Anna beugte sich über den Tisch. Bisher hatte sie der Unterhaltung schweigend beigewohnt.

»Er denkt über München und Amberg nach«, antwortete Onkel Hertie und wirkte für einen kurzen Moment etwas melancholisch. »Er wird seinen Weg gehen, hoffe ich. Wie er das alles bezahlen will, ist mir allerdings schleierhaft.«

»Mutig ist er, das muss man ihm lassen«, sagte Leonhard und zwinkerte Flora zu. »Aber das liegt wohl in der Familie.«

»Wohl wahr, und darum bin ich überzeugt, dass auch ihr das Wagnis eingehen werdet, euch zu vergrößern.« Hermann betrachtete sie beide, dann wanderte sein Blick zu Sally und Anna. »Was sind eure Pläne?«

Anna errötete etwas. »Wie meinen Sie das?«

»Wo seht ihr euch in drei, vier Jahren?« Der erfahrene Kaufmann betrachtete die jungen Leute mit prüfendem Blick.

Sally nahm Annas Hand und lächelte sie verliebt an, schwieg jedoch.

»Vielleicht sind wir bis dahin eine richtige Familie?«, meinte Anna zaghaft.

Sally zuckte kaum merklich zusammen. Flora musste sich ein Lächeln verkneifen. Sie kannte ihren kleinen Bruder gut genug, um zu wissen, dass er es nicht eilig hatte mit der Familienplanung.

Hermann Tietz faltete seine großen Hände auf der Tischplatte. »Passt das denn zu euren beruflichen Plänen?«

»Wie meinen Sie das?«

»Wärt ihr in der Lage, euch ein Kindermädchen zu leisten?«

Sally und Anna wechselten einen Blick. »Darüber haben wir uns offen gestanden noch keine Gedanken gemacht«, räumte Sally schließlich ein.

Sekundenlang war das muntere Prasseln des Feuers im Ofen das einzige Geräusch in der Küche, dann seufzte Hermann und lächelte das junge Paar nachsichtig an. »Das ist verständlich in eurem Alter, aber langsam solltet ihr darüber nachdenken, ob ihr Geld für Hausangestellte zusammenbekommen würdet.«

»Das halte ich für eher schwierig«, befand Anna nachdenklich. »Mein Lohn wird kaum genügen, und auch Sally als Kontorist ist sicher nicht in der Lage, Personal einzustellen.«

»Was wäre die logische Folgerung?«

»Dass wir uns beruflich weiterentwickeln«, erkannte Sally. »Wir müssen genug Geld verdienen, um damit eine Familie ernähren und Personal einstellen zu können.«

»So sehe ich das auch.« Hermann schien zufrieden mit der Antwort des jungen Mannes. »Also strebt ihr andere Karrieren an?«

»Wir würden Leo und meine Schwester niemals im Stich lassen«, widersprach Sally eilig. »Wir haben den beiden so viel zu verdanken, und ich weiß, dass Leo und Flora uns brauchen.«

»Das ist wahr.« Leonhard nickte. »Ihr zeigt stets lobenswerten Einsatz, der viel zu unserem Erfolg beigetragen hat.«

Onkel Hertie betrachtete seinen Neffen mit einem Funkeln in den Augen. »Könntest du die beiden denn entbehren?«

»Äußerst ungern.« Leo nahm den Zwicker von der Nase, um die runden Gläser zu polieren. Dann wandte er sich an seinen Schwager und Anna. »Aber ihr müsst euren eigenen Weg gehen, dabei wollen wir euch nicht aufhalten.«

»Willst du uns etwa loswerden?« Sally wirkte ein wenig beleidigt.

»Natürlich nicht.« Leonhard hielt den Zwicker prüfend vor die Laterne und setzte ihn mit einem verschmitzten Lächeln wieder auf. »Aber wenn ihr euch weiterentwickeln und uns gleichzeitig erhalten bleiben wollt, dann gibt es nur einen Weg.«

»Was hast du vor, Leo?«, fragte Flora, die ahnte, worauf ihr Mann hinauswollte.

»Ich denke an die geplante Filiale.«

»Die ihr leiten solltet.« Hermann blickte Sally und Anna wohlwollend an. »Wir trauen euch zu, einen Laden zu führen.«

»Wir?« Sally machte große Augen. »Wir ganz allein?«

»Natürlich mit Hilfe von Ladenmädchen, Kontoristen und Buchhaltern, später auch mit einem Kutscher, der die Transporte der Waren übernimmt.« Leonhard strahlte. »Ich bin sicher, dass euch die Leitung eines eigenen Geschäfts liegen wird.«

Sally bedachte seine Verlobte mit einem fragenden Blick. »Schaffen wir das, mein Herz?« Als Anna eifrig nickte, stimmte auch Sally dem Vorschlag zu. »Also gut«, sagte er voller Tatendrang. »Wir sind dabei.«

»Bleibt noch die Frage nach dem geeigneten Standort«, kam Leonhard auf das ursprüngliche Thema zurück. »Wo soll es demnächst ein zweites Tietz-Geschäft geben?«

»In Schweinfurt«, platzte es aus Anna heraus. »Wie wäre es mit Schweinfurt?«

Kapitel 6

»Ich gebe dir alles, was ich habe.« Betty strahlte Oscar erwartungsvoll an. Ihr Cousin betrachtete sie mit zweifelndem Blick. Seit Onkel Hermann sich aus dem aktiven Geschäft zurückgezogen hatte, war der kleine Laden immer mehr in Schwierigkeiten geraten. Das, was vor zwei Jahren mit einer einzigartigen Geschäftsidee begonnen hatte, stand nun kurz vor einem tragischen Ende.

»Onkel Hertie fehlt hier an jeder Ecke«, bemerkte er voller Trauer. Er wusste nicht mal, wohin es seinen Onkel inzwischen verschlagen hatte, was ihn sehr bekümmerte. Durch die unverhoffte Rückzahlung des Startkapitals musste die Eröffnung einer Filiale in Süddeutschland zudem auf unbestimmte Zeit verschoben werden. Zunächst einmal galt es, in Gera zu überleben. Obwohl Oscar seinem Onkel nicht böse war, fühlte er sich doch von ihm alleingelassen.

Betty indes war schmerzhaft bewusst geworden, dass sie an seiner Misere nichts ändern konnte, indem sie ihm gut zuredete. Sie wusste, wie verzweifelt Oscar war und dass er schon seit Wochen nicht mehr durchschlief. Auch tagsüber war er sehr in sich gekehrt und nachdenklich. Betty fühlte sich ihm verpflichtet, denn nach Hermanns Rückzug war sie die Einzige aus der Familie, die ihm noch die Treue hielt. Und ihn so leiden zu sehen, zerriss ihr das Herz.

An diesem Abend saßen sie im Schein einer Petroleumlampe in der kleinen Küche beisammen, um den Tag ausklingen zu lassen. Für Betty war es ein Tag voller Überlegungen und Zweifel gewesen. Doch ihr Entschluss stand fest. Sie hatte eine Lösung für Oscars Probleme. »Ich gebe dir alles«, wiederholte sie, als er sich in Schweigen hüllte.

Betty achtete auf jede Regung in seinem Gesicht. Sie hatte den Eindruck, als suche er peinlich berührt nach den rechten Worten.

»Ich will dir helfen, damit das Geschäft bestehen bleiben kann«, half sie ihm auf die Sprünge.

»Aber du hast doch selbst kaum etwas«, widersprach er.

Ihr Herz klopfte schneller vor Aufregung. »Trotzdem«, antwortete sie schnell, bemüht, ihn zu überzeugen. »Ich würde es nicht ertragen, wenn wir den Laden schließen müssten.«

Oscar lächelte traurig. »Das ist lieb von dir, Betty, aber wovon willst du das alles hier bezahlen?« Er breitete die Arme aus.

»Von meiner Mitgift.« Jetzt war es raus. Die Entscheidung war ihr nicht leichtgefallen, und sie hatte lange darüber nachgedacht. Doch sie war sicher, dass es das Richtige war, ihm dieses Angebot zu unterbreiten. Jetzt, wo sie ihren Plan ausgesprochen hatte, fühlte sie sich erleichtert. Gespannt wartete sie auf seine Reaktion.

Er fuhr mit den Händen über das strahlend weiße Tischtuch, wischte imaginäre Krümel beiseite und starrte in das Licht der Petroleumflamme. Sein Gesichtsausdruck war unergründlich. »Von deiner Mitgift?«, wiederholte er schließlich.

Betty nickte. Da es außer Oscar keinen Mann in ihrem Leben gab, hatte sie ohnehin keine Verwendung dafür.

Oscar stieß ein ungläubiges Lachen aus.

»Was ist daran so lustig?« Ein wenig pikiert erhob Betty sich, marschierte durch die Küche und blieb mit in die Hüften gestemmten Händen am Fenster stehen. Es fiel ihr schwer, ihre Enttäuschung zu verbergen.

Schnell wurde Oscar wieder ernst. Er stand auf, trat vor sie, sah ihr tief in die Augen und nahm sie schließlich sanft in den Arm. »Dann müssen wir auch heiraten.«

Damit hatte Betty nicht gerechnet. Ein angenehmer Schauer rieselte ihren Rücken hinunter. Sie, das Mädchen aus ärmlichen Verhältnissen, dessen sich Hermann Tietz nach dem Tod ihrer Mutter angenommen hatte, sollte selbst eine Tietz werden? Sie sah zu Oscar hoch und versuchte, auf seinem Gesicht abzulesen, ob er den letzten Satz ernst gemeint hatte und sich nicht nur einen Scherz mit ihr erlaubte. »Wäre das denn so schlimm?«, fragte sie bange.

Oscar strich ihr eine widerspenstige Haarsträhne aus der Stirn und betrachtete sie mit seinen warmen braunen Augen. Sie hatte den Eindruck, dass er sich seiner Worte erst jetzt richtig bewusst wurde.

»Wäre das so schlimm?«, wiederholte sie mit nun tränenerstickter Stimme. Betty hatte alles auf eine Karte gesetzt und sich in den letzten Tagen immer wieder das Leben an Oscars Seite vorgestellt. Sie war sich sicher, dass er der Mann war, an dessen Seite sie den Rest ihres Lebens verbringen wollte.

»Nein, Betty, bitte versteh mich nicht falsch.« Oscar nahm ihr Gesicht in seine Hände und beugte sich zu ihr hinab. »Es ist eine wunderschöne Vorstellung, dich zu heiraten.«

Durch ihre Tränen erkannte Betty sein sanftes Lächeln. Ihr fiel ein zentnerschwerer Stein vom Herzen. Sie wusste, wie gewagt es für eine Frau war, einem Mann einen Antrag zu machen, doch offenbar war Oscar ihr nicht böse über den Rollentausch.

Zärtlich streichelte er ihr Gesicht, wobei sie bemerkte, dass seine Hand zitterte. Sie spürte seinen Atem auf ihrer Haut und fühlte erneut diesen wohligen Schauer, der ihren Rücken hinunterrieselte. Seine Nähe tat so gut. In seinen Armen fühlte Betty sich geborgen, und es war für den Augenblick, als wäre die Welt stehen geblieben. Sie nahm ihren Mut zusammen, hob sich langsam auf die Zehenspitzen und berührte seinen wunderschön geschwungenen Mund mit ihren Lippen. Erst zaghaft und forschend, dann voller Leidenschaft. Er stöhnte auf, legte eine Hand auf ihren Hinterkopf und erwiderte ihren Kuss.

Bettys Herz pochte wie verrückt. Es fühlte sich so wundervoll an, von Oscar berührt und geküsst zu werden. Sie betete, dass dieser

Moment niemals enden möge. Doch nach einer gefühlten Ewigkeit lösten sie sich schließlich voneinander. Bettys Augen glänzten vor Freude.

»Weinst du?«, fragte er erschrocken und wich einen halben Schritt zurück.

»Nein«, lachte sie, »ich weine nicht, keine Sorge.« Belustigt sah sie ihn an. »Warum sollte ich jetzt weinen? Wo wir doch gerade so einen traumhaften Augenblick erlebt haben, der uns für immer in Erinnerung bleiben wird, mein geliebter Oscar.«

Er zuckte ein wenig zusammen, als die letzten beiden Worte aus ihrem Mund kamen. Sie biss sich verlegen auf die Unterlippe. *Jetzt ist es raus*, dachte sie leicht panisch. *Ich habe ihm meine Liebe gestanden!* Sie wagte kaum, ihn anzusehen.

»Heißt das ... Soll das heißen, dass du mich liebst?«, fragte er verblüfft.

Betty nickte ernst. Ihre gute Laune war wie weggewischt, und ihr kamen wieder die Tränen. »Ja, Oscar, das tue ich.« Sie schniefte. »Doch niemand wird hinter uns stehen, wenn wir das der Welt offenbaren.«

»Warum nicht?«

»Weil wir verwandt sind, Oscar, darum. Was werden die Leute sagen?« Betty schluchzte auf. So sehr der Himmel eben noch voller Geigen gehangen hatte, so sehr verzweifelte sie nun. Niemals hätte sie ihrem Cousin ihre Liebe gestehen dürfen! Doch nun war es zu spät. Bevor sie noch etwas sagen konnte, senkte er seine Lippen wieder auf ihren Mund. Sie ließ ihn gewähren und erwiderte seinen Kuss, der schnell in ungeahnter Leidenschaft entbrannte.

Kapitel 7

»Dass wir darauf nicht selbst gekommen sind!« Leonhard schüttelte perplex den Kopf. »Schweinfurt befindet sich zurzeit im Aufbruch, es ist eine der bayerischen Städte mit der höchsten Kaufkraft, das habe ich erst neulich in der Zeitung gelesen.«

»Und ich kenne mich dort aus – schließlich bin ich in Schweinfurt aufgewachsen«, sprudelte es aus Anna hervor. »Meine Familie und Freunde leben in der Stadt. Sie können uns sicherlich mit Rat und Tat zur Seite stehen.«

Flora beobachtete sie und registrierte ihre vor Freude geröteten Wangen. Anna schien die Vorstellung, in ihre alte Heimat zurückzukehren, förmlich zu beflügeln. Mit einem Seitenblick auf ihren Bruder stellte Flora fest, dass auch Sally Anna betrachtete. Ein sanftes Lächeln lag dabei auf seinen Lippen.

»Du guckst wie ein verliebtes Schaf, Bruderherz.« Flora stupste ihn an. »Und – was hältst du von Schweinfurt?«

Bei ihren Worten war Sally das Blut ins Gesicht geschossen. Er räusperte sich. »Schweinfurt«, begann er schließlich, »ist nicht gerade die Stadt, in die es mich ziehen würde, wenn ...« Er machte eine bedeutungsschwangere Pause und sah seine Verlobte an, »wenn ich nicht genau wüsste, dass für dich damit ein Traum in Erfüllung ginge.«

»Das heißt, du bist einverstanden?« Anna biss sich auf die Lippe. Die Anspannung stand ihr ins Gesicht geschrieben.

»Na klar«, meinte Sally lässig, als ginge es um einen Theaterbesuch oder einen Spaziergang. »Ich bin dabei.«

Anna hielt es nicht mehr an ihrem Platz. Sie sprang von der Bank auf und schlang im Stehen die Arme um Sally, der von ihrem Gefühlsausbruch überrumpelt schien. »Du bist ein Schatz«, rief Anna und küsste ihn stürmisch.

»Mit dir«, sagte er ernst, als sie sich wieder neben ihm niedergelassen hatte und er ihre Hand nahm, »könnte ich an jedem Ort der Welt glücklich sein.« Für seine Worte erntete er ein schwerverliebtes Lächeln.

Hermann, der das junge Paar sichtlich amüsiert beobachtet hatte, räusperte sich. »Schweinfurt«, sagte er gedehnt, »habe ich bislang noch nicht in Erwägung gezogen, aber der Vorschlag der jungen Dame ist einer Überlegung wert.« Er nickte Anna zu.

Obwohl Flora sich für Anna freute, war ihr bei dem Gedanken an eine Geschäftseröffnung im Süden nicht ganz wohl. Sie warf Leonhard einen Seitenblick zu, der dem Gespräch schweigend lauschte. »Was hältst du davon, Leo?«

»Das Frankenland wäre eine Herausforderung für uns, Bella«, antwortete er, »doch wir sind bisher immer gut damit gefahren, Neues zu wagen.« Er drehte das langstielige Weinglas in den Händen. »Je länger ich darüber nachdenke, desto sinnvoller erscheint mir die Idee. Anna kennt sich dort aus, und sicher werden wir ein Ladenlokal finden, das wir zu einem Tietz-Geschäft machen können. Zunächst wird ein kleiner Laden genügen müssen, aber wenn alles gut funktioniert, können wir uns nach einer größeren Immobilie umsehen.« Er nickte, als hätte er sich selbst überzeugt. »Ja, ich denke, dass Schweinfurt geradezu perfekt für uns ist.«

»Ihr solltet es versuchen«, stimmte Hermann zu.

»Damit wäre das ja geklärt«, lächelte Leonhard. Er sah zu seinem Onkel, der Block und Stift vor sich auf den Tisch bereitlegte.

»Dann können wir uns jetzt also auf die Suche nach einem geeigneten Ladenlokal machen.« Hermann blickte in die Runde, und als niemand einen Einwand hatte, begann er zu schreiben. »Das Konzept«, murmelte er, ohne aufzublicken, »dürfte das gleiche sein wie hier in Stralsund: Kein Kaufzwang, volles Umtauschrecht und Barbezahlung ohne Feilschen.«

»Und beste Preise«, fügte Leonhard voller Stolz hinzu. Er warf Anna einen Blick zu. »Was ist in Schweinfurt die beste Lage? Dort sollte unser neues Geschäft angesiedelt sein.«

»Dann muss es in der Spitalstraße liegen«, antwortete Anna. »Dort gibt es eine Unmenge von Geschäften, wir würden uns perfekt einfügen.« Die blauen Augen des Mädchens leuchteten vor Begeisterung. »Ich könnte mir gut vorstellen, dort ein neues Geschäft zu eröffnen, das mit großen Schaufenstern die Leute neugierig macht.«

Langsam ließ Flora sich von der Euphorie der anderen anstecken. »Auf zu neuen Ufern«, sagte sie und nahm Leonhards Hand. »Dann sollten wir uns schnellstens auf die Suche nach einem geeigneten Objekt machen.«

»Recht hast du, Bella.« Er lächelte sie sanft an. »Anna muss uns bald schon ihr geliebtes Schweinfurt zeigen.«

Sallys Verlobte nickte aufgeregt. »Das wird fein«, meinte sie. »Und einen Plan, wie wir einen Laden finden können, habe ich auch schon.« Alle Augen richteten sich auf die junge Frau. »Ein entfernter Verwandter von mir, Richard Köhler, ist Hausmakler.«

»Das trifft sich ja hervorragend«, sagte Leonhard begeistert. »Dann haben wir professionelle Hilfe vor Ort.«

Anna nickte aufgeregt. »Ich werde ihm gleich einen Brief schreiben und ihm unser Anliegen schildern.«

»Das klingt fast schon zu einfach«, konnte Flora sich nicht verkneifen anzumerken. Leonhard warf ihr einen belustigten Blick zu. In ihrer Ehe war es meist Floras Rolle, eine gesunde Dosis Skepsis mit einzubringen.

Onkel Hertie räusperte sich. »Ich habe da eine Traumvorstellung.« Er lehnte sich zurück und sah bedeutungsvoll in die Runde. »Drüben in Amerika haben sie diese großen Kaufhäuser. Tempel des Konsums,

einfach beeindruckend. So etwas möchte ich hier auch einführen.«
Ein feines Lächeln spielte um die Mundwinkel des Kaufmanns. »Mit
eurer Hilfe. Wir werden riesige Warenhäuser errichten, die in jeder
großen Stadt stehen und die Kunden mit ihrem breiten Sortiment
begeistern werden.«

Auf Onkel Herties Worte folgte verblüfftes Schweigen. Leonhard
brach es als Erster, indem er auflachte. Zunächst war es nur ein amüsiertes Glucksen, das zu einem Lachen aus voller Kehle und schließlich zu einem ausgewachsenen Lachanfall wurde. »Onkel Hertie«,
sagte Leonhard, während er sich eine Lachträne aus dem Augenwinkel wischte, »du bist und bleibst ein liebenswerter Träumer!«

Kapitel 8

Betty liebte den frischen Duft des Sommerregens. Mitten in der Nacht war sie aufgestanden, um das Fenster zu öffnen und tief durchzuatmen. Die Schindeln der umliegenden Häuser glänzten feucht. In keinem der Fenster brannte um diese Zeit noch Licht, die Menschen in Gera schliefen längst. Der Mond tauchte die Szenerie in sein kaltes und geheimnisvolles Licht.

Betty betrachtete die Häuserreihe auf der gegenüberliegenden Straßenseite. Es waren teils heruntergekommene und windschiefe Gebäude, an denen der Putz von den Fassaden blätterte. In dieser Gegend wohnte niemand, der über großartigen Reichtum verfügte, und dennoch kaufte man gern bei ihnen ein.

Betty hätte am liebsten die ganze Welt umarmt. Oscar hatte ihrem Vorschlag zugestimmt. Damit war nicht nur das Überleben des Geschäfts gesichert – sie würden auch den Rest ihres Lebens miteinander verbringen. Ihr Herz vollführte bei dem Gedanken an die bevorstehende Hochzeit einen Freudensprung. Vor lauter Aufregung hatte sie nicht schlafen können, und so stand sie am Fenster ihrer kleinen Schlafkammer und hing ihren Gedanken nach.

Ihr Herz schlug schneller, als sie an den indirekten Heiratsantrag dachte, den sie Oscar heute gemacht hatte. Dass es sich um eine Vernunftehe handeln würde, verdrängte Betty für den Moment. Und vielleicht würde es ja doch mehr werden als das? Schließlich hatte Oscar ihren Kuss erwidert. Doch vielleicht küsste er tagaus, tagein viele Frauen mit solcher Leidenschaft?

Betty wusste schon seit Langem, dass sie Oscar Tietz liebte. Vom ersten Augenblick an hatte sie sich in seine liebevollen Augen verguckt. Sie wollte immer wissen, was er gerade dachte und fühlte, und hing wie gebannt an seinen Lippen. Sie wusste, dass sie mit ihm bis ans Ende der Welt gehen würde. Doch bis vor Kurzem hatte es keine Anzeichen gegeben, dass Oscar ihre Gefühle erwiderte. Sie lebten als reine Zweckgemeinschaft unter einem Dach. Aber seit Onkel Hermann Gera verlassen hatte, war ein unsichtbares Band zwischen Betty und Oscar gewachsen.

Als sie sich das erste Mal geküsst hatten, hatte es sich irgendwie vertraut angefühlt.

Welches Kribbeln seine Nähe erzeugt und wie gut seine Lippen schmecken, dachte sie mit einem angenehmen Schaudern. Kurz schloss Betty die Augen, um sich auf den Kuss zu besinnen, ihn sich ganz detailliert in Erinnerung zu rufen.

Es hatte sich völlig richtig angefühlt, obwohl sie streng genommen Oscars Cousine war. Als Ziehtochter von Hermann Tietz war sie nicht mit ihm blutsverwandt, dennoch würden sich die Leute womöglich hinter ihrem Rücken die Mäuler zerreißen. Allein schon deshalb, weil Hermann sie zu offiziellen Anlässen immer stolz als seine Tochter vorstellte. Sie fühlte sich auch wie seine Tochter.

»Ach, Oscar«, kam es leise über Bettys Lippen, »warum kann es nicht einfacher sein mit uns beiden?«

»Redest du von mir?«

Erschrocken wirbelte Betty herum und sah ihn im Türrahmen lehnen. Der Lichtstrahl einer Straßenlaterne fiel ins Zimmer und tauchte sein Antlitz in ein geheimnisvolles Zwielicht. Dennoch konnte sie erkennen, dass er lächelte.

»Oscar«, entfuhr es Betty mit wild schlagendem Herzen. Sie hatte nicht bemerkt, dass er gekommen war. »Ich … Ich war nur …«

Er bemerkte ihre glühend roten Wangen. »Schon gut, liebe Betty, ich wollte dich nicht in Verlegenheit bringen.« Er trat näher und betrachtete sie mit wissendem Blick. »Ich weiß, worüber du nachdenkst.« Er seufzte. »Doch was scheren uns die Leute?« Kurz blickte er an ihr vorbei aus dem Fenster auf die menschenleere Straße. Der Regen trommelte jetzt mit voller Intensität auf die Dächer, Wind kam auf und wehte ins Zimmer. Betty trat einen Schritt zurück und verschloss das Fenster.

Oscar beobachtete sie, wie sie die Vorhänge zurechtzupfte. »Ist es nicht die Hauptsache, dass wir glücklich miteinander sind? Egal, ob es anderen Menschen nun passt oder nicht. Warum sollten wir unsere Gefühle füreinander noch länger geheim halten?« Er hielt kurz inne und fuhr dann energisch fort: »Im Gegenteil! Mit unserer Hochzeit werden wir uns offen zueinander bekennen.«

»Oh, Oscar«, seufzte Betty verliebt, doch er hatte nicht all ihre Sorgen zerstreut. »Was aber, wenn sich kein Rabbi bereit erklärt, uns zu vermählen?«

Es war im Judentum zwar nicht verboten, seinen Cousin zu heiraten, doch da es zu familiären Spannungen führen konnte, war es nicht unbedingt gern gesehen.

»Mach dir darüber keine Sorgen«, erwiderte Oscar sanft. »Wir werden jemanden finden, der uns offiziell zu Mann und Frau erklärt.«

Kapitel 9

Hermann Tietz hatte sich im Hotel »Zur Post« ein Zimmer genommen, um den jungen Leuten nicht zur Last zu fallen. Entschieden hatte er Floras Angebot abgelehnt, bei ihnen zu wohnen, bis er eine feste Unterkunft gefunden hatte.

Die Einrichtung des Hotelzimmers war einfach, aber sauber, und es störte den weit gereisten Kaufmann nicht im Geringsten, dass diese Unterkunft hauptsächlich von Fuhrleuten genutzt wurde, die sich auf der Durchreise befanden und in Stralsund eine Nacht verbringen mussten. Der Lärm aus dem Schankraum im Erdgeschoss drang nur gedämpft an seine Ohren. Bald würde Ruhe einkehren, denn es war schon spät, und eigentlich hätte er sich auch ein paar Stunden Bettruhe verdient. Doch Hermann kam in dieser Nacht nicht zur Ruhe. Der Glockenschlag der Marienkirche hallte durch die menschenleeren Straßen, die den Neuen Markt wie ein Rechteck umgaben.

Hemdsärmelig saß er im Schein der Petroleumleuchte an einem Sekretär unter der Dachschräge und skizzierte seine Vorstellung von einem großen Warenhaus, wie es das Reich noch nicht gesehen hatte. Der Bau, den er zu Papier brachte, glich einem Tempel. Es gab große Fensterfronten, Ornamente an der mit Stuck verzierten Fassade und massive Steinsäulen, die dem Warenhaus ein schlossähnliches Erscheinungsbild verliehen.

Hermann war nicht nachtragend. Er nahm es seinem Neffen Leonhard nicht übel, dass er ihn ausgelacht hatte, als er ihm von seiner Vision eines Konsumtempels berichtet hatte. Was wusste der junge Mann schon, wie es in der weiten Welt zuging? Die Geschäfte in den deutschen Städten waren nicht zu vergleichen mit dem, was Hermann auf seinen zahlreichen Reisen durch Amerika gesehen hatte. Dagegen wirkten die Läden hier verschlafen, eng und düster. Zwar musste Hermann seinem Neffen und dessen Frau ein geschicktes Händchen bei der Einrichtung ihres Ladens zugestehen, doch er war sicher, dass man aus den Ideen des Paars noch mehr machen könnte. Hermann legte den Bleistift zur Seite und betrachtete seine Zeichnung zufrieden. Die ausladenden Walmdächer schienen über dem geschäftigen Treiben im Warenhaus zu thronen und reckten sich stolz in den Himmel. *Ja*, dachte Hermann, *so haben die großen Häuser in Amerika ausgesehen.* Er hatte ähnliche Bauten auch schon in Paris bewundert und war sicher, dass diese Kauftempel auch den Einzelhandel in Deutschland schon bald revolutionieren würden.

Doch musste man sie zunächst noch bauen. Hermann würde seinen Neffen Oscar und Leonhard das nötige Geld nicht geben können. Seine Ersparnisse waren zwar noch lange nicht aufgebraucht, doch der Neubau solcher Kauftempel würde Unsummen verschlingen. Allzu gern würde er auf die Ersparnisse der ganzen Familie zurückgreifen, doch seine Brüder sahen seine Bemühungen sehr kritisch. In den Augen von Chaskel, Julius, Heinrich und Markus war es ein irrwitziges Unterfangen, den jungen Kaufleuten so viel Geld zu geben, um irgendwelche verrückten Ideen umzusetzen. Nur auf ihre unablässigen Forderungen hin hatte Hermann dem Wunsch seiner Brüder, das Startkapital von Oscar zurückzufordern, nachgegeben. Keinem seiner Brüder war aufgefallen, dass es Hermann fast das Herz gebrochen hatte, Oscar damit an den Rand einer Pleite zu treiben. Hermann war der Einzige, der das Potenzial der nächsten Generation erkannte – und es honorierte. So blieb Hermann nur die Hoffnung, den beiden auch ohne finanzielles Risiko helfen zu können.

Die Gedanken kreisten ruhelos durch seinen Kopf, und obwohl er innerlich immer noch aufgewühlt war, spürte er die bleierne Müdigkeit, die von seinem Körper Besitz ergriffen hatte.

Hermann löschte das Licht und entkleidete sich im dunklen Zimmer. Der rote Teppich dämmte seine Schritte, als er an das Bett trat und sich hinlegte. Während er zur Zimmerdecke hinaufstarrte, dachte er daran, was für fleißige und begabte junge Kaufleute seine Neffen waren. In Flora und Betty hatten sie zudem kompetente junge Frauen an ihrer Seite, die ihnen bei all ihren Bestrebungen den Rücken stärkten. Hermann schätzte den immensen Ideenreichtum der jungen Leute. Nur wollte ihm noch nicht einfallen, wie er ihnen am besten unter die Arme greifen konnte. Über diesen unbefriedigenden Gedanken schlief er schließlich ein.

*

Leonhard fand in dieser Nacht ebenfalls keinen Schlaf. Unruhig wälzte er sich im Bett umher und hinderte auch Flora am Einschlafen.

»Ist alles in Ordnung, Leo?«, flüsterte sie im Halbdunkel des Schlafzimmers. Die Bettwäsche raschelte, und sie erkannte schemenhaft, wie Leonhard sich im Bett aufrichtete. Ihr Mann arbeitete sehr viel und war oft körperlich und geistig ausgelaugt. Flora sorgte sich manchmal um ihn, so auch in dieser Nacht. Nach einem anstrengenden Arbeitstag, der fast vierzehn Stunden gedauert hatte, war es ihm wichtig gewesen, mit Sally und seinem Onkel Überlegungen zur Zukunft des Weißwarengeschäftes anzustellen. Die Umsatzzahlen gaben Leonhard und seinem endlosen Fleiß durchaus recht, doch Flora fürchtete, dass die viele Arbeit ihm schadete. Schon jetzt klagte er gelegentlich über Rückenschmerzen. Deshalb waren kleine Auszeiten umso wichtiger, wie ein gutes Abendessen, ein Wochenende auf Rügen oder eine Kutschfahrt ins grüne Umland von Stralsund. Diese Ausflüge waren in letzter Zeit zu kurz gekommen, und auch ihren Hochzeitstag hatten sie nicht so verlebt wie geplant. Flora fürchtete, dass Leonhard diese Zerstreuung nun fehlte und er dadurch so aufgewühlt war.

»Das Gespräch mit Onkel Hertie geht mir nicht aus dem Kopf«, erwiderte er im Flüsterton. »Diese großen Warenhäuser, von denen er uns erzählt hat.«

Flora dachte daran, wie Leonhard seinen Onkel ausgelacht hatte, als dieser der Runde eröffnet hatte, so etwas auch hierzulande errichten zu wollen.

»Das war sehr unhöflich von mir«, bemerkte Leonhard schuldbewusst.

»Ich glaube, Onkel Hertie ist nicht nachtragend«, beschwichtigte Flora ihn und legte tröstend eine Hand auf seinen Unterarm. »Aber ich finde, wir sollten seinen Rat und seine Ideen ernst nehmen. Er ist weit herumgekommen und hat viel erlebt und gesehen. Ich bin mir sicher, dass wir von Onkel Hermann eine Menge lernen können.«

»Das mag sein.« Leonhard seufzte. »Ich werde morgen mit ihm reden und mich in aller Form für mein kindisches Verhalten entschuldigen.«

Floras Herz hüpfte vor Aufregung, als sie sich an Onkel Herties Beschreibungen erinnerte. Seine Worte hatten verlockende Bilder vor ihrem inneren Auge entstehen lassen. »Meinst du, uns wird eines Tages auch so ein riesiges Warenhaus gehören?«

Sie spürte, wie Leonhard mit den Schultern zuckte. »Möglich ist es. Bisher war unsere Arbeit ja stets von Erfolg gekrönt.« Er beugte sich zu ihr hinüber und gab ihr einen Kuss auf die Stirn. »Und einen großen Teil des Erfolges haben wir deinem Einsatz zu verdanken, Bella.« Er seufzte. »Was wäre ich nur ohne dich?«

»Völlig hilflos, natürlich, was sonst?«, erwiderte sie lachend. Dann nahm sie seine Hand und suchte seinen Blick. »Ich muss sagen, der Gedanke, ein derartig großes Kaufhaus zu führen, ist reizvoll und beängstigend zugleich. Wie viele Angestellte müssten wir denn da bezahlen? Wie viele Lagervorräte müssten wir einkaufen, um nie mit leeren Regalen dazustehen, und wie astronomisch hoch mögen die Kosten für den Bau eines solchen Warenhauses sein?« Sie pustete die Luft durch die Lippen. »Das wäre schon ein ehrgeiziges Projekt, Liebster.«

Er war ganz ihrer Meinung. »Noch ist es viel zu früh, um ein derartiges Wagnis einzugehen. Wir werden kleine Geschäfte betreiben und sehen, ob unsere Ideen weiter Anklang finden. So halten wir das Risiko im Falle eines Scheiterns klein und können umdenken, wenn unser Plan nicht aufgeht.«

»So wie in Schweinfurt?«

»So wie in Schweinfurt, ja.« Er atmete tief ein. »Ich bin sicher, dass Sally und Anna diese Herausforderung meistern werden, aber wir vergrößern uns erst weiter, wenn wir fest im Sattel sitzen.« Leonhard lachte leise. »Bildlich gesprochen.«

Flora kam eine Idee in den Sinn. »Hermann und Oscar haben ein Geschäft in Gera eröffnet, jetzt plant dein Bruder weitere Filialen. Da werden große Mengen von Waren umgesetzt.«

»Ja, und weiter? Ich fürchte, ich weiß nicht, worauf du hinauswillst, Bella.«

»Oscar handelt mit dem gleichen Sortiment wie wir. Posamentierwaren, Weißwaren, Bänder und Litzen«, half Flora ihm auf die Sprünge.

»Und?«

»Er firmiert ebenfalls unter dem Namen Tietz.«

»Du meinst, wir sollten eine Einkaufsgemeinschaft gründen, um bei den Lieferanten bessere Konditionen zu erhalten?«

Flora nickte. »Es wäre doch denkbar.«

»Darüber habe ich noch gar nicht nachgedacht«, räumte Leonhard ein. »Aber es wäre sicher möglich, durch größere Abnahmemengen günstigere Margen zu erzielen.« Er lachte leise auf und drückte Floras Hand. »Du bist ein Genie, Bella.«

»Und du der Mann meines Lebens.« Flora ließ sich zurück in das Kopfkissen sinken und blickte zu ihm auf. »Ich liebe dich, Leonhard Tietz.«

Er beugte sich zu ihr hinunter. »Und ich liebe dich, Flora Tietz.«

Sie zog ihn an sich und küsste ihn mit aller Leidenschaft, voll Dankbarkeit für das wunderschöne Leben, das sie sich miteinander aufgebaut hatten.

Kapitel 10

Hermann hatte schlecht geschlafen und fühlte sich wie gerädert, als er am nächsten Morgen aufstand. Kurz hatte er überlegt, noch einen Moment liegen zu bleiben. Niemand, so redete er sich ein, wartete auf ihn. Aber der Wunsch, den jungen Leuten zu helfen, ließ ihn dann doch zeitig aufstehen. Gähnend trat er an das Fenster und sah hinab auf den Neuen Markt. Ein Mann in dunkelblauer Arbeitskleidung schob einen schwer beladenen Handkarren über das holprige Kopfsteinpflaster, eine alte Frau schleppte sich mit zwei Milchkannen ab. Langsam erwachte die Hafenstadt.

Hermann reckte sich und gähnte herzhaft, während er an den hölzernen Waschtisch trat, um sich Wasser in die bereitstehende Schüssel zu schütten. Als er sich das eiskalte Wasser ins Gesicht spritzte, erwachten seine müden Geister langsam zu neuem Leben.

Etwas missmutig betrachtete er sein Gesicht in dem kleinen Spiegel. Alt war er geworden. Dunkle Ringe lagen unter seinen Augen, die Bartstoppeln warfen lange Schatten auf sein Gesicht. Während er sich die Wangen mit Rasierseife einrieb, kreisten seine Gedanken um die Neffen. Sein Wunsch, ihnen zum Erfolg zu verhelfen, war ungebrochen. Was Oscar betraf, so hatte er jedoch schon einmal versagt. Schwere Schuldgefühle plagten ihn. Vielleicht hätte er sich nicht so von seinen Brüdern unter Druck setzen lassen sollen. Doch jetzt war es zu spät. Er hatte Gera voller Trauer und Enttäuschung verlassen, und auch der Umstand, dass Oscar das Geschäft weiterhin unter seinem Namen betrieb, konnte ihn nicht mehr mit Stolz erfüllen. Dabei hatte Oscar sich so dankbar für die Unterstützung gezeigt. Jetzt hatte der Junge nur noch Betty.

Es war ein eigenartiges Verhältnis, das die beiden miteinander verband. Sie waren verwandt, wenn auch nicht blutsverwandt. Hermann war nicht entgangen, dass die beiden sich mochten. Er runzelte die Stirn, als er an Betty und Oscar dachte. Er wünschte ihnen alles erdenklich Gute, doch es blieb zu befürchten, dass die beiden nicht mit dem Segen der Familie rechnen konnten. Immerhin war Rebecka wie seine Tochter. Die beiden waren als Cousin und Cousine aufgewachsen. Bei einer Heirat mussten sie mit der Verachtung einiger Mitglieder der Gesellschaft rechnen. Hermann seufzte und griff zur Rasierklinge, um den Stoppeln zu Leibe zu rücken.

Seine Gedanken wanderten zurück zu der Unterstützung, die er Flora und Leonhard zukommen lassen wollte. Er würde achtgeben müssen, dass sich die beiden Brüder keine Konkurrenz machten, und wollte dafür sorgen, dass sie vielleicht sogar zusammenarbeiten konnten. Hermann war sich der Herausforderung bewusst, jedem Bruder den Erfolg zu ermöglichen.

Nachdem Hermann sich gewaschen hatte, schlüpfte er in ein frisches Hemd, richtete sein volles Haar und freute sich auf ein reichhaltiges Frühstück. Beim Essen kamen ihm immer die besten Ideen.

Kapitel 11

Am Morgen suchte Flora ihren Mann im ganzen Geschäft, ohne ihn anzutreffen. Er hatte das Haus bereits im Morgengrauen verlassen, während Flora sich mit Magda um Alfred und Heinrich gekümmert hatte.

So war Flora ihrem Mann erst eine gute Stunde später mit ihrem geliebten Veloziped in das neue, größere Geschäft gefolgt, das nur einen Steinwurf von ihrem ersten Laden entfernt an der Ossenreyer Straße lag.

Einer der Buchhalter war Leonhard auf dem Weg ins Dachgeschoss des Hauses begegnet. »Was er dort tut, entzieht sich jedoch meiner Kenntnis«, erklärte Gustav Heider, ein blasser und hagerer Mann von Anfang dreißig, mit bedauernder Miene.

»Danke.« Flora runzelte die Stirn. Der Dachstuhl des Hauses stand leer, seit sie das Gebäude übernommen hatten. Während sie den Saum ihres rosafarbenen Kleides hochraffte und die hölzernen Stufen nach oben nahm, fragte sie sich, was Leonhard dort oben trieb. Die Sonne schien durch die schmalen Fenster des Treppenhauses. Staubkörner tanzten im warmen Sonnenlicht. Die Tür zum Speicher stand offen, zu hören war aber nichts.

Flora hielt auf dem obersten Treppenabsatz inne, um zu Atem zu kommen, dann betrat sie den Dachboden. Schwere Holzbalken stützten die Konstruktion, nur wenige Dachluken ließen Licht ins Innere. Die Luft hier oben war trocken und staubig. »Leo?«, rief Flora, als sie ihn nicht gleich erblickte. »Wo steckst du?«

»Hier, Liebste.«

Sie drehte sich um und sah, wie ihr Mann hinter dem Kaminschacht hervortrat. »Ist das nicht großartig?« Er strahlte wie ein Kind vor dem Weihnachtsbaum.

»Was genau?«, fragte Flora ratlos. Suchend sah sie sich um.

»Der Speicher steht komplett leer.« Leo breitete die Arme aus und drehte sich einmal im Kreis. »So viel ungenutzte Fläche, das war mir gar nicht bewusst.«

»Wir waren noch nicht sicher, wie wir die Fläche nutzen wollen«, erinnerte Flora ihn an die erste Besichtigung vor dem Kauf des Hauses. Der Staub kitzelte sie in der Nase. Flora zog eine Grimasse, dann musste sie niesen. »So, wie ich dich kenne«, sagte sie schließlich, »hast du schon wieder eine Idee.«

»Mir fiel heute Morgen ein, dass wir noch mehr sparen können, indem wir Teile unseres Sortiments selbst herstellen.« Leonhard trat näher und schien auf ihre Reaktion gespannt. »Wie wäre das?«

»Ich fürchte, ich verstehe nicht ganz«, erwiderte Flora. »Was genau hast du vor, Leo?«

»Ich möchte Maschinen kaufen, die uns die eigene Herstellung unserer Waren ermöglichen. Wir werden Näherinnen und Schneiderinnen, Weber und Bandwirker einstellen, die diesen wunderschönen Raum mit Leben füllen.« Sein Gesicht glühte vor Begeisterung. »Dort«, sagte er und streckte die Hand aus, »könnten wir Maschinen hinstellen, mit denen wir Strümpfe anstricken.«

»Du willst eine eigene Posamentierfabrik errichten?« Flora legte die Stirn in Falten. »Hier, unter dem Dach?« Sie trat an eine der kleinen Luken und warf einen Blick durch die dicke Staubschicht auf dem Glas. Von hier oben wirkten die umliegenden Gebäude winzig klein. Im Morgendunst ragten die Türme der Nikolaikirche wie zwei mahnend erhobene Finger aus Stein in den Himmel.

»Warum nicht?«, erwiderte Leonhard aufgeregt. »Wir produzieren unsere Waren selbst und sparen uns die Umwege über Hersteller und Fabrikanten. Es wird uns neue Märkte eröffnen!«

Flora riss sich vom Blick auf Stralsunds Dächer los und wandte sich zu ihm um. »Inwiefern?«

»Wir können selbst als Großhändler aktiv werden, Flora, klingt das nicht verlockend?«

Flora hatte keinen Zweifel daran, dass es ihrem Mann gelingen würde, sich auch als Großhändler erfolgreich zu etablieren, doch hier oben sah sie bei aller Vorstellungskraft keine eigene Produktion. »Wie soll das denn funktionieren?«, fragte sie und ließ den Blick durch den Speicher wandern. »Alles muss hier hochgeschafft werden. Die Maschinen, das Material, und schließlich muss die produzierte Ware wieder nach unten ins Kontor und in den Laden gelangen.«

Kurz, so schien es, war Leonhards Euphorie gebremst, doch dann erhellte sich seine Miene wieder. »Ich werde mir schon etwas einfallen lassen«, versicherte er ihr.

Flora schloss kurz die Augen, stellte sich vor, wie unter dem Dach des Hauses emsiges Treiben herrschte, Webstühle und Nähmaschinen ratterten und zahlreiche Angestellte damit beschäftigt waren, die Artikel herzustellen, die sie später im Laden verkaufen würde. »Mode«, kam es mit einem schwärmerischen Lächeln über ihre Lippen. Seit einer Weile führten sie auch Bekleidung im Laden, die regen Absatz fand.

»Wie bitte?«

Als sie die Augen wieder aufschlug, sah sie Leonhards verdutzte Miene. »Mode?«

»Ja«, lachte sie, »Mode, Leo. Wir werden Bekleidung selbst herstellen, werden Stoffe verarbeiten und eine eigene Modelinie ins Programm aufnehmen.«

Mit einem verstehenden Lächeln nickte er. »Du bist mir immer einen Schritt voraus, Flora.« Dann sah er sich um. »Die Idee ist nicht schlecht. Unser Sortiment der zugekauften Bekleidung ist bei den Kundinnen schließlich sehr beliebt.«

»Und jetzt stell dir vor, wir würden unsere eigene Kollektion anbieten!« Flora hätte juchzen können vor Freude. Angesichts dieser
Aussichten konnte sie sich mit Leonhards Idee einer eigenen Posamentierfabrik anfreunden. »Bleibt nur noch die Frage, wie wir alles
hier unters Dach transportieren können.«

»Ein Freund von mir arbeitet in Hamburg«, begann Leonhard. Er
trat an eine Dachluke, warf einen kurzen Blick nach unten und
wandte sich schnell ab. Flora wusste, dass ihr Mann nicht schwindel-
frei war. »Er baut dort Lastkräne für die Speicherstadt und natürlich
Hafenkräne. Sicher hat er einen guten Einfall, wie wir die Lasten
unter das Dach hieven können.«

»Wenn einer eine Lösung findet, dann jemand mit seiner Erfahrung«, gab Flora ihm recht. »Und alles, was wir nicht selbst herstellen, lassen wir uns über den Einkaufsverband liefern.«

»Nicht im Verkauf, sondern im Einkauf liegt der Gewinn«, zitierte
Leonhard eine alte Kaufmannsweisheit. Dann trat er zu ihr und
schlang lächelnd einen Arm um Flora. »Ich könnte mir gut vorstellen,
dass Onkel Hertie uns hier eine große Hilfe wäre«, überlegte er.
»Wenn ich ihn später treffe, frage ich ihn danach.«

Flora hatte keine Einwände. Sie spürte sein vor Freude wild po-
chendes Herz. Sekundenlang genoss sie schweigend seine Nähe. Bei
Leo fühlte sie sich geborgen, und trotzdem schien er ihre hartnäcki-
gen Zweifel an den ehrgeizigen Zukunftsplänen zu spüren.

»Wir schaffen alles«, flüsterte er ihr ins Ohr, als hätte er ihre Gedanken erraten, und Flora wusste, dass er recht hatte. Zusammen waren
sie unaufhaltsam.

*

»Wie geht es denn nun weiter mit unseren großen Plänen?« Erwartungsvoll blickte Leonhard in die Runde. Hermann fühlte sich berufen, als Erster zu antworten. Er räusperte sich. »Ich werde in den

nächsten Tagen nach Gera zurückkehren, um mit Oscar und Betty zu sprechen und ihnen unsere Ideen vorzustellen. Sicher kann ich sie auch dafür begeistern.« Er wandte sich an Sally und Anna. »Und ihr werdet nach Schweinfurt reisen, um ein geeignetes Ladenlokal um die fünfundzwanzig Quadratmeter zu suchen. Ein Kontor und Büro sollten ebenfalls vorhanden sein, idealerweise in guter Lage.«

Flora, die sich Notizen machte, sah auf. »Und wir?«, fragte sie Onkel Hermann voller Tatendrang. »Was machen wir solange?«

Hermann betrachtete seinen Neffen und Flora. Er schmunzelte. »Ihr tut das, was ihr am besten könnt: Haltet hier in Stralsund die Stellung, kümmert euch um Alfred und Heinrich und sorgt weiterhin für den reißenden Absatz der Waren.«

Kapitel 12

Josephine Thalbach hatte vor lauter Aufregung kaum schlafen können. Dennoch war sie an diesem Morgen nicht müde. Sobald der Tag anbrach, streckte sie sich in ihrem Bett, gähnte herzhaft und stieß die Decke fort, um die nackten Füße auf den Dielenboden zu setzen. Irgendwo mussten doch ihre Pantoffeln sein. Das Mädchen beugte sich vor und fand die Filzlatschen unter dem Bett. Schnell schlüpfte sie hinein und reckte sich ein letztes Mal, bevor sie sich erhob.

In der Nacht war es kühl geworden. Josephine fröstelte und warf sich eine leichte Jacke über die Schultern.

Heute war der große Tag. Heute würde ihr neues Leben beginnen, denn ab heute verdiente sie ihr eigenes Geld, mit einer Arbeit, auf die sie sich freute. Sie hatte eine Anstellung als ungelerntes Ladenmädchen bei Flora und Leonhard Tietz ergattert und konnte es kaum erwarten, ihren ersten Arbeitstag anzutreten. Sie hatte keine Ahnung, was sie als Ladenmädchen alles können musste, war aber sicher, dass Frau Tietz ihr alles erklären und beibringen würde. Und Josephine nahm sich vor, fleißig und strebsam zu sein, damit sie bald schon von zu Hause ausziehen konnte.

Hier, in der karg eingerichteten Wohnung ihrer Eltern, hielt sie es einfach nicht mehr aus. Ihr Vater Ernst Thalbach schuftete den ganzen Tag als Hafenarbeiter, die Mutter Margarete war seit einem Jahr lungenkrank und war außerstande, den Haushalt zu führen. Oft musste Josephine ihr zur Hand gehen und beim Waschen, Kochen und Putzen helfen sowie bei der Versorgung ihrer jüngeren Geschwister. Als wäre das nicht genug, kehrte der Vater oft spätabends betrunken heim, nachdem er seinen spärlichen Lohn im Wirtshaus in

Schnaps und Bier umgesetzt hatte. Durch den Alkohol enthemmt, beschimpfte Ernst dann zunächst seine Kinder, bevor er seiner kranken Frau vorwarf, sie sei schuld daran, dass sie die Kinder durchzufüttern hatten. Dabei trat er mit jedem Wort einen bedrohlichen Schritt näher. Sobald sie Widerstand leistete, verprügelte er sie. Erst neulich hatte Margarete bei einer dieser ungleichen Auseinandersetzungen ein blaues Auge davongetragen. Als Josephine sie darauf ansprach, behauptete ihre Mutter, sich gestoßen zu haben.

Josephine hasste ihren Vater und wollte so schnell wie möglich von ihm fort. Den Gedanken, mit ihrem geplanten Auszug ihre Geschwister im Stich zu lassen, verdrängte sie schnell. Jeder musste an sich denken, die Zeiten waren hart. Sobald sie dazu in der Lage war, würde sie ihre Geschwister unterstützen und der Mutter eine ärztliche Behandlung bezahlen.

Josephine wusste, dass sie sich mit jedem Tag, den sie hier weiter lebte, schlechter fühlen würde. Es war höchste Zeit, zu verschwinden.

Voller Tatendrang verließ sie ihre Kammer und ging in Richtung Bad. Das Badezimmer war der einzige Luxus, den die Mietwohnung bot. Leise huschte Josephine über den langen Korridor. Durch die geschlossene Schlafzimmertür der Eltern hörte sie das markerschütternde Schnarchen ihres Vaters. Ernst Thalbach schlief einmal mehr seinen Rausch aus, anstatt sich für den neuen Arbeitstag fertig zu machen.

Im Badezimmer trat Josephine an den weißen Waschtisch, um sich prüfend im Spiegel zu betrachten. Danach griff sie zum bereitstehenden Porzellankrug und schüttete das Wasser in eine Schüssel. Ihr Vater hatte großen Wert auf ein Badezimmer gelegt, als sie die Wohnung im letzten Jahr bezogen hatten. Dass die Miete dadurch fast unerschwinglich wurde, hatte er außer Acht gelassen. Wenn Josephine neulich richtig gehört hatte, gab es bereits Mietschulden. Sollte

Ernst Thalbach die Außenstände nicht innerhalb der nächsten Woche begleichen, würde man sie wohl bald vor die Tür setzen.

Das wollte Josephine nicht mehr miterleben. Schließlich war sie alt genug, um ein eigenes Leben zu beginnen. Sie griff zum Waschlappen und tauchte ihn in die Schüssel. Während sie sich mit dem kalten Wasser wusch, verschwand auch die letzte Müdigkeit aus ihren Gliedern. Nachdem sie sich abgetrocknet hatte, betrachtete Josephine prüfend ihr Spiegelbild. Ein siebzehnjähriges Mädchen mit großen blauen Augen, einer kleinen Nase und ebenen Lippen, ein hübsches Gesicht, das von schulterlangen, kastanienbraunen Haaren umrahmt wurde. Immer wieder war es ihr in den letzten Monaten passiert, dass ihr Männer auf der Straße anerkennend hinterherpfiffen. Josephine wusste nicht so recht, ob sie das schmeichelhaft oder verstörend finden sollte.

Sie kämmte sich das Haar, band es zu einem hohen Knoten zusammen und zupfte detailverliebt einige Fransen heraus, die locker um ihr Gesicht fielen. Es verging eine halbe Ewigkeit, bis Josephine schließlich mit ihrem Aussehen zufrieden war und sich ein letztes Mal im Spiegel betrachtete, bevor sie das Bad verließ. Im Flur blieb sie stehen und lauschte. So wie es aussah, war sie heute tatsächlich als Erste aufgestanden.

Josephine liebte die friedliche Stille des jungen Morgens. Sie schloss kurz die Augen und genoss die Ruhe, dann huschte sie zurück in ihr kleines Zimmer, um sich anzuziehen. Vogelgezwitscher drang durch das Fenster in den Raum. Es fühlte sich gut an, erwachsen zu werden. Auch wenn ihr Vater von ihr verlangte, dass sie mit ihrem ersten Gehalt die Familie unterstützte, hatte sie andere Pläne. Josephines Vorfreude auf ihren ersten Arbeitstag bei Tietz stieg ins Unermessliche.

*

Anna blickte neugierig von ihrer Arbeit auf, als das Glöckchen über der Ladentür bimmelte. Gerade hatte sie die neuen Spitzenbänder dekorativ im Schaufenster drapiert. Dabei war sie so konzentriert gewesen, dass sie nicht bemerkt hatte, wie ein junges Mädchen mit kastanienbraunen Haaren neugierig die Auslagen des Fensters betrachtet hatte, bevor sie den Laden betrat.

»Guten Tag, junges Fräulein, was kann ich für Sie tun?« Anna zupfte die Schürze zurecht, die sie über dem hellblauen Kleid trug, das ihr Sally von seiner letzten Reise nach Berlin mitgebracht hatte.

»Mein Name ist Josephine Thalbach«, stellte sich das Mädchen ein wenig schüchtern vor. »Ich beginne heute meine Anstellung als Ladenmädchen.«

»Richtig!« Beinahe hätte Anna vergessen, dass Flora ein neues Ladenmädchen eingestellt hatte. Gestern noch hatten sie darüber gesprochen. Flora hatte sie gebeten, die Neue einzuarbeiten.

So unauffällig wie möglich beäugte Anna das Mädchen. Sie war bildschön. Ihr Haar glänzte im Licht der einfallenden Sonne, das himmelblaue Kleid korrespondierte wundervoll mit ihren wachen Augen. Sie würde sicher gut hierher passen, dachte Anna, bevor sie der jungen Frau die Hand hinhielt. »Herzlich willkommen, Josephine, mein Name ist Anna.«

»Vielen Dank.« Josephine errötete ein wenig, als sich ihre Hände berührten.

»Und?«, fragte Anna, »bist du aufgeregt?«

»Sehr«, gab Josephine zu, während ihr Blick durch den Laden streifte. »So ein schönes Geschäft!«

»Danke, es bereitet uns allen eine große Freude, hier zu arbeiten«, stimmte Anna ihr zu. Sie erinnerte sich noch sehr gut an ihren eigenen ersten Arbeitstag. Fast zwei Jahre waren seitdem vergangen, eine lange Zeit, in der sich ihr Leben komplett verändert hatte. Anna bereute nicht, dass sie Schweinfurt damals für ihre große Liebe Sally verlassen hatte. Sie fühlte sich wohl in Stralsund, und erst seit einigen Wochen nahm das Heimweh immer mehr zu. Sie freute sich schon sehr darauf, in ihrer alten Heimat mit ihrem Verlobten ein eigenes Geschäft zu eröffnen. Doch davon musste Josephine nichts wissen. Erst einmal sollte sie sich eingewöhnen und beweisen, dass sie fleißig und ehrgeizig war, um Anna würdevoll zu vertreten. Denn nur wenn sie sich gut führte, konnte Anna beruhigt die Stadt verlassen.

Doch sie machte sich keine allzu großen Sorgen. Sie verfügte über eine gute Menschenkenntnis, und schon nach den ersten Augenblicken war sie sicher, dass Josephine ein kompetentes Ladenmädchen werden würde. »Darf ich fragen, wie du auf uns gekommen bist?«

»Ich habe eine Annonce in der Zeitung gesehen«, berichtete Josephine, und erleichtert stellte Anna fest, dass sie ein wenig auftaute. »Sie klang sehr ansprechend, deshalb habe ich mich gleich beworben.«

»Mit Erfolg, wie ich sehe.« Anna lächelte. Es war noch ein wenig Zeit, bis die den Laden aufschließen musste. »Komm«, sagte sie, »ich zeige dir erst einmal alles.«

*

Erschöpft wischte sich Sally unter dem Dachboden des Hauses den Schweiß von der Stirn. Obwohl es noch nicht einmal zehn Uhr morgens war, staute sich die Hitze bereits jetzt unter den roten Dachpfannen. Die Arbeiterinnen, die hier künftig sticken und nähen würden, beneidete er nicht. Die Luft war stickig, und das, obwohl noch keine einzige Maschine in Betrieb genommen worden war. Er hatte einige morsche Dielen repariert, um so die Traglast zu erhöhen. Bis eben war er damit beschäftigt gewesen, die Giebelwände mit weißer Farbe zu tünchen. Auch die Arbeitslampen hingen bereits am offenen Balkenwerk und würden schon bald dafür sorgen, dass die Frauen hier oben gut sehen konnten. Dafür hatte Leonhard Tietz extra einen

Versorgungsvertrag mit der Stralsunder Gasanstalt abgeschlossen. Er wollte einer der ersten Unternehmer in der Stadt sein, die ihre Arbeitsplätze mit Gaslampen ausstatteten. »Nur wer über gutes Licht verfügt, kann anständige Arbeit abliefern«, befand Leonhard.

Zufrieden betrachtete Sally sein Werk. Nach der harten Arbeit verspürte er einen furchtbaren Durst und wandte sich zur Treppe, die er mit sportlichen Schritten nahm. Bei jeder Stufe wurde es kühler und ihm wohler. Im Treppenhaus selbst war die Temperatur angenehm.

Als Sally sich gerade im Büro ein Glas Wasser einschenkte, hörte er Stimmen auf dem Flur. Eine davon war die seiner Verlobten. Mit wem sprach Anna?

Die Frage wurde ihm beantwortet, als sich die Tür öffnete und Anna in Begleitung eines jungen Mädchens eintrat. »Das«, hörte er seine Verlobte gerade sagen, während er das Wasserglas ansetzte, »ist das Büro von Herrn und Frau Tietz. Hier findest du Bestellformulare und ... Sally?« Anna brach überrascht ab.

Er grinste und schob sich die Mütze lässig in den Nacken. »Hallo, ihr zwei.« Neugierig betrachtete er das junge Mädchen. Sie war von zierlicher Statur und schlank, ihr braunes Haar rahmte ein fein geschnittenes Gesicht. Sie war ausgesprochen hübsch, fand Sally.

»Das ist Josephine, unser neues Ladenmädchen«, stellte Anna ihm ihre Begleiterin vor.

»Freut mich, ich bin Sally.« Er schenkte ihr ein jungenhaftes Grinsen. Von dem Mädchen ging etwas Anziehendes aus. So, als würde sie ein Geheimnis hüten, das es zu ergründen galt.

»Bist du mit der Arbeit oben schon fertig?«, unterbrach Annas Stimme seine Gedanken. Er spürte, wie ihm das Blut ins Gesicht schoss, und fühlte sich ertappt. Ihr war wohl nicht entgangen, dass Sally die Neue auffällig intensiv betrachtet hatte. Er riss sich von Josephines Anblick los und wandte sich mit rotem Kopf an seine Verlobte. »Nein, ich muss nur …«, stammelte er. »Es ist so schrecklich heiß unter dem Dach, die Näherinnen und die Weber tun mir jetzt schon leid, und …«

»Josephine wird uns im Laden unterstützen«, unterbrach Anna ihn etwas unsanft. Es war offensichtlich, dass sie eifersüchtig war. Sally bekam sofort ein schlechtes Gewissen. »Das freut mich«, murmelte er mit gesenktem Blick. »Ich muss dann auch wieder los.« Hastig kippte er den Rest des Wassers in seine Kehle, dann stellte er das leere Glas hart auf dem Kabinett ab und hastete an den Frauen vorbei. Dabei vermied er es krampfhaft, Josephine anzusehen. Noch auf dem Gang spürte er die gekränkten Blicke seiner Verlobten im Rücken.

»Sally«, murmelte er halblaut zu sich selbst, während er die Treppe nach oben nahm, »reiß dich zusammen.« Er schlug sich im Gehen mit der flachen Hand vor die Stirn. »Du kannst doch nicht andere Mädchen anstarren, noch dazu vor Anna.«

*

Die Arbeit im Laden bereitete Josephine große Freude. Sie fand alles furchtbar interessant und verstand schnell, was ihr erklärt wurde. Schon am späten Vormittag durfte sie ihre erste Kundin bedienen. Die Dame verlangte nach Brüsseler Spitze und muschelförmigen Perlmuttknöpfen für ihr Kleid, das sie anlässlich der bevorstehenden Hochzeit ihres Bruders nähen wollte.

»Ich möchte hochwertige Ware«, verlangte die Dame und betrachtete Josephine wie ein ihr untergebenes Dienstmädchen. »Nichts Billiges.«

»Selbstverständlich«, erwiderte Josephine. »Wir führen nur hochwertige Artikel in unserem Sortiment.« Erfreut registrierte sie das zustimmende Nicken von Anna, die dem Gespräch vom Tresen aus lauschte und dabei vorgab, beschäftigt zu sein.

»Das will ich hoffen«, antwortete die Kundin mit kaltem Blick. Josephine merkte, dass es wohl nicht immer leicht war, die Kundschaft für sich zu gewinnen. Doch sie hatte nicht vor, sich von der eingebildeten Frau ins Bockshorn jagen zu lassen. Josephine dachte an ihre ehrgeizigen Pläne, schon bald auf eigenen Füßen stehen zu können. Geduldig bat sie die füllige Dame zur Theke, wo sie warten sollte, während Josephine selbst dahinter verschwand. Nur kurz musste sie überlegen, wo sich die Musterkarten mit den Knöpfen befanden, dann legte sie die richtige Schachtel zwischen sich und die Kundin, um ihr Muster zu präsentieren. Die Dame klemmte sich einen Zwicker zwischen Nase und Wange, um die im Licht der einfallenden Sonne bunt schillernden Knöpfe betrachten zu können. »Schön«, sagte sie etwas versöhnlicher. Sie tippte auf einen etwa daumennagelgroßen Knopf. »Diese Variante«, sagte sie, »möchte ich gerne haben.«

»Sehr gern.« Josephine prägte sich die Artikelnummer unter dem Muster ein. »Wie viele benötigen Sie denn?«

»Sechs«, kam die prompte Antwort.

Anna, die mitgehört hatte, zog die Schachtel mit dem gewünschten Artikel aus dem Fach im Regal und schob sie Josephine mit einem ermutigenden Augenzwinkern zu. Nachdem Josephine die Knöpfe in eine Papiertüte gepackt hatte, zeigte sie der Kundin die gewünschte Brüsseler Spitze. Kritisch ließ die Dame die Bänder nacheinander durch ihre Finger gleiten und entschied sich schließlich für die teuerste Variante. »Anderthalb Meter davon benötige ich«, sagte die Kundin mit schnarrender Stimme, während sie dem Ladenmädchen kritisch bei der Arbeit zusah. Doch Josephine blendete ihre scharfen Blicke aus und konnte beinahe Routine vortäuschen. »Darf es sonst noch etwas sein, meine Dame?«

Die Kundin schüttelte den Kopf und verlangte nach einem guten Preis.

»Bei uns erhalten Sie immer die besten Preise der Stadt«, behauptete Josephine, während sie an die Kasse trat. Die Kundin antwortete nicht und bezahlte mit griesgrämiger Miene, bevor sie sich grußlos abwandte.

»Vielen Dank für den Einkauf«, rief Josephine ihr nach, »und beehren Sie uns bald wieder!«

Die Kundin murmelte etwas Unverständliches, legte die Hand auf die Klinke und verschwand nach draußen. Erst als das Glöckchen an der Tür verstummt war, fiel die Anspannung von Josephine ab. Ihr Herzschlag normalisierte sich, und als sie sah, dass Anna mit ihr zufrieden schien, war sie sogar ein wenig stolz auf sich. »Wie war ich?«

Anna strahlte. »Du warst großartig«, lobte sie. »Ich hätte nicht erwartet, dass du dich schon gegen so eine aufgeblasene Kuh behaupten kannst, doch du hast dich nicht aus der Ruhe bringen lassen und sie gleichbleibend freundlich und souverän bedient.« Anna klatschte vor Freude in die Hände und hörte erst damit auf, als eine junge Kundin den Laden betrat. Interessiert blickte sie sich um und betrachtete mit einem verzückten Lächeln auf den Lippen die Auslagen.

Anna gab Josephine zu verstehen, sie solle die Kundin erst einmal alles ungestört in Augenschein nehmen lassen. Leonhard und Flora Tietz war das wichtig, denn damit wollten sie unterstreichen, dass kein Kaufzwang bestand. Sobald die Kundin unsicher schien, würden die Ladenmädchen ihr beratend zur Seite stehen.

Josephine zupfte die Spitzenbänder, die in einem Gestell an einer Säule hingen, zurecht und beschäftigte sich dann mit den Stoffbahnen auf einem der Verkaufstische. Dabei ließ sie die Kundin nicht aus den Augen. Ihre Gedanken waren allerdings ganz woanders. Josephine ertappte sich dabei, wie sie an Sally dachte. An diesen jungen, äußerst attraktiven Mann, der offenbar als Kommis bei Tietz arbeitete. Er wirkte irgendwie verwegen, und der Blick seiner braunen Augen ging ihr nicht mehr aus dem Kopf. Der Klang seiner Stimme war so warm und angenehm gewesen, dass sie gleich ins Schwärmen geriet.

Sally, dachte Josephine, *ist das nicht ein Mädchenname?*

»Junges Fräulein?«, riss sie die Stimme der Kundin, die kaum älter war als Josephine, aus ihren Gedanken, »ich suche Stoff, aus dem ich Gardinen nähen kann. Sicher können Sie mir weiterhelfen?«

»Aber selbstverständlich«, nickte Josephine und verdrängte Sally aus ihrem Kopf. Kurz bevor sie sein Bild aus ihrer Erinnerung verbannte, dachte sie daran, welch eigenartige Faszination er bei ihrem kurzen Aufeinandertreffen auf sie ausgeübt hatte. Sie fand ihn anziehend und geheimnisvoll zugleich. Josephine beschloss, mehr über Sally zu erfahren. Zu einem späteren, passenderen Zeitpunkt würde sie das Gespräch mit ihm suchen. Doch davon sollte Anna lieber nichts mitbekommen.

*

Anna war außer sich, als sie Sally auf dem stickigen Dachboden aufsuchte. Er war gerade damit beschäftigt, das Werkzeug in einer wurmstichigen Holzkiste zu verstauen. Neben der Kiste befand sich ein Stapel mit Decken, die man offenbar dazu genutzt hatte, Maschinen abzudecken.

»Was ist denn in dich gefahren, sie so anzuglotzen?« Mit in die Hüfte gestemmten Armen stand Anna mitten auf dem Speicher.

»Wen?« Sally schaute kaum von der Arbeit auf.

»Wen, wen, wen?« Annas Stimme wurde schrill, was sie furchtbar ärgerte. So kannte sie sich selbst nicht. »Na, wen wohl?«

»Sag du es mir.« Jetzt erhob sich Sally. »Warum so wütend?« Er klopfte sich den Staub von den braunen Kniebundhosen.

»Die Neue«, platzte es aus Anna heraus. »Sie ist keinen Tag hier, und schon glotzt du sie an, als wolltest du sie mit Haut und Haaren verschlingen. Und sie hat genauso interessiert zurückgeguckt, tu bloß nicht so, als sei dir das nicht aufgefallen!«

»Ach was, ich habe sie kaum bemerkt und sie mich bestimmt auch nicht.« Sally gab sich unbeeindruckt. Er stand breitbeinig und mit den Händen in den Hosentaschen vor ihr.

»Willst du mich auf den Arm nehmen?« Anna schüttelte wütend den Kopf.

Sally zuckte mit den Schultern. »Wahrscheinlich hat sie nur so blöd geguckt, weil ich so dreckige Arbeitskleidung trage.«

Anna ließ die Ausrede nicht gelten. »Sie hat dich förmlich ange-schmachtet.«

»Hat sie?« Sally grinste geschmeichelt und trieb Anna damit zur Weißglut.

»Sally!«

Am liebsten hätte sie ihm eine schallende Ohrfeige verpasst. Doch im letzten Augenblick riss sie sich zusammen. Vielleich hatte sie über-reagiert. Was hatten ein paar Blicke schon zu bedeuten. Sicher hatte Sally sich nichts dabei gedacht. So gescheit er auch manchmal war, kam er ihr in anderen Momenten so naiv vor wie ein kleiner Junge, der sich keiner Schuld bewusst war.

»Was denn?«, fragte er mit Unschuldsmiene.

»Ich liebe dich, du Schuft«, seufzte sie. Nur langsam normalisierte sich ihr Herzschlag. Sie holte tief Luft und zwang sich zur Ruhe. »Und ich lasse mir meinen Verlobten sicher nicht vom neuen Ladenmäd-chen ausspannen.«

Jetzt musste Sally lachen. Er legte seine Hände auf ihre Schultern und sah ihr tief in die Augen. »Ach, meine liebe Anna«, sagte er, »so eifersüchtig bist du.«

Sie wandte empört den Kopf ab, doch er nahm ihr Kinn sanft zwi-schen Daumen und Zeigefinger und drehte es zu sich. Ihr Widerstand schmolz dahin. Sie ließ es zu, dass er seine warmen Lippen auf ihren

Mund presste und sie küsste. »Meine Anna«, flüsterte er sanft zwischen zwei Küssen, »hab keine Angst.«

»Das sagst du so einfach.«

»Ja, das sage ich. Du musst keine Angst haben, mich zu verlieren. Ich gehöre dir, also mach dir keine Sorgen … Es ist mir nicht einmal aufgefallen, dass sie mich angestarrt hat, diese … wie hieß sie gleich?«

»Jo-se-phi-ne«, sprach Anna langsam. Jetzt gelang ihr ein versöhnlicher Tonfall. »Aber den Namen musst du dir gar nicht merken. Mit den Ladenmädchen hast du ja so gut wie nichts zu tun.«

»Eben.« Er lächelte ihr liebevoll zu und schien ihre Gedanken zu lesen. »Und mögen sie noch so hübsch sein, diese jungen Dinger, ich weiß, wo ich hingehöre.« Er zog sie fester an sich und küsste sie diesmal voller Leidenschaft. Das Letzte, was Anna bewusst wahrnahm, war, wie ihre Knie weich wurden und sie in dem Berg von Decken zu Boden sanken, um die Welt um sich herum zu vergessen.

*

»Wo ist Anna?« Flora Tietz erschien so plötzlich im Laden, dass Josephine über das Auftauchen ihrer Chefin erschrak. Seit dem Vorstellungsgespräch begegneten sich die Frauen zum ersten Mal. Josephine erinnerte sich an die natürliche Schönheit und Anmut, die Frau Tietz ausstrahlte. Ihre Haarpracht wurde heute durch eine Klammer aus vergoldetem Metall gebändigt. Sie trug ein cremefarbenes, figurbetontes Kleid mit einem atemberaubenden Dekolleté, das von einer Kette dominiert wurde, an deren unterem Ende sich eine kleine silberne Schatulle befand. Josephine fragte sich, was sie wohl darin am Herzen trug, wagte aber nicht, die Frage zu stellen.

Frau Tietz sah sich suchend um. Ein anderes Ladenmädchen war gerade damit beschäftigt, zwei Kundinnen zu bedienen.

»Ich … Ich weiß nicht, wo sie steckt«, stammelte Josephine. »Sie sagte, sie wolle etwas holen.« Sie merkte, dass ihre Worte so klangen, als wolle sie Anna decken. Dabei wusste sie wirklich nicht, was Anna trieb.

»Na gut, ich sehe mal nach dem Rechten.« Frau Tietz trat zu dem Vorhang, der das Ladenlokal vom hinteren Bereich abtrennte, wandte sich dann aber noch mal zu Josephine um. Unauffällig deutete sie auf die anwesende Kundschaft. »An die Arbeit«, flüsterte sie, »es gibt viel zu tun.«

Bevor Josephine etwas erwidern konnte, verschwand Frau Tietz in die hinteren Räumlichkeiten des Ladenlokals. Das Mädchen stand einen Augenblick lang verdutzt da, dann wandte sie sich hastig um und kümmerte sich um eine rundliche Dame, die schon ungeduldig mit den Fingern auf der Theke herumtrommelte.

*

»Anna?« Schnelle Schritte näherten sich. »Bist du hier oben?«

Floras Stimme hallte durch das Treppenhaus.

»Ach du Schreck«, rief Anna und sprang auf. Eben noch hatte sie glücklich in Sallys starken Armen gelegen und den Moment der abklingenden Leidenschaft genossen, der sie sich hingegeben hatten. Mit klopfendem Herzen zupfte sie ihr Kleid zurecht und band sich die Schürze um.

Auch Sally stand eilig auf, streifte sich sein Hemd über und knöpfte die Hose zu.

»Anna?!« Floras Schritte kamen näher.

»Hier oben«, erwiderte Anna laut und konnte das Zittern in ihrer Stimme kaum verbergen. »Ich bin bei Sally.«

Gerade in dem Augenblick, als das verliebte Paar alle Knöpfe geschlossen und Anna sich notdürftig die Frisur gerichtet hatte, erschien Flora im Türrahmen. Überrascht blieb sie stehen, als wäre sie an eine unsichtbare Wand geprallt, dann lief sie langsam rot an und schien für einen Moment vollkommen sprachlos. »Hier steckt ihr also«, sagte sie schließlich.

»Ja«, nickte Sally, der seine Schwester wohl noch nie derart verlegen erlebt hatte. Auch sein Gesicht war puterrot. Mühsam rang er sich ein Grinsen ab und breitete die Arme aus. »Ich habe Anna eben gezeigt, was hier …«

Flora hielt sich mit einer Grimasse die Ohren zu. »Schon gut«, rief sie, »ich will gar nicht wissen, was du Anna gezeigt hast, Bruderherz.«

»Du kannst es dir denken, was?« Sallys Grinsen wurde breiter, und Anna wäre am liebsten im Boden versunken. Die ganze Situation war ihr unendlich peinlich. Nervös zupfte sie sich eine blonde Haarsträhne zurecht. Sie wich Floras Blick aus und sah zu Boden. Mit den Stiefelspitzen schob sie den Haufen von Decken, der ihnen eben als Liegestatt gedient hatte, zusammen.

»Schon gut, schon gut.« Flora winkte ab. »Ich bin nur froh, dass ich euch nicht früher entdeckt habe.«

Das war wirklich Glück, dachte Anna peinlich berührt. »Was gibt es denn?«, fragte sie ein wenig kleinlaut.

»Ich brauche dich im Laden«, antwortete Flora. »Die beiden Ladenmädchen haben alle Hände voll zu tun.« Sie wandte sich an ihren Bruder. »Und dich möchte ich bitten, ins Lager zu gehen. Die Regale im Laden sind bald leer und müssten aufgefüllt werden.«

»Ich komme sofort«, antwortete Sally dienstbeflissen und salutierte. Mit seiner jungenhaften Leichtigkeit war es ihm innerhalb weniger Sekunden gelungen, die brisante Situation aufzulockern.

»Wie schön.« Flora lächelte amüsiert und wandte sich ab. »Dann kommt mit.«

Sally zwinkerte Anna zu. Sie nahm hinter Floras Rücken seine Hand in ihre und drückte sie fest.

»Noch mal gut gegangen«, flüsterte er, dann kehrten sie in den

Alltag zurück. Erst als Flora ihren Bruder bat, Josephine beim Bestücken der Regale zur Hand zu gehen, spürte Anna wieder einen leichten Stich im Herzen. Doch sein Blick schien ihr zu versichern, dass
sie sich keine Sorgen machen müsse. Und seine Liebe hatte er ihr
eben eindrucksvoll unter Beweis gestellt. Ein süßes Geheimnis, das
die beiden von diesem Moment an miteinander teilten und das Anna
ein wenig versöhnlicher stimmte, als sie durch den Vorhang in den
Laden an ihm und Josephine vorbeihuschte.

Kapitel 13

»Du hältst mich für einen schrulligen alten Mann mit wahnwitzigen Visionen.« Hermann Tietz lehnte sich auf seinem Stuhl zurück und betrachtete seinen Neffen mit hinter dem Kopf verschränkten Armen. Er hatte Leonhard ins Hotel gebeten, wo sie im Salon Platz genommen hatten. Nur wenige Gäste hielten sich um diese Zeit hier auf, und so schien Onkel Hermann zu hoffen, dass sie sich ungestört unterhalten konnten.

Leonhard nahm seinen kleinen Zwicker von der Nase, schüttelte den Kopf und wischte sich mit der flachen Hand durch das gerötete Gesicht. »Nein, nein, werter Onkel, ganz im Gegenteil.« Er setzte den Zwicker wieder auf. »Ohne Zweifel bist du ein kühner Visionär, doch ich würde dich niemals als schrulligen alten Mann bezeichnen.« Leonhard beugte sich über den Tisch, um Hermanns Zeichnungen näher zu betrachten. Die Skizzen zeigten seine Vision von einem modernen Warenhaus, dessen Verkaufsfläche sich über mehrere Etagen erstreckte.

»Deine Entwürfe sind wirklich eindrucksvoll. Jedoch fehlt es mir an Vorstellungskraft. Wo soll ein derartiges Kaufhaus entstehen – und mit welchem Kapital?«

Leonhard bemerkte sofort, dass er damit einen wunden Punkt bei seinem Onkel Hertie getroffen hatte. Er hatte den Eindruck, als zuckte der Kaufmann beim Wort Kapital ein wenig zusammen. »Nun«, sagte Hermann und räusperte sich mehrmals, bevor er fortfuhr. »Es sind kühne Pläne, die einiges an Geldmitteln erfordern, da gebe ich dir recht.« Jetzt trat ein Lächeln auf seine Lippen. »Aber das Geschäft von Flora und dir läuft blendend. Gestern hat mir deine Frau die Zahlen und Bilanzen gezeigt.«

»Es wird dennoch nicht für den Bau eines solchen Konsumtempels reichen«, wandte Leonhard bedauernd ein.

»Noch nicht, werter Neffe, noch nicht.«

»Die Kaufkraft in Stralsund ist begrenzt, und der Versuch eines zweiten Geschäfts im fernen Schweinfurt kann genauso gut scheitern. Dann stünden wir vor den Trümmern unserer Existenz.« Leonhard schüttelte den Kopf. »Das kann ich weder Flora noch Heinrich und Alfred zumuten, dass sie in ärmlichen Verhältnissen aufwachsen müssen.«

»Die Gründung eines zweiten Geschäfts in Schweinfurt darf nicht scheitern«, stimmte Hermann ihm zu und trank von seinem Wasser. Er tippte auf seine Skizzen. »Aber das hier«, fuhr er fort, »wird die Zukunft des Warenhandels sein, Leonhard. Und du wirst dieses Kaufhaus zum Erfolg führen.«

Leonhard runzelte die Stirn. »Wie garantieren wir den Erfolg?« Die Vorstellung, dass ihm bald schon ein Kaufhaus gehören sollte, jagte ihm etwas Angst ein. Er war sich nicht sicher, ob er für ein derart großes Projekt die Verantwortung übernehmen sollte.

»Eine Garantie gibt es nicht.« Hermann war ernst geworden. »Doch ihr beide, deine Flora und du, ihr seid in der Lage, euch der Herausforderung zu stellen.«

»Aber nicht in Stralsund«, befand Leonhard. »Und wohl auch nicht in Schweinfurt.«

»Dann suchen wir einen neuen Standort, wo es genügend Kundschaft gibt, die ein solches Haus«, wieder tippte er auf die Zeichnungen, »mit Leben füllen kann.«

»Erst einmal sollten wir abwarten, ob es uns gelingt, in Schweinfurt Fuß zu fassen.« Leonhard hielt dem Blick seines Onkels stand.

»Das überlasse ich natürlich euch«, stimmte Onkel Hertie ihm zu. »Aber du solltest nicht aus den Augen verlieren, welche Macht unsere Familie hat.«

»Ich schätze mich glücklich, zum wohlhabenden Zweig unserer Familie zu gehören«, erwiderte Leonhard, »doch auch unsere Mittel sind nicht unerschöpflich.«

»Die finanziellen Mittel sicher nicht, aber der Zusammenhalt untereinander ist unbezahlbar.« Hermann musterte seinen Neffen. »Hast du eine Idee, an welchem Standort wir auf die größte Kaufkraft treffen könnten?«

Diese Frage hatte Leonhard sich in den letzten Tagen und Wochen auch immer wieder gestellt. Einige Städte waren ihm dabei in den Sinn gekommen, aber ohne dass er von einer völlig überzeugt gewesen wäre. Plötzlich erinnerte er sich an seinen alten Geschäftsfreund Emil von Weyerbusch. »Elberfeld«, schoss es aus ihm heraus. »Ein lieber Freund hat mir schon vor Jahren ans Herz gelegt, nach Elberfeld zu kommen, um dort Geschäfte zu machen.«

»Der Name sagt mir nichts. Wo soll das sein?«

»Zwischen Westfalen und dem Rheinland, in einer Gegend, die man als das Bergische Land bezeichnet. Die Stadt liegt an einem Fluss namens Wupper. Die Industrialisierung dort ist in den letzten Jahren förmlich explodiert, die Menschen kommen von weit her, um im Tal der Wupper reich zu werden.«

»Jawohl, das klingt doch perfekt!« Hermann schlug mit der flachen Hand auf die Tischplatte, so dass die Gläser einen Hüpfer vollführten und die beiden Männer für einen kurzen Moment die Aufmerksamkeit der anderen Menschen im Salon auf sich zogen. »In Elberfeld könnten wir es versuchen.«

»Es wäre ein teurer Versuch«, stellte Leonhard nüchtern fest.

»Nicht, wenn du schon jetzt über Freunde dort verfügst, die du um Unterstützung bitten kannst.« Hermann nickte wissend. »Es geht nichts über persönliche Kontakte, eine Hand wäscht die andere, und sicher kannst du auch deinen Freunden in Elberfeld einen Gefallen tun.«

»Es sind allesamt Fabrikanten, die sich mit der Produktion von Bändern und Litzen sowie der Herstellung von Knöpfen befassen.«

»Umso besser, dann kannst du ihnen anbieten, ihre Artikel künftig im großen Stil zu verkaufen.« Hermann wandte sich um und bedeutete dem Wirt, ihre Gläser aufzufüllen. »So«, sagte er an Leonhard gewandt, »jetzt solltest du so schnell wie möglich damit beginnen, den Neuanfang in Elberfeld zu planen, mein lieber Neffe.«

Leonhard nickte stumm. Ihm rauchte der Kopf. Noch hatte er nicht einmal ein zweites Geschäft in Schweinfurt gefunden, da schaffte es Onkel Hertie schon, ihn mit seiner Begeisterung für solch ehrgeizige Pläne anzustecken. »Ich werde versuchen, in Elberfeld ein geeignetes Ladenlokal zu finden«, versprach er seinem Onkel. »Jedoch mache ich den dritten Schritt niemals vor dem zweiten – so gilt meine Aufmerksamkeit erst einmal Schweinfurt. Sobald ich sehe, dass unsere Bemühungen dort von Erfolg gekrönt sind, denke ich über eine weitere Expansion nach. Ich werde es so handhaben wie bisher und mir zunächst ein kleines Geschäft suchen, um das Risiko so gering wie möglich zu halten. Erst wenn die Umsätze zufriedenstellend sind und alle Zahlen stimmen, werde ich mich vergrößern.«

»Das klingt gut.« Hermann nickte. »Du solltest jetzt nach Hause gehen und Flora von unseren Plänen berichten.« Er griff nach seinem Glas und prostete Leonhard zu.

Kurz wurde Leonhard ein wenig übel. »Stimmt«, murmelte er etwas betreten. An seine Frau hatte er vor lauter Begeisterung gar nicht gedacht. Jetzt fühlte er sich unbehaglich. Normalerweise planten sie immer alle Schritte gemeinsam, und ihm war die Meinung seiner Frau überaus wichtig. »Flora muss ich unbedingt miteinbeziehen.«

*

Am Abend sprühte Flora förmlich vor Begeisterung, als Leonhard ihr die Skizzen seines Onkels zeigte. Sie hatten es sich in der guten Stube der Wohnung gemütlich gemacht, während Anna und Sally sich in der Küche um das Abendessen kümmerten. Leonhard hatte eine Flasche Wein geöffnet und das Grammophon angekurbelt. Aus dem trichterförmigen Lautsprecher drang eine schwungvolle Melodie des Komponisten Julius Einödshofer aus Wien, den Leonhard irgendwann in Berlin kennengelernt hatte. Seitdem verband die Männer eine enge Freundschaft. Seine neue Platte hatte Einödshofer Leonhard nach Stralsund geschickt.

Flora trug Alfred Leonhard auf dem Arm. Heinrich, der Ältere, schlief bereits. Sie wiegte den Kleinen, der sich an ihre Brust schmiegte und die kurzen Arme um sie legte.

»Findest du es nicht zu … zu groß?« Leonhard betrachtete sie nachdenklich, während er von seinem Wein nippte.

Flora schüttelte den Kopf. Vor ihrem geistigen Auge erwachte das Warenhaus Tietz schon zum Leben, während sie die detaillierten Zeichnungen betrachtete. »Das ist doch großartig!«

»Es ist Onkel Hermanns Vision des Einzelhandels in der Zukunft.« Leonhard trat an ihre Seite und sah ihr über die Schulter.

»Und es wird unser Kaufhaus sein«, stellte Flora voller Euphorie fest. »Onkel Hertie lässt all unsere kühnsten Träume wahr werden!«

»Na, na, Bella, so weit ist es noch lange nicht«, versuchte Leonhard sie zu bremsen. Dennoch sah Flora auch in seinem Blick die Begeisterung für die Visionen von Hermann Tietz.

»Es ist …«, Flora suchte einen Moment lang nach dem richtigen Wort, »… ziemlich pompös.« Sie tippte auf den Eingangsbereich. »Das gleicht eher einer Kathedrale als einem Warenhaus.« Sie wandte sich zu ihrem Mann um. »Aber ist es nicht großartig?«

»Doch, Bella, das ist es.« Lächelnd legte er einen Arm um sie und küsste ihre Schläfe. »Das ist es wahrlich.«

»Ich kann es kaum erwarten, bis wir so weit sind und ein so großes Warenhaus betreiben können«, schwärmte Flora und streichelte dem munter brabbelnden Alfred Leonhard über die Wange. »Und dir, mein kleiner Prinz, wird es auch gefallen, Herr über ein solch großes Haus zu sein.«

Das Interesse des Kleinen an den Zeichnungen seines Großonkels hielten sich erwartungsgemäß in Grenzen. Er tastete lieber das Gesicht seiner Mutter ab. »Schau, Alfred, so werden die Warenhäuser in einigen Jahren schon aussehen«, flüsterte Flora ihm leise zu.

Leonhard schien immer noch von einigen Zweifeln geplagt zu sein. »Ist das nicht doch ein wenig kühn geplant?«, fragte er mit bangem Blick. »Ich meine, es muss gewährleistet sein, dass wir das Personal bezahlen können, die Lager voll sind und dass wir das Haus unterhalten können.«

Flora zuckte mit den Schultern. »Wir können es uns schon erlauben, ein bisschen zu träumen«, erwiderte sie. »Außerdem ist es doch wünschenswert, Pläne für die Zukunft zu haben. Unser Laden läuft gut, wir expandieren mit Sallys und Annas Hilfe im Süden. Bald schon werden wir uns noch weiter vergrößern müssen.«

»Da hast du wahrscheinlich recht. Ein Kaufhaus wie in Onkel Hermanns Plänen wäre zwar eine gewaltige Investition, aber ich kenne ein paar Architekten, die ich nach der Machbarkeit eines solchen Vorhabens befragen könnte.«

»Hervorragend!« Flora klatschte vor Begeisterung in die Hände. »Dann solltest du keine Zeit verlieren, liebster Leo.« Sie beugte sich hinab, um ihrem Mann einen Kuss auf die Stirn zu geben. »Wir schaffen das«, flüsterte sie, während sie Alfreds Köpfchen streichelte. »Es gibt nichts Wertvolleres als eine Familie, die hinter einem steht.«

»Das hat Onkel Hertie auch gesagt.«

»Na also!« Flora lachte. »Und meine Familie verfolgt unsere Unternehmungen ebenfalls aufmerksam. Meine Geschwister würden sicher allzu gern bei uns einsteigen.«

Jetzt lachte Leonhard auf. »Ach, Bella«, sagte er amüsiert, »wenn das so weitergeht, werden wir bei aller Größe wohl für immer ein Familienunternehmen bleiben.«

»Was gibt es daran auszusetzen?« Flora setzte sich zu ihm und betrachtete noch einmal die Entwürfe von Onkel Hermann. Sie sah einen imposanten Torbogen über dem Eingang, massive Steinsäulen an den Ecken der imposanten Fassade und steinerne Skulpturen, die auf Simsen hockten und über den mächtigen Schaufensterfronten zu thronen schienen.

»Nichts ist daran auszusetzen«, murmelte Leonhard etwas nachdenklich. »Nur frage ich mich, ob die Familie daran auch auseinanderbrechen könnte, sollte es zu einem Streit aufgrund geschäftlicher Diskrepanzen kommen.«

Flora wusste, wie wichtig ihm ein intaktes Familienleben war. Leonhard würde es nur schwer ertragen, wenn es unter den Verwandten Streit gäbe. »Wir alle müssen lernen, geschäftliche Belange aus dem Privatleben herauszuhalten«, überlegte sie. Auch sie liebte ihre Brüder und Schwestern sehr und wollte keinen Konflikt. Obwohl man sich nur selten sah, bestand doch ein starkes Band zwischen ihnen. Der Gedanke, dass diese Bindung zerbrechen könnte, war unvorstellbar.

»Wir können unseren Geschwistern trauen«, sagte sie nachdrücklich. »Und deshalb sollten wir zusehen, dass wir die leitenden Funktionen mit Familienmitgliedern besetzen.«

»Vielleicht hast du recht.« Leonhard betrachtete sie durch die dünnen Gläser seines Zwickers und leerte dann sein Glas. Ein langes Gähnen überkam ihn. »Es ist spät geworden«, stellte er fest. »Wir sollten zu Bett gehen.«

»Anna und Sally haben uns ein Abendessen zubereitet, es wäre unhöflich, es jetzt nicht zu uns zu nehmen«, erinnerte Flora ihn. Sie sog die Luft durch die Nase ein. »Es riecht auch schon sehr lecker.«

Leonhard stellte das Glas ab und schaltete das Grammophon aus. Die Klänge von Julius Einödshofer verstummten jäh.

»Du hast recht, das hatte ich ganz vergessen. Dann lass uns essen«, entschied Leonhard.

Flora nickte und drückte das Kind fester an ihre Brust. Sie liebte den Geruch seiner weichen und zarten Haut.

Leonhard zeigte auf die Skizzen. »Und darüber verlieren wir vorerst lieber kein Wort gegenüber Anna und Sally.«

»Einverstanden.« Flora nickte. »Es bleibt unser Geheimnis, Leo.«

Sie begaben sich in die Küche, wo Sally gerade den Tisch deckte und sie erwartungsfroh ansah. »Ihr kommt genau richtig«, sagte er und deutete auf die Stühle. »Setzt euch, setzt euch.«

»Es riecht wundervoll«, fand Flora und lächelte ihrer Schwägerin, die noch am Küchenofen stand, zu. »Ich habe einen Bärenhunger.« Als sie sich zu Leonhard setzte, zwinkerte sie ihm verschwörerisch zu. Es fiel ihr schwer, den jungen Leuten noch nichts von Onkel Herties großen Plänen zu erzählen, doch es war auch aufregend, mit Leonhard ein so verheißungsvolles Geheimnis zu teilen.

Kapitel 14

Obwohl sie gar nicht müde war, hatte sich Josephine gleich nach dem Abendessen in ihre bescheiden eingerichtete Kammer zurückgezogen. Nachdem sie die Küche aufgeräumt hatten, waren auch ihre Geschwister und die Mutter zu Bett gegangen. Ihr Vater war trotz später Stunde noch unterwegs. Josephine vermutete, dass er einmal mehr in einer der Schankgaststätten und Spelunken am Hafen versackt war.

In der Wohnung war es still geworden, und so konnte Josephine ihren ersten Arbeitstag bei Tietz noch einmal in Ruhe Revue passieren lassen. Es galt, die unendlich vielen Eindrücke zu verarbeiten. So lag sie mit weitaufgerissenen Augen in ihrem Bett und starrte an die Zimmerdecke, um ihre Gedanken zu ordnen. Ein leichter Wind wehte durch das offene Fenster und blähte die Gardinen auf.

Eines ging ihr nicht aus dem Kopf: Der attraktive Kommis, der sich ihr als Sally vorgestellt hatte. Er hatte sie auf magische Weise angezogen. Den ganzen Tag schon hatte sie an ihn denken müssen.

Wenn Josephine die Augen schloss, sah sie sein Gesicht mit den wunderschönen braunen Augen vor sich. Ihr Herz klopfte dabei wie verrückt. Auch seine Hände hatten es ihr angetan, sie waren feingliedrig und für einen Mann sehr gepflegt. Dabei verzieh sie ihm glatt, dass sein Haar ein wenig zu lang war und längst hätte geschnitten werden müssen.

Ich bin verliebt, stellte sie verwundert fest. *Kann das denn sein? Nach nur einer Begegnung mit diesem Mann bin ich Hals über Kopf verliebt?*

So recht glauben konnte sie es nicht. Das Herzklopfen, das sie bei dem Gedanken an Sally überkam, ließ sich allerdings nicht leugnen.

Das Geräusch eines schweren Schlüssels im Schloss der Wohnungstür am anderen Ende des Korridors riss sie jäh aus ihren Gedanken.

»Margarete?«, rief Ernst Thalbach mit seiner tiefen Stimme. »Wo steckst du, verdammt nochmal?« Die Tür schlug an die Wand, dann warf er sie achtlos ins Schloss und fluchte ungestüm. Josephines Verdacht schien sich zu bestätigen – ihr Vater war betrunken. Immer wieder rief er mit schwerer Zunge den Namen seiner Frau, die sich aber nicht rührte.

Was ist mit Mutter?, fragte sich Josephine mit vor Aufregung zugeschnürter Kehle. Der Lärm, den Vater verursacht, könnte Tote aufwecken. Zitternd richtete sich Josephine im Bett auf, um zu lauschen.

»Wo bist du, du Miststück?«, dröhnte die Stimme ihres Vaters durch die stille Wohnung. Als er noch immer keine Antwort erhielt, tobte er vor Wut. Mit seinen schweren Stiefeln stapfte er durch die Wohnung, wobei er vom Alkohol zu schwanken schien, denn Josephine hörte, wie er gegen die schwere Mahagonikommode stieß, wobei wohl die darauf stehende Porzellanfigur zu Boden fiel und in tausend Scherben zersprang. »Scheiße«, brummte der Vater im Weitergehen. Josephine starrte zur Zimmertür und betete, dass er an ihr vorbeiging, ohne sie zu belästigen. Seit einiger Zeit wurde Ernst Thalbach immer wieder handgreiflich, wenn er betrunken heimkam. Dabei scheute er auch nicht davor zurück, seine Kinder zu verprügeln.

Doch diesmal führte ihn sein Weg direkt ins Elternschlafzimmer. »Warum antwortest du nicht?«, fragte er seine Frau wütend. »Antworte gefälligst, wenn ich nach Hause komme!« Es klang, als würde er mit voller Wucht gegen den hölzernen Bettkasten treten. Jetzt vernahm Josephine die ängstliche und von Krankheit geschwächte Stimme ihrer Mutter. »Ich habe schon geschlafen.«

»Warum empfängst du mich nicht an der Tür?«, erwiderte Ernst Thalbach erbost. Er warf einen schweren Gegenstand durch das Zimmer, der polternd über die Holzdielen rollte. Das Geräusch wurde im nächsten Moment vom Angstschrei der Mutter übertönt. Das Bett knarrte.

»Stell dich nicht so an!«, herrschte Ernst seine Frau an. Dass Margarete unter seiner Last weinte und jammerte, schien seine Wut nur noch weiter anzufachen.

»Halt dein dummes Maul – du bist schließlich meine Frau!«

Josephine zitterte vor Angst am ganzen Körper. Was tat der Vater mit ihrer Mutter? Margarete Thalbachs Schreie klangen mit einem Mal gedämpft, als habe Ernst ihr seine Hand auf den Mund gepresst. »Du sollst gefälligst leise sein, sage ich!« Es folgte ein klatschendes Geräusch, das sich nach einer Ohrfeige anhörte.

»Du hast dich nicht zu verweigern, Weib!«

Josephine wäre am liebsten aufgesprungen und in die Schlafkammer gerannt, um ihrer Mutter zu Hilfe zu eilen, doch die Angst vor dem gewalttätigen Vater lähmte sie. Josephine zog sich die Bettdecke bis zu den Schultern und versuchte, das Jammern der Mutter zu ignorieren, so gut es ging. Doch es gelang ihr nicht. Sie konnte die Schreie nicht ertragen und stieß die Bettdecke fort. Hastig eilte sie aus ihrem Zimmer und zum Schlafzimmer der Eltern. Im Halbdunkel sah sie die massige Gestalt ihres Vaters auf dem zierlichen Leib der Mutter. Die Arbeitshose hing ihm unterhalb des Hinterns, sein Becken bewegte sich rhythmisch. Ernst Thalbach keuchte, und während er sich mit einem Arm abstützte, hielt er Margarete mit der freien Hand den Mund zu, um ihre Schreie zu ersticken.

Josephine brach dieser schreckliche Anblick fast das Herz. Sie wusste nicht, was sie tun sollte. Auch wenn sie all ihren Mut zusammennahm, um einzugreifen, war sie sich darüber im Klaren, dass sie dem Vater körperlich unterlegen war. Es würde ihr nicht gelingen, der Mutter zu Hilfe zu eilen. Panisch sah sie sich im Schlafzimmer um und fand die große Kupfervase auf dem Boden – sie musste das scheppernde Geräusch erzeugt haben. Sie bückte sich danach und umklammerte das Gefäß mit beiden Händen. Sie hob die Vase über den Kopf, während sie ans Elternbett trat. Weder ihr Vater, der ihr den Rücken zuwandte, noch die gequälte und gedemütigte Mutter bemerkten sie.

Josephine ließ die schwere Vase auf den Hinterkopf des Vaters niedersausen. Es gab ein hässliches Geräusch, der Vater keuchte, die Mutter stieß einen erschrockenen Schrei aus, dann sackte Ernst Thalbach leblos auf seine Frau zusammen. Im Halbdunkel sah Josephine eine klaffende Wunde an seinem Hinterkopf und Blut, viel Blut.

Für einen Augenblick schien die Welt um sie herum stehen zu bleiben. Wie gebannt starrte sie auf den leblosen Leib von Ernst Thalbach. Nur das schwere Keuchen der Mutter war zu hören. Josephines Gedanken rasten, sie spürte Übelkeit in sich aufsteigen und fühlte, wie ihre Knie nachgaben. Einer Ohnmacht nahe, ging sie zu Boden.

Was hatte sie getan?

*

»Schweinfurt«, murmelte Anna sehnsüchtig, als sie spätabends im Bett der kleinen Kammer von Leonhards und Floras Wohnung in Sallys Armen lag und sich an seinen breiten Oberkörper schmiegte. Sie lebten mit Leonhard und Flora unter einem Dach, damit sparten sie sich die Miete, und gegen Kost und Logis half Anna Flora im Haushalt und kümmerte sich, wenn mal Not am Mann war, um die Kinder.

Die Bettwäsche war frisch gewaschen und duftete wundervoll nach Jasmin. »Ich kann es kaum erwarten, nach Hause zu kommen.« Anna war viel zu aufgeregt, um einschlafen zu können. Sie freute sich, dass ihre Abfahrt nach Schweinfurt langsam in greifbare Nähe rückte.

Sally schien ihre Begeisterung nicht ganz teilen zu können. Er brummte etwas Unverständliches, während er mit ihren langen blonden Haaren spielte und einzelne Strähnen durch seine Finger gleiten ließ.

»Was hast du denn?«, fragte Anna verwundert. Die Bettdecke raschelte leise, als sie sich halb aufrichtete, um ihn anzusehen. Sie konnte ihn im Dunkeln nur schemenhaft erkennen. Bisher hatte sie geglaubt, dass ihm die Vorstellung, bald im Süden zu leben, gefiel. »Möchtest du doch nicht nach Schweinfurt?« Anna stützte den Arm auf und legte das Kinn in die Hand. Aufmerksam beobachtete sie ihren Verlobten.

»Doch«, brummte er, »schon … aber es wird eine völlig neue Welt für mich sein.« Er sah sie ernst an, dann wanderte sein Blick zur Decke. »Es wird alles ganz anders sein, als ich es kenne.«

»Du musst dich nicht fürchten«, versuchte sie, die Stimmung aufzulockern, »ich bin schließlich bei dir und werde dich beschützen.« Sie kicherte, doch Sally stimmte nicht mit ein. Seine anfängliche Begeisterung für die Gründung eines neuen Tietz-Geschäftes schien verflogen zu sein. Sein Sinneswandel bereitete Anna große Sorgen, doch sie kannte ihn gut genug, um zu wissen, dass es sinnlos war, weiter zu bohren.

Sally schob sie sanft ein Stück weg, um sich aufrichten zu können. Der hölzerne Bettrahmen knarrte vernehmlich.

»Ich werde zum ersten Mal im Leben Verantwortung übernehmen müssen«, sagte Sally schließlich, als er sie wieder ansah. »Richtige Verantwortung, Anna.«

Anna war überrascht, dass er plötzlich Angst vor seiner eigenen Courage bekam. So etwas kannte sie nicht von Sally. Was er sich einmal vorgenommen hatte, das setzte er normalerweise auch in die Tat um. Doch diesmal schien es anders zu sein.

»Du wirst die Herausforderung meistern«, machte sie ihm Mut. »Und meine Familie steht hinter mir und wird uns unterstützen.«

»Leonhard und Flora setzen große Hoffnungen in uns«, gab er zu bedenken.

»Und wir werden sie nicht enttäuschen«, entgegnete Anna energisch. »Ich weiß, was du zu leisten imstande bist, Sally. Und ich werde dich tatkräftig unterstützen, so, wie Flora es bei Leonhard tut. Sie steht hinter ihm und kämpft wie eine Löwin.«

Jetzt lachte Sally leise auf. »Die beiden sind also unsere Vorbilder?«

»Warum nicht?« Anna sah ihm fest in die Augen. »Leonhard und Flora haben unglaublich viel erreicht in den letzten beiden Jahren. Warum sollte uns nicht ein ähnlicher Erfolg beschieden sein?«

»Wenn du so sehr daran glaubst, dann wird es schon so kommen«, meinte Sally lächelnd.

Anna war sich nicht sicher, ob sie ihn tatsächlich überzeugt hatte, doch er zog sie zärtlich an sich und bedeckte ihre Haut mit Küssen. Sie genoss seine Nähe und schloss die Augen. Innerhalb kürzester Zeit schaffte Sally es, sie alle Gedanken an Schweinfurt und ihre Zukunft dort vergessen zu lassen. Zumindest für den Moment.

Kapitel 15

Die Melodie von *Guten Abend, gut' Nacht* weckte Flora am nächsten Morgen sanft aus ihrem Schlaf. Mit geschlossenen Augen tastete sie über die andere Betthälfte, in der sie Leonhard vermutete. Doch offenbar war er bereits aufgestanden. Flora räkelte sich wohlig, öffnete die Augen und sah, dass Leonhard seine Bettdecke bereits ordentlich zurechtgezupft hatte. Dabei musste er sehr leise gewesen sein, denn sie hatte nichts von seinem Aufstehen mitbekommen.

Als sie den Kopf nach rechts wandte, stellte sie fest, dass das Kinderbettchen ebenfalls leer war. Offenbar war der kleine Alfred Leonhard bereits wach, und Leonhard hatte sich seiner angenommen. Dafür war er sich, im Gegensatz zu vielen anderen Männern, die sie kannte, nicht zu schade. Leo half ihr im Haus, wo immer er konnte.

Nachdem sie sich ein letztes Mal gestreckt hatte, schob Flora die Bettdecke zur Seite und richtete sich auf. Die Musik kam aus einer kleinen Uhr, die auf dem Nachttisch stand. Leonhard hatte sie ihr von einer Reise ins Süddeutsche mitgebracht, ein Miniaturkunstwerk des Uhrenherstellers Lenzkirch. »Jetzt besitzt du ein eigenes kleines Grammophon«, hatte er geschmunzelt, nachdem sie ihr Geschenk ausgepackt hatte. Die Uhr war ein Wunderwerk der Technik: An der Rückseite des eisernen Gehäuses befand sich ein Vierkant aus Messing, mit dem man einstellen konnte, wann man geweckt werden wollte. Einmal auf die gewünschte Uhrzeit gestellt, erklang die sanfte Melodie des Schlafliedes aus der eingebauten Spieluhr. Sogar die Lautstärke war verstellbar.

Flora beugte sich über die Uhr, um die Melodie zu stoppen. Dazu nahm sie das Gehäuse, das mit den kleinen Marmorsäulen an allen vier Ecken einem Miniaturtempel nachempfunden war, in die Hand, um den Regler an der Rückseite der Uhr zu verschieben. Augenblicklich war es wieder still im Schlafzimmer. Wie immer verzückt von der Schönheit des Geräts, betrachtete Flora einen Moment lang das Ziffernblatt hinter der Glasplatte, das von einer winzigen Landschaftsmalerei verziert war. Dann registrierte sie, dass es bereits nach sieben Uhr war. Höchste Zeit, in den Tag zu starten.

Flora stellte die Uhr zurück an ihren Platz und erhob sich. Sie zog die Vorhänge vor den Fenstern zur Seite und stellte erfreut fest, dass sich ein weiterer schöner Sommertag ankündigte. Die Vögel zwitscherten, während die Dächer Stralsunds in der Morgensonne golden glänzten. Von der Straße drangen die klappernden Hufschläge eines Fuhrwerks an ihre Ohren. Der Kutscher stieß einen derben Fluch aus, und auch unbeschwertes Kinderlachen mischte sich unter die Geräuschkulisse der erwachenden Stadt. Flora sog die frische Sommerluft tief in ihre Lunge, dann wandte sie sich vom Fenster ab. Es war höchste Zeit, sich fertig zu machen. Im Laden wartete eine Menge Arbeit auf sie.

Auf dem Korridor begegnete sie Magda. Das Dienstmädchen grüßte höflich und verschwand dann in der Küche, aus der es verführerisch nach frisch gekochtem Kaffee duftete. Doch ihr erster Weg führte Flora ins Bad. Erst nachdem sie sich frisch gemacht und angekleidet hatte, suchte sie die Küche auf. Hier saßen Anna, Sally und Leonhard mit Alfred und Heinrich am Küchentisch.

»Guten Morgen«, grüßte Flora in die Runde und setzte sich zu ihrem Mann, dem sie einen liebevollen Kuss auf die Wange gab, bevor sie ihm den kleinen Alfred abnahm. Heinrich rutschte an ihre Seite. »Ein wundervoller Morgen«, fügte sie glücklich hinzu. Erst als sie erneut in die Runde sah, spürte sie die bedrückende Stimmung, die am Tisch herrschte. »Ist etwas passiert?«

Leonhard räusperte sich. »Magda«, sagte er an das Dienstmädchen gewandt, »würdest du uns einen Moment allein lassen?«

»Selbstverständlich.« Das Mädchen wischte sich die Hände an der Schürze ab, knickste und zog sich zurück.

»Also, was ist los?«, fragte Flora besorgt.

Leonhard wiegte den Kopf. »Wir hatten bereits am frühen Morgen Besuch«, eröffnete er ihr mit betroffener Miene. »Von der Polizei.«

»Mein zweitbester Freund, Hauptwachtmeister Holzapfel, hat uns zu früher Stunde aufgesucht«, erklärte Sally. »Er hat gefragt, ob es stimmt, dass Josephine Thalbach bei uns angestellt ist.«

Flora spürte, wie sich ihre Kopfhaut zusammenzog. »Was hat das zu bedeuten?«, fragte sie.

Leonhard nahm ihre Hand. »Es hat einen Zwischenfall gegeben letzte Nacht«, erklärte er ihr mit belegter Stimme.

»Ist Josephine etwas zugestoßen?«, fragte Flora erschrocken.

»Nein, Bella, sie hat … Nun, man wirft ihr vor, ihren betrunkenen Vater um ein Haar erschlagen zu haben.« Leonhards Miene wirkte wie versteinert.

»Wie bitte?« Flora glaubte, sich verhört zu haben. Sie selbst hatte das Ladenmädchen vor einigen Tagen erst eingestellt. Und gestern war ihr erster Arbeitstag im Geschäft gewesen. Sie hatte sich gut gemacht, war fleißig und folgsam und hatte bereits nach kurzer Zeit ihre ersten Kundinnen selbst bedient. Hatte Flora sich so in dem Mädchen getäuscht? Eigentlich, so dachte sie, verfügte sie über eine gute Menschenkenntnis.

»Ihr Vater ist offenbar betrunken heimgekehrt, hat die Mutter beschimpft und bedroht und stand im Begriff, sich an ihr zu vergehen«, fuhr Leonhard fort. »Da hat Josephine einen Gegenstand ergriffen, um den Vater von seinem brutalen Vorhaben abzuhalten.«

Flora brauchte einen Moment, um diese Neuigkeit zu verarbeiten.

Leonhards Worte erzeugten schreckliche Bilder in ihrem Kopf. »Hat er überlebt?«

»Er liegt im Spital«, sagte Leonhard. »Doch Josephine muss sich jetzt der Polizei gegenüber verantworten, weil ihr Vorgehen als versuchter Totschlag ausgelegt werden kann.«

»Es war Notwehr«, widersprach Flora. »Ich weiß nicht, wie ich mich verhalten hätte, wenn mein Vater meiner Mutter so etwas angetan hätte. Nicht, dass er so etwas je machen würde«, fügte sie mit einem Blick auf ihren Bruder hinzu. »Wie geht es jetzt weiter?«, fragte sie Leonhard.

»Josephine wurde von Holzapfel zur Polizeiwache gebracht und wird wohl gerade dort von ihm verhört.«

»Das bedeutet, dass wir zumindest heute nicht mit ihr rechnen können«, überlegte Flora.

»Wenn sie nicht sogar ins Gefängnis muss«, warf Anna ein. »Auf Totschlag steht eine Gefängnisstrafe.«

»Derzeit gehen wir von Notwehr aus«, erinnerte sie Leonhard. »Es ist niemandem damit gedient, wenn wir uns ein vorschnelles Urteil erlauben. Diese Einschätzung sollten wir den Richtern überlassen, sollte es zu einer Verhandlung kommen.«

»Ist das schrecklich«, stieß Flora hervor. Sie presste Alfred fester an ihre Brust und wandte sich ihrem Mann zu. »Sag, Leo, was können wir für Josephine tun?«

Er dachte kurz nach. »Ein Freund von mir ist Advokat, unter Umständen weiß er Rat.«

»Dann wäre das ja geklärt«, meinte Sally und wandte sich an seine Schwester und den Schwager, »jetzt sollten wir uns auf den Arbeitstag vorbereiten. Alles andere wird kommen, wie es kommen soll, das liegt nicht in unseren Händen.«

»Weise Worte, Bruderherz.« Flora schmunzelte. Manchmal beneidete sie Sally um seine Unbekümmertheit. Flora warf ihrem Mann einen Blick zu. »Dann werde ich heute in den Laden gehen, um Anna zu unterstützen.«

Leonhard hatte keine Einwände. »Hoffen wir, dass Josephine freigesprochen wird«, bemerkte er. »Ich denke, dass sie ein guter Mensch ist. Sie wird uns als Ladenmädchen noch gute Dienste leisten.« Er sagte das so, dass niemand am Tisch einen Einwand wagte.

Flora bemerkte jedoch, dass Anna ihre Zweifel zu haben schien. Die junge Frau zog nachdenklich die Brauen zusammen und starrte in die Ferne. Flora beschloss, Sallys Verlobte später darauf anzusprechen. Vorerst aber verdrängte sie die düsteren Gedanken an Josephine und versuchte, sich an dem Frühstück zu freuen, das Magda ihnen so liebevoll zubereitet hatte. Doch heute mundete es Flora nicht so gut wie sonst. Zu oft kehrten ihre Gedanken zu dem bemitleidenswerten Ladenmädchen zurück. Wie es ihr in diesem Moment wohl erging?

*

»Sie bleiben also bei Ihrer Aussage?« Hauptwachtmeister Jacob Holzapfel fixierte Josephine mit strengem Blick. Das Mädchen saß eingeschüchtert vor ihm am Tisch. Obwohl Holzapfel die Pickelhaube abgesetzt und neben sich auf den Tisch gelegt hatte, flößte ihr seine dunkelblaue Uniform Ehrfurcht ein. In Gedanken hatte sie schon zigmal die silbernen Knöpfe an seiner Uniform gezählt, um sich ein wenig abzulenken. Geholfen hatte es nichts. Noch immer schmeckte sie das Salz der unzähligen Tränen, die sie in den letzten Stunden vergossen hatte. Sie zerknüllte das Taschentuch, das man ihr gereicht hatte, in den Händen und zupfte es dann wieder auseinander, während sie nickte. »Ja«, sagte sie leise, »ich schwöre, dass ich die Wahrheit sage.« Die zurückliegende Nacht war schrecklich gewesen. Nach dem grauenhaften Zwischenfall in der Schlafkammer der Eltern hatte der Lärm die Nachbarn auf den Plan gerufen. Jemand musste losgelaufen sein, um den Wachtmeister zu holen. Der hatte, nachdem er sich die Geschichte angehört hatte, Josephine in der Wohnung der Eltern verhaftet und draußen auf der Straße einen zufällig vorbeikommenden Pferdekutscher polizeipflichtig gemacht, um ihn mit Josephine zur Wache am Rathaus zu fahren. Hier war sie zunächst in einer Arrestzelle gelandet, um in den frühen Morgenstunden von einem streng dreinblickenden Schutzmann zum Verhör geführt zu werden.

Ein paar schlaflose Stunden auf der harten Pritsche unter dem vergitterten Fenster der Zelle lagen hinter Josephine. Sie fühlte sich wie gerädert, als sie Hauptwachtmeister Holzapfel vorgeführt wurde und immer wieder schildern musste, was sich in der vorangegangenen Nacht ereignet hatte. »Ich hatte Angst um meine Mutter«, flüsterte sie, während ihre Fingerkuppen über die raue Oberfläche des Tisches fuhren. Immer wieder tauchten die schrecklichen Bilder vor ihrem geistigen Auge auf, immer wieder hörte sie das Jammern und Flehen ihrer Mutter, die dem Vater schutzlos ausgeliefert gewesen war. Ernst Thalbach hatte ihr Flehen nicht interessiert. Josephine weinte lautlos, während Holzapfel sich Notizen machte. »Wäre Ihr Vater gestorben, müssten Sie sich jetzt wegen Totschlags verantworten«, brummte er und schüttelte das massige Haupt.

»Ich konnte einfach nicht dabei zusehen, wie er sich an ihr vergeht«, stammelte Josephine mit tränenverschleiertem Blick.

»Ihr Vater hätte sterben können«, behauptete der Wachtmeister schonungslos. »Dann wären Sie für viele Jahre ins Gefängnis gekommen. So aber …« Er brach kopfschüttelnd ab und brütete über seinen Notizen.

»Fragen Sie doch meine Mutter, sie kann meine Aussage bezeugen.«

Holzapfels Blick verfinsterte sich noch mehr. »Wer sagt mir denn, dass Sie nicht unter einer Decke stecken?« Der buschige Schnurrbart wippte bei jedem seiner Worte. Er wandte sich um und rief den Schutzmann herbei, der Josephine aus der Arrestzelle geholt hatte. »Bringen Sie sie wieder in ihre Zelle.«

Josephine glaubte zu spüren, wie sich unter ihr der Schlund zur Hölle auftat. »Nein«, rief sie gellend, »das dürfen Sie nicht tun, Hauptwachtmeister. Ich bin unschuldig!«

Der Schutzmann, ein drahtiger Mann mit ausgemergeltem Gesicht und grauen Haaren, lachte wiehernd. »Sagen sie das nicht alle?« Ohne auf Josephines Antwort zu warten, zog er sie mit hartem Griff vom Stuhl hoch, drückte ihre Arme so brutal hinter den Rücken, dass ihr ein schriller Schmerzensschrei entwich, und schob sie vor sich her in den Arresttrakt der Wache. Josephine schickte ein Stoßgebet zum Himmel und hoffte inständig, endlich aus diesem Alptraum zu erwachen.

*

»Was hast du denn auf einmal gegen Josephine?« Flora zog Anna in einer ruhigen Minute hinter den Vorhang, der den Laden von den Lager- und Büroräumen abtrennte. Aufmerksam hatte sie die Verlobte ihres Bruders während des Vormittags beobachtet. Dabei war ihr aufgefallen, wie in sich gekehrt Anna seit dem Morgen war.

Anna lief leicht rosa an. »Sie hat …«, stammelte sie verlegen und rang mit den feingliedrigen Händen, »sie hat ein Auge auf meinen Sally geworfen.«

Nun war es also raus. Flora verstand, was in Anna vorging. Ihr selbst ging es ähnlich, wenn sie den Eindruck hatte, dass Leo von einer anderen Frau interessiert beäugt wurde. Aber bei ihrem Bruder war die Lage doch etwas anders, denn Sally war, bevor er Anna kennengelernt hatte, ein wahrer Schürzenjäger gewesen.

»Und er?«, flüsterte Flora. »Hat er es bemerkt?«

»Natürlich hat er das«, sagte Anna aufgebracht. »Er hat zwar behauptet, nichts mitbekommen zu haben, aber ich kenne ihn. Es hat ihm gefallen, das ist mir nicht entgangen.« Jetzt ballte sie die Hände zu Fäusten. »Er ist unverbesserlich.«

»Das kann man so nicht sagen«, widersprach Flora lächelnd, »er hat sich grundlegend verändert, seit du in sein Leben getreten bist, Anna.« Sie nahm die Hand des Mädchens und drückte sie. »Und darauf kannst du dir was einbilden. Sally ist vernünftig geworden. Er würde es nie riskieren, sich mit einer anderen einzulassen, dafür bist du ihm zu wichtig.«

»Du hättest sehen sollen, wie er sie angestarrt hat.«

Flora schüttelte den Kopf. »Natürlich wird es ihm geschmeichelt haben, dass sich ein hübsches Mädchen für ihn interessiert. Aber mehr wird da nicht gewesen sein. Wenn du magst, werde ich ihm trotzdem noch einmal ins Gewissen reden, damit er nicht auf dumme Gedanken kommt.«

»Wenn du glaubst, dass er auf dich hört, gern.«

»Früher hatte Sally viele Flausen im Kopf, die hat er aber abgelegt, vertrau mir, Anna.«

»Das hoffe ich.« Sie schien nicht wirklich beruhigt zu sein, nickte aber zustimmend. »Ich möchte ihn nicht verlieren, Flora, verstehst du?«

»Natürlich.« Flora nickte. »Und das wirst du auch nicht.«

Kapitel 16

Die Mittagssonne brannte gnadenlos vom fast wolkenlosen Himmel, als Sally sein Ziel erreichte. Kurz blieb er am Anfang des Schwedenkais stehen und ließ das geschäftige Treiben am Hafen auf sich wirken. Männer schoben fluchend schwer beladene Handkarren in Richtung Innenstadt, andere wuchteten Holzkisten und Säcke von den Schiffen zu den Lagergebäuden, die sich hoch in den Himmel reckten. Ein paar Möwen zogen kreischend über dem Hafenbecken ihre Bahnen.

Fast hatte er vergessen, wie es hier zuging. Zwei Jahre war es her, dass Sally zuletzt am Schwedenkai gewesen war. Seit seinem unrühmlichen Abgang als Hafenarbeiter hatte ihn nichts mehr in diese Gegend getrieben. Nur am Fährhafen war er ein paarmal mit Anna gewesen, wenn sie ein Wochenende auf Rügen vor sich hatten.

Heute hoffte Sally, hier an wichtige Informationen zu kommen. Die Männer, die schon seit vielen Jahre am Hafen ihren Lebensunterhalt verdienten, kannten sich oft untereinander. Und niemand kannte sie besser als ein bestimmter alter Seebär. Sallys Weg führte ihn über das holprige Kopfsteinpflaster zu einer einfachen Hütte, die sich in den Schatten eines Speichers zu ducken schien. Die Scheiben waren staubblind, die Fassade bot einen bemitleidenswerten Anblick. Von der nur angelehnten Tür blätterte die blassgrüne Farbe. Sally drückte die Tür auf und trat ein. Es dauerte einen Moment, bis sich seine Augen an das Zwielicht im Innern der Hütte gewöhnt hatten. Er klopfte an den Türrahmen und bemerkte den muffigen Geruch, der ihm entgegenschlug.

»Hallo?«, rief er und klopfte noch einmal, »jemand zu Hause?«

Es dauerte einen Moment, bis sich im hinteren Teil der windschiefen Hütte etwas rührte. »Wer stört?«, brummte eine tiefe Stimme.

»Konrad, bist du das?«

»Wer zum Teufel soll es sonst sein?« Langsam schob sich eine massige Gestalt aus dem Halbdunkel. Der Mann war groß und breitschultrig, ein schlohweißer Bart rahmte ein von unzähligen Falten gegerbtes Gesicht mit buschigen Augenbrauen. Die Kaltschaumpfeife im Mundwinkel wippte bei jeder Silbe. »Wer zum Henker sind Sie und ...« Er brach mitten im Satz ab. »Sally?«, sagte Konrad, während sich seine verkniffenen Gesichtszüge entspannten. »Bist du das?«

»Aber klar doch.« Sally trat lachend näher, um dem alten Freund auf die Schulter zu klopfen. Insgeheim war er erleichtert, dass Konrad überhaupt noch lebte. Schon damals, als Sally hier gearbeitet hatte, war er ein alter Mann gewesen. Er barg unzählige Geheimnisse, von denen er Sally noch nicht einmal einen Bruchteil anvertraut hatte. So wusste Sally nur von ihm, dass er früher einmal zur See gefahren und viele Länder bereist hatte. Aus unerfindlichen Gründen war er eines Tages in Stralsund geblieben. Das Einzige, was an seine Zeit auf See erinnerte, waren die abgewetzte, einst dunkelblaue Kapitänsjacke und -mütze. Um sich wenigstens die Seeluft um die Nase wehen zu lassen, hatte er die kleine, windschiefe Hütte am Rand des Schwedenkais als seine Bleibe auserkoren. Keiner wusste, ob er für das heruntergekommene Gebäude, das einst als Kontor gedient hatte, überhaupt Miete zahlte. Niemand, hatte Sally den Eindruck, hätte sich je gewagt, Konrad danach zu fragen. Er war einfach da, und er gehörte zum Schwedenkai wie die Arbeiter und die Schiffe.

»Was treibt dich hierher, in meine armselige Bleibe?«, riss ihn die Reibeisenstimme des Alten aus seinen Gedanken.

Sally zog sich unaufgefordert einen der wackligen Stühle heran und setzte sich. Konrad zog es offenbar vor, stehen zu bleiben. »Es geht um einen Hafenarbeiter«, eröffnete Sally ihm. »Einen gewissen Ernst Thalbach. Kennst du ihn?«

Konrad runzelte die Stirn und sog an seiner Pfeife, obwohl sie längst erkaltet war. »Klar kenn ich den.«

»Und?« Sally hatte Mühe, seine Aufregung zu verbergen. »Wie ist er so?«

»Junger Freund«, sagte Konrad gedehnt und gesellte sich nun doch zu Sally an den Tisch. »Warum erkundigst du dich nach Thalbach?«

»Weil … weil … ich habe meine Gründe. Ich erzähle es dir später, versprochen, Konrad.«

»Nun gut.« Konrad seufzte, lehnte sich auf seinem Stuhl zurück und verschränkte die Hände hinter dem Kopf. Dabei verrutschte seine Mütze, und er bot einen etwas albernen Anblick, doch Sally war nicht nach Lachen zumute.

»Er ist ein Idiot, aber einer von der gefährlichen Sorte.«

»Was bedeutet das?« Sallys Ungeduld wuchs.

»Dass er keine Scheu hat, sich mit den anderen anzulegen. Er ist sich für keine Prügelei zu schade und ist am Dock gefürchtet wie kaum ein anderer.« Konrad hatte bei den letzten Worten die Stimme gesenkt, fast so, als fürchte er, von Thalbach belauscht zu werden.

»Und alle nehmen das so hin?«

Der Alte nickte langsam. »Und ob.« Jetzt lachte er meckernd. »Es klingt verrückt, sich von einem einzelnen Mann so einschüchtern zu lassen. Ich habe den anderen schon oft gesagt, dass sie sich zusammentun sollen, um ihm mal richtig eins zu verpassen, damit endlich Ruhe ist, doch sie trauen sich nicht.«

»Hat er hier so eine mächtige Position inne?«

»Ach was.« Konrad schüttelte den Kopf und winkte ab. »Er ist einfach dummdreist.« Er wandte sich dem Fenster zu, durch die man schemenhafte Gestalten erkennen konnte. Draußen herrschte immer noch geschäftiges Treiben, und dennoch schien die Hafenwelt unendlich weit entfernt zu sein. Die Geräusche aus dem Hafen drangen nur gedämpft in die kleine Hütte. »Und er ist schon lange hier.«

»Warum ist er dann kein Vorarbeiter, der seinen Männern die Leviten liest?«, fragte Sally. Von seinem Schwager hatte er gelernt, dass fleißige Arbeiter mit einer Beförderung belohnt wurden.

»Dazu ist er zu dumm, außerdem hat er keine Lust, für seine Männer den Kopf hinzuhalten.« Konrad betrachtete seinen Besucher interessiert. »Bist du reich?«

»Ich – reich?« Sally machte große Augen. »Wie kommst du denn darauf?«

»Sieh dich mal an, Junge! Du trägst sündhaft teure Kleider, einen Anzug, sicher maßgeschneidert, die olle Mütze hast du gegen einen Hut getauscht, und deine Schuhe sind aus feinem Leder.«

Sally sah an sich herunter. Mit den Jahren hatte er sich zu sehr an die gute Kleidung gewöhnt, als dass er sich darüber Gedanken gemacht hätte. Aber jetzt wurde ihm klar, warum ihn einige Hafenarbeiter so seltsam angestarrt hatten. Als Sally noch hier gearbeitet hatte, war er ein einfacher Junge mit heruntergekommener Kleidung gewesen, den niemand beachtet hatte.

»Ich arbeite im Laden meines Schwagers«, berichtete er stolz. »Als Kommis und Handelsreisender.«

Konrad pfiff anerkennend. »Wer zum Teufel ist dein Schwager? Sucht er noch Leute?«

»Leonhard Tietz«, antwortete Sally, der sich beim besten Willen nicht vorstellen konnte, wie Konrad für Leo arbeitete.

Wieder ein anerkennender Pfiff. »Der Tietz ist dein Schwager?«

»Ja. Kennst du ihn?«

»Nein, nicht persönlich, aber er stellt in letzter Zeit Stralsunds Geschäftsleben auf den Kopf. Alle reden von ihm, alle kaufen bei ihm.«

»Er hat viele gute Ideen auch meiner Schwester Flora zu verdanken«, erzählte Sally dem Alten. »Sie ist eine kluge Frau.«

»Fast beneide ich dich ein wenig, mein Junge.« Konrad beugte sich über den Tisch, um Sally auf die Schulter zu klopfen. »Du hast es zu etwas gebracht.«

»Könnte man so sagen.« Sally war es ein wenig unangenehm, über seinen Werdegang zu sprechen.

»Also – warum fragst du mir über Thalbach Löcher in den Bauch?«

»Weil seine Tochter bei uns als Ladenmädchen arbeitet. Gearbeitet hat. Denn ihr Vater liegt seit letzter Nacht im Spital.« Mit wenigen Sätzen schilderte er Konrad, was er von Hauptwachtmeister Holzapfel erfahren hatte. Der alte Mann unterbrach ihn kein einziges Mal, nickte immer nur stumm und lauschte Sallys Ausführungen aufmerksam.

»Das geschieht ihm recht«, bemerkte er schließlich, als Sally geendet hatte. »Wurde auch Zeit, dass man ihm einen Denkzettel verpasst.«

»Seine Tochter sitzt seitdem in Arrest.«

»Warum denn das?« Konrad zog die buschigen Augenbrauen zusammen.

»Weil sie des versuchten Totschlages an ihrem Vater bezichtigt wird.«

»Das ist Unsinn.« Konrad ließ die flache Hand auf die Tischplatte herabsausen, dass es krachte. Sally fürchtete schon, die wurmstichige Tischplatte würde bersten. »Wer hat das angeordnet?«

»Hauptwachtmeister Holzapfel.«

»Nicht zu fassen!«

»Wieso?« Sally stutzte.

»Holzapfel ist erfahren und müsste Thalbach eigentlich kennen. Immerhin war der schon mehrmals bei ihm zu Gast in der Zelle.«

Hoffnung keimte in Sally auf. »Dann ist es doch seltsam, dass er Thalbachs Tochter gegenüber keine Nachsicht zeigt, oder?«

»Das sehe ich auch so.« Konrad nickte nachdenklich. »Ich werde mit Holzapfel reden.« Konrad erhob sich schwerfällig vom Tisch und nahm die Jacke von der Stuhllehne. Umständlich schlüpfte er hinein. »Was ist?«, fragte er, als Sally sich nicht rührte. »Willst du hier Wurzeln schlagen, oder dein Liebchen aus der Zelle holen?«

Verdattert erhob sich auch Sally, um dem alten Mann zu folgen, der bereits im Türrahmen stand. »Aber«, sagte Sally leise, »sie ist doch gar nicht mein Liebchen.« Doch Konrad war schon vorausgegangen und hatte ihn nicht mehr gehört.

*

Jacob Holzapfel runzelte die Stirn, als er die beiden ungleichen Männer erblickte, die eben die Polizeiwache am Rathaus betreten hatten. Mürrisch betrachtete er die Besucher, bevor er sich von seinem Stuhl erhob, den Helm aufsetzte und an die Holztheke im Eingangsbereich der Wache trat.

»Ja, bitte?«, brummte er mit strenger Stimme. Den Jüngeren der beiden kannte er – der Bursche hatte ihm schon mal Scherereien bereitet. Heute Morgen hatte der junge Mann mit am Küchentisch der Familie Tietz gesessen, als der Hauptwachtmeister Leonhard Tietz über dessen Ladenmädchen Josephine Thalbach ausgefragt hatte. Tietz konnte nur Gutes von dem jungen Mädchen berichten, hatte jedoch hinzugefügt, dass sie erst wenige Tage bei ihm arbeite. Insofern war sein Urteil über das Mädchen nicht besonders aussagekräftig.

»Sie müssen Josephine freilassen«, schoss es aus dem jungen Mann hervor. »Sie ist unschuldig, Herr Wachtmeister Holza…«

»Hauptwachtmeister«, fiel ihm Jacob Holzapfel ins Wort. Wenn er eines nicht leiden konnte, dann war es, mit einem niederen Rang angesprochen zu werden. Schließlich hatte er hart für seine Position gearbeitet. »So viel Zeit muss sein, junger Mann.« Als der Begleiter des jungen Mannes vortrat, musste Holzapfel nicht lange überlegen, um zu erkennen, wer da noch in seine Wache gekommen war.

»Konrad«, sagte er eine Spur versöhnlicher. »Was treibt dich hierher?«

»Der hier.« Der alte Seebär deutete auf den jungen Mann. »Sally ist in Ordnung, also behandle ihn gut. Der Junge hat das Herz am rechten Fleck.« Konrad lächelte Holzapfel an. »Wo ist dieses Mädchen?«

Holzapfel zeigte mit dem Daumen über die Schulter. »Da, wo sie hingehört«, sagte er. »In der Arrestzelle.«

»Was genau ist passiert?« Eine steile Falte bildete sich auf Konrads Stirn. Er legte seine schwieligen Hände auf die hölzerne Theke, die den Eingangsbereich der Wache von Holzapfels Büro abtrennte.

Geduldig schilderte Jacob Holzapfel ihm, was er aus den Zeugenbefragungen wusste. »Das ist Totschlag«, stellte er abschließend fest und machte Anstalten, sich wieder auf seine Arbeit zu konzentrieren. Doch seine Hoffnung, die ungebetenen Besucher würden von der Bildfläche verschwinden, erfüllte sich nicht.

»Es ist versuchter Totschlag – wenn überhaupt«, erwiderte Konrad entschieden.

»Sie müssen Josephine freilassen!«, forderte Sally erneut.

»Wer sagt das?«, herrschte Holzapfel ihn an. Er mochte es nicht, wenn jemand seine Amtshandlungen hinterfragte.

»Ich«, mischte sich Konrad mit stoischer Ruhe ein. »Thalbach ist dafür bekannt, Prügeleien anzuzetteln. Es gibt unten am Hafen kaum jemanden, mit dem er noch keinen Streit hatte«, fuhr der alte Mann fort. »Er ist brutal und herrschsüchtig. Sobald die Dinge nicht nach seinem Willen laufen, schlägt er gerne mal zu.«

Holzapfel tat, als habe er den Einwand nicht gehört. Mit verschlossener Miene blätterte er in den Unterlagen, die vor ihm auf dem Schreibtisch lagen. Tatsächlich war Ernst Thalbach kein Unbekannter für ihn. Oft genug war er schon am Schwedenkai gewesen, um Streit zu schlichten. Oft genug war Thalbach in den Streit verwickelt gewesen. Dabei hatte sein Gegner durchaus auch mal eine gebrochene Nase oder blutige Lippe abbekommen. Das alles hatten Holzapfel oder seine Wachtmeister protokolliert. Unrecht hatte Konrad also nicht, das stimmte schon.

»Was ist denn jetzt?«, rief Sally irgendwann ungeduldig. »Lassen Sie Josephine nun gehen oder nicht?«

Holzapfel seufzte. »Das ist nicht so einfach«, sagte er schließlich. »Wenn ich sie freilasse und sie wieder versucht, jemanden anzugreifen, wie soll ich das vor der Öffentlichkeit rechtfertigen?«

Sekundenlang herrschte Stille. Draußen rumpelte ein Fuhrwerk vorüber. Der Kutscher ließ die Peitsche knallen. Durch die dicken Wände drang der Glockenschlag der Nikolaikirche.

»Ich werde es mir überlegen«, beschied Holzapfel seine Besucher schließlich. Jeder weitere Schritt wollte sorgsam durchdacht sein.

»Überleg nicht zu lange«, mahnte Konrad. »Das junge Mädchen ist seiner Mutter zu Hilfe geeilt. Wäre sie nicht eingeschritten, hätte Thalbach sie womöglich umgebracht. Wenn der säuft, kennt er keine Hemmungen, glaub mir.«

Holzapfel brummte genervt. »Wie gesagt, ich werde es mir durch den Kopf gehen lassen«, versprach er Konrad. Den alten Seebären kannte er seit vielen Jahren. Er wusste, dass auf sein Wort Verlass war. Und vielleicht hatte er ja recht. Eigentlich machte das Mädchen nicht den Eindruck, etwas Böses im Schilde geführt zu haben. Womöglich hatte sie tatsächlich die Mutter vor Schlimmerem bewahren wollen. Holzapfel seufzte. Er hasste es, seine Meinung ändern zu müssen.

»Ihr verschwindet jetzt besser, bevor ich euch auch noch wegsperre!«, blaffte er seine Besucher an und ließ die flache Hand auf den Schreibtisch sausen, dass es krachte.

Sally zuckte vor Schreck zusammen und trat auf ein Zeichen von Konrad den Rückzug an. Die beiden hatten verstanden, dass es Zeit war zu gehen.

Kapitel 17

»Es soll bald ein Familientreffen im Süddeutschen geben.« Oscar Tietz hielt den handgeschriebenen Brief seines Onkels Chaskel in der Hand, als er in den Laden trat, wo Betty gerade damit beschäftigt war, einen Verkaufstisch mit Baumwollstoffen zu bestücken. Zwei Ladenmädchen kümmerten sich um die Kundschaft und priesen mit Spitzendeckchen aus eigener Herstellung besetzte Korbwaren an. Seit ein paar Wochen hatten Betty und Oscar das Sortiment um solche Waren erweitert.

Als Betty sich zu ihm umwandte, lag Sorge in ihrem Blick.

»Wirst du hinfahren?«

»Natürlich. Es ist schon lange her, dass die gesamte Familie zusammengekommen ist.«

»Wirst du es ihnen erzählen?«

»Wovon erzählen?«

»Von uns.« Ein Lächeln erhellte Bettys Gesicht. »Wirst du ihnen sagen, dass wir heiraten werden?« Ihre Wangen glühten plötzlich rot vor Aufregung.

Oscar schüttelte den Kopf. »Ich werde es ihnen nicht sagen.«

»Aber musst du nicht …«

»*Wir* werden es ihnen sagen«, korrigierte Oscar sie mit einem feinen Lächeln. »Natürlich wirst du mich begleiten, denn die Einladung betrifft dich auch. Schließlich gehörst du als Onkel Hermanns Ziehtochter schon jetzt zur Familie.«

»Denkst du, sie werden sich für uns freuen?« Sorge beschlich sie.

»Früher oder später werden sie es sowieso erfahren«, behauptete

Oscar unbekümmert. »Oder willst du unsere Ehe der ganzen Familie verheimlichen?«

»Nein … das nicht. Ich habe nur Angst, sie könnten es für eine schlechte Idee halten, weil wir doch so gut wie verwandt sind.«

»Offiziell steht einer Hochzeit aber nichts im Wege, Betty. Und ehrlich gesagt ist es mir egal, ob sie damit einverstanden sind oder nicht.« Er sah sie zärtlich an. »Wichtig ist doch, dass wir uns lieben und zueinanderstehen, Betty.«

Sie dachte nach. Vielleicht hatte ihr Verlobter recht. Was konnte man ihnen schon anhaben, solange sie zusammenhielten und sich notfalls gegen den Rest der Welt verschworen? Aber … »Denkst du, ein großes Familientreffen ist der richtige Anlass, unsere Verlobung bekanntzugeben?«, fragte sie.

»Aber natürlich«, nickte Oscar. »Dann wissen es alle. Und wenn jemand Bedenken hat, kann er diese gleich anmelden. Es wird mich aber nicht interessieren.« Jetzt lachte er fröhlich. »Keiner von ihnen wird unser Glück trüben können.«

Betty wünschte, sie könnte ebenso unbekümmert damit umgehen. »Sie werden uns für verrückt halten«, vermutete sie. »Und sie werden uns von der Familie ausschließen.«

»Ach, Betty«, seufzte Oscar. »Du machst dir zu viele Sorgen. Und wenn sie uns den Segen zur Hochzeit nicht erteilen, werden wir es auch ohne die Familie schaffen.«

Daran zweifelte Betty nicht, denn der Laden lief langsam wieder an. Oscar hatte neulich sogar wieder von seiner Vision geschwärmt, einen neuen Laden in einer großen Stadt zu eröffnen, am liebsten in Berlin oder München. Immer, wenn er davon sprach, glänzten seine Augen. Doch ihm war klar, dass es noch nicht so weit war. »Aber eines Tages«, sagte er dann jedes Mal, »werden wir ein großes Geschäft besitzen und reich sein.« Doch Betty wusste, dass ihm bei all seinen Plänen und Träumereien ein Mensch schmerzlich fehlte.

»Du vermisst Hermann.« Es war eine Feststellung, keine Frage. Betty sah ihm tief in die wunderschönen Augen mit den langen Wimpern, in denen immer eine tiefe Sehnsucht nach Neuem lag.

»Ja«, gestand er mit belegter Stimme. Eine steile Falte hatte sich auf seiner Nasenwurzel gebildet. »Wie gern hätte ich ihn an unserem Erfolg teilhaben lassen.«

Doch sein Optimismus hatte Betty inzwischen angesteckt. »Wir werden es auch ohne ihn schaffen«, versprach sie. Als sie seine Hand nahm, lächelte er wieder.

*

Floras Neugier war geweckt, als sie einen Brief von Onkel Chaskel in der Post fand. An der Handschrift hatte sie den Absender sogleich erkannt. Als sie den Brief aus Prenzlau öffnete, fand sie darin eine Einladung zum Familientreffen in Bamberg. Ihr Verhältnis zu Onkel Chaskel war schwer zu beschreiben. Er war ganz anders als seine Brüder Hermann und Markus – Chaskel war herrschsüchtig und galt als Familienpatriarch. Er bestimmte die Geschicke seiner Angehörigen und hielt geschäftlich und privat immer gern die Zügel in der Hand.

Während Onkel Hertie gutmütig und hilfsbereit war, suchte Chaskel immer die eigenen Vorteile in seinem Handeln. Seinen Wohlstand hatte auch er sich mit harter Arbeit erkämpft. Im preußischen Krieg war er auf die Idee gekommen, in Amerika preiswert Pferde einzukaufen, sie einzuschiffen und Preußen gegen hohe Summen mit den dringend benötigten Tieren zu beliefern. Ganze Schiffsladungen von Pferden hatte er in die Heimat geschafft. Nach dem Krieg ging die Nachfrage der preußischen Regierung schlagartig zurück, und so musste er sich etwas anderes suchen. Seitdem betrieb Chaskel in Prenzlau eine kleine Firma, die sich der Verwertung von Altmetall und Stofflumpen verschrieben hatte. »Es gibt immer eine Möglichkeit, Geld zu verdienen«, sagte Chaskel immer, wenn man ihn auf den völlig neuen Geschäftszweig ansprach. Der Handel mit Lumpen war seine einzige Verbindung zur Textilindustrie, doch das hielt ihn nicht davon ab, sich immer wieder in die Geschäfte seiner Brüder und Neffen einzumischen.

Auf der anderen Seite war Flora sich durchaus darüber im Klaren, dass Chaskel wie kaum ein anderer in der Familie für den Zusammenhalt der Mitglieder sorgte. Die jährlich stattfindenden Treffen waren nur eine seiner geliebten Traditionen.

Oft hatte Leonhard ihr vom fleißigen Onkel Chaskel erzählt, der seinen Neffen mit seiner ehrgeizigen Art geprägt hatte. Dieser Ehrgeiz hatte Flora und Leonhard zum Erfolg geführt und es ihnen ermöglicht, wenige Jahre nach der Geschäftsgründung ein gutes Leben zu führen. So waren sie inzwischen relativ unabhängig von Onkel Chaskel und seiner herrschsüchtigen Art. Trotzdem beschlich Flora immer ein beklemmendes Gefühl, wenn sie einen Brief von Onkel Chaskel in der Post fand. Doch Leonhard, so war sie sicher, würde sich über die Einladung zur Familienzusammenkunft freuen. Ihm war die Verbindung zu seiner großen Familie, die über das gesamte Land verteilt war, enorm wichtig. Leo war ein sehr harmoniebedürftiger Mensch, und dafür liebte sie ihn. Eilig sprang Flora von ihrem Stuhl am Schreibtisch auf und machte sich auf den Weg, um Leo den Brief zu zeigen.

*

»Was können Sie mir zu diesem Stoff empfehlen?« Die untersetzte Kundin betrachtete Anna mit fordernden Blicken, während ihre Finger über den leichten Stoff glitten. Sieben Meter feinsten Musselins hatte sie für ein Opernkleid erstanden, das sie sich nähen wollte. »Ich suche etwas zum Verzieren der Säume«, fügte sie hinzu.

»Was halten Sie von Brüsseler Spitze?« Anna präsentierte der Dame einige Musterbänder, die sie auf der Theke ausrollte. Kritisch begutachtete die Kundin die Ware und schüttelte schließlich den Kopf. »Es sollte etwas Ausgefallenes sein«, beschied sie Anna.

»Da finden wir sicherlich etwas.« Anna dachte kurz nach und wandte dann der Kundin den Rücken zu, wobei sie die bohrenden Blicke der Dame im Rücken spürte, und nahm einige Bänder der neuesten Kollektion aus dem Regal. Sie zeigte sie der Kundin. »Ich hätte hier etwas mit floralem Muster.«

»Das gefällt mir.« Die Gesichtszüge der Kundin erhellten sich, als sie den cremefarbenen Stoff mit edlen Stickereien begutachtete. »Machen Sie mir einen guten Preis?«

»Selbstredend, meine Dame.« Anna maß die benötigte Menge ab, rollte das Band zusammen und legte es auf die Stoffbahn, dann nannte sie den Preis.

»Billig ist das nicht gerade.«

»Richtig, aber Sie haben erstklassige Qualität. So gesehen ist die Ware durchaus preiswert.«

»Wertheim ist billiger«, behauptete die Frau grimmig.

»Vielleicht sollten Sie dann das nächste Mal bei Wertheim kaufen«, entgegnete Anna unbeeindruckt. Sie wusste, dass sie den Vergleich nicht scheuen musste, denn Sally und Leonhard kauften ausschließlich beste Qualität ein.

»Nein, schon gut – ich bin zufrieden mit Ihnen und Ihrer Beratung.« Die Frau rang sich ein versöhnliches Lächeln ab, bevor sie das Geld abzählte und es Anna zuschob. Höflich verabschiedete sie sich und wandte sich zum Gehen. Anna umrundete den Holztresen, nachdem sie das Geld in die moderne Kasse gelegt hatte, und folgte der Kundin zur Tür. »Viel Spaß beim Nähen und beehren Sie uns bald wieder!« Mit einem freundlichen Lächeln hielt sie der Dame die Tür auf. Die Antwort der Kundin ging im Läuten des Glöckchens unter, dann war sie verschwunden.

Gerade als Anna sich abwenden wollte, huschte eine zierliche Gestalt um die Ecke, um den Laden zu betreten. Anna traute ihren Augen kaum. »Du?«, fragte sie verdutzt.

»Ja – ich.« Josephine tat, als wäre ihr Auftauchen völlig normal. Anna blickte das junge Mädchen irritiert an.

»Ich dachte, du sitzt in einer Arrestzelle.«

»Ich bin unschuldig.«

»Wer sagt das?«

»Der Herr Wachtmeister – und Sally.« Josephine strahlte.

Anna spürte eine heiße Welle der Eifersucht. »Was hat Sally damit zu tun?«, fragte sie spitz.

Da Hannah, das Lehrmädchen, in diesem Moment aus dem Kontor in den Laden trat, schwieg Josephine zunächst. Anna scheuchte Hannah unter einem Vorwand zurück ins Lager. Erst als sie wieder allein waren, fragte sie: »Also, was ist mit Sally?«

»Er war auf der Polizeiwache und hat Hauptwachtmeister Holzapfel versichert, dass mein Vater ein Trinker und Schläger ist. Und dass ich unschuldig bin und in Not gehandelt habe.«

»Und das hat die Polizei überzeugt?« Anna hob zweifelnd eine Augenbraue. »Sally kennt deinen Vater doch gar nicht.«

»Er hatte einen alten Mann dabei, der am Hafen lebt und weiß, wie brutal und jähzornig mein Vater sein kann. Der Alte hat Hauptwachtmeister Holzapfel bestätigt, dass Papa zu allem bereit ist, wenn er getrunken hat.«

»Und deshalb bist du draußen?«

»Ja, deshalb durfte ich gehen. Ich habe Gefahr von meiner Mutter abgewandt, hat der Hauptwachtmeister gesagt und mich sogar für meine Courage gelobt.« Jetzt lächelte Josephine glücklich. »Ich bin so froh, wieder zur Arbeit gehen zu dürfen.«

Für Anna war das alles zu viel. Warum hatte Sally ihr nicht davon berichtet, dass er sich für die Freilassung des Ladenmädchens einsetzte?

»Ich bin Sally so dankbar«, drang Josephines Stimme zu Anna durch. Sie strahlte, und ihre Wangen hatten eine tiefrote Färbung angenommen. »Wenn er nicht gewesen wäre, ich weiß nicht, was ...«

Anna hatte genug gehört. »Kümmere dich um die Kundschaft«, sagte sie barsch und rauschte davon.

*

»Nach Bamberg?« Leonhard überflog verwundert die Zeilen der Einladung. »Was hat das zu bedeuten? Bisher hat uns Onkel Chaskel doch immer nach Berlin oder Prenzlau zitiert.«

»Sicher werden wir den Grund bei der Zusammenkunft erfahren.« Flora zuckte die Schultern. Sie hatte ihren Mann auf dem großen Dachboden des Hauses angetroffen, wo er gerade mit Sally einen neuen Vorarbeiter anlernte, der sich fortan um die Belange der Arbeiter in der kleinen Produktion kümmern sollte. Friedrich Bahlow machte einen strebsamen Eindruck, er zeigte Interesse an der Arbeit und ging den anderen Männern schon an seinem ersten Arbeitstag fleißig zur Hand. Er wusste, wie man Fasern zu Garn spann und wie Garne zu Tüchern gewebt wurden. Dazu kam, dass er technikbegeistert war und mit Werkzeug umzugehen wusste. Bahlow schien der perfekte Mann für den Job zu sein. Begeistert hatte er Sally und Leonhard vom Elektromotor vorgeschwärmt, der die alten, handbetätigten Maschinen schon bald zum Laufen bringen würde. »Es wird Zeit, dass die Elektrizität in Stralsund vorangetrieben wird«, sagte er gerade, als Sally ihm eine neue Webmaschine zeigte, die erst vor wenigen Tagen geliefert worden war.

»Seid ihr zufrieden mit ihm?«, fragte Flora ihren Mann leise, während sie ihren Bruder beobachtete, der sich mit Friedrich Bahlow unterhielt.

»Ehrgeizig, fleißig und gescheit«, nickte Leonhard, ohne von dem Brief aufzublicken. »Wir haben einen guten Fang mit ihm gemacht.«

»Ich freue mich auf das Familientreffen«, kehrte Flora zum ursprünglichen Thema zurück. »Aber was wird aus dem Laden?«

»Auf Sally und Anna können wir nicht hoffen, denn zu diesem Zeitpunkt werden sie schon in Schweinfurt sein«, erwiderte Leonhard nachdenklich. »Ich werde mir etwas einfallen lassen, Bella.«

»Soll ich besser hierbleiben, um die Stellung zu halten?«

»Auf keinen Fall.« Leonhard schüttelte den Kopf. »Du gehörst an meine Seite. Gib mir etwas Zeit, dann werde ich eine Lösung finden.«

»Wie du meinst.« Flora wollte gerade etwas hinzufügen, als sich im Treppenhaus Schritte näherten. Einen Augenblick später tauchte Anna auf dem Speicher auf. Ihr Gesicht war rot angelaufen, was wohl nicht nur daran lag, dass sie die Stufen im Eiltempo genommen hatte.

»Anna, alles in Ordnung?«, fragte Flora besorgt.

»Ist Sally hier?« Suchend blickte Anna sich um. Im nächsten Moment erblickte sie ihren Verlobten ein paar Meter weiter am neuen Webstuhl sitzend, wo er Friedrich Bahlow gerade die Technik erklärte. Schnellen Schrittes ging Anna auf Sally zu.

»Was hat sie denn?«, fragte Leonhard Flora verdutzt.

»Keine Ahnung«, entgegnete sie. »Aber mein Bruder kann sich wohl auf was gefasst machen.«

*

»Hast du mal einen Augenblick?«, rief Anna Sally im Näherkommen zu. Eigentlich wollte sie ihrem Verlobten vor Flora und Leonhard keine Szene machen, aber sie brauchte Antworten.

»Na klar«, meinte Sally lässig. »Entschuldige mich einen Moment«, sagte er an Friedrich Bahlow gewandt, bevor er mit einem unschuldigen Lächeln auf seine Verlobte zuging.

Flora und Leonhard schienen zu ahnen, was sich hier gleich abspielen würde. Leonhard rief Bahlow zu sich, dann verließen die drei den Speicher. Anna und Sally waren allein.

»Was ist denn?« Sally streckte den Arm nach ihr aus, um sie zu berühren, doch sie wich zurück. Verletzt und wütend, wie sie war, konnte sie seine Nähe nicht ertragen. Zumindest nicht, solange nicht geklärt war, warum er ihr sein Vorhaben verheimlicht hatte.

Sally trat beleidigt einen halben Schritt zurück und versenkte die Hände in den Taschen seiner Arbeitshose. »Was hast du denn?«

»Kannst du dir das nicht denken?«

»Wovon redest du?« Langsam schlug seine Verwunderung in Zorn um. Offenbar war er sich keiner Schuld bewusst.

»Kannst du mir mal sagen, warum du mit keinem Wort erwähnt hast, dass du dich für die Neue einsetzen willst?«, platzte es aus Anna heraus.

»Wie bitte?« Er runzelte die Stirn.

»Josephine. Sie ist wieder auf freiem Fuß.« Es fiel ihr schwer, ruhig zu atmen.

»Ist doch prima!« Sallys Gesichtszüge entspannten sich. Er zog ein Taschentuch aus der Hose und tupfte sich damit die verschwitzte Stirn ab.

Dass er sich so unbefangen gab, versetzte Anna auf der Stelle wieder in Wut. »Warum«, rief sie mit sich überschlagender Stimme, »hast du dich für sie eingesetzt, ohne vorher mit mir darüber zu reden? Nachdem ich dir neulich erst gesagt habe, dass es mich stört, wie ihr zwei euch anhimmelt! Wie konntest du da hinter meinem Rücken zur Polizei gehen und so über Josephine schwärmen, dass man sie sofort gehen lässt?« Annas Hände zitterten.

»Reg dich doch nicht so auf.« Sally stopfte das Tuch zurück in seine Hosentasche. »Ich wollte Josephine einfach nur helfen.«

»Leo wollte sich darum kümmern, dass sich ein Advokat mit den Vorwürfen gegen sie beschäftigt«, erinnerte Anna ihn.

»Dann würde sie jetzt noch in der Zelle schmoren und auf eine Anhörung warten«, vermutete Sally. Inzwischen war er ernst geworden, er schien langsam zu begreifen, aus welcher Richtung der Wind wehte. Er legte beide Hände auf Annas Schultern, um sie zu beruhigen. Doch sie schüttelte ihn ab.

Jetzt musste Sally doch lachen. »Anna, Schatz«, sagte er, »bist du etwa eifersüchtig?«

»Blödsinn.« Anna fühlte sich ertappt und senkte kurz den Blick.

»Doch«, beharrte er, »du bist eifersüchtig.«

Sie sah zu ihm auf und hielt seinem amüsierten Blick stand. »Und wenn es so wäre?«

»Dann würde ich dich noch viel mehr lieben, Anna.«

Sie schnaubte ungläubig, spürte aber, wie ihre Wut langsam verrauchte. Er konnte so furchtbar charmant sein, wenn er wollte. Sie ließ zu, dass er sie an seine Brust zog und ihr Haar küsste. »Du hast keinen Grund, eifersüchtig zu sein«, murmelte er sanft.

»So fühlt es sich aber nicht an«, entgegnete Anna und sah zu ihm auf. Seine Beteuerungen hatten sie beruhigt, und dennoch war sie noch nicht ganz überzeugt. »Warum hast du das getan? Warum hast du dich für ihre Freilassung eingesetzt, ohne mit mir darüber zu sprechen?«

»Weil es schnell gehen musste – Josephine ist keine Mörderin, aber man hätte sie womöglich tagelang in einer Zelle schmoren lassen, hätte ich nicht eingegriffen. Sie hat im Affekt gehandelt, da bin ich sicher.«

Anna lachte spöttisch auf. »Weil du sie so gut kennst?«

»Nein.« Er küsste ihre Stirn. »Weil Flora sie eingestellt hat und meine Schwester über eine ausgezeichnete Menschenkenntnis verfügt. Und außerdem haben sie und Leonhard einen sozialen Auftrag.«

»Einen was?« Anna runzelte die Stirn.

»Einen sozialen Auftrag – die beiden sind für ihre Angestellten da, wenn sie in Not geraten.« Er zog die Mundwinkel hoch. »Also ich finde das ehrenwert. Leonhard hat mir extra freigegeben, so dass ich mich um die Angelegenheit kümmern konnte.«

»Und nur deshalb hast du dich so für Josephine eingesetzt?«

»Nur deshalb«, versprach Sally. »Anna, o Anna, du bist mein Mädchen, nicht Josephine.«

»Dann mach ihr das bitte klar, ein für alle Mal.«

»Einverstanden.«

Diesmal wehrte sie sich nicht, als er die Hände auf ihre Schultern legte, sie dicht an sich heranzog und zunächst ihre Wangen, dann auch ihre Lippen mit zarten, süßen Küssen bedeckte.

Kapitel 18

Der Brief von Onkel Chaskel war am Abend natürlich das Hauptthema in der Küche von Leonhard und Flora. Flora, die inzwischen von Annas Eifersucht wusste, bemerkte erleichtert, dass Sally und Anna nach ihrem Streit nun wieder liebevoll miteinander umgingen. Flora vermutete, dass sie sich endlich ausgesprochen hatten, und sie war froh, dass die aufgeladene Stimmung nun der Vergangenheit angehörte.

So saßen die vier nach dem Abendessen in der Küche beisammen, um die Einladung nach Bamberg zu besprechen. Der Duft nach gebratenem Fleisch hing noch immer schwer in der Luft, und die Männer genossen ein Glas Rotwein.

»Es ist so schade, dass ihr nicht mitkommen könnt«, fand Flora. »Aber das Treffen findet statt, wenn ihr schon in Schweinfurt seid.« Allzu gern hätte sie ihren Bruder und seine Lebensgefährtin mitgenommen.

»Das wäre ohnehin unpassend«, sagte Sally, »immerhin heißen weder ich noch Anna mit Nachnamen Tietz.«

»Ihr gehört schon dazu«, entgegnete Flora. Sie warf einen Blick auf ihren Mann, der sich sichtlich darauf freute, die ganze Familie wiederzusehen. »Es gibt viel zu erzählen«, bemerkte er und schaute vergnügt in die Runde. »Und ich bin gespannt darauf, was mein werter Onkel Chaskel zu den neuesten Entwicklungen in unserem Geschäft sagen wird.«

»Stimmt es eigentlich, dass du deinen Bruder Oscar entlassen musstest, weil Onkel Chaskel das angeordnet hat?«, fragte Sally arglos. Floras tadelnden Blick schien er nicht zu bemerken, also griff sie zu härteren Mitteln.

Leonhard indes betrachtete den Schwager nachdenklich. »So könnte man es sagen.« Er seufzte. »Chaskels Einfluss reicht weit, und leider war seine Kritik an Oscars Verhalten durchaus berechtigt. Der Ruf unseres Geschäfts hätte gelitten, wäre Oscar geblieben.« Jetzt trat ein amüsiertes Funkeln in seine Augen. »Mein Bruder hat mitunter eigenartige Methoden, um zum gewünschten Erfolg zu kommen. Dennoch liebe und schätze ich ihn.«

»Es wäre traurig, wenn dem nicht so wäre«, stimmte Sally zu, der unter dem Tisch einen Fußtritt von seiner Schwester bekommen und beschlossen hatte, keine weiteren Fragen zu stellen.

»Bei der Gelegenheit können wir dem Rest der Familie gleich von unseren Expansionsplänen in Schweinfurt berichten«, fand Leonhard.

»Es wird seltsam sein, sich dort zurechtfinden zu müssen«, murmelte Sally.

»Du wirst ja nicht auf dich allein gestellt sein«, erwiderte Leonhard sanft. »Immerhin hast du Anna und ihre Familie an deiner Seite.«

»Genau«, nickte Anna mit aufgeregt glühenden Wangen. »Ich freue mich schon so auf meine Heimatstadt und auf meine Familie.«

»Bis zu eurer Abreise muss Josephine so gut eingearbeitet sein, dass sie dich im Laden ersetzen kann«, warf Flora ein. »Aber ich bin da ganz zuversichtlich. Sie ist freundlich zur Kundschaft, fleißig und hat eine hohe Auffassungsgabe.« Als sie Annas Blick sah, wechselte sie das Thema. Sie wandte sich an ihren Mann. »Meinst du, dass Oscar auch kommen wird?«

Leo nickte. »Ganz bestimmt sogar.« Er schmunzelte. »So etwas lässt sich der Gute nicht entgehen.«

»Ich freue mich darauf, ihn wiederzusehen. Sicher kann er uns erzählen, wie es ihm mit seiner Geschäftsidee ergangen ist.«

»Und so, wie ich Onkel Hertie kenne, wird er schon einen Plan haben, wie genau wir mit Oscar und Betty gemeinsame Sache machen können.« Leonhard leerte sein Weinglas und machte Anstalten, sich zu erheben. »Es ist an der Zeit, ins Bett zu gehen.«

»Wohl wahr.« Auch Flora spürte die aufkommende Müdigkeit. »Ich werde nur noch kurz nach Alfred und Heinrich schauen.«

Sally und Anna standen auf. Händchen haltend wünschten sie den andern eine gute Nacht und zogen sich in ihre Kammer zurück. Flora sah ihnen nach. Es tat gut, ihren Bruder so glücklich zu sehen. Und sie hoffte, dass die Streitigkeiten nun endgültig beigelegt waren.

*

Die nächsten Tage waren aufregend für Flora. Während sie sich weiter um die Geschicke des Ladens kümmerte, war Anna damit beschäftigt, Josephine anzulernen. Leonhard und Sally verbrachten viel Zeit auf dem großen Dachboden des alten Hauses, um die neuen Maschinen für ihren ersten Einsatz vorzubereiten. Dabei kam Leo sehr gelegen, dass sein junger Schwager technisch äußerst begabt war und ihm eine wertvolle Hilfe in manchen Fragen war.

Flora hatte soeben einen jungen Kommis damit beauftragt, ein Paket mit Posamentierwaren aus dem Regal im Kontor zu holen, als Leonhard unversehens hinter ihr auftauchte. Ein wenig erschrocken von seinem plötzlichen Erscheinen fuhr sie herum. Er lächelte und sah sie durch die dünnen Gläser seines Zwickers an. Schweißperlen glänzten auf seiner hohen Stirn, die dunklen Haare standen ihm wirr vom Kopf ab. Es war unschwer zu erkennen, dass er körperliche Arbeit geleistet hatte. Ohne etwas zu sagen, nahm er Floras Hände, zog sie an sich und küsste sie, während der Kommis in den langen Gängen des Kontors verschwand, um die bestellten Waren zu holen.

»Hallo, schöne Frau«, raunte Leonhard mit einem Lächeln.

Floras Herz schlug ein paar Takte schneller. Sie liebte ihn für seine jungenhafte Leichtigkeit, die er sich über die Jahre bewahrt hatte.

»Kommt ihr gut voran?«, fragte Flora.

Leonhard nickte. »Ich denke, in der kommenden Woche können wir erste Probeware produzieren. Wir sollten uns langsam um Arbeiter kümmern, die die Maschinen bedienen.«

In diesem Moment kehrte der Kommis zurück. Keuchend schob der junge Mann Flora das Paket mit der gewünschten Ware auf den Holztresen. Leonhard sah ihr über die Schulter. »Sieh an«, bemerkte er, »die Ware aus Elberfeld ist eingetroffen.« Er streckte die Hand aus und fuhr mit den Fingerspitzen über das aufgeklebte Etikett. »Seidenweberei Frowein & Co.«, stand dort in geschwungenen Lettern.

Flora wandte sich zu ihm um. »Wie weit sind deine Pläne für Elberfeld?«

Bisher hatte sich Flora auf die Geschäftseröffnung in Schweinfurt konzentriert, doch seitdem Leo ihr die Skizzen des Warenhauses von Onkel Hertie gezeigt hatte, war sie voller Eifer, die Vergrößerung voranzutreiben.

Er runzelte die Stirn. »Noch nicht so weit, fürchte ich. Aber mein guter Freund Ludwig Frowein könnte uns möglicherweise bei der Suche nach einem geeigneten Ladenlokal behilflich sein.«

»Zeigst du mir Elberfeld? Ich würde mir die Stadt, in die wir möglicherweise investieren, gern selbst ansehen.«

»Aber bei Schweinfurt hast du auch nicht …«

»In Schweinfurt kennt Anna sich aus«, unterbrach sie ihn. »Von Elberfeld hingegen habe ich keine Vorstellung.« Sie wusste, dass Leonhard schon mehrmals im Tal der Wupper gewesen war, um sich mit seinen Lieferanten zu treffen und Aufträge zu besprechen. Zwar hatte er ihr immer Briefe geschrieben und ihr bei seiner Rückkehr einiges von Elberfeld erzählt, doch in Flora wuchs der Wunsch, die aufstrebende Stadt mit eigenen Augen zu sehen.

»Dann werde ich dir Elberfeld zeigen«, versprach Leonhard und nahm das Paket mit den Seidenbändern, um es Flora in den Laden zu tragen.

*

Am Abend tauchte Hermann Tietz im Laden auf. Flora war überrascht, denn seit Tagen hatten sie nichts von ihm gehört. Eben verabschiedete sich eine sichtlich zufriedene Kundin, der Flora einen neuen Baumwollstoff in maritimem Blau und Knöpfe aus feinstem Perlmutt verkauft hatte. Aus dem Material wollte sich die Frau ein leichtes Sommerkleid schneidern.

»Ihr Laden ist wunderschön«, sagte sie zum Abschied und ließ den Blick noch einmal über die Auslagen schweifen. »Gerne empfehle ich Sie weiter, Frau Tietz.«

Flora war beglückt von dem Lob der Dame. »Machen Sie das gern«, antwortete sie freundlich. »Wir freuen uns immer, wenn man gut über uns spricht.«

»Darauf können Sie sich verlassen!« Die Kundin nickte ihr und Josephine, die gerade damit beschäftigt war, ein Regal aufzufüllen, zu, dann ertönte das Glöckchen über der Ladentür, und sie wäre um ein Haar mit dem großen Mann im vornehmen Anzug zusammengestoßen. Der Mann murmelte eine Entschuldigung und lüftete kurz den Hut zum Gruß, dann stand er im Verkaufsraum und war sichtlich erfreut, Flora dort anzutreffen. »Die Chefin bedient selbst«, lobte er und trat an den hölzernen Tresen. »Und die Dame war offensichtlich beeindruckt von euch.« Er deutete mit dem Daumen über die Schulter zur Tür, durch die die Kundin eben verschwunden war.

»Es macht mir große Freude, die Wünsche der Kunden zu erfüllen«, bemerkte Flora lächelnd, während sie Onkel Hermann beobachtete. Er sah sich mit einem anerkennenden Lächeln auf den Lippen um, so als würde er das Geschäft heute zum ersten Mal sehen. »Er ist großartig geworden.«

»Was meinst du?«

»Der Laden. Er ist größer, heller, freundliche Farben bestimmen das Bild.« Er wandte sich Flora zu und lächelte. »Genau so solltet ihr es in Schweinfurt auch machen.«

»Du meinst, dass sich die Läden ähneln sollten?«

»Genau. Wer in den Laden in Schweinfurt geht und schon einmal in Stralsund war, der muss sich gleich heimisch fühlen. Eine charakteristische Tietz-Optik.«

Flora wusste sofort, worauf er hinauswollte. »Du meinst, wir sollten schon jetzt an Wiedererkennungsmerkmalen arbeiten?«

»Wiedererkennungsmerkmal. Das Wort gefällt mir.« Hermann nickte zustimmend.

Die Idee gefiel ihr, träumten sie doch schon von einem dritten Geschäft, das sie eröffnen wollten. »Dann müssen wir zusehen, dass uns etwas Brauchbares einfällt«, bemerkte sie. Die Ladentür öffnete sich, und gleich zwei Frauen traten ein, betrachteten leise tuschelnd die Auslagen und wandten sich an Josephine, die ihre Arbeit unterbrach, um sich den Kundinnen zu widmen.

»Ist sie gut?«, raunte Onkel Hermann Flora ins Ohr.

Flora nickte. »Ich denke, sie wird Anna gut vertreten können.« Dass ihr Ladenmädchen offenbar ein Auge auf Floras Bruder geworfen hatte, behielt Flora für sich. Kurz überlegte sie, dem Onkel von dem Zwischenfall bei der Polizei zu erzählen, schwieg aber. Es wäre sicher ungerecht, Josephine in einem falschen Licht dastehen zu lassen. Sie hatte aus Angst um ihre Mutter gehandelt, da war Flora sicher. »Was hältst du von einer Farbe, die überall in unseren Läden auftaucht?«

»Du möchtest Farben verkaufen?« Onkel Hertie zog zweifelnd eine Augenbraue hoch.

Flora lachte. »Nein – zumindest noch nicht. Aber unsere Papiere, die Rechnungen, Plakate und solche Dinge sollten in einer einheitlichen Farbe sein.«

»Klingt gut.« Hermann schritt durch den Laden und sah sich aufmerksam um. »Die Regale«, sagte er schließlich. »Müssen sie aus braunem Holz sein?«

»Wir könnten sie anstreichen«, schlug Flora vor.

»Ja, und zwar in all euren Geschäften in derselben Farbe.«

»Blau«, sagte Flora sofort, »ich liebe Blau!« Sie dachte sofort an ihr wunderschönes, himmelblaues Veloziped.

»Das sollte Leo mitentscheiden«, schlug Hermann vor.

»Was soll ich?« Geräuschlos war Leonhard im Laden erschienen. Offenbar hatte er den letzten Satz seines Onkels mitgehört.

»Leo, uns ist eben eine wundervolle Idee gekommen«, sprudelte es aus Flora heraus. Sie musste sich selbst ermahnen, nicht allzu laut zu sprechen, um das Kundengespräch von Josephine nicht zu stören. In wenigen Sätzen berichtete Flora ihrem Mann, was sie mit Onkel Hertie besprochen hatte. Leonhard hörte interessiert zu, während er sich das Kinn massierte, und unterbrach sie kein einziges Mal.

»Lasst uns ins Büro gehen«, schlug er schließlich vor. »Dort stören wir niemanden.« Er lächelte Josephine zu, während er sich an ihr vorbeischob. Als sie im Büro angekommen waren, nahm sein Onkel in dem bequemen Sessel Platz, während Leonhard und Flora sich am Schreibtisch niederließen. Flora bemerkte, dass Leo seinen praktischen kleinen Reisesekretär aufgeklappt hatte. Offenbar bereitete er sich wieder auf eine Geschäftsreise vor. Manchmal wollte sie ihren geliebten Mann gar nicht gehen lassen, doch er lebte für das Geschäft, und das Reisen gehörte nun mal dazu. Da er ihr von einer anstehenden Reise nichts gesagt hatte, beschloss sie, ihn später darauf anzusprechen.

»Eine Hausfarbe also?« Leonhard nickte begeistert. »Das ist eine großartige Idee. Aber was für eine Farbe wollen wir nehmen?«

»Ich mag Blau«, schwärmte Flora. »Es ist die Farbe des Himmels und der See.« Dabei fiel ihr auf, dass viele ihrer liebsten Kleider blau waren, ebenso wie ihr geliebtes Veloziped, mit dem sie viele Wege in Stralsund zurücklegte.

Leonhard wirkte nachdenklich. »Ich weiß nicht so recht …«, grübelte er mit gesenktem Blick, »Blau ist schön, aber was haltet ihr von Gelb? Die Farbe des Sonnenscheins. Vielleicht sollten wir auch gleich ein Markenzeichen einführen – wie wäre es mit einer Sonne?«

»Die Sonne gefällt mir«, stimmte Hermann zu. »Aber ich bin mir nicht sicher, ob Gelb die beste Farbe ist.«

Flora war ans Fenster getreten und sah hinaus in den Hinterhof, wo Kinder mit einem Ball spielten, dabei laut lachten und kreischten. Der Bodenbelag des Hinterhofes bestand aus Steinplatten. Zwischen den breiten Fugen wuchs Unkraut. Ein üppiger Löwenzahn hatte eine knallgelbe Blüte getrieben. Flora wusste, dass daraus die Pusteblumen wurden, die sie schon als Kind geliebt hatte. »Grün!«, rief sie so unvermittelt, dass die beiden Männer zusammenzuckten. Sie wirbelte herum und sah Leo und Onkel Hertie an. »Nicht gelb wie die Blüte eines Löwenzahns, aber so grün wie das saftige Blattwerk der Pflanze, die immer einen Weg durch Stein findet.«

Hermann nickte. »Grün? Warum nicht?« Er sah seinen Neffen an. »Was hälts du von der Idee deiner bezaubernden Frau?«

Leonhard dachte einen Moment nach, dann erhob er sich von seinem knarrenden Holzstuhl, dessen Lehne aus einer Art Korbgeflecht bestand, und trat neben Flora. Sie schaute bereits wieder aus dem Fenster und bewunderte das, was der Hausmeister für Unkraut hielt. »Ist es nicht wunderschön?«, fragte sie versonnen. In der spiegelnden Fensterscheibe sah sie, wie er ihrem Blick folgte. Die Hände hatte er lässig in die Hosentaschen gesteckt. »Grün«, sagte er langsam, »Grün ist die Farbe der Hoffnung. Und sie symbolisiert die Kraft der Natur, wie wir an diesem Beispiel eindrucksvoll sehen können.« Er legte beide Hände auf Floras Schultern und hauchte ihr einen Kuss auf das dunkle Haar. »Warum also nicht?«

Flora sah zu ihm auf. »Also ist die Tietzsche Farbe Grün?«

»Ja.« Leonhard nickte mit wachsender Überzeugung. »Die Idee gefällt mir. Unsere Hausfarbe ist künftig ein kräftiges Grün.« Als Flora ihn ansah, wusste sie, dass er ihre Vision erkannt hatte und genauso begeistert war wie sie. In diesen Momenten liebte sie ihn mehr denn je.

»Dann wäre das ja beschlossene Sache«, mischte sich Onkel Hermann ein. Er erhob sich von seinem Sessel und trat an den Schreibtisch. Mit dem Kinn deutete er auf Leonhards Reisesekretär, der aufgeklappt auf dem Tisch stand.

»Planst du zu verreisen?«

»Sobald wir die Arbeiter für die Stickmaschinen unter dem Dach eingearbeitet haben, werde ich mit Flora nach Schweinfurt fahren.«

»Aber erst steht ja das Familientreffen an«, bemerkte Flora.

Leonhard nickte. »Das stimmt natürlich«, gab er zu. »Aber möglicherweise lassen sich die beiden Ziele miteinander verbinden. Ich meine, wenn wir schon einmal unterwegs sind?« Er trat mit hinter dem Rücken verschränkten Händen an die große Landkarte, die seit einigen Monaten an der Wand hing. Das Papier kräuselte sich bereits an den Rändern. Leonhard betrachtete die Karte, bevor er sich zu Flora umwandte. »Sieh mal, Bella«, sagte er und tippte auf einen Ort am oberen Rand der Karte. »Hier sind wir.«

Flora trat neben ihn und sah den Schriftzug *Stralsund* in geschwungenen Lettern. Sie roch die Tinte, mit der die Karte bedruckt war.

»Hier«, Leonhard ging ein wenig in die Hocke, »liegt Bamberg. Das ist eine weite Reise.«

Hermann lauschte ihm interessiert. Er schien zu ahnen, was Leonhard plante, und lächelte.

»Und hier«, sagte Leonhard, der sich wieder aufgerichtet hatte und auf einen Ort ganz in der Nähe tippte, »liegt Schweinfurt.«

»Ihr solltet die beiden Reisen also am besten kombinieren«, beendete Hermann Leonhards Gedanken. »Ich könnte nach dem Familientreffen zurück nach Stralsund fahren, um euch hier zu vertreten.«

»Ein guter Vorschlag«, fand Leonhard. Er sah zu Flora. »Wie denkst du darüber?«

»Wir werden eine ganze Weile unterwegs sein«, gab sie zu bedenken.

»Und wir werden die Weichen für unsere Zukunft stellen«, behauptete Leonhard mit feierlicher Stimme.

»Was machen wir mit Alfred und Heinrich?« Sie wusste nicht, ob es gut war, mit den Kindern so lange zu verreisen.

»Sie kommen natürlich mit«, sagte Leonhard bestimmt. »Wir werden Magda bitten, uns auf der Reise zu begleiten, um die Kinder zu betreuen, während wir Gespräche und Verhandlungen führen.«

Floras Herz machte einen Freudensprung. Bisher hatte sie Leo nur selten auf seinen Reisen begleiten können. In letzter Zeit war sie wegen ihrer Söhne meist in Stralsund geblieben. Sie betrachtete die verheißungsvollen Orte, die Leo ihr auf der Landkarte gezeigt hatte, mit vor Freude glühenden Wangen.

»Und der Laden?« Flora betrachtete Hermann. »Bist du sicher, dass du hier die Stellung halten willst?«

»Sonst würde ich es euch nicht anbieten.« Onkel Hertie strahlte, als er sich seinem Neffen zuwandte. »Oder traust du mir nicht zu, auf den Laden aufzupassen?«

»Werter Onkel«, begann Leonhard in gespieltem Ernst, »ich könnte mir keine bessere Vertretung vorstellen.« Er tauschte einen schnellen Blick mit Flora, bevor er fortfuhr: »Und natürlich nehmen wir dein Angebot dankend an.«

»Gut«, sagte Hermann befriedigt. »Dann wäre ja alles geklärt. Und jetzt lasse ich euch allein – ihr habt sicher noch eine Menge vorzubereiten.« Damit verabschiedete er sich und verließ das Büro.

Flora starrte einen Augenblick auf die Tür, die Hermann hinter sich zugezogen hatte, und rief dann aufgeregt: »Es ist traumhaft, Leo! Ich freue mich so, dass wir endlich wieder zusammen reisen werden. Ein Glück, dass wir so eine tolle Familie haben, die uns den Rücken stärkt!« Flora konnte das bevorstehende Familientreffen in Bamberg kaum abwarten. Sie ging in Gedanken schon den Inhalt ihres Kleiderschrankes durch, um sich zu überlegen, welche Kleider sie in ihren großen Koffer packen würde.

Leo, der wohl ahnte, wohin ihre Gedanken abgeschweift waren, hob mahnend den Zeigefinger. »Bella«, sagte er, »wir werden mit der Bahn reisen, also zügle dich bei der Auswahl deiner Gepäckstücke.«

Flora musste lachen. »Du hast mich durchschaut!« Es war ein solches Geschenk, dass Leo und sie auch gedanklich auf einer Wellenlänge waren. Niemals könnte sie sich ein Leben an der Seite eines anderen Mannes vorstellen. Sie waren füreinander bestimmt, da war sie sich nach all den Jahren, die sie schon gemeinsam verbracht hatten, immer noch sicher.

»Versprochen«, rief sie, »ich werde nur drei Kleider einpacken. Aber ich muss doch hübsch aussehen, um bei deinen Geschäftsfreunden einen guten Eindruck zu hinterlassen.«

Leonhard lachte. »Für mich bist du die schönste Frau der Welt, ganz egal, ob du ein sündhaft teures Kleid trägst oder einen Lumpensack.«

*

Hermann Tietz schritt nach dem Gespräch mit Leonhard und Flora hoch erhobenen Hauptes und mit auf dem Rücken verschränkten Armen durch die Straßen der Hansestadt. Er freute sich, dass die jungen Leute bald schon ihre kühnsten Träume verwirklichen würden.

Doch bevor es so weit war, stand das große Familientreffen an. Hermann ahnte, dass es diesmal in Bamberg stattfand, weil sich sein

Bruder Markus mit dem Gedanken trug, ins Süddeutsche auszuwandern. Was auch immer der Grund war, sie würden ihn früher oder später erfahren. So nutzte Hermann den Spaziergang, um die maritime Umgebung Stralsunds auf sich wirken zu lassen. Überall herrschte geschäftiges Treiben, vor einem Wirtshaus prügelten sich zwei Männer, die wohl dem Alkohol zu sehr zugesprochen hatten.

Hermann genoss den kleinen Spaziergang zum Hotel und betrachtete dabei die bunten Häuser mit den Treppengiebeln, sah zum fast wolkenlosen Sommerhimmel empor und beobachtete amüsiert die Möwen, die kreischend über den Dächern ihre Bahnen zogen. Der Duft von Gewürzen hing in der Luft und verriet, dass der große Hafen nur einen Steinwurf entfernt war.

Ein paar Straßenecken weiter beobachtete Onkel Hertie einen untersetzten Mann in heruntergekommener Kleidung, der sich verstohlen umsah. Er schlich um die Auslagen vor einem Gemüseladen herum. Just in dem Moment, als ein Wachtmeister um die Straßenecke bog, hatte er seine Finger nach einem der wundervoll aussehenden Äpfel ausgestreckt. Der Dieb schien den Mann des Gesetzes nicht bemerkt zu haben, und so ließ er den Apfel flink in einer Jackentasche verschwinden. Als wenige Meter hinter ihm die Trillerpfeife des Wachtmeisters ertönte, gab er Fersengeld.

Hermann beobachtete die Verfolgungsjagd, bis die beiden aus Hermanns Blickfeld verschwunden waren, dann setzte er seinen Weg fort. Gut gelaunt hing er seinen Gedanken nach. Er zollte seinem Neffen Leonhard größten Respekt für dessen Bemühungen, das Geschäft zu vergrößern und weitere Läden zu eröffnen. Ihm und seiner Frau traute er zu, eines Tages große Warenhäuser im gesamten preußischen Reich zu besitzen. Die beiden waren fleißig, sie arbeiteten fast Tag und Nacht und vergaßen dabei auch nicht, dass sie ein Paar waren. Sofern er das beurteilen konnte, waren Flora und Leonhard verliebt wie am ersten Tag. Heinrich und der kleine Alfred Leonhard waren ein Zeugnis dieser Liebe. Die Jungen wuchsen in einem guten Haus auf und würden, wenn es so weit war, sicher nur die besten Schulen besuchen. Und irgendwann, so hatte Leonhard es seinem Onkel einmal prophezeit, würden sie das Geschäft ihrer Eltern weiterführen.

Hermann freute sich darauf, Flora und Leonhard während ihrer Reise an die Wupper im Geschäft zu vertreten. Er vermisste es, selbst in einem Laden Hand anzulegen, seit er Betty und Oscar in Gera zurückgelassen hatte.

Der Gedanke an die beiden schmerzte, und Hermann dachte nicht ohne eine gewisse Bitterkeit an seinen Bruder Chaskel. Er war herrschsüchtig und fühlte sich nach dem Tod der Eltern als Familienoberhaupt, obwohl das eigentlich ihm, Hermann, zugestanden hätte. Doch so recht wagte niemand der Brüder, Chaskel in seine Grenzen zu weisen. In einigen Tagen würde Hermann seinem jüngeren Bruder wieder gegenüberstehen. Er war schon sehr gespannt, wie das Familientreffen verlaufen würde.

Kapitel 19

Die nächsten Tage und Wochen waren sehr aufregend für Flora. Es gab viel vorzubereiten. Während ihrer Abwesenheit musste der Laden in Stralsund reibungslos weiterlaufen.

Zwischenzeitlich hatten Sally und Leonhard die Arbeiter unter dem Dach eingearbeitet, so dass die Produktion der ersten eigenen Tietz-Waren gut angelaufen war. Leonhard hatte auf Anraten seines Onkels sogar einen Maschinisten eingestellt, der sich um die Geräte kümmern konnte, sobald eine Störung die Produktion unterbrach.

Flora und Leonhard saßen abends, nachdem Magda Alfred und Heinrich zu Bett gebracht hatte, noch im großen Wohnzimmer, wo sie die anstehende Reise nach Bamberg in Ruhe planten. Leonhard stand vor dem Bild seiner Frau, das Sally gemalt hatte. Es war ein Hochzeitsgeschenk gewesen und hing seit Jahren im Wohnzimmer über dem Mahagonikabinett. »Du hast dich nicht verändert seit damals«, stellte Leonhard glücklich fest, während sein Blick zwischen Flora und dem Gemälde hin- und herwanderte. »Ich bin froh, dich an meiner Seite zu wissen, Bella.«

Flora, die auf dem Sofa saß und an einer Liste der Dinge arbeitete, die vor der Abfahrt noch erledigt werden mussten, sah zu ihm hoch. »Das geht mir genauso, Leo.«

»Unser Leben ist ein Abenteuer«, stellte er lächelnd fest, als sie sich erhob, um neben ihn zu treten.

Flora schmiegte sich an ihren Mann. »Und ich würde es auch gar nicht anders wollen. Das, was wir gemeinsam geschaffen haben, ist etwas ganz Besonderes.«

Leonhard nickte mit einem sanften Lächeln auf den Lippen. Doch dann verfinsterte sich seine Miene. »Und Georg Wertheim macht es uns nach«, stellte er fest.

Flora wunderte sich, dass ihr Mann ausgerechnet in diesem Moment an ihren schärfsten Konkurrenten dachte. »Wie kommst du jetzt darauf?«, fragte sie besorgt, während sie mit der rechten Hand über Leonhards Rücken strich. »Ist etwas vorgefallen?«

Leonhard schien sekundenlang in die Betrachtung des Gemäldes seiner Frau versunken zu sein, dann wandte er sich Flora zu. »Nicht direkt«, sagte er schließlich, »aber er beobachtet uns. Wir sollten wachsam sein, denn ich habe erfahren, dass er Arbeiter dafür bezahlt, sich in unserem Laden umzusehen.«

»Er lässt uns ausspionieren?« Flora erinnerte sich an einen Vorfall vor einigen Jahren, als Georg Wertheim, der ebenfalls ein Textilgeschäft in der Stralsunder Innenstadt betrieb, in ihrem ersten Geschäft aufgetaucht war. »Was verspricht er sich davon?«

»Er will uns weiter nacheifern«, behauptete Leonhard. »So, wie er es bisher schon getan hat.«

»Du hast recht – wir haben das Feilschen und den Kaufzwang abgeschafft und dafür die ausschließliche Barzahlung eingeführt, und Wertheim hat es uns gleichgetan.« Flora seufzte. Sie löste sich von Leonhard, um an das kleine Kabinett zu treten. Hier nahm sie eine der zarten Porzellantassen mit dem verspielten Blumenmuster, um sich einen kalten Tee einzugießen. Nachdenklich trank sie. »Wertheim kopiert uns, wo immer er kann.«

»Wenige Wochen nachdem du den Verkauf von Mode eingeführt hast, hat auch Georg Wertheim Bekleidung in sein Programm aufgenommen«, fügte Leonhard hinzu. »Wenn er jetzt von unseren Expansionsplänen hört, wird es sicher nicht lange dauern, bis er ebenfalls einen Laden in einer neuen Stadt eröffnet.« Gedankenverloren betrachtete er Flora. Sie konnte förmlich sehen, wie es hinter seiner Stirn arbeitete.

»Wir sollten mehr auf Geheimhaltung achten«, schlug sie vor.

Wieder nickte Leonhard. »Allerdings, Bella. Und wir sollten unserem eigenen Personal mehr Beachtung schenken.«

»Glaubst du, dass wir einen Spion unter den Mitarbeitern haben?« In Gedanken ging Flora ihr Personal durch. Da waren Anna und Josephine sowie Hannah Meister im Verkauf, Sally und zwei Kommissionierer, die sich um das Lager kümmerten, und seit Neuestem die Bandweber, die unter dem Dach ihre Arbeit an den neuen Maschinen verrichteten. Auf Anhieb fiel ihr niemand ein, der sich auf irgendeine Art verdächtig verhalten hatte.

»Ich kann es mir nur schwer vorstellen, dennoch dürfen wir nichts außer Acht lassen«, erwiderte Leonhard.

Flora trank von ihrem Früchtetee und genoss das Aroma von Kirschen und Waldbeeren. »Wenn wir unseren Leuten misstrauen, wäre es nicht gut, sie jetzt allein zu lassen«, überlegte sie.

»Ich werde Onkel Hermann von unserem Verdacht berichten«, schlug Leonhard vor. »Ihn bitten, er möge ein wachsames Auge auf die Leute haben.«

»Aber während des Familientreffens in Bamberg wird niemand von uns hier sein.« Der Gedanke, den Laden allein den Angestellten zu überlassen, behagte Flora nicht. Als sie Leonhard ansah, erkannte sie, dass ihn ähnliche Gedanken plagten.

»Leo«, sagte sie schweren Herzens, »so geht das nicht.« Sie seufzte, bevor sie fortfuhr: »Fahr du nach Bamberg, um dem Familientreffen beizuwohnen, während ich hierbleibe.«

»Flora«, begann Leonhard, brach jedoch ab, als Flora ihm bedeutete, zu schweigen.

»Es ist schon in Ordnung, Leo«, behauptete sie. »Nichts wäre schlimmer, als mit einem schlechten Gefühl in die Ferne zu fahren, ohne zu wissen, was in Stralsund geschieht. Deshalb werde ich hier die Stellung halten, bis Ruhe einkehrt.«

»Es wird niemals Ruhe einkehren«, fürchtete er. Flora sah ihm an, dass Leo der Gedanke, allein nach Bamberg zu reisen, nicht behagte.

Sie leerte die Teetasse und stellte sie auf dem Mahagonikabinett ab. »Die Verantwortung für unseren Laden und unsere Angestellten haben wir uns selbst aufgebürdet«, bemerkte sie schließlich. »Und wenn es sich so verhält, wie du befürchtest, wäre es ein denkbar schlechter Zeitpunkt, den Laden ohne einen von uns zurückzulassen.«

»Vielleicht hast du recht.« Er klang nicht wirklich überzeugt. »Dennoch werden wir beide zum Familientreffen fahren – ich brauche dich dort an meiner Seite. Danach sehen wir weiter.« Seine Stimme duldete keinen Widerspruch.

Flora wusste, dass man nicht mit ihm diskutieren konnte, wenn er so entschlossen war, und gab nach. Sie musste auf einmal ein Gähnen unterdrücken. »Es ist spät geworden.«

»Du hast recht, Bella.« Leonhard zog seine kleine Taschenuhr hervor, klappte den goldenen Deckel auf und warf einen Blick auf das verzierte Ziffernblatt. »Wir sollten zu Bett gehen. Morgen wird wieder ein anstrengender Tag.«

Kapitel 20

»Die beiden fehlen mir schon jetzt.« Flora seufzte, während sie die frisch eingetroffenen Spitzenbänder so verlockend drapierte, dass die Kundinnen nicht daran vorbeikommen würden, ohne die Ware in Augenschein zu nehmen. Mit einem versonnenen Lächeln zupfte sie die Spitze zurecht und platzierte ein Preisschild daneben, das ihr ein Ladenmädchen mit schwungvoll gesetzten Lettern vorbereitet hatte. Am frühen Morgen waren Anna und Sally von einer Kutsche zum Bahnhof gebracht worden. Dort waren sie in den Zug gen Süden gestiegen. Eine lange und anstrengende Reise lag vor dem jungen Paar. Flora fragte sich, ob alles so funktionieren würde, wie sie und Leonhard es geplant hatten.

»Wir werden sie bald besuchen«, erwiderte Leonhard, der hinter ihr stand und sie mit einem glücklichen Lächeln beobachtete. »Zunächst dürfen wir gespannt sein, ob Sally und Anna ein geeignetes Ladenlokal in der Geschäftsstraße ausfindig machen werden.«

Flora betrachtete ihr Werk zufrieden, bevor sie sich zu ihrem Mann umdrehte. »Dann ist der Auftrag der beiden eine Bewährungsprobe?«

Leonhard nickte. »So in der Art. Sie haben ja Hilfe vor Ort und sind bei der Suche nicht auf sich allein gestellt.« Dank Anna hatte er Kontakt zu Richard Köhler, einem in Schweinfurt lebenden Hausmakler, aufgenommen. Da der Mann zu Annas Familie gehörte, würde er sich sicher ehrenhaft für die Interessen des jungen Paares einsetzen.

»Wie soll es weitergehen, wenn wir einen zweiten Laden in Schweinfurt haben?« Diese Frage hatte Flora in den letzten Tagen immer wieder bewegt. Sie fühlte sich in Stralsund wohl und wollte sich nicht mit dem Gedanken anfreunden, in den Süden zu ziehen, den sie überhaupt nicht kannte. »Müssen wir dann auch ins Frankenland ziehen?«

Leonhard betrachtete sie mit einem feinen Lächeln. »Bella«, sagte er sanft, »liebste Bella, ich bin sicher, dass wir vorerst in Stralsund bleiben werden, schließlich gilt es, das Geschäft hier fortzuführen.«

Flora nickte. Sie war ein wenig beruhigt. »Vorerst?«, hakte sie dennoch nach. Sie kannte Leo gut genug, um zu wissen, dass er seine Worte mit Bedacht wählte.

»Ja«, nickte er, »vorerst. In Schweinfurt werden sich Sally und Anna beweisen können. Wenn wir umziehen, dann eher nach Elberfeld.«

Flora zog sich bei diesem Gedanken das Herz zusammen. Stralsund war über die Jahre zu ihrer Heimat geworden. Sie liebte das Meer und die frische Seeluft. Hier hatte sie Freundinnen, vor allem ihre beste Freundin, Paula, mit der sie auch in einem Damenhausorchester musizierte. Doch sie hatte auch ihr Heimatdorf Birnbaum damals Leonhard zuliebe verlassen. Um ihrer gemeinsamen Träume willen war sie bereit, jedes Opfer zu bringen.

»Mit dir gehe ich überallhin, Leo.« Flora versuchte, ihn nichts von ihrer leisen Melancholie spüren zu lassen. »Ich bin sicher, Elberfeld ist ein schöner Ort zum Leben.«

»Die Stadt wird dir gefallen, Bella. Sie brodelt vor Leben und liegt mitten im Grünen. Und es gibt gute Schulen dort für Alfred und Heinrich.«

»Kannst du dich noch an unsere Anfangszeit erinnern, als wir von unserer Stadtvilla träumten?«

Er schmunzelte. »Selbstverständlich.«

Als ein sehnsuchtsvolles Seufzen über Floras Lippen kam, strich er ihr sanft durch das Haar und küsste ihren Kopf. »Die Villa werden wir haben, irgendwann.« Jetzt lachte er leise. »Auch wenn ich dir noch nicht sagen kann, in welcher Stadt sie eines Tages stehen wird.«

Kapitel 21

Anna konnte es kaum erwarten, dass der Zug Schweinfurt erreichte. Nervös rutschte sie auf ihrem Sitz im Abteil der zweiten Klasse hin und her und sah mit geröteten Wangen aus dem Fenster. Hatte sie die Fahrt durch das malerische Maintal entlang der ausgedehnten Weinberge anfangs noch genossen, so wuchs nun ihre Ungeduld. Viel zu lange schon war sie nicht mehr zu Hause gewesen. »Gleich sind wir da«, frohlockte sie aufgeregt, als die Bebauung ringsum dichter wurde und der Zug das Tempo drosselte.

Seit Würzburg teilten sie sich das Abteil mit einem älteren, gut gekleideten Mann, der in die Lektüre seiner Zeitung vertieft war und das junge Paar nur ab und zu mit einem väterlichen Lächeln bedacht hatte. So war das Rascheln des dünnen Zeitungspapiers lange Zeit das einzige Geräusch gewesen, das sich unter das gleichmäßige Rattern der Eisenbahnräder gemischt hatte. Doch je näher sie ihrer alten Heimatstadt kamen, umso öfter musste Anna ihrer Vorfreude lautstark Ausdruck verleihen.

Sally, der ihr gegenübersaß, betrachtete sie amüsiert. Leonhard hatte ihm ein Buch über Stoffe und Garne mitgegeben, das er sich zu Gemüte führen sollte. Und so hatte er, als Anna, müde vom gleichmäßigen Ruckeln des Waggons, eingedöst war, in dem Buch geblättert. Nun schlug er den dicken Wälzer zu und erhob sich, um den Lederkoffer, der sich über seinem Kopf im Gepäcknetz befand, zu ergreifen. Freundlich verabschiedeten sie sich von ihrem Mitreisenden und stellten amüsiert fest, dass der vornehme Herr offenbar hinter seiner Zeitung eingeschlafen war. »Wo sind wir?«, fragte er, während er sich die Augen rieb.

»In Schweinfurt«, frohlockte Anna.

»Gut, dann muss ich noch nicht aussteigen.« Der Mann seufzte erleichtert und streckte sich.

Anna und Sally wünschten ihm noch eine angenehme Weiterfahrt.

»Sieh nur«, rief Anna aufgeregt. Sie deutete aus dem Zugfenster. Als Sally ihrem Blick folgte, sah er die dicht gedrängten Häuser von Schweinfurt.

»Der Bahnhof liegt sehr zentral«, erzählte Anna ihrem Verlobten. »Wir werden in einer Wirtschaft eine Kleinigkeit essen und dann zum Haus meiner Familie fahren.« Erst jetzt wurde ihr richtig bewusst, wie lange sie ihre Geschwister und die Eltern schon nicht mehr gesehen hatte. Die Familie fehlte ihr schrecklich, und doch hatte sie damals nicht lange gezögert, als Sally ihr angeboten hatte, an seiner Seite ein neues Leben in Stralsund zu beginnen. Und sie hielt diese Entscheidung immer noch für richtig. Sally war wunderbar, liebevoll und charmant – wenn er nicht gerade neuen Ladenmädchen schöne Augen machte. Während der Fahrt hatte Anna jedoch erleichtert festgestellt, dass er der feschen Schaffnerin keinerlei besondere Aufmerksamkeit ge- schenkt hatte. Anna hoffte, sich in Zukunft keine Sorgen mehr um seine Treue machen zu müssen, nahm sich aber vor, wachsam zu bleiben.

»Worauf wartest du denn?«, rief Sallys Stimme. Anna sah auf und stellte fest, dass der Zug unter ohrenbetäubendem Quietschen zum Stillstand gekommen war. Am Hauptgebäude des Bahnhofes prangte in dicken schwarzen Lettern der Schriftzug *Schweinfurt Stadt*.

Anna sprang von ihrem Sitz auf und nahm die Tasche und die große runde Hutschachtel aus dem Netz über der Bank. Bei ihrer schweren Tasche war Sally ihr behilflich. Sie begaben sich zu den Türen des Waggons, die sich eben öffneten, und standen im nächsten Augen- blick im dichten Rauch der Dampflok auf dem Bahnsteig. Anna musste husten und erkannte nur schemenhaft die hohen Petroleum- laternen, die Passagieren bei Dunkelheit den Weg in die Stadt wiesen.

»Und?«, fragte sie Sally, der sich mit gerümpfter Nase umsah. »Gefällt es dir?«

Sally lachte. »Erst einmal muss sich der Rauch der Lokomotive verziehen, sonst ist hier ja nicht viel zu sehen.« Nachdem der dunkle Rauch etwas verflogen war, blickte er sich interessiert um. Das Bahnhofsgebäude erinnerte an die italienische Renaissance. Linker Hand lag eine Remise, in der Postwagen untergebracht waren, rechts gab es einen Schuppen, in dem Eisenbahnwagen standen, die im Schatten des Wirtschaftsgebäudes auf ihren nächsten Einsatz warteten. Die schwere Lokomotive schnaufte, während Männer in schmutziger Arbeitskleidung daran herumwerkelten.

»Komm schon«, rief Anna, »oder willst du hier Wurzeln schlagen?«

»Immer mit der Ruhe«, brummte Sally, während er sich langsam in Bewegung setzte.

»Hopp, hopp«, sagte sie kokett und bedeutete ihm, ihr durch das Bahnhofsgebäude zu folgen.

Ein Blick auf die große Uhr über dem Eingang verriet ihnen, dass es höchste Zeit fürs Mittagessen war, und sie beschlossen, direkt in der Bahnhofsrestauration einzukehren.

Hier gab es zur Straßenseite hin eine Schankterrasse, die von einem schwarz gestrichenen schmiedeeisernen Zaun eingegrenzt war. Vornehm gekleidete Herrschaften saßen beisammen und unterhielten sich angeregt. Neugierig beobachteten sie die Neuankömmlinge, wobei Anna nicht verborgen blieb, dass das Interesse der Männer eher ihr als Sally galt, der sie gerade zu einem Tisch führte, das Gepäck abstellte und einen Stuhl für sie hervorzog. Sie setzte sich und nahm Sallys Hand, um zu zeigen, dass sie bereits vergeben war.

*

Gesättigt traten sie wenig später den Weg zum Bahnhofsvorplatz an. Die Straße war staubig, die steilstehende Mittagssonne trieb Sally den Schweiß auf die Stirn. Doch er trug Annas große Tasche, ohne zu murren, und rang sich sogar ein munteres Grinsen ab.

Anna war stehen geblieben und sah sich auf dem Platz um. Hier standen Fuhrwerke für die ankommenden Fahrgäste bereit. Die Kutscher standen beisammen und unterhielten sich. Jeder Passant wurde in Erwartung einer Tour neugierig beäugt, so auch Anna und Sally, die sich den Männern in der groben Kleidung zielstrebig näherten.

Anna trat auf einen untersetzten Mann mit Weste und Schiebermütze zu, der ihr sympathisch vorkam. Sie fragte ihn nach dem Fahrpreis. Der Kutscher musterte sie einen Moment lang, dann glitt sein Blick an ihr vorbei zu Sally, der das Gepäck auf dem staubigen Boden abgestellt hatte, um sich mit dem Hemdsärmel den Schweiß von der Stirn zu wischen.

»Kommt der da mit?«, fragte der Mann und zeigte auf Sally.

»Selbstverständlich reise ich mit meinem Verlobten«, erklärte Anna kühl. »Aber ich kann auch gern einen anderen Kutscher bitten ...«

»Nein, nein, schon gut, Fräulein.« Der Kutscher schüttelte hastig den Kopf und erntete dafür das Gelächter seiner Kollegen, die nur wenige Schritte entfernt standen. Bevor Anna einen Rückzieher machen konnte, nahm sich der Kutscher des Gepäcks der beiden an und verfrachtete es auf sein Fuhrwerk, dann machte er eine einladende Geste. »Bitte einsteigen, meine Herrschaften, die Fahrt kann sofort losgehen!«

Kapitel 22

»Und Sie sind sich absolut sicher, dass Tietz vorhat zu expandieren?«
Georg Wertheim legte die Fingerspitzen beider Hände aneinander
und betrachtete seinen Besucher nachdenklich. Wilhelm Blissing saß
ihm gegenüber auf einem Holzstuhl, der bei jeder Bewegung leise
knarzte. Die Geräusche des angrenzenden Ladens drangen nur gedämpft an die Ohren der beiden Männer.

Blissing, ein untersetzter Mann Ende vierzig in vornehmem Zwirn,
kratzte sich den Backenbart und nickte. »Zweifeln Sie etwa an meinen Worten?« Er klang pikiert, wagte seinen Unmut jedoch nicht
deutlicher kundzutun. Wertheim war sein Kunde, einer der größten
in Stralsund. Entsprechend überlegen fühlte Georg Wertheim sich
bei der Gesprächsführung.

Der Geschäftsmann betrachtete seinen Besucher wie ein lästiges
Insekt. Der Mann raubte ihm oft wertvolle Zeit mit seinem Geschwa-
fel. Und dennoch hatte das Gespräch eben eine interessante Wendung
genommen. Nun hoffte Wertheim auf die Geschwätzigkeit des Handelsreisenden.

Blissing fabrizierte in Westfalen Seidentücher und Kordeln, die er
an Groß- und Einzelhändler im gesamten preußischen Reich verkaufte. Er ließ es sich nicht nehmen, zweimal im Jahr seine besten
Kunden persönlich zu besuchen. Georg Wertheim hatte vor einiger
Zeit die Artikel von Blissing in sein Sortiment aufgenommen, die sich
verkauften wie das sprichwörtliche geschnittene Brot. Dabei störte
ihn der Umstand, dass Blissing seine Waren auch an Tietz verkaufte,
nicht im Geringsten.

»Man munkelt, dass Tietz ein zweites Geschäft eröffnen wird«, erzählte Blissing ihm gerade. Aufgeregt drehte er die Krempe des Hutes, der in seinem Schoß lag, in den Händen. »Und er hat eine eigene Fabrikation ins Leben gerufen – somit bin ich bei ihm rausgeflogen.«

»Das tut mir leid.« Georg Wertheim schenkte ihm einen bedauernden Blick.

»Warum, denken Sie, hat Tietz sich eine kleine Fabrik unter dem Dach seines Hauses einrichten lassen?« Blissing war wütend auf Leonhard Tietz, das sah Wertheim ihm an. »Er kauft keine Waren mehr von mir, weil er alle Artikel, die ich ihm verkaufte, fortan selbst herstellt.«

»Und es ärgert Sie, dass er nicht mehr bei Ihnen bestellt.« Es war eine Feststellung, keine Frage. In Wertheims Augen lag ein schadenfrohes Blitzen. Er war schlau genug, sich Blissings Wut zunutze zu machen. Durch den Wegfall eines Großkunden würde ihm der Westfale aus der Hand fressen, da war er sich sicher.

»Selbstredend, was denken Sie?«, schnaufte der Fabrikant. Blissing warf den Hut auf das kleine Mahagonitischchen und verschränkte bockig die Arme.

Georg Wertheim hatte einen Einfall. »Wir sollten in diesem Zusammenhang auch unsere Konditionen neu besprechen.«

»Wie bitte? Wollen Sie mich im Preis drücken, Herr Wertheim?« Blissing hatte Mühe, seine Wut zu kontrollieren.

»Davon kann keine Rede sein, werter Herr Blissing.« Wertheim schüttelte den Kopf. »Sollten Sie sich dazu entschließen können, mich weiterhin mit Informationen zu Tietz' Vorhaben zu versorgen, bleibt alles wie gehabt.«

»Das ist Erpressung, mein Herr!«

»Nennen Sie es, wie Sie wollen.« Wertheim schenkte seinem Besucher ein eiskaltes Lächeln. »Ich könnte mir auch gut vorstellen, meine Artikel künftig bei Tietz zu bestellen.« Eine Finte nur, lieber würde er sich eine Hand abhacken. Doch die Vorstellung, nach Leonhard Tietz jetzt auch Wertheim als Kunden zu verlieren, verunsicherte Blissing sichtlich. Plötzlich standen winzige Schweißperlen auf seiner Stirn. »Na hören Sie mal …«, keuchte er empört.

»Nein, Sie hören mir zu«, unterbrach Wertheim seinen Gast. »Sie erzählen mir alles, was Sie über Tietz wissen, und unsere Geschäftsbeziehung hat weiterhin Bestand.« Er kehrte die Handflächen nach oben. »Es liegt also allein bei Ihnen, ob wir auch weiterhin Geschäftspartner sind.«

Kurz schien Wilhelm Blissing seine Möglichkeiten abzuwägen, dann nickte er verdrießlich. »Also gut.«

»Sehen Sie«, sagte Wertheim zufrieden. »Dann schießen Sie mal los, Blissing.«

*

»Sieh dir das an, Bella – Schweinfurt ist die Stadt mit dem größten erwarteten Wachstum in den kommenden Jahren!« Frohlockend stand Leonhard Tietz am späten Nachmittag im Büro ihres Stralsunder Ladens. Mit einem triumphierenden Lächeln auf den Lippen schwenkte er die Tageszeitung.

Flora sah von der Arbeit auf. »Das ist wunderbar«, rief sie und überflog die Schlagzeile der Zeitung, die sich mit den Wachstumsprognosen der Städte im preußischen Kaiserreich und dem bayerischen Königreich beschäftigte. Der Artikel weckte Floras Interesse. Sie nahm ihrem Mann die Zeitung aus der Hand und ging zurück zu dem großen Mahagonischreibtisch am Fenster, um sie sich genauer anzuschauen.

»Wir scheinen ein gutes Gespür zu haben«, bemerkte Leonhard zufrieden, während er neben sie trat, um ihr über die Schulter zu blicken. »Bleibt zu hoffen, dass Georg Wertheim nicht ebenfalls Ambitionen hegt, zu expandieren.«

»Ich habe gehört, er denkt über eine Filiale in Berlin nach.« Flora drehte den Kopf zu ihrem Mann um. »Dorthin kann es Wertheim gern verschlagen.«

Georg Wertheim hatte, kurz bevor Flora und Leonhard ihren ersten Laden in der Ossenreyer Straße eröffnet hatten, gemeinsam mit seinem Bruder Hugo den Laden seiner Eltern Ida und Abraham übernommen, die sich aus Altersgründen aus dem Geschäftsleben zurückgezogen hatten. Dabei hatte Georg Wertheim einige revolutionäre Ideen von Flora und Leonhard übernommen. So konnte auch der Laden der Wertheim-Brüder ohne Kaufzwang betreten werden, es gab Umtauschrecht und ausschließlich Barzahlung. Nur eines war den Wertheims nie gelungen: Sie konnten ihrer Kundschaft nicht die günstigen Preise bieten, die man bei Tietz gewohnt war. Das lag daran, dass Leonhard dank der Unterstützung seines Onkels bei den Lieferanten bessere Konditionen bekam. Onkel Hertie kaufte für Leos Bruder Oscar bei denselben Herstellern, wie es Leonhard und Flora taten. Dennoch, so orakelte Leonhard immer, war Georg Wertheim ihnen immer dicht auf den Fersen. Die Gerüchte, dass auch er über eine Expansion nachdachte, hielten sich hartnäckig in der Stralsunder Geschäftswelt.

»Berlin kann er haben«, murmelte Leonhard nachdenklich. »Wir konzentrieren uns währenddessen auf Schweinfurt.«

»Hoffentlich finden Sally und Anna bald ein Ladenlokal.« Flora dachte kurz nach. »Vielleicht sollte ich Julie einen Brief schreiben.«

»Wie soll uns deine Schwester helfen?« Leonhard hob fragend eine Augenbraue.

»Sie könnte mit deinem Onkel sprechen, um weitere geeignete Geschäftsstandorte ausfindig zu machen.« Floras große Schwester war ebenfalls mit einem Tietz verheiratet. Sie war die Frau von Markus Tietz, dem Bruder von Onkel Hertie. »Sie planen, von Prenzlau nach Bamberg zu ziehen.«

»Ich möchte unserer eigenen Familie keine Konkurrenz machen, indem wir in den Süden expandieren«, erinnerte sie Leonhard.

»So meinte ich das nicht.« In Floras Kopf arbeitete es. Sie war schon immer eine gute Strategin gewesen und trug seit jeher Ideen zum geschäftlichen Vorgehen bei. »Aber vielleicht kann man ja auch Markus und Julie in die geplante Einkaufsgemeinschaft mit Oscar einbeziehen. Ich könnte mir vorstellen, den Handel breitgefächert aufzustellen. Das würde uns noch bessere Konditionen bei den Großhändlern und den Herstellern ermöglichen. Die Preise könnte dann die ganze Familie an die Kunden weitergeben.«

»Du bist eine kluge Frau, liebste Bella.« Leonhard nickte anerkennend. »Dann schreib Julie einen Brief. Die Einzelheiten können wir auf dem Familientreffen besprechen.«

Flora wollte eben etwas erwidern, als es an der Bürotür klopfte. Hannah, das junge Lehrmädchen, steckte nach Floras *Herein* zögernd den Kopf durch die Tür. »Ich stör ja nur ungern«, sagte sie, »aber der Laden ist rappelvoll, und einige der Kundinnen werden langsam ungeduldig.«

»Ich komme sofort«, sagte Flora und gab Leonhard einen flüchtigen Kuss auf die Wange. An Tagen wie diesen vermisste sie Anna im Laden. Doch man konnte schließlich nicht alles haben.

Heute Abend würde sie die Koffer für die Reise nach Bamberg packen. Das ungute Gefühl, den Laden ohne richtige Aufsicht zurückzulassen, beschäftigte sie nach dem Gespräch mit Leonhard vor einigen Tagen immer noch und dämpfte ihre Vorfreude, die anderen Familienmitglieder nach so langer Zeit wiederzusehen. Doch es half nichts, und so versuchte Flora, die düsteren Gedanken zu verdrängen. Irgendwann gelang es ihr, sich wieder auf die bevorstehende Reise mit Leo und den Kindern zu freuen.

Kapitel 23

Josephine erfüllte es mit Stolz, für den Laden verantwortlich zu sein. Hannah, das Lehrmädchen, half ihr dabei, die Kundschaft zu bedienen.

»Wenn ihr Fragen habt oder wichtige Entscheidungen anstehen, wendet euch an Eduard Scheffel«, hatte Flora den Mädchen ans Herz gelegt. Scheffel, so hatte Josephine mitbekommen, war als erster Kommis der Assistent von Sally Baumann, dem Bruder der Chefin. Bei Eduard Scheffel handelte es sich um einen wortkargen, untersetzten Mann, der aber intelligent war und tatkräftig anpacken konnte. Leonhard Tietz selbst hatte den Lageristen eingestellt, als sie den größeren Laden eröffnet hatten. Derzeit waren ihm und Friedrich Bahlow die Arbeiter in der kleinen Fabrik auf dem Dachboden unterstellt.

Während der Abwesenheit des Ehepaars Tietz oblag Scheffel auch die Kontrolle über den Laden. Bahlow, der neue Vorarbeiter, hielt sich jedoch weitestgehend zurück und ließ Josephine freie Hand. Für das junge Mädchen war es eine gute Gelegenheit, Leonhard und Flora zu beweisen, dass sie in der Lage war, eigenständig zu handeln und Verantwortung zu übernehmen. Und dass sie verlässlich war. Kurz dachte sie an ihren Vater und die Festnahme. Niemals würde sie die kurze, aber furchteinflößende Zeit in der Zelle der Polizeiwache vergessen. Jetzt war sie erwachsen, jetzt würde sie der ganzen Welt zeigen, dass Josephine Thalbach in der Lage war, Verantwortung zu übernehmen.

Sowohl Hannah als auch Josephine wussten das Vertrauen von Leonhard Tietz sehr zu schätzen. Beide hatten sich vorgenommen, ihn und seine Frau nicht zu enttäuschen.

Es war um die Mittagszeit, und im Geschäft war gerade nichts zu tun, als sich Hannah verabschiedete, um eine Kleinigkeit essen zu gehen. Josephine nutzte den Moment der Ruhe, um die Waren wieder adrett herzurichten und die Regale aufzufüllen. Gerade rückte sie der lebensgroßen Modepuppe neben dem Schaufenster den mächtigen Hut zurecht, als hinter ihr das Glöckchen über der Tür erklang. Zu ihrer Verwunderung war es ein einzelner Mann, der den Laden betrat. Seine Miene wirkte verschlossen, sein Alter vermochte Josephine nicht zu schätzen. Dass er einen maßgeschneiderten Anzug und einen vornehmen Hut trug, fiel ihr aber sofort auf. Etwas Aristokratisches ging von dem hochgewachsenen Mann aus, der sich aufmerksam im Laden umsah und die Auslagen in Augenschein nahm, ohne Josephine eines Blickes zu würdigen.

»Darf ich Ihnen behilflich sein?«, fragte sie, nachdem sie ihn einen Augenblick lang so unauffällig wie möglich beobachtet hatte.

Der Mann musterte Josephine mit einem süffisanten Lächeln auf den schmalen Lippen. »Ich würde gern Herrn oder Frau Tietz sprechen.« Seine Stimme klang, als wäre er es gewohnt, Befehle zu erteilen.

»Bedaure, das ist nicht möglich«, antwortete Josephine. »Die Herrschaften befinden sich auf einer Reise und werden erst in ein paar Tagen zurück sein.«

Zu ihrer Verwunderung schien der vornehm gekleidete Herr mit Josephines Antwort zufrieden zu sein. Sein Lächeln wurde breiter. »Das kommt mir sehr gelegen.«

Josephine hatte Mühe, ihre Verwirrung über diese seltsame Aussage zu verbergen. »Vielleicht kann ich Ihnen behilflich sein?«

Der Mann nickte. »Davon ist auszugehen.«

»Was also kann ich für Sie tun, mein Herr?«

»Arbeiten Sie schon länger für Tietz?«

Josephine wusste nicht, was das den Mann anging. »Ein paar Wochen«, sagte sie dennoch wahrheitsgemäß.

»Und die Arbeit gefällt Ihnen?«

»Selbstredend.« Josephine nickte eifrig. »Obwohl ich nicht vom Fach bin, hat man mir alles innerhalb kürzester Zeit beigebracht.«

»Dann sind Sie jetzt firm in allen textilen Fragen?« Das Lächeln des seltsamen Fremden war ihr unheimlich.

Josephine fragte sich, was er mit dieser Frage bezweckte. »Das kann man wohl sagen«, meinte sie selbstbewusst. Bisher hatte sich schließlich keine Kundin beschwert, weil sie eine Antwort schuldig geblieben war. »Was wollen Sie wissen, mein Herr?«

Der Mann wandte sich um und betrachtete wieder das Sortiment. »Ein schöner Laden ist das«, sagte er, ohne Josephine anzusehen. Er ließ spielerisch ein Spitzenband durch die Finger gleiten und prüfte dann die Beschaffenheit eines weinroten Stoffes. »Aber recht klein erscheint er mir, und viel scheint auch nicht los zu sein.«

»Das kann sich schnell ändern«, erklärte Josephine. »Viele sitzen gerade am Mittagstisch.« Sie warf einen Blick auf die große Wanduhr, die Leonhard erst vor einigen Tagen angebracht hatte.

»Wie heißt du?«

Josephine stutzte, denn mit einer so direkten Frage hatte sie nicht gerechnet. Auch der Umstand, dass der Mann sie jetzt duzte, verwirrte das Mädchen. Josephine räusperte sich, bevor sie ihren Namen nannte.

»Und was verdienst du hier? Genügt dein Einkommen für eine Kammer zur Miete, bekommst du freie Kost und Logis?«

»Nein. Das brauche ich auch nicht«, behauptete sie trotzig und schob das Kinn vor. *Was bildet dieser hochnäsige Kerl sich ein?* Josephine stemmte energisch die Hände in die Hüften. Sie hatte Mühe, die Fassung nicht zu verlieren. »Möchten Sie jetzt etwas kaufen, mein Herr?«

Ihre Frage beantwortete er mit einem spöttischen Lachen. »Nein, nein«, rief er aus, dann verstummte sein Lachen. »Das heißt, vielleicht doch.«

»Was denn?« Josephine sah sich um. »Benötigen Sie einen bestimmten Stoff, oder sind es die Posamentierwaren, die Ihr Interesse erregt haben?«

»Weder noch.«

Langsam nervte der Fremde das unerfahrene Ladenmädchen. Sie fragte sich, wo Hannah blieb. Allein fühlte sie sich dem Mann ausgeliefert. *Warum sieht Bahlow nicht mal nach dem Rechten, so, wie er es sonst immer tut, wenn man ihn gerade nicht gebrauchen kann?*

Doch der Vorarbeiter blieb dem Verkaufsraum fern. Wahrscheinlich war er auf dem Dachboden, wo er sich um die Maschinen kümmerte. Selbst wenn sie ihn rief, würde er sie nicht hören können. »Was also wollen Sie kaufen?«

Langsam trat der geheimnisvolle Mann näher. Die Dielen des Bodens knarzten unter seinen Schritten. »Irre ich mich, oder besteht bei Tietz kein Kaufzwang?«

Der Spott in seiner Stimme machte Josephine wütend. »Das ist richtig«, stimmte sie ihm zu. »Dennoch würde ich Ihnen jetzt gern …« Sie brach ab, als er mit einer gebieterischen Geste die Hand hob und sie zum Schweigen brachte.

»Ich möchte dir ein Geschäft vorschlagen.«

Josephine glaubte, sich verhört zu haben. »Ein Geschäft?«, fragte sie. »Was für ein Geschäft?«

»Du erweist mir einen Dienst, und ich entlohne dich fürstlich dafür.«

»Auf gar keinen Fall«, rief Josephine entrüstet. »Schließlich bin ich keine Dirne. Wenn Sie Liebesdienste suchen, sollten Sie sich am Hafen umsehen. Dort werden Sie sicher fündig.« Kaum dass sie diese Worte ausgesprochen hatte, bereute sie es. Von so etwas sollte ein anständiges junges Ladenmädchen eigentlich nichts wissen.

Der arrogante Kunde blieb jedoch gelassen. Er lachte leise. »Darum geht es mir nicht«, entgegnete er mit einem sanften Kopfschütteln.

»Ich bin glücklich verheiratet.« Er legte eine kleine Pause ein, bevor er fortfuhr. »Es geht um andere Interessen, die ich verfolge.«

Mit seiner Art schaffte er es bei jedem Satz, Josephine mehr zu verunsichern. »Wovon reden Sie?«

»Von Informationen«, erwiderte er mit schneidender Stimme. »Ich möchte Informationen von dir.«

»Das können Sie vergessen«, rief Josephine entrüstet, obwohl sie keine genaue Vorstellung hatte, wovon der Mann überhaupt sprach.

»Was verdienst du hier?« Prüfend betrachtete er die Musterkarten mit den großen silbernen Knöpfen. Als Josephine ihm nicht gleich antwortete, sprach er weiter. »Welche Aussichten hast du hier?« Wieder lag Hohn in seiner Stimme. »Lebenslange Dienstbarkeit und Verzicht auf eine selbstständige Existenz? Und das soll dich zu unerschütterlicher Loyalität motivieren?« Er schüttelte den Kopf, als könne er nicht glauben, das Josephine so einfältig war.

»Man vertraut mir«, erwiderte Josephine. »Ich habe gute Möglichkeiten, mein Können unter Beweis zu stellen und bald schon mehr zu verdienen.«

»Du bist so ein junges Ding, das noch nicht gelernt hat, Schein von Wirklichkeit zu unterscheiden«, behauptete der Besucher.

»Was geht Sie das an?«

»Ein feudales Leben werde ich dir auch nicht bieten können, aber sicher ein wenig Unabhängigkeit. Oder möchtest du weiterhin mit deinem gewalttätigen Vater unter einem Dach leben? Stets Gefahr laufen, seiner Brutalität zum Opfer zu fallen? Oder mit einem Bein im Zuchthaus zu stehen, weil du dich wieder berufen fühlst einzugreifen, sobald deiner werten Mutter oder den Geschwistern Gefahr droht?«

»Woher wissen Sie …« Josephine konnte es nicht fassen. Der Fremde wurde ihr immer unheimlicher.

»Ich pflege mich über die Menschen, mit denen ich Geschäfte

mache, zu informieren«, erklärte er selbstzufrieden. »Das verschafft mir, wie du gerade selbst bemerkst, manchen Vorteil bei meinen Verhandlungen.«

»Sie schnüffeln in meinem Leben herum!«, platzte es aus Josephine heraus. Sie spürte, wie ihr das Blut ins Gesicht schoss.

Ihr Gegenüber zeigte sich völlig unbeeindruckt von ihrem Ausbruch. »Zweifellos werde ich dir bessere Arbeitsbedingungen bieten können als Tietz – bei freier Kost und Logis, versteht sich.« Er legte mit lauerndem Blick den Kopf schräg. »Oder hast du vor, für immer zu Hause zu wohnen?«

Damit hatte er ihren wunden Punkt getroffen. Seit der Nacht, in der sie den Vater niedergestreckt hatte, gab es für Josephine keinen sehnlicheren Wunsch, als die elterliche Wohnung endlich verlassen zu können. Doch noch fehlte ihr das nötige Geld. Sie träumte davon, nur für ihre eigenen Bedürfnisse leben zu können und sich etwas Eigenes aufzubauen. Was, wenn der Fremde ihr dabei helfen konnte?

»Was müsste ich tun?«, fragte sie mit vor Aufregung knallroten Ohren.

»Ich möchte, dass du mich mit Informationen versorgst – vorerst.«

»Informationen?« Sie zuckte mit den Schultern. »Welche Art von Informationen? Sie scheinen doch schon recht viel von mir zu wissen.«

Wieder lachte der Mann. »Schau dich um«, sagte er. »Dieses Haus birgt sicher so manches Geheimnis, Mädchen. Und ich möchte, dass du mir das eine oder andere davon verrätst.«

»Wie stellen Sie sich das denn vor?«, fragte Josephine und stemmte die Hände in die Hüften.

»Das werde ich dir beizeiten sagen – wenn du dich einverstanden erklärst.«

»Was bilden Sie sich ein?«

»Reichen fünfzig Mark?«

»Für ein Jahr?«

»Ach was, im Monat. Als zusätzlichen Verdienst zu deinem jämmerlichen Gehalt, das du hier bei Tietz verdienst.«

»Fünfzig im Monat?« Josephines Augen wurden groß wie Teller. »Können Sie sich das denn leisten? Wer sind Sie überhaupt, und …«

»Wertheim«, stellte er sich vor und hielt ihr die Hand hin. »Mein Name ist Georg Wertheim. Und du musst für fünfzig Mark im Monat nichts weiter tun, als mich mit Informationen zu versorgen. Ich möchte über alle Pläne Bescheid wissen, die Leonhard Tietz und seine Frau schmieden. Also halte deine Augen und Ohren offen.«

»Das kann ich nicht machen.« Sie war entrüstet. Dass ihr der große Wertheim persönlich gegenüberstand, flößte ihr keinen Respekt ein. Er hatte ihr ein Angebot unterbreitet, das moralisch mehr als verwerflich war.

»Das werde ich nicht tun«, wiederholte sie empört.

»Gut.« Er nickte, zuckte mit den Schultern und wandte sich zur Tür, ohne sie noch eines Blickes zu würdigen. Bevor Josephine sich versah, war er fort. Fassungslos starrte sie auf die Ladentür, durch die der große Wertheim eben verschwunden war. »Warten Sie!«, rief sie und eilte ihm hinterher. Auf der Straße war er gerade dabei, in eine edle schwarze Kutsche zu steigen. Josephine fand das Fuhrwerk furchtbar protzig.

Der Kutscher hielt Wertheim gerade die Tür auf.

»Herr Wertheim!« Josephine war atemlos, als sie das Gespann erreichte. Erleichtert stellte sie fest, dass er innehielt, ohne sich aber zu ihr umzudrehen.

»Ich kann das nicht machen«, sagte sie, »so was macht man nicht. Das müssen Sie doch verstehen.«

»Das haben Sie bereits gesagt«, erwiderte er mit schneidender Stimme. Sein Gesicht glich einer starren Maske. »Dann kann ich nicht anders, als die Gerechtigkeit walten zu lassen.« Eine Hand lag bereits auf dem eisernen Handlauf, ein Schuh stand auf der untersten Stufe der Kutsche.

»Gerechtigkeit?« Josephine verstand nicht, worauf Wertheim hinauswollte.

»Ja, Gerechtigkeit.« Er nickte und gab dem Kutscher ein Zeichen. Der uniformierte Bedienstete nickte und zog sich zurück.

»Immerhin hast du deinen Vater totgeschlagen, Mädchen«, sagte Wertheim leise.

»Was …« Josephine fehlten vor Entsetzen die Worte.

»Du warst bereits in einer Zelle und wurdest bedauerlicherweise von Hauptwachtmeister Holzapfel auf freien Fuß gesetzt.« Wertheim schüttelte das Haupt. »Ein tragischer Fehler, doch auch Schutzmänner können sich mal irren.«

»Es war kein Irrtum«, widersprach Josephine wütend. »Ich habe in Notwehr gehandelt und meiner Mutter das Leben gerettet, deshalb hat man mich freigelassen.« Tränen sammelten sich in ihren Augen. »Außerdem lebt mein Vater noch.« Ein Mann, der mit einem Handkarren vorbeikam, warf ihr einen verwunderten Blick zu, hielt es aber nicht für nötig, sich in das Gespräch einzumischen, und ging seines Weges.

»Du bist eine Mörderin«, beharrte Wertheim. »Sobald ich einen Advokaten auf den Fall ansetze, landest du dort, wo du hingehörst: im Zuchthaus.« Er nickte, ohne Josephines Antwort abzuwarten, dem Kutscher zu und zog sich in die Kabine des Fuhrwerks zurück. Der Fahrer eilte herbei und verschloss die Tür.

»So warten Sie doch!« Josephine hämmerte mit den Fäusten gegen die Karosserie der Kutsche, doch für Georg Wertheim war das Gespräch beendet. Nachdem der Kutscher den Bock erklommen hatte, setzte sich das vornehme Fuhrwerk in Bewegung und rollte in gemächlichem Tempo die Ossenreyer Straße entlang. Der laute Hufschlag der beiden prächtigen Pferde auf dem Kopfsteinpflaster entfernte sich. Immer wieder blieben am Straßenrand Leute stehen, die tuschelnd zu der vornehmen Kutsche blickten. Einige nickten dem Kutscher ehrfürchtig zu, bevor sie ihren Weg fortsetzten.

Erst als das Fuhrwerk um die nächste Straßenecke gerumpelt war, ließ Josephine ihren Tränen freien Lauf. Wertheims Drohung hätte nicht deutlicher sein können: Wenn sie sich nicht seinem Willen beugte, würde er dafür sorgen, dass sie wieder in der Zelle landete und für ihre Taten bestraft wurde.

Kapitel 24

Das mondäne Hotel »Bamberger Hof« gehörte seit seiner Eröffnung vor einigen Monaten zu den besten Adressen der Stadt. Chaskel Tietz hatte es sich nicht nehmen lassen, das Familientreffen hier, mit Blick auf den Kaiserdom, stattfinden zu lassen. Eigens für die Zusammenkunft hatte er den großen Festsaal im hinteren Bereich des Erdgeschosses reserviert. Leise Klavierklänge wehten durch das Erdgeschoss und bildeten eine harmonische Untermalung für die große Zusammenkunft.

Betty fühlte sich unwohl in ihrer Haut, als sie an Oscars Seite den prachtvollen Neubau betrat. Während er die hochherrschaftliche Umgebung sichtlich genoss, erwischte Betty sich dabei, wie sie den Kopf zwischen die Schultern zog. Die glänzende Welt der Reichen verunsicherte sie, ebenso die abschätzenden Blicke der anderen Gäste, die sich in der Halle aufhielten. Betty war ein einfaches Mädchen und konnte mit diesem verschwenderischen Luxus nichts anfangen.

Sie wagte kaum, sich die Reaktionen der anderen Familienmitglieder auszumalen, sobald Oscar ihre Verlobung bekanntgab. Doch noch war es nicht so weit.

Die glanzvolle Eingangshalle mit dem riesigen, schwarz glänzenden Konzertflügel, den dunkelroten Teppichen, dem imposanten Kronleuchter aus funkelndem Bleikristallglas und mit dem schweren Mahagoniempfangstresen flößten ihr Ehrfurcht ein. Betty konnte nur ahnen, wie sündhaft teuer ein Aufenthalt in diesen Mauern war. Sie hatte schon seit ihrer Ankunft in Bamberg ein mulmiges Gefühl im Bauch. Lieber wäre sie in Gera geblieben, um die Geschicke des Ladens zu lenken. Doch die ganze Familie traf sich nur selten, da konnten sie nicht einfach fernbleiben.

So unauffällig wie möglich griff sie nach Oscars Hand. Er lächelte ihr aufmunternd zu und schien zu ahnen, was sie bedrückte und wie sie sich gerade fühlte. »Es wird schon«, raunte er ihr zu, während sie den großen Salon mit der festlich gedeckten Tafel betraten. Blutjunge Dienstmädchen mit Hauben auf den Köpfen und mit Spitze besetzten Schürzen wuselten umher und kümmerten sich um die Belange der Gäste.

Die anderen Familienmitglieder betrachteten das junge Paar mit unverhohlener Neugier. Betty erkannte Hermann, der ihr mit einem Weinglas in der Hand zunickte, und Oscars Bruder Leonhard mit seiner Frau Flora. Die anderen kannte sie nur flüchtig.

»Hier ist unser Platz.« Oscars Stimme schreckte Betty auf. Schweigend ließ sie sich von ihm zu einem langen Tisch führen. Jeder Platz war mit einem Namensschildchen versehen, so dass alles von Anfang an seine Ordnung hatte. Oscar rückte ihr den Stuhl zurecht. Erst als sie Platz genommen hatte, ließ auch er sich an ihrer Seite nieder. Ihnen gegenüber saßen Leonhard und Flora, neben Betty hatte Hermann Platz genommen, den Platz am Kopf der langen Tafel beanspruchte Chaskel Tietz für sich. Er war der selbst ernannte Patriarch der großen und weit verzweigten Familie. Betty mochte ihn nicht sonderlich. Bei jeder Gelegenheit ließ er sie spüren, dass sie streng genommen gar nicht zur Familie gehörte und von ihm nur geduldet wurde. Kurz überkam sie ein Gefühl des Triumphs, denn das würde sich bald schon ändern. Sobald sie mit Oscar verheiratet war, würde auch sie eine Tietz sein, ob Chaskel das nun gefiel oder nicht.

»Sind deine Eltern nicht hier?« Suchend sah Betty sich um, konnte aber weder Jakob noch Johanna Tietz entdecken. Oscar reckte sich ein wenig, sah die Gesuchten aber offenbar auch nicht und schüttelte den Kopf. »Vielleicht kommen sie noch.«

Nachdem sich alle an die für sie vorgesehenen Plätze gesetzt hatten, sah Chaskel den Augenblick für gekommen, das Familientreffen zu eröffnen. Er erhob sich von seinem Platz und blickte mit einem selbstgefälligen Lächeln auf den Lippen in die Runde. Betty fiel auf, dass sein Lächeln die Augen nicht erreichte, denn sein Blick war kalt und emotionslos. So stand er einen Moment schweigend da und taxierte sie alle. Er trug einen perfekt sitzenden Anzug aus feinstem englischen Tweed und genoss es sichtlich, im Mittelpunkt zu stehen. Chaskel nahm einen der silbernen Löffel an seinem Platz und schlug damit gegen sein Glas. Auf der Stelle verstummten auch die letzten Gespräche.

»Verehrte Familienmitglieder, liebe Familie Tietz«, begrüßte Chaskel die Anwesenden in feierlichem Ton. »Ich freue mich, dass ihr alle den weiten Weg nach Bamberg auf euch genommen habt, um diesem Familientreffen beiwohnen zu können.« Er bedachte jeden der Anwesenden mit einem langen Blick. Als Betty an der Reihe war, lag da etwas Eigenartiges, etwas Abwertendes in seinen Augen. Sie bekam eine Gänsehaut, und als sie den Arm ausstreckte, um nach dem Wasserglas zu greifen, zitterte ihre Hand. *Wir zwei werden wohl niemals Freunde werden*, durchzuckte es sie.

»Es gibt«, fuhr Onkel Chaskel fort, »viel zu besprechen – Familiäres und Geschäftliches.« Er legte eine bedeutsame Pause ein, um seinen Worten Nachdruck zu verleihen. »Die Bemühungen der Kaufleute an unserem Tisch tragen nach den ersten Jahren bereits Früchte. Und von meinem lieben Bruder Hermann habe ich erfahren, dass es an der Zeit ist zu handeln.« Chaskel bedachte seinen Bruder mit einem Blick, den Betty nicht zu deuten wusste. »Stillstand ist Rückschritt, und das dürfen wir nicht zulassen.«

Sagt einer, der eine Altwarenhandlung betreibt und von unserem Geschäftszweig gar keine Ahnung hat, dachte Betty verächtlich. Doch sie wagte es nicht, ihre Gedanken laut auszusprechen. Überhaupt schien niemand am Tisch seine Worte infrage zu stellen. Die gesamte Familie akzeptierte stillschweigend, dass Chaskel Tietz über die Geschicke aller wachte und sie lenkte.

Betty führte ihr Glas zu den Lippen und trank einen Schluck, nur um es dann hastig zurück auf die strahlend weiße Tischdecke zu stellen und Chaskel wieder ihre volle Aufmerksamkeit zu widmen. Sie war gespannt, was er zu verkünden hatte.

»Ich möchte an dieser Stelle die Bemühungen unseres Neffen Leonhard und seiner bezaubernden Gattin Flora hervorheben. Den beiden ist es gelungen, ihren Laden in Stralsund innerhalb von zwei Jahren zu einer der ersten Adressen am Platze zu machen, wenn es um Textilwaren geht.«

Auf Leonhards Lippen lag ein glückliches Lächeln, in seinen Augen schimmerten Freudentränen. Offenbar war er es nicht gewohnt, in großem Kreise lobend erwähnt zu werden. Betty mochte ihren künftigen Schwager. Leonhard war ein intelligenter und charmanter Zeitgenosse, dabei stets bescheiden und um das Wohl seiner Mitmenschen bemüht. Sie fragte sich, wie er wohl auf ihre Verlobung reagieren würde.

»Unserem Leonhard«, fuhr Chaskel indessen fort, »ist mit Floras tatkräftiger Unterstützung gelungen, das Geschäft innerhalb kürzester Zeit zu vergrößern. Inzwischen, so kam mir zu Ohren, steht die Eröffnung eines Ladens außerhalb von Stralsund unmittelbar bevor.«

Leonhard nickte zustimmend. »Dabei haben wir Hilfe aus unserer Familie erhalten«, verkündete er. »Floras Bruder Sally befindet sich zurzeit mit seiner Verlobten Anna in Schweinfurt, wo sie auf der Suche nach einer geeigneten Immobilie sind.«

»Es ist lobenswert, dass du den Standort künftiger Geschäfte nicht an geographischen Gegebenheiten festmachst, sondern daran, wo du die größte Kaufkraft erwartest«, lobte Chaskel seinen Neffen. »Wie steht es denn um eure Bemühungen, einen weiteren Laden in Elberfeld zu eröffnen?«

Leonhard schien ein wenig überrascht zu sein, dass Chaskel von den Plänen wusste. Wahrscheinlich, so überlegte Betty, hatte er die Information von Hermann, der sich bis kurz vor dem Familientreffen in Stralsund aufgehalten hatte.

»Wir werden uns in Elberfeld umsehen, sobald sich die Gelegenheit bietet«, gab Leonhard bekannt.

»Bis dahin sollten wir uns«, Chaskel blickte mit einem gewinnenden Lächeln in die Runde, »Gedanken zu unserer künftigen Art der Zusammenarbeit gemacht haben.«

Chaskel legte eine kleine Pause ein, um seine Worte bei den Anwesenden sacken zu lassen. »Hier sind wir«, setzte er dann neu an, »als Familienmitglieder gefragt. Wir werden den beiden unsere Unterstützung zusichern, denn was die Arbeitskraft und die finanziellen Mittel angeht, sind wir alle gefragt.«

Betty bemerkte, wie Leonhard den Kopf wiegte, ein Zeichen, dass er mit den Worten seines Onkels nicht ganz einverstanden war. Doch er schwieg höflich.

»Mein werter Leonhard«, fuhr Chaskel Tietz fort, »möchtest du uns vielleicht selbst mehr von euren Plänen berichten?«

»Gern.« Der Angesprochene räusperte, stand auf, rückte sein Jackett zurecht und wartete, bis ihm die Aufmerksamkeit der anderen Familienmitglieder gehörte. »Danke für die lobenden Worte, werter Onkel.« Er blickte in die Runde. »Unter dem Dach unseres Geschäfts in Stralsund ist eine eigene kleine Posamentierfabrik entstanden, sogar die Strümpfe werden dort von unseren Arbeiterinnen angestrickt.« Ein anerkennendes Raunen ging durch den Raum. »Die notwendigen Preisangebote, um uns von der Konkurrenz abzugrenzen, gelingen uns durch die eigene Herstellung – allein, weil wir uns so den Umweg über den Großhandel sparen.«

Onkel Hermann erhob sich unaufgefordert und erntete einen irritierten Blick von Chaskel, den er jedoch weltmännisch ignorierte. »Wir alle«, setzte Onkel Hertie an, »sollten zusehen, dass wir, sofern wir noch auf den Großhandel angewiesen sind, gemeinsam unsere Waren beziehen. Unsere Bestellungen werden künftig abgesprochen und gemeinsam bei den Herstellern und den Großhändlern aufgegeben. Nur so kann es uns gelingen, günstigste Konditionen beim Einkauf zu erzielen.«

Die Anwesenden nickten zustimmend.

»Durch diese Zusammenarbeit wird es uns gelingen, die Konkurrenz auszustechen, die uns stets auf den Fersen ist. Jetzt sind wir alle hier gefragt, das Beste aus der Situation zu machen. Unser Vorteil ist die Größe unserer Familie, die durch gebündelte Bestellungen günstige Einkaufskonditionen erzielen kann, um diese Preise dann an unsere Kundschaft weiterzugeben.« Ein siegessicheres Lächeln lag auf seinen Lippen. »Und dagegen kann auch ein Georg Wertheim nicht viel ausrichten, liebe Familie.« Mit einem Nicken übergab er das Wort wieder an seinen Neffen und setzte sich.

»Danke, Onkel Hermann.«

»Wie kommst du auf Elberfeld?«, wollte Chaskel nun wissen.

»Ein Freund hat mir den Standort empfohlen. Ich war zudem bereits öfter auf meinen Einkaufsreisen dort und kenne mich ein wenig aus. In Elberfeld ist seit einiger Zeit eine aufstrebende Klein- und Mittelindustrie zu beobachten, die Menschen – und somit Kaufkraft – an die Wupper ziehen lässt. Diese Gelegenheit darf ich mir nicht entgehen lassen. Aus diesem Grunde steht der Gedanke im Raum, ein weiteres Geschäft dort zu eröffnen. Alles bleibt dabei so, wie wir es bisher gehandhabt haben: Barzahlung, kein Kaufzwang, Begutachtung der von uns angebotenen Artikel und Waren sowie ein Umtauschrecht.«

»Davon können wir alle lernen«, bemerkte Chaskel. »Ich bin der

Meinung, dass diejenigen hier am Tisch, die ein ähnliches Geschäft betreiben, es ebenso handhaben sollten. So schaffen wir ein einheitliches Bild aller bestehenden und künftigen Tietz-Geschäfte.«

»Was ist mit dir, Bruder?«, warf Markus Tietz ein. »Wie hältst du es mit deiner Altwarenhandlung? Wirst auch du deinen Kunden volles Umtauschrecht gewähren?«

Einige am Tisch lachten verhalten. Betty sah, wie es in Chaskels Augen wütend funkelte. »Ich werde mich den Gegebenheiten ebenfalls anpassen, Markus, so viel ist gewiss.« Er wandte sich wieder an Leonhard. »Möchtest du uns noch erläutern, was für Elberfeld geplant ist?«

»Ich werde in den nächsten Wochen dorthin reisen und unsere Lieferanten besuchen, um ihnen von unseren Plänen zu berichten. Dabei wird Flora mich begleiten. Wir werden unsere vorhandenen Kontakte nutzen, um bei der Geschäftseröffnung möglichst effektiv zu sein.«

»Werdet ihr Stralsund verlassen?«, fragte Markus.

Sein Neffe schüttelte den Kopf. »Das ist zunächst nicht geplant, wir konzentrieren uns auf den Laden und die Fabrik in Stralsund. Für die Geschäftsleitung in Elberfeld haben wir überlegt, einen von Floras anderen Brüdern zu beauftragen.«

»Dagegen ist nichts einzuwenden«, stimmte Chaskel zu. »Es scheint, dass die Familie Baumann eine immer festere Bindung zur Familie Tietz eingeht.«

Flora Tietz, née Baumann, nickte zustimmend. Sie zwinkerte ihrem Bruder Sally und ihrer Schwester Julie Tietz, die mit Onkel Markus verheiratet war, vergnügt zu.

»Wir alle sollten also ab sofort gemeinsam am Markt auftreten und, wenn möglich, Spitzenbänder bei Oscar in Gera sowie Posamentierwaren und Strümpfe bei Leonhard in Stralsund bestellen«, fuhr Chaskel fort. »Alle anderen Artikel, die wir noch nicht aus eigener

Herstellung bereithalten können, werden in Sammelbestellungen beim Großhandel geordert.«

An der Tafel brach ein zustimmendes Getuschel aus. »Warum sind wir nicht früher darauf gekommen, uns zusammenzutun?«, fragte Markus Tietz schließlich in die Runde.

»Wichtig ist nur, dass wir es jetzt tun«, meinte Hermann. Er erhob sich und präsentierte der Verwandtschaft einige Skizzen. »Damit wir das hier erreichen können.«

»Was ist das?« Julie Tietz runzelte die Stirn.

»Das, meine liebe Julie, ist ein Warenhaus nach amerikanischem Vorbild. Einige von euch kennen das Konzept vielleicht auch aus Frankreich. Dort gibt es solche riesigen Geschäfte bereits, und wir sollten Anstrengungen unternehmen, es den Franzosen und Amerikanern gleichzutun.« Hermann hielt die Zeichnung so, dass alle Anwesenden einen Blick darauf werfen konnten. »Und so etwas wird nur dann gelingen, wenn wir uns zusammentun und unsere Kräfte bündeln.«

Chaskel schien nicht sehr begeistert davon sein, dass alle Aufmerksamkeit nun seinem Bruder galt, stellte Betty amüsiert fest. »Jetzt ist er sprachlos«, flüsterte sie Oscar ins Ohr. Er nickte zustimmend, sagte aber nichts dazu.

»Wir sollten unsere Träume leben, liebe Familie.« Hermann blickte ernst in die Runde. »Wir können viel erreichen, solange wir alle an einem Strang ziehen.«

Betty erschrak ein wenig, als Onkel Markus bei diesen Worten aufsprang, um begeistert in die Hände zu klatschen. »Das ist mein Bruder«, rief er begeistert. »Mit seinem Ideenreichtum der Konkurrenz immer einen Schritt voraus!«

Chaskel ersparte sich, sehr zu Bettys Verwunderung, einen Einwand. »Lieber Markus«, sagte er stattdessen mit eigenartiger Freundlichkeit, »möchtest du der hier versammelten Familie in diesem Zusammenhang von *deinen* geschäftlichen Plänen berichten?«

Markus Tietz tauschte einen Blick mit seiner Frau Julie. Ihr Nicken schien ihn zu bestärken. »Auch ich trage mich mit dem Gedanken, in Kürze ein Geschäft zu eröffnen. Ich werde Garne, Knöpfe, Weiß- und Posamentierwaren anbieten und bleibe so dem bewährten Sortiment meiner Neffen Oscar und Leonhard treu.«

Betty war verblüfft. Dass Onkel Markus sich ebenfalls mit der Idee trug, ein eigenes Geschäft zu eröffnen, war ihr neu. Mit einem Seitenblick zu Oscar stellte sie fest, dass es ihm offenbar ebenso erging. Im Festsaal war für einen Augenblick eine Stille eingekehrt, die Betty nicht recht zu deuten wusste. Selbst Hermann schien von der Neuigkeit überrumpelt worden zu sein, denn auch er hüllte sich in Schweigen.

»Dazu werden wir Prenzlau verlassen und hier in Bamberg ein Geschäft gründen«, fuhr Markus Tietz fort. Die plötzliche Stille im Saal schien ihn nicht zu verunsichern. »Die Suche nach einem geeigneten Ladenlokal läuft bereits, so dass ich davon ausgehe, noch in diesem Jahr eröffnen zu können.«

»Das trifft sich hervorragend, Onkel Markus.« Leonhard Tietz hatte das Wort ergriffen. »Wir alle werden davon profitieren. Durch die größeren Einkaufsmengen werden wir noch bessere Konditionen im Großhandel erhalten.«

Betty lächelte milde. Sie mochte Oscars Bruder sehr, sie schätzte ihn wegen seines Verstands und seiner charmanten Art. Leonhard war so anders als Oscar, er ging besonnen an die Dinge heran, während Oscar mitunter stur und aufbrausend sein konnte. Dennoch liebte sie ihn mit all seinen Fehlern. Als hätte er ihre Gedanken lesen können, erhob sich nun auch Oscar. Alle Blicke richteten sich auf ihn. »Herzlichen Glückwunsch zu dieser Entscheidung«, sagte er an Markus gewandt. »Bei allem Ehrgeiz für neue Geschäftseröffnungen dürfen wir die Produktion unserer eigenen Waren aber nicht vernachlässigen. Ich selbst habe …«

»Wir wissen, was du mit deinen fragwürdigen Experimenten erreicht hast«, fiel Chaskel ihm unwirsch ins Wort. »Du hast viel Geld investiert und wenig daraus gemacht.« Seine Miene hatte sich wütend verzerrt, und sein vorwurfsvoller Ton blieb keinem am Tisch verborgen.

»Ich kann Spitzenbänder inzwischen zu äußerst günstigen Preisen herstellen«, konterte Oscar pikiert. »Und ich lasse mir das nicht von dir schlechtreden, Onkel.«

»Du hast Geld der Familie aufs Spiel gesetzt, um deine eigenartigen Experimente durchzuführen. Das Ergebnis ist ein Zufallsprodukt, darüber müssen wir uns im Klaren sein. Somit ist es dein großes Glück, davon leben zu können, wenngleich auch in verhältnismäßig armseligen Verhältnissen.« Chaskel lachte hämisch auf. »Du bist und bleibst ein Träumer, Oscar.«

»Mitnichten«, rief Hermann dazwischen. Sichtlich aufgebracht sprang er von seinem Platz auf. »Oscar ist kein Träumer – er ist vielmehr ein Visionär, und der Erfindungsreichtum liegt ihm im Blut. Wir alle leben unsere Träume, und bisher hatten wir in geschäftlichen Belangen ein glückliches Händchen.«

»Papperlapapp«, rief Chaskel. »Oscars Entdeckung, wie man billig Spitze herstellt, war reiner Zufall. Nichts garantiert uns, dass er in Zukunft ähnliche Erfolge haben wird, und es mangelt ihm erheblich an der nötigen Reife, ein Geschäft zu führen.«

Betty musste sich zurückhalten, um nicht aufzuspringen und dem arroganten Onkel eine Ohrfeige zu verpassen. »Wir haben es geschafft, uns aus der Krise zu befreien«, kam es über ihre Lippen. »Dazu brauchen wir weder deine klugen Ratschläge noch dein Geld!« Insgeheim wunderte sie sich über ihren Mut, Onkel Chaskel derart Paroli zu bieten. Wahrscheinlich, so dachte sie, war das ihrer Liebe zu Oscar und ihrem Bedürfnis, ihn in Schutz zu nehmen, geschuldet. »Der Laden läuft gut, und wir erwirtschaften Gewinn. Alles andere geht dich nichts an!«

Wieder kehrte betroffenes Schweigen am Tisch ein. Betty errötete, als sie bemerkte, dass alle Augen auf sie gerichtet waren. »Was bist du nur für ein aufgeblasener Wichtigtuer, Chaskel? Du bestimmst über unser aller Leben und über die Art, wie wir unsere Geschäfte zu führen haben!«

Jetzt ging ein zustimmendes Raunen durch den Festsaal.

Oscar räusperte sich und nahm Bettys Hand. »Wo wir uns gerade in dieser großen Runde versammelt haben, möchte ich gleich die Gelegenheit nutzen, um unsere Verlobung bekanntzugeben.«

Onkel Chaskel brauchte einen Moment, bis er die Worte seines Neffen verarbeitet hatte. »Du möchtest … was?«, stammelte er und rang theatralisch nach Luft. »Wer hat dem zugestimmt?«

Als niemand am Tisch antwortete, rief Betty: »Ich. Ich habe Oscars Antrag zugestimmt. Und das, liebe Familie, muss unserer Ansicht nach genügen.« Sie setzte sich und warf ihrem Verlobten einen vielsagenden Blick zu. Insgeheim hoffte sie, dass er sich jetzt nicht einschüchtern ließ und im letzten Moment zurückruderte. Doch Oscar schwieg beharrlich. Betty kannte ihn gut genug, um zu wissen, dass es hinter seiner steinernen Fassade brodelte. Sie drückte seine Hand.

»Meinen Segen habt ihr nicht!«, grollte Chaskel und fingerte nervös an seinem Krawattenknoten herum, als bekäme er dann besser Luft. Sein Gesicht war puterrot geworden, auf seiner hohen Stirn glänzten Schweißperlen.

»Das ist auch nicht nötig«, antwortete Betty und wunderte sich erneut über ihren Mut, dem Familienoberhaupt so selbstbewusst entgegenzutreten. »Wir möchten den Rest unseres Lebens Seite an Seite verbringen – nicht wahr, liebster Oscar?«

»Allerdings.« Oscar nickte mit einem warmen Lächeln und hauchte einen Kuss auf ihren Handrücken. »Wir werden heiraten und würden uns über euren Segen freuen«, fügte er hinzu, während er in die Runde blickte. Als sein Blick Onkel Chaskel erreichte, verharrte er. »Wer uns nicht gratulieren möchte, der wird nicht dazu gezwungen.«

Flora, die Oscar und Betty schräg gegenübersaß, gewann als Erste ihre Fassung zurück. Sie lächelte ihnen zu und rief: »Alles Gute dem frisch verlobten Paar!«

Betty konnte ihr Glück kaum fassen, als auch Leonhard sie beglückwünschte und freundlich anlächelte. Die anderen am Tisch schwiegen mit betroffenen Mienen. Offenbar schlugen sie sich auf die Seite von Onkel Chaskel. Betty spürte einen dicken Kloß in der Kehle, als ihr klar wurde, dass niemand außer Oscars Bruder und seiner Frau sich mit ihnen freute.

Chaskel Tietz jedoch schien sich schon allein vom Ungehorsam dieser beiden Familienmitglieder in seiner Autorität untergraben zu fühlen. Er erhob sich mit finsterer Miene und wandte sich an Hermann. »Komm mit«, befahl er seinem Bruder. »Wir müssen unter vier Augen reden.«

*

In dieser Nacht lag Josephine lange wach. Der Besuch von Georg Wertheim und seine Forderung, ihn mit Informationen über die Pläne von Leonhard und Flora zu versorgen, gingen ihr genauso wenig aus dem Kopf wie seine Drohung, sie ins Zuchthaus zu bringen.

So sehr sie sich auch danach sehnte, mit jemandem über den Vorfall zu sprechen – Josephine fiel niemand ein, dem sie sich anvertrauen konnte. Die Angst vor dem Zuchthaus brachte sie an den Rand des Wahnsinns. »Sally«, kam es halblaut über ihre Lippen, »ach, Sally, wärst du doch jetzt bei mir.« Mit klopfendem Herzen lag sie im Bett und starrte zur Decke hinauf. In der Wohnung ihrer Eltern herrschte Stille, alle lagen längst in ihren Betten und schliefen. Natürlich hatte Josephine sich weder der Mutter noch ihren Geschwistern anvertraut. Überhaupt sprachen sie nicht mehr viel seit dem Tag, an dem ihr Vater fast gestorben wäre. Weder lobten sie Josephine für ihre Tat, noch warfen sie ihr vor, schuld an der schweren Verletzung des Vaters zu sein, der sich immer noch im Spital befand. Trotzdem war die Stimmung seit dem tragischen Zwischenfall unerträglich geworden, und am liebsten wäre Josephine sofort ausgezogen. Doch noch musste sie sich um die kranke Mutter kümmern. Ihr Husten machte ihr schwer zu schaffen, oft, so sagte Margarete, sah sie schwarze Punkte oder Blitze vor den Augen. Schwindel plagte sie. Aus Josephines Mutter war eine alte Frau geworden.

Erst an diesem Abend wurde Josephine klar, wie sehr sie Sally herbeisehnte. Ihm hatte sie es zu verdanken, dass Holzapfel sie auf freien Fuß gesetzt hatte. Hatte er sich so eingesetzt, weil sie ihm auch etwas bedeutete?

Als sie an Anna, das erste Ladenmädchen, dachte, hatte Josephine einen Kloß im Hals. Sie hatte nicht vor, den beiden ihr Glück zu zerstören, konnte ihre Gefühle aber auch nicht leugnen: Sally übte eine ungeahnte Faszination auf sie aus. Und dass sie ihm nicht egal war, stand für das junge Mädchen fest, denn sonst hätte er sich bestimmt nicht so für sie eingesetzt.

Das alles sollte umsonst gewesen sein, wenn Josephine sich weigerte, für Wertheim zu spionieren?

Natürlich wusste sie, dass Georg Wertheim der größte Konkurrent für Tietz war. Umso erstaunlicher war es, dass er es heute gewagt hatte, sie im Laden zu besuchen. Das konnte nur bedeuten, dass er von Floras und Leonhards Reise wusste, auch wenn er überrascht getan hatte. Er schien sich seiner Sache sehr sicher gewesen zu sein. Mit einem mulmigen Gefühl in der Magengegend fragte sie sich, was Wertheim noch alles wusste, das ihnen gefährlich werden könnte. Je länger Josephine über den plötzlichen Besuch und Wertheims unverfrorene Drohung nachdachte, umso mehr bekam sie es mit der Angst zu tun. Niemand konnte sie schützen, keinem konnte sie ihr Herz ausschütten. Es war zum Verzweifeln. Josephine spürte, wie sich ihre Kehle zuschnürte. Hastig stieß sie die Bettdecke zur Seite und stand auf. Barfuß trat sie an das Fenster der kleinen Kammer, um es zu öffnen. Das Quietschen der Angeln klang in der Stille ungewöhnlich laut. Josephine hielt inne und lauschte. Doch niemand schien aufgewacht zu sein. Ein frischer Wind blähte die Gardinen mit den floralen Mustern auf. Josephine schloss kurz die Augen und atmete tief durch. Vor ihrem geistigen Auge erschien Georg Wertheim. Sie sah sein eiskaltes, berechnendes Lächeln und erschauderte.

»Was bildest du dir ein, Georg Wertheim?«, zischte Josephine wütend und verängstigt zugleich. Die Nachtluft kühlte ihr erhitztes Gesicht und ließ sie frösteln. Nach wenigen Augenblicken trat Josephine zurück und schloss das Fenster. Zitternd kroch sie zurück ins Bett und schlang die Bettdecke um ihren schmalen Körper. Sie musste sich etwas einfallen lassen, denn ins Zuchthaus wollte sie um keinen Preis.

*

»Meinen Segen haben die jungen Leute.« Hermann nahm seinem Bruder mit diesen Worten sofort den Wind aus den Segeln. Er war Chaskel in den von alten Linden beschatteten Biergarten gefolgt. Das warme Licht der Abendsonne drang in strahlenden Lichtbahnen durch das dichte Blattwerk. In den Bäumen über ihren Köpfen zwitscherten die Vögel. Es herrschte nur wenig Betrieb, so dass die Männer ungestört reden konnten. Der Kies knirschte bei jedem Schritt unter Hermanns Schuhen, als er zu Chaskel trat.

»Sie haben meinen Segen«, wiederholte er betont gelassen und rang sich sogar ein Lächeln ab. Fast bereitete es ihm Freude, seinen jüngeren Bruder so fassungslos zu sehen. Chaskel war ein narzisstisch veranlagter Mensch, der es nur schwer ertragen konnte, wenn seine Mitmenschen eine andere Meinung vertraten. So war er schon als

Kind gewesen. Wohl auch deshalb schaffte es Hermann, ihm jetzt mit der nötigen Gelassenheit entgegenzutreten. Um keinen weiteren Streit zu provozieren, hatte er sich in der großen Runde in Schweigen gehüllt. Jetzt, unter vier Augen, musste er mit seiner Meinung nicht länger hinter dem Berg halten.

»Ist das dein Ernst?« Chaskel betrachtete ihn, als hätte er den Verstand verloren. »Ausgerechnet du erteilst Oscar deinen Segen, der im Begriff steht, deine Ziehtochter zu ehelichen?«

»Sie ist erwachsen und längst im heiratsfähigen Alter«, gab Hermann zurück. »Außerdem neigt sich die Zeit, in der Ehen durch die Eltern arrangiert wurden, um den Familien einen Vorteil zu sichern, ihrem Ende zu.« Hermann machte keinen Hehl daraus, was er von den üblichen Zweckehen hielt.

»Du verstehst nicht, worum es geht.« Chaskel schäumte vor Wut.

Doch Hermann hatte nicht vor, sich von seinem Bruder einschüchtern zu lassen. »Ich kenne die beiden, und sie haben längst einen festen Platz in meinem Herzen, und aus diesem Grunde werde ich …«

»Das ist Inzest, Hermann!«, brach es aus Chaskel hervor. Nun blickten sich doch einige Gäste zu ihnen um.

»Ist es nicht!«, zischte Hermann kopfschüttelnd. »Betty ist nicht meine leibliche Tochter, und einer Hochzeit steht nichts im Wege.«

»Das ändert nichts«, fauchte Chaskel. »Sie ist ein Familienmitglied, deshalb ist eine Heirat völlig ausgeschlossen.«

»Wichtig ist, dass die beiden glücklich miteinander sind.«

»Papperlapapp!«, schimpfte Chaskel laut. »Wir dürfen das arme Waisenkind nicht diesem Spinner überlassen!«

»Oscar ist kein Spinner«, entgegnete Hermann mit stoischer Ruhe. »Er ist ein herzensguter Mensch, der mitunter auf gesellschaftliche Konventionen pfeift, was ihn aber nicht automatisch zu einem schlechten Menschen macht, Bruder. Und was das Geschäftliche betrifft ... Oscar ist ein Genie, auch wenn du das nicht wahrhaben willst. Er hat ein einzigartiges Verfahren erfunden, um preiswert Spitzenbänder herzustellen. Das, mein Lieber, sollten wir uns zunutze machen, anstatt ihm die Hochzeit auszureden.«

»Es geht nicht ums Ausreden«, erwiderte Chaskel eine Spur ruhiger. »Es geht darum, dass Betty und er nicht heiraten werden. Punktum.« Ohne eine Antwort abzuwarten, machte Chaskel auf dem Absatz kehrt und ließ einen völlig verdatterten Hermann zurück.

»Warte«, rief Hermann ihm nach. Sehr zu seiner Verwunderung hielt Chaskel tatsächlich inne. Er schien einen Moment nachzudenken, dann kehrte er zu Hermann zurück. Sein Gesicht wirkte starr wie eine Maske. »Sie werden nicht heiraten, werter Bruder.«

»Wir werden sehen«, erwiderte Hermann gelassen. Er wusste, dass es unmöglich war, seinem Bruder etwas auszureden, in das er sich hineingesteigert hatte.

»Oscar ist ein Wirrkopf und deine Betty ein bemitleidenswertes Geschöpf. Dir als ihr Ziehvater dürfte daran gelegen sein, diese Ehe zu verhindern.«

»Ich weiß, dass du keine gute Meinung von Oscar hast«, antwortete Hermann. »Dennoch ist er ein erwachsener Mann, und uns wäre gut daran getan, seine Entscheidung zu respektieren.« Damit ließ Hermann nun seinen Bruder stehen und kehrte in den Festsaal zurück. Auf dem Weg dorthin wäre er in der Hotellobby fast mit seinem Bruder Jakob zusammengestoßen. An seiner Seite befand sich seine Frau Johanna. Das dichte, dunkle Haar hatte sie streng zurückgebunden. Ihr Gesicht wirkte etwas derb, und die dunklen Ringe unter ihren Augen kündeten von vielen schlaflosen Nächten. Jakob wirkte ausgeschlafener als seine Frau, hätte jedoch eine Rasur gut vertragen können. Die beiden führten einen kleinen Fuhrbetrieb im fernen Birnbaum. Nebenbei gehörte ihnen noch eine winzige Gemischtwarenhandlung, die aber nur einen kläglichen Gewinn abwarf. Die

Kinder der Familie hatten den Eltern schon früh im Arbeitsalltag helfen müssen. So war es zum Beispiel Leonhards und Oscars Aufgabe gewesen, die Pferde vor Schulbeginn zur Tränke zu führen. Nach der Schule mussten die beiden dann die jüngeren Geschwister hüten. Es war ein Leben in einfachsten Verhältnissen, doch Jakob und Johanna schienen dennoch glücklich zu sein.

So wie es aussah, waren sie eben erst angekommen. »Hermann, warum so eilig?« Jakob hielt ihn am Ärmel fest und grinste seinen Bruder jovial an. »Wir sind spät dran.«

»Allerdings.« Hermann freute sich, seinen Bruder und seine Schwägerin nach langer Zeit wiederzusehen. »Das Beste dürftet ihr verpasst haben.«

»Was ist passiert?« Johanna stellte ihren großen Koffer ab. Sie schien zu ahnen, dass sich etwas Ungutes ereignet hatte. Eine tiefe Sorgenfalte stand auf ihrer Stirn. Es musste ihr untrüglicher Mutterinstinkt sein.

»Oscar und Betty haben eben ihre Verlobung bekanntgegeben«, erklärte Hermann in einem möglichst neutralen Tonfall.

»Wie bitte?« Johanna schlug die Hände vor das Gesicht.

»Sie werden heiraten«, sagte Hermann geduldig.

Jakob schüttelte den Kopf. »Nichts als Sorgen bereitet mir der Junge. Wie kann er nur seine Cousine heiraten wollen, wo er doch ...«

»Rebecka ist nicht seine Cousine«, unterbrach Hermann ihn ein wenig unsanft. »Sie ist meine Ziehtochter, nicht mein leibliches Kind.«

»Das tut doch nichts zur Sache«, fand Johanna. »Betty ist das Kind der verstorbenen Tante Rosa, einer Freundin von dir, und ...«

»Ich bin nicht Bettys leiblicher Vater«, erinnerte Hermann sie mit mahnendem Unterton. »Ich habe mich ihrer angenommen, als sie zur Waise wurde. Jetzt lebt und arbeitet sie mit eurem Sohn in Gera – dabei haben sie sich wohl ineinander verliebt, was ist daran so schlimm?«

»Ich werde mit ihm reden«, sagte Jakob an Johanna gewandt. »Es wird Zeit, dass man ihm diese Flausen austreibt.«

»Das wirst du sein lassen«, entgegnete Hermann bestimmt. »Ich gönne den jungen Leuten, dass sie glücklich miteinander werden, und ihr beide«, er deutete erst auf Johanna, dann auf seinen verbittert dreinblickenden Bruder, »solltet das auch tun. Ihr könnt stolz auf Oscar sein, denn er hat sich in Gera eine Existenz aufgebaut, die ihm sein Einkommen sichert. Und seine künftige Frau steht hinter ihm und unterstützt ihn nach Leibeskräften. Sie haben es nicht verdient, dass man sich in der eigenen Familie die Mäuler über sie zerreißt!« Die letzten Worte hatte Hermann lauter ausgesprochen, als er es beabsichtigt hatte. Es hatte die Aufmerksamkeit einiger Leute in der Halle auf sie gezogen. »Gönnt eurem Sohn, dass er glücklich wird«, empfahl Hermann Oscars Eltern. »Und lasst ihn um Himmels willen sein Leben leben.« Damit ließ er Johanna und Jakob stehen.

*

»Es ist mutig von deinem Bruder, seine Verlobung vor versammelter Mannschaft bekanntzugeben«, bemerkte Flora am späten Abend im Hotelzimmer. »Mit eurer Cousine.« Sie saß auf dem Hocker vor dem elegant geschwungenen Spiegel und bürstete sich das wellige braune Haar. Leonhard saß hemdsärmelig an seinem Reisesekretär und war gerade damit beschäftigt, einen Brief zu verfassen. Er unterbrach seine Arbeit und sah zu seiner Frau hinüber. »Oscar wird seinen Weg gehen«, versicherte er ihr. »Und es schert ihn nicht im Geringsten, ob er den Segen der Familie bekommt, glaub mir.«

»Ich fand es trotzdem sehr mutig«, beharrte Flora. Sie war froh, dass sowohl die Familie Tietz als auch ihre eigene Familie hinter ihr und Leonhard standen. Um nichts in der Welt wollte sie auf diesen familiären Zusammenhalt verzichten.

»Es tut dem alten Chaskel gut, wenn ihm mal jemand die Stirn bietet«, meinte Leonhard. »Ich hätte mir allerdings gewünscht, dass mein Herr Papa ihn ebenfalls in seine Schranken weist.« Das Treffen mit Leonhards Eltern war ein wenig unterkühlt verlaufen, was wohl an der Nachricht von Oscars Verlobung lag, die bei Jakob und Johanna Tietz auf wenig Gegenliebe gestoßen war. »Außerdem«, fügte Leonhard hinzu, »ist Betty streng genommen gar nicht unsere Cousine.«

Flora wusste um die verwandtschaftlichen Verhältnisse ihres Schwagers. »Aber Betty war noch ein Kind, als Hermann sich ihrer angenommen hat und sie aus Amerika mitbrachte.« Sie legte die Bürste auf das Kabinett. »So gesehen ist es schon ein wenig merkwürdig, schließlich ist sie in eurer Familie aufgewachsen. Ich finde aber trotzdem, dass das Glück der beiden Vorrang hat.«

»Das finde ich auch«, nickte Leonhard. »Es wäre schön, wenn sich Vater und Mutter auf die Seite ihres Sohnes schlagen würden, anstatt wie Chaskel die Verlobung zu verteufeln.«

»Vielleicht solltest du mit deinen Eltern sprechen«, überlegte Flora. Sie sah Leonhard an, wie sehr er unter dem Familienstreit litt. Hitzig geführte Diskussionen waren Leonhard zuwider. Durch die ablehnende Haltung seiner Eltern saß Leonhard nun zwischen den Stühlen, und das machte ihm zu schaffen.

»Oscar ist dein Bruder, und es ist richtig, dass du dich auf seine Seite stellst.« Flora lächelte ihm liebevoll zu, während sie sich daranmachte, ihre Haarpracht zu einem Zopf zu flechten. »Es wäre äußerst befremdlich, wenn du ihm nicht das Beste wünschen würdest – und ihn so gut wie möglich unterstützt.«

Leonhard seufzte. »Da hast du recht – ich werde morgen mit Vater und Mutter reden.«

Flora erhob sich von ihrem Hocker und trat barfuß und im Nachthemd vor ihren Mann. Zärtlich strich sie ihm durch das Haar und ließ zu, dass er seinen Kopf an ihren Bauch schmiegte.

»Sollte es nicht jedem in der Familie am Herzen liegen, dass Oscar ein glückliches Leben an der Seite der Frau führen kann, die er liebt?« Leonhard löste sich von Flora und blickte zu ihr auf. »Ich meine, sie sind wahrscheinlich schon länger ein Paar, die Liebe zwischen ihnen hat sich langsam entwickelt. Und für uns war die Eheschließung damals die Krönung unseres Glücks.« Er seufzte schwermütig. »Warum also sollte ihnen das nicht vergönnt sein?«

»Wie recht du doch hast.« Flora schloss sekundenlang die Augen und erinnerte sich an ihre Hochzeitsfeier. Damals waren fast alle Angehörigen der Familien Baumann und Tietz nach Stralsund gekommen, um der Zeremonie beizuwohnen. Sie hatte seitdem jeden Moment mit Leonhard und ihrer wachsenden kleinen Familie genossen. Sie gönnte es ihrem Schwager von ganzem Herzen, dass auch er so glücklich wurde.

»Egal, was die Familie sagt, ich halte zu meinem Bruder«, holte Leos Stimme sie aus ihren Erinnerungen zurück. »Das werde ich morgen auch bekanntgeben.«

»Ich habe Angst, dass du die ganze Familie gegen uns aufbringst, Leo.« Sorge schwang in Floras Stimme mit.

»Was haben wir zu verlieren?«, entgegnete er. »Onkel Hermann ist ebenfalls auf unserer Seite. Und was die geschäftlichen Dinge betrifft, so sind wir in der glücklichen Situation, finanziell unabhängig zu sein.«

Flora wusste, dass er recht hatte. »Wenn uns deine Familie im Stich lässt, können wir außerdem noch auf die Unterstützung der Baumanns hoffen«, sagte sie leise. »So wie Sally stehen mir all meine Geschwister zur Seite.«

»Mit einer Ausnahme«, schränkte Leonhard ein. »Deine Schwester Julie. Sie wird sicher zu Markus stehen.«

»Markus ist ein modern denkender Mann«, erwiderte Flora. »Ich könnte mir vorstellen, dass er eigentlich nichts gegen die Verlobung von Oscar und Betty einzuwenden hat.«

Leonhard betrachtete sie nachdenklich. »Die Brüder werden Streit untereinander bekommen, da sie komplett unterschiedlicher Meinung sind.«

»Bleibt die Frage, wer sich bei der Entscheidung, deinem Bruder den Segen zu erteilen oder nicht, durchsetzen kann.«

*

Leonhard fühlte sich unwohl in seiner Haut, als er mit seinem Vater durch die Gassen von Bamberg schlenderte. Er hatte sich vorgenommen, mit Jakob über Oscars Verlobung zu sprechen, ihn davon zu überzeugen, dass es gut war, wenn zwei Menschen aus Liebe heirateten. Doch so recht wusste Leonhard nicht, wie er es angehen sollte. In einem Gasthaus hatten sie einen Kaffee getrunken und über Gott und die Welt gesprochen, doch um das Thema, das Leonhard am meisten beschäftigte, hatten sie bisher einen großen Bogen gemacht. Nun schlenderten sie schweigend durch die pittoresken Gassen Bambergs und betrachteten die Auslagen der zahlreichen kleinen Geschäfte.

An einem besonders prächtig dekorierten Schaufenster blieb Jakob Tietz stehen. »Wie laufen eigentlich die Geschäfte in deinem neuen Laden, Junge?«

»Grandios«, versicherte Leonhard ihm stolz. »Obwohl wir den größeren Laden bezogen haben, platzt das Kontor regelmäßig aus allen Nähten, und wir haben nicht nur Kunden aus der Bürgerschaft, sondern auch aus den Arbeiterfamilien der Stralsunder Industriebetriebe.« Er freute sich über das wohlwollende Nicken seines Vaters und fuhr fort: »Sonntags kommen die polnischen Schnitter von den benachbarten Gütern, um uns den Laden leer zu kaufen.«

»Die Umsätze sind also gut?«

»Sehr gut sogar.« Leonhard strahlte seinen Vater an. »Bei uns gelten nach wie vor Festpreise, Anschreiben und Feilschen sind tabu.«

»Und daran hat sich die Kundschaft gewöhnt?«

»Nach anfänglichem Argwohn schon.«

»Das erfüllt mich mit Stolz, mein Sohn.« Jakob legte die rechte Hand auf Leonhards Schulter. »Du kannst froh sein, eine derart fleißige Frau wie Flora an deiner Seite zu haben.«

»Das bin ich durchaus. Sie hilft den Ladenmädchen im Verkauf, dekoriert Laden und Schaufenster so liebevoll wie kein anderer, und sie organisiert die Reklame und die Anzeigen in der Zeitung. Dabei arbeitet sie bis zur Erschöpfung.«

»Und sie kümmert sich um die Jungs?«

»Ja, Vater, Flora ist eine liebevolle Mutter, und tagsüber werden die beiden von Magda, unserer Hausdame, betreut.«

»Wie geht es weiter mit eurem Geschäft?«

»Wir werden uns nach dem Familientreffen in Schweinfurt nach einem zweiten Laden umsehen, Sally und Anna sind bereits dort.«

»Und Stralsund?« Der Vater schien zu befürchten, dass Leonhard sich noch weiter von seiner Heimat in Posen entfernte und dass sie sich dann noch seltener sehen würden.

»Offen gestanden, weiß ich es nicht«, antwortete Leonhard ein wenig zerknirscht. »Der Laden platzt aus allen Nähten, und ich werde mir etwas einfallen lassen müssen.«

»Du bist ein guter Junge und wirst sicherlich eine Idee haben, um weiterzumachen. An deinem Fleiß und Ehrgeiz merke ich, dass du das, was ich dir früh beigebracht habe, beherzigt hast.«

Leonhard nickte dankbar.

»Nicht so wie dein Bruder«, brummte Jakob plötzlich. »Er ist ein weltfremder Träumer und lebt in einer Scheinwelt.«

»Das sehe ich anders, Vater. Sein Laden läuft gut, und er beliefert auch Großhändler. Betty ist zudem eine wertvolle Hilfe an seiner Seite.«

»Sie ist nicht mit deiner Flora zu vergleichen«, behauptete Jakob.

»Rebecka ist nur eine arme Waise, die sich nicht darüber im Klaren ist, was sie tut, wenn sie Oscars Frau wird.« Die Miene des Fuhrmanns verdunkelte sich. »Er war schon immer zu absonderlich und will ständig mit dem Kopf durch die Wand. Es ist nur eine Frage der Zeit, bis er mit dieser Einstellung scheitern wird.«

»Vater, da tust du Oscar unrecht. Er macht geschäftlich vieles so wie ich und hat damit auch Erfolg, und wenn er privat mit Betty an seiner Seite glücklich ist, dann solltest du ihm das von Herzen gönnen.«

»Unser Glaube spricht dagegen, so habe ich euch Kinder nicht erzogen, Leonhard.«

»So eine Ehe ist nicht grundsätzlich verboten, Vater, das weißt du selbst. Und überhaupt, ist der Glaube dir etwa wichtiger als das Glück deines Sohnes?« Leonhard betrachtete seinen Vater enttäuscht. Er hatte gehofft, Jakob milde stimmen zu können.

»Du solltest wissen, dass die Hochzeit mit Rebecka für uns absolut inakzeptabel ist«, beharrte sein Vater. »Dein Bruder muss die eigenen Interessen hinter die unseres Glaubens stellen – der von so einer Ehe eindeutig abrät! Mit der Hochzeit würde Oscar unserer Gemeinde Schaden zufügen, er verhöhnt unseren Glauben geradezu, und das kann ich nicht dulden! Er wird etwas für die Gemeinde tun müssen, um …«

»Mit Verlaub«, fiel ihm Leonhard ins Wort. »Wir sind eine Familie, und du tätest sicher gut daran, hinter deinem Sohn zu stehen und ihm zu seiner Verlobung zu gratulieren, anstatt ihn so schmählich im Stich zu lassen.« Mit diesen Worten ließ Leonhard seinen Vater einfach stehen.

*

Oscar betrachtete seine Verlobte mit einem verliebten Blick. Sie trug ein pastellfarbenes Kleid aus teuerster Seide, das rote Haar hatte sie geflochten, wodurch sie noch mädchenhafter und verletzlicher wirkte als sonst. Ein wenig erinnerte sie ihn an die Porzellanpuppen, mit denen kleine Kinder oft spielten. Seite an Seite spazierten sie durch die Straßen der Stadt und bewunderten die üppigen Geranien in den Blumenkästen an den Fenstern der Häuser. Ihr Weg führte vorbei an einigen Mühlen und dem Rathaus, bis sie das Viertel erreicht hatten, das die Menschen hier nur als Klein-Venedig bezeichneten.

Während Betty den Blick zu der Häuserzeile am Ufer schweifen ließ, ahnte sie, warum die Bamberger dem Viertel diesen Namen gegeben hatten. Tatsächlich erinnerte sie die Gegend an Venedig. Vor einigen Jahren hatte sie der berühmten Lagunenstadt mit Onkel Hermann einen Besuch abgestattet.

Betty und Oscar wollten sich diese wunderschöne Gegend näher ansehen, in der sich kleine Fischerhäuser dicht an dicht am Ufer des Flusses drängten. Die hölzernen Balkone nutzten die Fischer zum Trocknen ihrer Netze, ein wenig weiter fand gerade ein Fischmarkt statt. Betty fragte sich, ob die Häuser, die gleich am Fluss lagen, nicht hochwassergefährdet waren. So romantisch die Lage auch war, sie hätte Angst, dort zu leben. Auf einer Brücke, die sich in einem geschwungenen Bogen über die Regnitz spannte, blieben sie stehen.

Sosehr sie den Spaziergang auch genossen, etwas drückte auf die Stimmung. Betty ahnte, dass Oscar über seinen Onkel Chaskel nachdachte. Er war in den letzten Minuten wortkarg gewesen und wirkte gedankenverloren. »Wir können froh sein, dass Onkel Hermann zu uns steht«, bemerkte Betty vorsichtig.

Oscar lehnte sich über das Geländer und blickte auf den Fluss hinab. »Ich bin auf niemanden angewiesen.«

Betty trat zu ihm und betrachtete sein Profil. »Ach, Oscar«, seufzte sie.

»Vater schlägt sich auf Onkel Chaskels Seite.«

»Und wennschon.«

»Ich kann auf Vater verzichten.«

»Du solltest nicht so über Jakob sprechen. Deiner Mutter wird es das Herz brechen, wenn du dich mit deinem Vater streitest.«

»Soll er mit seinem Fuhrbetrieb in Birnbaum glücklich werden«, schnaubte Oscar. »Er hat es nicht weit gebracht in seinem Leben. Wir hingegen …«, jetzt wandte er sich zu ihr um und grinste, »wir haben schon viel geschafft, und ich werde meinen Eltern zeigen, was es bedeutet, Erfolg zu haben.«

»Du musst deinen Eltern nichts beweisen.«

»Ich weiß.« Jetzt war es an ihm, einen schweren Seufzer auszustoßen. »Ich mache es für uns, Betty. Egal, was Chaskel und mein Vater sagen.«

Betty beobachtete ein paar Jungen, die am Flussufer spielten und ein selbst gebautes Boot zu Wasser ließen. Sie stellte sich vor, auch irgendwann Kinder zu haben. Bei dem Gedanken an eine eigene Familie wurde ihr ganz warm ums Herz. Vielleicht hatte Oscar ja recht, und sie waren auf den Rest der Familie nicht angewiesen. Gemeinsam mit Leonhard, seiner Frau Flora und Onkel Hermann würden sie es schaffen.

Die Jungen am Ufer kicherten und grölten wild durcheinander, als das Spielzeugschiff kenterte und einer der vier Jungen wagemutig ins Wasser stieg, um das Schiff zu retten, während seine Kameraden ihm vom sicheren Ufer aus Kommandos zuriefen.

»Sieh nur«, sagte Oscar und zeigte auf den mutigen Jungen, »er holt das gekenterte Schiff ganz allein aus dem Fluss, während die anderen nutzlos am Ufer stehen und ihm schlaue Ratschläge geben!«

»Es ist ein wenig wie bei dir«, entfuhr es Betty. »Du bist der Junge im Wasser, der das Boot rettet.«

Oscar nickte, ohne den Blick vom Geschehen am Ufer abzuwenden. Gerade konnten sie beobachten, wie der Junge das kleine Boot packte. Triumphierend riss er die Arme hoch, bevor er mitsamt dem Spielzeug zurück ans sichere Ufer kletterte.

»Siehst du«, bemerkte Oscar zufrieden. »Er hat das verunglückte Boot ganz allein gerettet – ohne seine Freunde ... oder Familie.«

Betty nickte. »Ja«, kam es leise über ihre Lippen, »und das wird auch dir gelingen – zumal du nicht ganz allein sein wirst. Auf mich kannst du dich immer verlassen.«

Oscar strahlte, als er sie ansah. »Das weiß ich, meine schöne Betty, und dafür bin ich dir ewig dankbar.« Er trat näher an sie heran und sah ihr tief in die grünen Augen.

Bettys Herz schlug wie verrückt, als er sich zu ihr herabbeugte. Sie ertrank in seinem Blick, der gleichermaßen glücklich, verliebt und sehnsuchtsvoll war. Als er seine Lippen auf ihren Mund senkte, wurden ihre Knie weich, und Betty wusste, dass sie alles richtig machten, wenn sie auf das Wohlwollen der restlichen Familie pfiffen.

Kapitel 25

Es herrschte eine eigenartige Stimmung im Festsaal, als Chaskel am Nachmittag des nächsten Tages die Stimme erhob und um die Aufmerksamkeit der Anwesenden bat. Selbstredend hatte er wieder den Platz am Kopf der großen Tafel für sich beansprucht. Diesmal hatte er die Sitzordnung jedoch so gewählt, dass seine Brüder rechts und links von ihm saßen.

»Meine liebe Familie, werter Oscar, werte Rebecka.« Chaskel räusperte sich vernehmlich. »Lange haben wir in der letzten Nacht und auch heute Vormittag noch beratschlagt, wie es mit euch weitergehen soll.« Er suchte den Blick von Hermann, Markus und Jakob, doch alle starrten stumm auf das weiße Tischtuch.

Sie sind feige, durchzuckte es Betty. *Keiner von ihnen wagt es, uns bei der Verkündung in die Augen zu sehen.*

Betty empfand mit einem Mal eine tiefe Abneigung gegen sie, besonders gegen Chaskel und ihren künftigen Schwiegervater. Er hatte sich gegen seinen eigenen Sohn gestellt, anstatt ihm den Rücken zu stärken.

Sekundenlang war es so still im Raum, dass man eine Stecknadel hätte fallen hören können. Chaskel genoss es sichtlich, es spannend zu machen.

Betty betrachtete ihn mit regungsloser Miene. Sie hasste es, Rebecka genannt zu werden, und eigentlich wusste Chaskel das auch. Es war, als wolle er sie absichtlich provozieren.

»Ich bedaure es sehr, euren Antrag im Interesse der gesamten Familie ablehnen zu müssen.« Der Blick, den Chaskel Betty zuwarf, war eiskalt und jagte ihr einen Schauer über den Rücken.

»Das ist doch …« Oscar brach ab, tauschte einen hilflosen Blick mit Betty und schüttelte enttäuscht den Kopf.

»… eine Frechheit ist das, allerdings«, beendete Betty den von ihm begonnenen Satz. Wütend sprang sie von ihrem Platz auf. Der schwere Stuhl kippte nach hinten und prallte auf den blank polierten Parkettboden. »Was bildest du dir eigentlich ein, Chaskel Tietz? Glaubst du ernsthaft, wir legen unser Schicksal und unser gemeinsames Glück in deine Hände?«

»Die Entscheidung lag nicht allein bei mir, liebste Rebecka. Der Familienrat hat den Entschluss gefasst, sich gegen eine Hochzeit zwischen Oscar und dir auszusprechen. Und glaube mir, Kindchen, es ist nur zu deinem Besten, wenn ihr nicht heiratet.« Seine Stimme klang schneidend.

»Ist das so?« Betty sah sich um. Sie betrachtete jeden am Tisch, doch niemand wagte es, zu antworten. Sogar Leonhards Blick war gesenkt. Seine gepflegten Finger strichen das weiße Tischtuch glatt.

»Betty, beruhige dich bitte«, flüsterte Oscar ihr zu, der nun ebenfalls aufstand. Mit einer umständlichen Bewegung stellte er zunächst Bettys umgekippten Stuhl wieder auf, bevor er sich das Jackett richtete und tief Luft holte. »Wir werden, das hat meine Verlobte richtig dargestellt, auch ohne euren Segen heiraten. Wir sind uns sicher, das Richtige zu tun, und selbst wenn das dem einen oder anderen von euch nicht gefallen mag, so liegt uns doch unser eigenes Glück näher am Herzen als euer Segen.«

Jetzt erhob Chaskel sich. »Das ist unerhört!«, wetterte er und schlug mit der Faust auf den Tisch. »Traditionell werden solch wichtige Entscheidungen immer von der gesamten Familie getroffen.«

»Diesmal nicht, Chaskel«, entgegnete Betty leise. »Wir werden heiraten. Egal, was der Rest der Familie darüber denkt.«

»Wir sehen natürlich, dass euch euer Glück sehr am Herzen liegt«, versuchte Chaskel nun einzulenken. Er war sichtlich um Fassung bemüht und rang sich sogar ein Lächeln ab. »Es gibt einen Weg, der uns allen recht sein sollte, damit wir euch unseren Segen erteilen können.«

»Woher dieser plötzliche Sinneswandel?«, rief Betty ungläubig.

»Betty, bitte!« Oscar drückte ihre Hand. Ihm war die Situation sichtlich unangenehm.

Ihm zuliebe schwieg Betty.

»Onkel Chaskel, wir sind gewillt, uns anzuhören, was ihr besprochen habt«, sagte Oscar dann an seinen Onkel gewandt.

»Wie schön. Dann sollten wir unsere Gemüter vielleicht erst einmal beruhigen.« Chaskel bedeutete allen, wieder Platz zu nehmen. Erst als alle dem Folge geleistet hatten, zog auch er sich seinen Stuhl wieder zurecht. »Wir würden eurer Hochzeit unter einer Bedingung zustimmen«, sagte er in feierlichem Tonfall. »Ihr errichtet, sobald es eure Geschäfte zulassen, eine Synagoge in Gera, um der Gemeinde etwas zurückzugeben. Ein jüdischer Betsaal in eurer Heimatstadt könnte über den von euch verursachten Skandal hinwegtrösten. Solltet ihr diese kleine Bedingung erfüllen, habt ihr den Segen der Familie.«

*

Oscar war außer sich, als er eine Stunde später ohne vorheriges Anklopfen in Leonhards und Floras Zimmer stürmte. »Und du hast diesem Schwachsinn auch noch zugestimmt!« Er schlug sich mit der flachen Hand gegen die Stirn, dass es klatschte.

Leonhard, der gerade am Sekretär saß und arbeitete, sah verwundert auf. »Wie bitte?« Er wusste nicht, was in seinen Bruder gefahren war, und rückte seinen Zwicker zurecht. Mitunter war Oscar ein Heißsporn, doch davon wollte Leonhard sich nicht beeindrucken lassen. Oscars Gesicht hatte eine tiefrote Färbung angenommen. Flora hatte sich mit ihrer Schwester Julie getroffen, um einem Konzert beizuwohnen, das im kleinen Salon des Hotels stattfand. Flora liebte Musik über alles und bedauerte immer wieder, in der letzten Zeit kaum noch Gelegenheit zum Musizieren mit ihren Freundinnen gefunden zu haben, doch die Arbeit war vorgegangen. Jetzt war Leonhard froh, dass sie diese unschöne Situation nicht miterleben musste.

Oscar ließ sich auf die Bettkante sinken. »Chaskel, dieser alte Tyrann – du hast ihm nicht widersprochen!« Ungläubig schüttelte er den Kopf. »Wie sollen wir eine ganze Synagoge bezahlen? Wir sind doch heilfroh, dass uns der Laden geblieben ist, nachdem ich Onkel Hermann seine tausend Mark zurückzahlen musste.«

»Und was habe ich damit zu tun?« Leonhard legte seinen Federhalter aus der Hand. »Chaskel hatte die Idee, und niemand hat Einspruch erhoben.« Er schüttelte den Kopf. »Mit einer einzigen Ausnahme, lieber Bruder.«

Oscar betrachtete ihn verwundert.

»Ich«, sagte Leonhard und tippte sich gegen die Brust, »ich habe dagegen interveniert, leider vergeblich.«

»Wie hat Chaskel reagiert?« Oscar beruhigte sich langsam, sehr zu Leonhards Erleichterung.

»Erbost, wie du dir vorstellen kannst«, antwortete Leonhard mit einem bedauernden Lächeln. »Doch er muss langsam begreifen, dass er nicht das Familienoberhaupt ist, das er gerne wäre. Wir sind inzwischen alle erwachsene Menschen und in der Lage, die Weichen für unser Leben selbst zu stellen.«

»Wahre Worte.«

»Onkel Hermann habt ihr übrigens auch auf eurer Seite.« Leonhard zwinkerte dem Bruder verschwörerisch zu. Er verstand Oscar allzu gut und mochte sich nicht ausmalen, wie es gelaufen wäre, wenn die Familie ihren Segen zu seiner Hochzeit mit Flora nicht erteilt hätte.

»Dann dürfte es einen handfesten Streit zwischen den beiden gegeben haben«, vermutete Oscar.

»Davon ist auszugehen. Doch er wäre nicht unser Onkel Hertie, wenn er seinem Bruder nicht Paroli bieten würde. Hermann hat keine Probleme damit, dass du seine Ziehtochter heiraten möchtest. Das kannst du ihm wirklich hoch anrechnen.«

»Heißt das jetzt, dass wir allein weitermachen?« Oscar zeigte auf Leonhard, dann auf sich. »Du und ich und Onkel Hermann gegen den Rest der Welt?«

»Das wird sich noch zeigen«, erwiderte Leonhard. »Ich denke, dass die Familie sich beruhigen wird, sobald das Treffen vorüber ist.«

»Also lassen wir uns dann nichts mehr von einem Schrotthändler aus Prenzlau vorschreiben?« Oscar grinste schief.

»So würde ich das nicht ausdrücken, Bruderherz, aber ja, so ist es«, antwortete Leonhard. »Du solltest jetzt darauf achten, dass du es dir nicht auch noch mit dem Rest der Familie verdirbst.«

»Das sagt sich so leicht.«

»Ich weiß. Aber ein wenig Diplomatie hat noch niemandem geschadet. Und sobald das Geld da ist, kommt ihr der Forderung nach und errichtet die Synagoge in Gera.«

Oscar betrachtete ihn nachdenklich. »Du meinst, das bin ich der Familie schuldig?«

»Ich fürchte schon.«

Oscar senkte den Blick, dachte kurz nach und nickte. »Gut«, seufzte er. »Um des Familienfriedens willen werde ich das beizeiten veranlassen. Aber aus finanzieller Sicht ist daran augenblicklich nicht zu denken, fürchte ich.«

»Du hast nicht mit deinem Bruder gerechnet.« Leonhard schmunzelte. »Ich werde in absehbarer Zeit drei Läden betreiben und – bei angemessener Qualität und gutem Preis, versteht sich – Unmengen deiner Spitzenbänder in sämtlichen Ausführungen ordern müssen.«

»Du beliebst zu scherzen!«

»Nein, das ist mein voller Ernst.« Leonhard erhob sich und tigerte durch das Hotelzimmer. »Der Laden in Stralsund wurde eben vergrößert, Sally und Anna werden in Kürze ein Geschäft in Schweinfurt eröffnen, und Elberfeld ist auch in Planung. Da wird eine Menge aus deinem Sortiment benötigt werden, darauf kannst du dich verlassen.« Leonhard war am Bett angekommen. Er legte eine Hand auf die Schulter seines Bruders und sah ihm tief in die Augen. »Wir werden schon bald große Geschäfte machen, und Onkel Hermann hat mir bereits seine Unterstützung zugesichert.«

Oscar schien eine unsichtbare Last von den Schultern zu fallen. »Dann kann uns also nichts mehr passieren?«

»Das vermag ich nicht vorherzusagen, aber die Geschäfte werden in Kürze Fahrt aufnehmen. Und denk daran, dass Onkel Markus ein Geschäft hier in Bamberg eröffnet. Auch er wird sicher bei dir bestellen.«

»Und bei dir«, nickte Oscar. »Wie läuft die eigene Produktion?«

»Wir sind sehr zufrieden.« Leonhard setzte seinen Gang durchs Zimmer fort. »Die Maschinen haben sich bisher als äußerst zuverlässig erwiesen, das Personal ist fleißig und durchaus in der Lage, auch größere Mengen zu fertigen. Oscar, ich bin sicher, dass wir unseren Siegeszug schon bald antreten werden.«

»Ich habe mir Gedanken darüber gemacht, wie wir weitere Kundschaft gewinnen können«, sagte Oscar. »Wie wäre es, wenn wir unsere Sortimente breiter fächern?«

»Dir scheint entgangen zu sein, dass wir bereits eine Modekollektion ins Sortiment aufgenommen haben«, vermutete Leonhard, denn der letzte Besuch seines Bruders in Stralsund lang schon mehrere Monate zurück.

»Davon wusste ich tatsächlich nichts.« Oscar wirkte erstaunt. »Das ist ja ein Zufall – ich habe mich in der jüngsten Vergangenheit immer wieder mit demselben Gedanken getragen, allerdings war ich mir nicht sicher, ob dann nicht vielleicht der Verkauf von Material zum Nähen und Schneidern zurückgegangen wäre.«

»Die Sorge kann ich dir nehmen«, versicherte Leonhard seinem Bruder. »Uns ist es gelungen, mit dem Sortiment zwei Käuferschichten anzusprechen. Wer genug Geld hat, der kann andere Dinge in seiner Freizeit unternehmen, als sich seine Kleidung selbst zu schneidern. Diese Kunden lassen sich von Flora die neuesten Kollektionen aus Paris und Berlin präsentieren.«

»Und die, die kein Geld haben, kaufen Materialien bei euch, mit denen sie sich ihre Kleider nähen können?« Oscar grinste schief.

»Es ergänzt sich hervorragend«, stimmte Leonhard ihm zu.

»Was ist, wenn wir darüber hinaus noch weitere Waren anbieten?«

»Flora dachte schon an Porzellan und Haushaltsartikel«, erzählte Leonhard. »Ich kenne ein paar gute Hersteller solcher Artikel, und vielleicht ist die Idee gar nicht so abwegig.«

»Du könntest es zunächst in einem Laden ausprobieren«, schlug Oscar vor, »und wenn das Angebot angenommen wird, bietest du es in den anderen Läden auch an.«

»Und du in Gera ebenso? Dann könnte man mit den Großhändlern neu über die Konditionen verhandeln.« Leonhard zwinkerte seinem Bruder vergnügt zu.

Oscar nickte. »Ich sehe, wir sprechen die gleiche Sprache.«

»Wir werden unsere Waren durch das gesamte Reich transportieren müssen«, gab Leonhard zu bedenken. »Ein Fuhrbetrieb, der unsere Transporte übernimmt, wäre wünschenswert. Es sollte aber jemand sein, dem wir vertrauen können.«

»Vergiss es!« Oscar schüttelte den Kopf.

Leonhard blickte zu seinem Bruder hinüber, der von der Bettkante aufgesprungen war.

»Ich werde einen Teufel tun und unseren Vater mit den Transporten beauftragen. Es gibt weitaus größere und zuverlässigere Fuhrunternehmen als das von Jakob Tietz.«

»Du denkst in größeren Dimensionen, das gefällt mir.« Leonhard schmunzelte.

»Ich werde keine Geschäfte mit unserem Vater machen, schlag dir das aus dem Kopf.« Oscar verschränkte die Arme vor der Brust. Mit verbitterter Miene betrachtete er seinen älteren Bruder. »Genau genommen habe ich seit heute überhaupt keinen Vater mehr.«

Leonhard seufzte. Er konnte Oscars Verletztheit und seinen Zorn durchaus nachvollziehen und kommentierte dessen Worte deshalb nicht weiter.

»Es findet sich schon jemand anderes, der für uns reist. Notfalls kaufen wir eigene Gespanne, die unsere Waren transportieren.« Oscar nickte energisch, wie um seine Worte zu unterstreichen. »Auf die Familie kann ich verzichten.«

»Auf deinen Bruder auch?«

»Unsinn! Wir halten zusammen, und solange Onkel Hermann zu uns steht, sind wir ein starkes Dreiergespann.«

Kapitel 26

Mit einem flauen Gefühl schloss Josephine am nächsten Morgen die Ladentür auf. Dabei warf sie ängstliche Blicke über ihre Schulter, als befürchte sie, wieder von Georg Wertheim aufgesucht zu werden.

Es war noch früh am Morgen, das Zwitschern der Vögel auf den roten Dächern der Stadt wurde nur vom Rumpeln einiger Fuhrwerke übertönt, die in Richtung Hafen unterwegs waren. Ein hagerer Mann schob fluchend einen mit Säcken beladenen Handkarren vor sich her und schenkte dem jungen Ladenmädchen keine Beachtung, als es den Schlüssel im Schloss drehte und die Tür aufstieß. Das helle Klingeln des Glöckchens klang vertraut in Josephines Ohren.

Ein letztes Mal vergewisserte sie sich, dass ihr niemand auflauerte, dann huschte sie in den Laden und schloss eilig hinter sich ab. Das Gefühl, beobachtet zu werden, begleitete sie noch immer. *Glaubst du ernsthaft, Wertheim ist schon wach?*, fragte sie sich, während sie sich ermahnte, ruhig zu bleiben. *Sicher liegt er in einem gemütlichen Daunenbett und schläft noch tief und fest.*

Im Laden empfing Josephine der Duft von gefärbten Stoffen und Spitzenbändern aus der Produktion auf dem Dachboden. Das Geschäft war innerhalb kürzester Zeit zu Josephines vertrauter kleiner Welt geworden. Hier fühlte sie sich wohl. Kurz hielt sie inne und sah sich um. Dies war das Leben, von dem sie immer geträumt hatte. Sie liebte es, die Kundinnen zu beraten, das kleine Geschäft in Schuss zu halten und jeden Freitag ihren wohlverdienten Lohn zu erhalten. Zwar arbeitete sie oft auch samstags und sonntags, doch das machte ihr nichts aus, so sehr gefiel ihr die Arbeit.

»Guten Morgen, Ella«, sagte Josephine, als sie vor der lebensgroßen Modepuppe stand, die seit gestern ein rosafarbenes Kleid mit weißem Spitzenbesatz trug, dazu einen weit ausladenden Hut auf dem gesichtslosen Kopf. Starr wie ein Monument stand die Figur da und wachte lautlos über den Laden. Anfangs war Ella ihr ein wenig unheimlich gewesen, doch inzwischen hatte Josephine sich an die Puppe gewöhnt.

»Wie geht es dir heute?«

Ella ignorierte sie hartnäckig. Die Figur schien geradewegs durch sie hindurchzustarren.

»Ach was«, rief Josephine in gespielter Überraschung. »Darüber haben wir noch gar nicht gesprochen. Und nun möchte der feine Herr mit dir ausgehen? In ein Konzert? Das klingt ja aufregend!« Wenn sie gerade niemanden zum Unterhalten hatte, wechselte Josephine gelegentlich ein paar Worte mit der Modepuppe.

Josephine hätte es genossen, für den Laden verantwortlich zu sein, wäre da nicht der Besuch von Georg Wertheim am Vortag gewesen, der ihr den Schlaf geraubt hatte. Entsprechend müde war sie an diesem frühen Morgen. Doch es half nichts, der Laden musste bestückt werden. Leonhard Tietz und seine Frau hatten schließlich ihr Vertrauen in sie gesetzt. So begann Josephine, alles für den bevorstehenden Tag herzurichten. Sie zählte die Münzen und Banknoten in die große Kasse ein, doch sie fühlte sich immer noch unwohl.

Josephine trat an eines der Schaufenster und blickte hinaus auf die Straße. Dort gab es nichts Ungewöhnliches zu sehen. Eine Frau schleppte gerade in gebücktem Gang zwei Milchkannen nach Hause, ein streunender Hund huschte um die nächste Straßenecke. Dann entdeckte Josephine den verschlagen wirkenden Mann, der in der Hofeinfahrt gegenüber herumlungerte und geradewegs in ihre Richtung sah. Erschrocken zog sie sich zurück, versteckte sich hinter der Modepuppe und beobachtete den Mann. Seine Kleidung wirkte ramponiert, und er schwankte bedenklich. Josephine erkannte, dass der Mann sich kaum auf den Beinen halten konnte. Wahrscheinlich war er im Morgengrauen betrunken aus der Schankwirtschaft geflogen und wagte sich jetzt nicht nach Hause zu seiner Frau. Von ihm ging wohl keine Gefahr aus – zumindest nicht für Josephine. Erleichtert atmete sie auf, dann dachte sie an ihren Vater. Er hatte sich immer nach Hause gewagt, egal, wie betrunken er war. Bei dem Gedanken an die schreckliche Begebenheit vor einigen Wochen wurde ihr übel. Diesen Abend würde sie wohl niemals im Leben vergessen.

Schnell schüttelte sie die düsteren Schatten der Erinnerung ab und konzentrierte sich auf ihre Arbeit. Sie richtete die Auslagen und zog die Waren in den Regalfächern nach vorn, bis alles adrett und ansprechend aussah. Dann trat sie durch den weinroten Samtvorhang, der das Ladenlokal vom hinteren Bereich abtrennte und zu einem schmalen Korridor führte. Hier drangen das Rattern der Webstühle und das gleichmäßige Surren der Strickmaschinen auf dem Speicher an ihre Ohren. Die Männer und Frauen arbeiteten fast Tag und Nacht, um der großen Nachfrage für Waren aus dem Hause Tietz gerecht zu werden. Zu Beginn ihrer Schicht gelangten sie durch eine Tür vom Hof in das Haus.

Josephine durchschritt den Flur, wobei die Dielen laut knarrten, und trat an die Hintertür des Hauses, um sich zu vergewissern, dass sie abgeschlossen war. Wie immer steckte der Schlüssel im Schloss. Als Josephine die Klinke niederdrückte, schwang die Tür auf. »O nein«, entfuhr es ihr. Die Arbeiter waren angewiesen, die Hintertür stets verschlossen zu halten. So sollte verhindert werden, dass sich ungebetene Gäste Zutritt verschafften.

Mit zitternden Händen drückte Josephine die Tür zu und schloss ab. Sie trat in das Treppenhaus, um durch das gewundene Holzgeländer nach oben zu schauen. Doch dort war nichts Auffälliges zu sehen. *Ich mache mich schon selbst verrückt*, sagte sie sich. *Da ist niemand, der hier nichts zu suchen hat. Punkt.* Sie atmete ein paarmal tief durch, dann ging sie zurück, um das Büro aufzusuchen, das Reich von Leonhard und Flora Tietz.

Josephine ging die Bestelllisten durch und warf einen Blick auf die monoton tickende Uhr. In einer Stunde würde sie den Laden aufschließen. Sie hoffte, dass Hannah gleich kam, um ihr Gesellschaft zu leisten. Das Lehrmädchen war fleißig und folgsam, dazu zuverlässig und freundlich zur Kundschaft. Leonhard und Flora hatten ein glückliches Händchen bei der Auswahl ihres Personals, das musste sie ihren Arbeitgebern lassen. *Nur ich habe eine dunkle Vergangenheit, die ihnen Schwierigkeiten bereiten könnte,* dachte Josephine mit einem Schaudern, dann konzentrierte sie sich wieder auf den bevorstehenden Arbeitstag und versuchte, den boshaften Wertheim aus ihrem Kopf zu verbannen. Wenn das nur so leicht gewesen wäre. Ihre Gedanken schweiften immer wieder ab. Sie musste einen Weg finden, Wertheim von seinem Vorhaben abzubringen. Es lag Josephine fern, den Konkurrenten mit Informationen zu versorgen. Um nichts in der Welt würde sie das Ehepaar Tietz ans Messer liefern, egal, was geschah. Doch die lähmende Angst vor dem Zuchthaus blieb.

*

»Ich habe da ein sehr ansprechendes Objekt, das sich für ein Weißwaren- und Posamentiergeschäft hervorragend eignen könnte«, schwärmte der Hausmakler. »In der Spitalstraße, günstig inmitten der belebten Geschäftsstraße gelegen, würde sich ein derartiger Kaufladen sicher gut machen.« Richard Köhler schien sich über Annas offenkundige Begeisterung zu freuen. »Und die Miete ist erschwinglich«, fügte er hinzu.

Mit vor Aufregung geröteten Wangen hing Anna an seinen Lippen. Gleich nach dem Frühstück war er im Haus ihrer Eltern aufgetaucht, um Sally und ihr vom Erfolg seiner Bemühungen zu berichten. Nun standen sie im Arbeitszimmer von Annas Vater, der sich gerade mit seiner Frau auf Geschäftsreise in Berlin befand.

»Das klingt vielversprechend«, bemerkte Anna.

»Wir sollten uns das Geschäft ansehen«, stimmte Sally seiner Verlobten zu. »Je schneller wir etwas Geeignetes finden, umso früher können wir eröffnen.«

»Da das Ladenlokal bereits leer steht, können die Herrschaften gleich nach Vertragsunterzeichnung mit den nötigen Renovierungsarbeiten beginnen«, schlug der Hausmakler vor. »In seinem Brief teilte mir Herr Tietz mit, dass Sie bevollmächtigt sind, einen entsprechenden Vertrag in seinem Namen zu unterzeichnen.«

»Das ist richtig«, bestätigte Sally. »Leo hat mit mir darüber gesprochen, dass wir gleich zuschlagen sollen, wenn sich eine günstige Gelegenheit ergibt.«

»Sally, wäre es nicht wundervoll, schon so bald mit der Arbeit anfangen zu können?« Anna hätte am liebsten die ganze Welt umarmt. Schon wenige Tage nach ihrer Ankunft in Schweinfurt war ihre Mission von Erfolg gekrönt. Sie rechnete fest damit, dass Flora und Leonhard auf dem Heimweg vom Familientreffen in Bamberg einen kleinen Umweg nach Schweinfurt machten, um sich den Stand der Dinge mit eigenen Augen anzusehen.

»Allerdings«, nickte Sally. Er wandte sich an den Makler. »Wann können wir uns den Laden ansehen?«

»Wenn es Ihre Zeit erlaubt, können wir gleich losfahren. Meine Kutsche steht vor dem Haus.« Richard Köhler machte eine einladende Geste.

»Prima«, sagte Sally. »Wir haben gerade nichts anderes vor, oder, Anna?«

»Ich ziehe mich rasch um, dann können wir los!«, rief Anna. Ohne ein weiteres Wort ließ sie die Männer stehen, um sich in aller Eile ein anderes Kleid anzuziehen. Sie konnte es kaum erwarten, das vom Makler vorgeschlagene Ladenlokal in Augenschein zu nehmen.

*

Josephine vermied es an diesem Tag, vorne im Laden zu stehen. Sie war froh, dass Hannah ihr viel Arbeit abnahm, und hielt sich, wann immer es möglich war, im Büro oder im Kontor auf. Sie gab vor, Bestellungen aufgeben zu müssen, dabei war sich Josephine durchaus darüber im Klaren, dass sie sich in Wahrheit vor Georg Wertheim versteckte.

Dass er wiederkommen würde, stand für Josephine fest. Seine Drohung hatte er sicher nicht umsonst ausgesprochen. Nun erwartete Wertheim ihre Antwort, und ein Nein würde er nicht akzeptieren. Sie hoffte inständig, dass Herr und Frau Tietz schon bald nach Stralsund zurückkehrten. Josephine hatte beschlossen, sich Flora Tietz anzuvertrauen. Sie war sicher, dass ihre Arbeitgeberin eine Idee hätte, wie man mit dem unverfrorenen Verhalten Georg Wertheims umgehen sollte. Nun saß sie an Floras Schreibtisch und hatte Mühe, sich auf die Arbeit zu konzentrieren. Josephine musste die Bestellung abschließen, sonst könnte es zu Lieferengpässen kommen.

»Hier steckst du also.«

Die Stimme riss sie aus ihren Gedanken. Mit einem Schreckensschrei fuhr Josephine herum. Lautlos war Eduard Scheffel, einer der vier Kommis, die bei Tietz arbeiteten, hinter ihr aufgetaucht. Er grinste freundlich. Dann schien er zu bemerken, dass er Josephine einen gehörigen Schrecken eingejagt hatte. »Oh«, sagte er, »ich wollte dich nicht erschrecken.«

»Schon gut«, stammelte sie verlegen, »ich war in Gedanken.«

»Nichts für ungut, aber das müssen schlimme Gedanken gewesen sein«, antwortete Eduard besorgt. Er war Anfang zwanzig, ein paar Jahre älter als Josephine. Sein rundes Gesicht war gutmütig, nicht gerade das Antlitz eines Adonis, und so wie sie ihn kennengelernt hatte, konnte er keiner Fliege etwas zuleide tun. »Möchtest du mit mir darüber sprechen, was dich umtreibt?« Er hockte sich auf die Schreibtischkante und sah sie erwartungsvoll an.

Eigenartigerweise war ihr die Nähe des Kommis nicht unangenehm. Sie hatte ihn zuvor nie groß wahrgenommen. Eduard war eben einfach immer da, war freundlich und hilfsbereit, aber nicht weiter bemerkenswert. Zumindest bis jetzt.

»Wer sagt, dass mich etwas umtreibt?«, entgegnete Josephine und lehnte sich auf dem Stuhl zurück.

»Das sieht doch ein Blinder«, behauptete Eduard.

Josephine ließ kurz das wenige Revue passieren, das sie sonst noch von ihm wusste. Er war wortkarg, aber zuverlässig und konnte gut anpacken, wenn es darum ging, Waren aus dem Kontor in den Laden zu schleppen. Sein Vater fuhr zur See, seine Brüder arbeiteten als Klavierbauer. Das war auch schon alles, was sie wusste. Gespräche, die über die Arbeit hinaus ins Private gingen, hatte er bisher immer abgeblockt. Doch nun zeigte er sich von einer ganz neuen, zugänglichen Seite.

Josephine überlegte fieberhaft, ob sie sich ihm anvertrauen konnte. Eduard war Sallys Assistent, sicher hatte er gehört … »Du weißt, was mit meinem Vater passiert ist, nehme ich an?«, fragte sie.

Er nickte, nahm die Schiebermütze vom Kopf und fuhr sich mit gespreizten Fingern durch das dichte Haar. »Klar«, sagte er ernst, »hinter deinem Rücken hat man viel getuschelt in letzter Zeit – aber um das klarzustellen: Mich geht das alles nichts an, und ich würde mir niemals ein Urteil über das, was bei euch zu Hause passiert ist, erlauben.«

Am liebsten wäre Josephine aufgesprungen und hätte ihn umarmt.

»Danke«, sagte sie mit rotem Kopf und senkte den Blick. »Vielleicht erzähle ich dir mal die ganze Geschichte.«

Er lächelte, doch es war kein abwertendes oder überhebliches Lächeln, es wirkte warm und vertraulich.

»Georg Wertheim erpresst mich«, hörte sich Josephine sagen. Kaum dass die Worte ihren Mund verlassen hatten, bereute sie ihre Offenheit auch schon. Sie kannte Eduard doch kaum! Was war in sie gefahren, ihm ihr Herz auszuschütten?

»Wertheim? Georg Wertheim?« Eduard machte große Augen.

»Ja, genau der.« Josephine schluckte. »Kannst du das für dich behalten?«

»Na sicher.« Der Kommis nickte, während er sich nachdenklich das Kinn massierte. »Das heißt – Wertheim erpresst dich? Woher kennst du den überhaupt? Er ist nicht gerade Stammkunde hier.«

Er glaubt, dass ich ihm einen Bären aufbinde, durchzuckte es Josephine. »Ich meine es ernst«, sagte sie hastig.

»Das glaube ich dir«, sagte Eduard.

Josephine war erleichtert. Sie spürte, dass es ihr guttat, sich jemandem anzuvertrauen. Warum war ihr Eduard nicht gestern schon in den Sinn gekommen? Sicher war er ein guter Zuhörer und ein vertrauenswürdiger Kamerad.

»Also, schieß los, ich bin gespannt.«

»Sagst du es auch wirklich niemandem?«

Er schüttelte den Kopf und tat, als hätte er einen unsichtbaren Schlüssel in der Hand, mit dem er sich den Mund abschließen konnte. »Ich werde schweigen wie ein Grab.«

Josephine sammelte sich kurz, bevor sie begann. »Georg Wertheim persönlich war gestern bei uns im Laden.« Sie berichtete Eduard von dem Besuch des bekannten Kaufmanns und von seiner Forderung. Eduard unterbrach sie kein einziges Mal, nur seine Augen wurden mit jedem Satz größer.

»Das ist kaum zu fassen«, sagte er schließlich mit einem ungläubigen Kopfschütteln, nachdem Josephine ihre Ausführungen beendet hatte.

»Also glaubst du mir doch nicht?«

»Doch, sicher, Josephine.« Eduard nickte eifrig. »Aber das, was er sich rausnimmt, ist unerhört.«

»Allerdings.«

»Er verdient ordentlich Dresche dafür.« Eduard sagte das, als wäre es das Normalste auf der Welt, einem wohlhabenden Kaufmann wie Georg Wertheim eine Tracht Prügel zu verpassen.

»Wie bitte?«

»Spreche ich undeutlich?« Eduard klopfte sich mit der geballten Faust der rechten Hand in die linke, flach ausgestreckte Hand. »Wer so etwas macht, gehört … aber ich schweige lieber.« Jetzt lachte er. »Schließlich will ich dir keine Angst machen.«

»Eine Schlägerei ist das Letzte, was wir jetzt gebrauchen können«, erklärte Josephine erschrocken.

»Wir werden eine andere Möglichkeit finden, damit umzugehen«, versprach Eduard ihr.

Seine beruhigenden Worte taten Josephine gut. Aber sie war immer noch zutiefst verunsichert. »Was soll ich denn nun machen?« Sie sah mit ängstlichen Augen zu ihm auf. »Zur Polizei gehen kann ich nicht. Holzapfel wird überdenken, dass er mich hat gehen lassen. Erst recht, wenn Wertheim schon begonnen hat, ihn unter Druck zu setzen.«

»Was er tun wird, wenn du ihn nicht mit den gewünschten Informationen versorgst, richtig?«

»So ist es.«

Eduard grinste breit. »Dann tu, was er von dir verlangt.«

»Wie bitte?« Josephine glaubte, sich verhört zu haben.

»Versorg ihn mit Informationen.« Eduard sagte das in einem derart beiläufigen Tonfall, als würde er sich mit ihr über das Wetter unterhalten.

»Das kann ich nicht! Ich möchte Herrn und Frau Tietz nicht hintergehen. Sie haben mich eingestellt, sie bezahlen mich gut, und sie vertrauen mir. Ich würde es nicht übers Herz bringen, sie zu verraten.«

»Das würdest du auch nicht.« Jetzt grinste Eduard breit. Er rutschte von der Schreibtischkante herunter und marschierte im Büro auf und ab. »Wer sagt, dass du Wertheim die Wahrheit erzählen musst?«

Josephine beobachtete ihn, wie er im kleinen Büro umherwanderte. An seiner Miene erkannte sie, dass er sorgfältig nachdachte. »Du kannst ihm erzählen, dass die Geschäfte bei Tietz sehr schlecht laufen und dass er wohl bald schließen muss. Erzähl ihm irgendwelche Märchen, woher soll er es besser wissen?«

»Und was soll das bringen?«

»Er soll sich in Sicherheit wähnen, wenn er glaubt, mit dir eine gute Spionin gefunden zu haben.« Eduard unterbrach seine Wanderung und blieb vor Josephine stehen. »Und unterdessen lockst du ihn auf eine falsche Fährte.« Jetzt lachte er trocken auf. »Und wer weiß, wenn wir es richtig anstellen, profitieren Herr und Frau Tietz sogar davon, wenn Wertheim dieser falschen Fährte nachgeht.«

Es könnte so einfach sein, dachte Josephine voller Erleichterung. *Warum bin ich nicht selbst darauf gekommen?* Sie sprang von ihrem Stuhl hoch und umarmte den völlig verdutzt dreinblickenden Eduard. »Danke«, rief sie überglücklich, »du bist der Beste!« Etwas schüchtern legte Eduard seine Arme um sie, um ihre Umarmung zu erwidern. Josephine genoss seine Wärme und seine Nähe. Mit einem Menschen wie ihm an ihrer Seite war alles gleich viel einfacher. Als sie zu ihm aufsah, fand sie, dass er eigentlich ein ganz gut aussehender Mann war, auch wenn es seine inneren Werte waren, die ihn erst richtig attraktiv machten. Natürlich war er nicht so hinreißend wie

Sally, doch der war schließlich vergeben und damit keine echte Option für Josephine. Eduard dagegen war ein erstaunlich guter Zuhörer – und nun wohl auch ein Verbündeter im Kampf gegen Wertheim.

*

Eher zufällig wurde Oscar an diesem Tag auf eine Versteigerung aufmerksam, die im Bamberger Amtsgericht am Wilhelmsplatz stattfand. Einen Augenblick lang stand er etwas unschlüssig am Fuße der breiten Sandsteintreppe, die, gesäumt von zwei wuchtigen und mit Skulpturen verzierten Säulen, ins Innere führte. Oscar trat ein paar Schritte zurück, um das Gebäude in Augenschein zu nehmen, und erkannte, dass oben, auf der Spitze des Giebels, eine Statue der Justitia thronte und über Gut und Böse zu wachen schien.

Was kann ein Gericht schon zu versteigern haben?, fragte sich Oscar, doch seine angeborene Neugier überwog. Er war immer auf der Suche nach Dingen, die er für den Laden gebrauchen konnte, und betrat gespannt den Saal, in dem die Versteigerung stattfand. Offenbar handelte es sich nicht um den Gerichtssaal, sondern um die Bibliothek oder das Archiv. An den Wänden reihten sich deckenhohe Bücherregale aus dunklem Holz, das Sonnenlicht drang durch die Fensterreihe in den Saal und ließ Staubpartikel in den Strahlen tanzen. Die Decke des Saals war hoch, erstrahlte in einem frischen Weiß und wies reichlich Stuckverzierungen auf. Es roch nach Tinte und altem Papier.

Die Dielen knarzten unter jedem von Oscars Schritten, als er sich der Stuhlreihe vor dem Pult des Auktionators näherte. Die Auktion war nur spärlich besucht, und er fand problemlos einen Sitzplatz in der dritten Reihe.

Achthundert Verhörprotokolle wurden gerade angeboten. Während Oscar noch überlegte, was irgendwer mit einer Kiste alter Gerichtsakten anfangen sollte, nannte der Auktionator den Versammelten schon einen möglichen Verwendungszweck. »Diese Akten eignen sich hervorragend als Anschürpapier, da sie absolut trocken gelagert wurden.« Der Auktionator war ein rundlicher Mann mit lichtem Haar. Sein Anzug saß schlecht, sein Gesicht war auffällig blass, die Stimme unangenehm schnarrend.

Oscar hatte keine dringenden Termine, und so beschloss er, sich das mäßig spannende Spektakel anzusehen. Nachdem ein paar in Leder gebundene Bücher den Besitzer gewechselt hatten, schob der Auktionator zwei Holzkisten über den schweren Tisch. Er griff in die Kisten und nahm eine Handvoll beschriebener Papierbogen heraus, die er in die Höhe hielt, um sie den Anwesenden zu präsentieren.

»Anschürpapier, meine Damen und Herren«, pries er die Blätter an, wie zuvor schon die Akten. Irgendjemand im Saal lachte spöttisch. Der Auktionator verrenkte sich den Kopf nach dem Störenfried. Der junge Mann, der mit seinem Begleiter in einer Ecke des Saals stand, erntete einen missbilligenden Blick. »Lachen Sie nicht, mein Herr! Der nächste Winter kommt bestimmt, und sicher werden Sie dann froh sein, mit diesem Papier ein wärmendes Feuer anschüren zu können.« Der Auktionator blickte in die Runde, ergriff einen kleinen Hammer und rief den Startpreis aus.

Oscar überlegte, ob er etwas mit dem Papier anfangen konnte. Für die Produktion seiner Artikel eigneten sich die ausgemusterten Akten und Papiere nicht, und Anschürpapier hatte er genug. Doch dann kam ihm eine Idee. Sicher konnte er damit Waren einschlagen, um sie vor Schaden zu schützen. Wenn er jetzt mitbot und den Zuschlag erhielt, konnte er unter Umständen ein paar Taler für die Anschaffung von teurem Packpapier sparen. Die Idee, die alten Akten wiederzuverwenden, gefiel ihm.

Oscar beteiligte sich an der Auktion und lieferte sich mit einem zweiten Interessenten ein kurzes Wettrennen, bei dem sein Konkurrent aber schnell ausstieg und auf weitere Gebote verzichtete.

»Sehe ich keine weiteren Gebote?«, hallte die Stimme des Auktionators durch den Saal. Wachsam blickte er sich um, doch das Interesse an den Akten war nicht sonderlich groß. »Zum Ersten, zum Zweiten, zum … Dritten!« Der Hammer in seiner Hand sauste auf eine kleine Platte nieder. »Dann geht das Anschürpapier an den Herrn in der dritten Reihe – herzlichen Glückwunsch, Sie werden im Winter bestimmt nicht frieren müssen!« Der Auktionator lächelte selbstgefällig, dann ging er zum nächsten Gegenstand über.

Oscar erhob sich von seinem Platz und zückte seine Geldbörse. Er freute sich über den Zuschlag und musste sich jetzt nur noch einen Weg überlegen, wie er die beiden schweren Kisten nach Gera bekam. Sicher gab es ein Postamt in Bamberg.

Kapitel 27

Die Kutschfahrt führte vom Haus von Annas Eltern am Fuße der Weinberge durch eine malerische Gegend entlang des Mains zur Stadtmitte. Anna genoss die Fahrt mit der edlen Kutsche, rief immer wieder Sallys Namen und zeigte ihm Häuser, Straßen und Läden, mit denen sie eine Erinnerung verband. Immer wieder kreuzten die modernen Pferdebahnen ihren Weg. Dabei handelte es sich um lange, offene Kutschen, deren Räder in Schienen liefen, die man in die Straße eingelassen hatte. Gegen einen Fahrpreis konnte jedermann die Bahnen nutzen, die, ähnlich der Eisenbahn, nach einem festen Fahrplan durch die Straßen der Stadt zuckelten.

Unzählige Fuhrleute transportierten auf Pferdefuhrwerken und Handkarren Güter durch die teils verwinkelten Gassen der Stadt. Wenn sie einander an Engstellen ausweichen mussten, fluchten und beschimpften sie sich derb. Anna war der raue Ton, der unter den Fuhrleuten herrschte, etwas unangenehm. Doch ein Leben ohne die Männer wäre undenkbar.

»Die Straßen werden immer voller«, meinte Richard Köhler, der ihren Blick bemerkt hatte. Ein Lächeln lag auf seinen schmalen Lippen. »Das ist der Lauf der Zeit.«

»Ganz schön was los hier.« Sally war beeindruckt. Dann nahm er Annas Hand. »Es ist schön, hier zu sein, wo du deine Kindheit verbracht hast.«

»Gefällt dir Schweinfurt?«

»Und wie!« Sally nickte eifrig. »Du musst mir alles erklären.« Er streckte die Hand aus der Kutsche. »Was ist das da?«

Gerade zuckelte die Kutsche des Hausmaklers an einem prächtigen

Anwesen in der Rittergasse vorüber. Die Fassade des Haupthauses bestand aus Sandstein und bildete einen Kontrast zum stolzen Treppengiebel, der sich in den nahezu wolkenlosen Sommerhimmel reckte.

Anna folgte seinem Blick. »Das ist der ›Ebracher Hof‹«, erklärte sie ihrem Verlobten. »Er hat eine lange und bewegte Geschichte, ich glaube, heutzutage ist im Hauptgebäude ein Waisenhaus untergebracht.«

»Das stimmt«, bestätigte Richard Köhler, bevor er den Blick nach vorn richtete. »Gleich erreichen wir den Markt, und dann sind wir auch bald da.«

Waren die Straßen zuvor schon voll gewesen, so verdichtete sich der Verkehr nun noch mehr. Männer, Frauen und Kinder marschierten zielstrebig durch die Gassen. Immer, wenn es besonders eng auf dem schmalen Trottoir wurde, traten sie auf die Straße und riskierten so, von einem Pferd erfasst zu werden.

»Ganz schön gefährlich hier«, staunte Sally.

»Die Menschen müssen sich noch daran gewöhnen, dass immer mehr Fuhrwerke in den Städten unterwegs sind«, erklärte Richard Köhler geduldig.

Anna lehnte sich zurück und genoss den Rest der Fahrt zur Spitalstraße. Nachdem sie den Holzmarkt erreicht hatten, passierten sie einen lustig plätschernden Brunnen, in dessen Mitte sich eine viereckige, steinerne Säule befand. Das Brunnenbecken selbst war von einem schmiedeeisernen Zaun eingefasst.

Vor dem »Gasthof zum Löwen« stand ein besonders langes Fuhrwerk. Zwei Knaben waren damit beschäftigt, Weinfässer und Säcke mit Mehl und Weizen von der Ladefläche zu heben, um sie dann keuchend zum Kücheneingang des Gasthofes zu wuchten. Den Jungen stand der Schweiß auf der Stirn, doch sie schufteten brav weiter und ließen sich auch von der Hitze des sonnigen Vormittags nicht aufhalten. Im Kücheneingang stand ein vollleibiger Koch mit imposanter Mütze auf dem Kopf. Er fächerte sich mit einem karierten Tuch frische Luft zu und mahnte die Knaben zur Eile.

»Soll er doch selbst anpacken«, brummte Sally.

»Das würde er niemals tun, der alte Gustav«, lachte Richard Köhler, der dem Koch freundlich zunickte. »Das Arbeiten hat er nicht gerade erfunden, aber er ist ein brillanter Koch, der seine Gäste mit den feinsten Speisen verwöhnt.«

Anna fühlte sich gleich wieder zu Hause. In Schweinfurt kannte man sich, und so winkte auch sie dem dicken Gustav zu. Er erwiderte den Gruß zwar, aber an seinem Gesichtsausdruck sah Anna, dass er sie nicht erkannt hatte.

»Apropos Essen«, sagte Sally und rieb sich den Bauch, »ich bekomme auch schon wieder Hunger.«

»Erst sehen wir uns das Ladenlokal an«, entgegnete Anna entschieden, »wenn wir erst im Löwen einkehren, platze ich vor Neugier.«

»Und wenn Ihnen das Objekt zusagt, lade ich die Herrschaften selbstverständlich anschließend zum Essen ein«, schlug Köhler mit gönnerhaftem Lächeln vor.

»Das klingt gut«, sagte Sally. Vergnügt zwinkerte er Anna zu. »Eine kurze Zeit werde ich es schon noch aushalten.« Er lachte.

Der Weg führte durch verwinkelte Gassen, die mal sanft anstiegen und dann gleich wieder abfielen. Dem Kutscher verlangte das die volle Konzentration ab. Anna, Sally und Köhler hielten sich an den seitlichen Halteschlaufen aus braunem Leder fest. Einige der unebenen Wege schienen für ein Pferdegespann gar nicht geeignet zu sein.

»Kennen Sie die Kronen-Apotheke, wertes Fräulein?«, erkundigte sich Köhler bei Anna, als der Kutscher sehr zu Annas Erleichterung in die breite Spitalstraße einbog. Zahlreiche bunte Markisen vor den Schaufenstern der großen und kleinen Geschäfte bestimmten jetzt das Bild. Auch die Beschaffenheit der Fahrbahn war hier besser als in den meisten Nebenstraßen.

»Selbstverständlich.« Anna nickte.

»Vis-à-vis liegt das Objekt«, beschrieb der Hausmakler ihr. »Übrigens sind wir gleich am Ziel.«

Anna schaute am Kutscher vorbei nach vorn. Dass es in dieser Straße derart viele Geschäfte gab, war ihr gar nicht mehr so bewusst gewesen. Doch hier, so schien es, bewegten sie sich durch das pulsierende Leben der kleinen Stadt. Wieder kam ihnen eine Pferdebahn entgegen, doch diesmal war die Straße breit genug, so dass beide Fuhrwerke gefahrlos passieren konnten. Ein paar Hundert Meter weiter stoppte das Gespann.

»Da wären wir, meine Herrschaften«, erklärte Köhler in feierlichem Ton. Das Gespann war vor einem Haus zum Stehen gekommen, in dessen Erdgeschoss sich die Kronen-Apotheke befand. Der Kutscher sprang vom Bock und hielt ihnen die Tür auf.

»Wie schön!« Annas Neugier wuchs ins Unermessliche. Sie ließ sich vom Kutscher auf das Trottoir helfen und wartete, bis Sally und Köhler sich zu ihr gesellten.

Die Blicke der Passanten, die sie neugierig beäugten, ignorierte Anna. Gegenüber der Apotheke gab es ein schmales, hohes Eckhaus, dessen Eingangstür sich über drei Stufen genau auf der Straßenecke befand. Rechts und links der Tür gab es Schaufenster, die man mit staubigen Tüchern verhängt hatte, um das leere Ladenlokal vor Blicken zu schützen. Über dem Laden befanden sich zwei weitere Stockwerke unter einem gefälligen Mansardendach.

Die in das Dach eingelassenen Gauben ließen darauf schließen, dass auch das Dachgeschoss als Wohn- oder Geschäftsraum nutzbar war, ähnlich wie es in Stralsund der Fall war.

Köhler, der neben Anna stand, sah sie forschend an. »Gefällt es Ihnen?«

Anna nickte. Als sie Sally einen Blick zuwarf, sah sie ihm seine Begeisterung förmlich an. »Es ist großartig«, schwärmte er.

»Oft ist der erste Eindruck entscheidend«, nickte der Makler, »doch warten Sie ab, bis wir uns erst das Innere des Hauses angeschaut haben. Ich denke, Sie werden begeistert sein von der Verkaufsfläche, die der Laden auf zwei Etagen bietet.«

»Auf zwei Etagen?« Sally runzelte die Stirn. »So viel Fläche brauchen wir doch gar nicht.«

»Wart's nur ab, Sally«, lachte Anna. »Bei unserem Wachstum ist es nur eine Frage der Zeit, bis wir froh sein werden, viel Platz für unser Sortiment zu haben.«

Sally wiegte den Kopf und gab ihr recht. Darüber, wie sie den Bestand nach oben wuchten würden, wollte Anna sich gerade noch keine Gedanken machen. Sicherlich würde man auch dafür eine Lösung finden.

»Wir werden irgendwo wohnen müssen«, murmelte Sally.

»Sie werden staunen, welch große Wohnfläche Ihnen zur Verfügung steht«, meinte Köhler. »Darf ich Sie jetzt bitten, mir zu folgen?« Er setzte sich in Bewegung, ohne eine Antwort des jungen Paars abzuwarten.

Anna gab Sally einen Wink. Seite an Seite folgten sie dem Makler, wobei Annas Blick fasziniert an der schönen Fassade des Geschäftshauses haften blieb. Sie war gespannt, ob Sally sich mit dem Vorschlag von Köhler anfreunden konnte und ob hier das zweite Weißwarengeschäft von Leonhard Tietz entstehen würde.

Inzwischen war Köhler an der Tür angekommen. Er zog einen schweren Schlüssel aus seiner Tasche, um damit aufzuschließen. Die rostigen Türangeln quietschten ohrenbetäubend.

»Hier war wohl schon länger niemand mehr«, kommentierte Sally und fing sich damit einen leicht pikierten Blick des Maklers ein.

Im nächsten Moment standen sie im Halbdunkel des Ladenlokals.

Die Luft hier drinnen war stickig, und Anna benötigte einen kurzen Moment, bis sich ihre Augen an das Zwielicht gewöhnt hatten. Die Grundfläche des Ladens war vergleichbar mit der des Geschäfts in Stralsund, nur die Aufteilung unterschied sich ein wenig. Hier gab es zwei Theken statt nur einer. Dahinter standen deckenhohe Regale, auf deren Böden sich eine dicke Staubschicht angesammelt hatte, und hölzerne Schubkästen für Kleinwaren. An den Rücken der Kästchen gab es eiserne Rahmen, in die man Schilder stecken konnte, ideal für Knöpfe und ähnliches Material. Es gab Schrankfächer mit Bleiglastüren und reichlich Verzierungen auf dem Eichenholz. Als Anna den Blick senkte, fielen ihr die Bodenfliesen mit den floralen Mustern auf. Auch hierauf lag eine Staubschicht, der Laden musste mal gründlich gereinigt werden. Es gab sogar eine große Uhr an der Wand, die allerdings irgendwann stehen geblieben war, wohl weil sie niemand mehr aufgezogen hatte. Die Stuckdecken wurden von zwei massiven Säulen gestützt.

»Wie lange steht der Laden leer?«, fragte Anna.

»Ein paar Monate«, erwiderte Köhler. »Die Vorbesitzer haben sich aus Altersgründen aus dem Geschäftsleben zurückgezogen – einen Nachfolger gab es nicht.«

Sally umrundete die rechte der beiden Theken und nahm die Einrichtung in Augenschein. »Hier müsste mal gestrichen werden«, kommentierte er und klopfte auf das Holz der Theke.

Köhler machte sich daran, die Tücher von den Fenstern zu nehmen. Jetzt sah Anna, wie staubblind die Scheiben waren, so dass nur wenig Sonnenlicht hereindrang. Anna trat an die Schaufenster und betrachtete die Auslageflächen. Hier würde sie die Waren angemessen präsentieren können, Platz genug war vorhanden. Als sie kurz die Augen schloss, sah sie den Laden schon in neuem Glanz und mit dem typischen Tietz-Sortiment vor sich. Kundinnen in eleganten Kleidern betraten den Laden und ließen sich von jungen Ladenmädchen bedienen. Auf dem Tresen thronte eine moderne Registrierkasse, die im Licht der Sonne glänzte. Die Elfenbeintasten schimmerten wie Perlmutt.

Anna öffnete die Augen und blickte sich zu Sally um. »Und?«, fragte sie, während Sally Decken, Böden und die Beschaffenheit der Wände in Augenschein nahm. »Was meinst du?«

Ihr Verlobter wiegte den Kopf. »Man könnte was daraus machen.«

»Natürlich kann ich Ihnen bei der Materialbeschaffung behilflich sein«, schlug Köhler vor. »Ich kenne auch zuverlässige Handwerker, die Ihnen bei der Arbeit zur Hand gehen könnten.«

»Darauf kommen wir sicher zurück«, sagte Sally. »Wo befindet sich das Kontor?«

»Im hinteren Teil des Hauses, und ebenerdig«, antwortete der Makler. »Damit ist gewährleistet, dass Ihr Kommis sich nicht überarbeiten muss.« Er lachte gewinnend. »Hier wurde einfach an alles gedacht, meine Herrschaften.«

»Und hier geht's ins Treppenhaus?« Sally trat an eine breite Holztreppe, die sich an der linken Wand des Ladens befand. Von oben drang ein diffuser Lichtschein bis auf die staubigen Stufen.

Richard Köhler lachte, als hätte Sally ihm einen guten Witz erzählt. »Mitnichten, mein Herr«, sagte er und durchquerte den Laden. »Dort«, sagte er mit einer ausladenden Geste, »geht es in das obere Geschoss des Geschäfts.«

»Zwei Etagen?« Sally staunte. Er schien vergessen zu haben, dass der Makler ihm ein Geschäft über zwei Verkaufsetagen angekündigt hatte.

»Der bisherige Inhaber handelte mit Teppichen und benötigte viel Platz«, erklärte Köhler und trat an den Treppenabsatz. »Bitte folgen Sie mir, meine Herrschaften.«

Im oberen Stockwerk wurde die Größe des Hauses sichtbar, denn hier war die gesamte Fläche frei gelassen worden, lediglich im hinteren Bereich führte eine Tür in wohl kleinere Nebenräume. Vier Fenster sorgten dafür, dass genügend Tageslicht in den großen Saal fiel.

»Hier hat der Vorbesitzer seine Teppiche auf zahlreichen Verkaufstischen präsentiert«, erklärte Richard Köhler. Anna beobachtete, wie Sally mit in den Hosentaschen versenkten Händen dastand und die Atmosphäre auf sich wirken ließ.

Über der zweiten Etage gab es eine große Wohnung, die offenbar von dem Vorbesitzer als Rückzugsort genutzt worden war. Die Wohnung hatte eine Küche und sogar ein Badezimmer, dazu zahlreiche kleinere Kammern und einen größeren Salon.

»So viel Platz«, staunte Anna. »Sieh dir das an, Sally!«

»Hm.« Er begutachtete jeden Raum, trat an das Fenster, um einen Blick auf die belebte Geschäftsstraße zu werfen, dann wandte er sich an Köhler. »Was ist mit dem Speicher?«

»Bisher sind die Räume nicht viel genutzt worden, der Vorbesitzer hat dort wohl einige seiner Teppiche ketteln lassen.«

Sie passierten eine Tür und standen jetzt im hinteren Treppenhaus. Hier war es angenehm kühl. Eine Treppe führte nach unten, eine andere nach oben, zum Dachspeicher. Sie betraten den Speicher, der, von den Dachgauben abgesehen, keine Besonderheiten aufwies. Freiliegendes Balkenwerk und ein kahler Fußboden bestimmten das Bild.

Anna spürte förmlich, wie mit diesem Haus der Traum der Familie Tietz von einem großen Kaufhaus wahr wurde. Ihre Wangen glühten vor Aufregung. Am liebsten hätte sie den Kaufvertrag des Maklers auf der Stelle unterschrieben. Doch die Papiere sollten daheim in Stralsund von einem Advokaten gesichtet werden, bevor alles seinen Gang nahm. So hatte Sally es mit ihr vereinbart. Er wollte sichergehen, dass nichts schiefgehen konnte.

»Gut«, hörte sie ihn gerade sagen. »Dann haben wir alles gesehen?«

»Ich denke schon, unten werde ich Ihnen nur noch rasch die Räumlichkeiten hinter dem Laden zeigen.« Köhler führte das junge Paar zurück ins Erdgeschoss.

»Das trifft sich gut«, meinte Sally, als sie unten ankamen. »Ich habe nämlich einen Bärenhunger und könnte jetzt eine Kleinigkeit vertragen.«

»Mein Angebot zu einem Essen im Gasthof ›Zum Löwen‹ steht«, lachte Köhler und führte seine Kunden wieder ins Freie. Er schien sich sicher zu sein, neue Mieter für das Geschäftshaus gefunden zu haben. Nur Sally teilte die Euphorie des Maklers nicht. Anna fragte sich, warum ihr Verlobter nach der Besichtigung des Hauses so in sich gekehrt war. Sie beschloss, ihn darauf anzusprechen, sobald sie unter vier Augen waren.

*

»Was, um Himmels willen, willst du mit zwei ganzen Kisten voller alter Akten?« Betty schüttelte den Kopf, als Oscar ihr mit einem triumphierenden Grinsen einen Papierstapel präsentierte, den er aus den Kisten genommen hatte, bevor er den Rest beim Postamt aufgegeben hatte.

»Darin, meine Liebe, werden wir unsere Waren einschlagen.«

»In … alte Akten?« Betty fürchtete, ihr armer Oscar sei verrückt geworden. »Was soll das denn?«

»So ersparen wir uns den Kauf von teurem Packpapier.« Er schien vollkommen überzeugt von seiner Idee zu sein. Fast liebevoll strich er mit den Fingerspitzen das vergilbte Papier glatt. »Sieh nur«, schwärmte er, »es ist trocken und sauber und von guter Qualität.«

Betty hatte Mühe, seine Begeisterung zu teilen. »Aber es ist bereits beschrieben. Jeder kann darauf lesen, was das Bamberger Gericht irgendwann mal beschlossen hat.« Betty bezweifelte, ob sich Dokumente vom Gericht zum Verpacken ihrer Waren eigneten. Unter

Umständen enthielten die Aufzeichnungen Gerichtsurteile oder andere unangenehme Nachrichten. »Das wirft vielleicht ein schlechtes Licht auf unser Geschäft«, gab sie zu bedenken.

»Ach was.« Oscar winkte ab. »Niemanden interessiert, was auf dem Papier steht, mit dem wir unsere Waren einpacken lassen. Man bekommt sein Paket, packt es aus und wirft das Papier weg. Oder man nutzt es, um damit ein Feuer anzuzünden. Dafür ist, wenn wir ehrlich sind, richtiges Packpapier viel zu teuer.«

Betty verstand durchaus, was Oscar mit dem Kauf der alten Dokumente bezweckte, richtig wohl war ihr aber nicht bei dem Gedanken, die Kunden damit zu versorgen. »Wer weiß, was da draufsteht«, murmelte sie zweifelnd. »Ist das alles?«, fragte sie mit Blick auf den Stapel, der auf dem Tisch im Hotelzimmer lag.

Oscar schüttelte den Kopf. »Mitnichten«, antwortete er. »Es handelt sich um achthundert Akten. Ich habe bereits veranlasst, den Rest nach Gera zu schicken.«

Betty nahm einen Schwung Blätter und setzte sich. Sie versuchte, die verschnörkelte Schrift zu entziffern, und spürte, wie sich ihre Kopfhaut zusammenzog. Das, was sie lesen konnte, schnürte ihr die Kehle zu.

Oscar setzte sich auf die Bettkante und sah ihr beim Lesen zu. »Und?«, fragte er. »Ist es nicht interessant, alte Gerichtsurteile zu lesen?«

Betty war blass geworden. Sie blätterte in den Aufzeichnungen und schüttelte den Kopf. »Das ist schrecklich«, sagte sie mit tonloser Stimme. »Oscar«, fuhr sie fort, als sie aufsah, »das können wir auf keinen Fall als Packpapier benutzen.«

»Sondern?«

»Wir müssen das zurückgeben.«

»Auf keinen Fall.« Er schüttelte den Kopf. »Ich habe dafür bezahlt, und wir werden die Papierbogen zum Verpacken verwenden.«

»Das dürfen wir nicht.«

»Warum denn? Ich verstehe nicht, was dir daran so missfällt, dass wir viel Geld eingespart haben.« Er schüttelte den Kopf. »Wirklich nicht. Was ist denn damit?«

»Das sind alte Gerichtsurteile.«

»Ich weiß, Liebste. Und da die Akten uralt sind, lebt von den Verurteilten sicher niemand mehr.«

»Das ist ja das Schreckliche.«

»Ich fürchte, ich verstehe immer noch nicht.« Oscar rutschte von der Bettkante und trat hinter Betty, um ihr über die Schulter blicken zu können. »Und?«, fragte er.

Betty sah zu ihm auf. »Das hier«, sagte sie und blätterte durch den Stapel in ihrer Hand, »sind Dokumentationen und Urteile von Hexenverbrennungen.«

Kapitel 28

Flora hatte sich am Nachmittag mit ihrer Schwester Julie verabredet. Flora war neugierig auf den Laden, den ihr Schwager in Bamberg eröffnen wollte, und hatte Julie um eine Besichtigung gebeten.

Das Geschäft lag in der Hauptwachstraße und reihte sich in eine Kette von kleineren Läden ein. Auch Markus handelte mit Garn, Posamentier-, Weiß- und Wollwaren. Damit boten nahezu alle Mitglieder der Familie ein ähnliches Sortiment an. »H. & C. Tietz« stand auf dem großen Schild über der Ladentür. Flora stutzte, als sie die Inschrift las. »Was bedeutet H. & C. Tietz?«

Julie seufzte. »Der Laden gehört Markus«, sagte sie. »Aber die beiden Buchstaben stehen für Onkel Hermann und Onkel Chaskel, die Markus das nötige Geld für die Geschäftsgründung gegeben haben.« Es klang fast wie eine Entschuldigung. Flora beschloss, nichts dazu zu sagen, und war gespannt auf das Sortiment und die Einrichtung des Ladens, der etwas kleiner war als ihr Geschäft in Stralsund.

»Komm rein.« Julie hatte die Tür aufgestoßen und machte eine einladende Bewegung. Flora folgte ihrer Schwester und sah sich im Laden um. Auch hier gab es Verkaufstische und Regale, die bis an die Decke reichten, eine hölzerne Theke und Modepuppen. Der Geruch erinnerte Flora ebenfalls an ihren eigenen Laden. Sie fühlte sich gleich heimisch. »Wir sollten mehr zusammenarbeiten.«

»Tun wir das nicht schon?« Julie zog die Mundwinkel hoch. »Chaskel hat doch ausführlich darüber referiert, wie er sich die Kooperation innerhalb der Familie vorstellt.« Jetzt musste sie lachen. »Und in dieser Beziehung stimme ich ihm sogar zu. Wir alle können davon profitieren.«

*

»Wie ginge es denn jetzt weiter, wenn wir uns zur Anmietung des Hauses entschließen?«, fragte Sally. Sie hatten sich einen Tisch am Fenster des großen Gasthofs gesichert und dort vorzüglich gespeist. Köhler hatte nicht übertrieben, der Koch war ein Meister seines Fachs und hatte die Gäste mit allem, was seine Küche zu bieten hatte, verwöhnt. Nun saßen sie zu dritt bei einem Glas Wein zusammen.

»Ich werde einen Vertrag aufsetzen, in dem alle Bedingungen geregelt sind«, sagte Köhler. »Sie werden sicher Rücksprache mit Herrn Tietz halten, der wiederum wird den Vertrag von seinem Advokaten überprüfen lassen. Sollte alles zu seiner Zufriedenheit sein, unterschreibt er, und die Übergabe kann erfolgen. Dann veranlasse ich einen Eintrag ins Schweinfurter Intelligenzblatt.«

Als er Annas fragenden Blick sah, erklärte der Hausmakler: »Das ist ein amtliches Mitteilungsblatt, in dem alle Gerichtstermine, Meldungen über die Gäste in den Hotels der Stadt, aber auch Vermietungs- und Verkaufsanzeigen aufgeführt sind. Damit wäre es dann offiziell, dass Herr Tietz ein Geschäft in Schweinfurt eröffnen wird.« Er lächelte freundlich. »Und dann dürfen Sie Geschäfte machen.«

»Das klingt perfekt«, fand Anna.

Sally sah die Dinge nicht ganz so rosig. »Es ist mir offen gestanden zu groß«, bemerkte er.

»Wie bitte?« Anna sah ihn erschrocken an.

»Das zweite Stockwerk als Ladenfläche, ich meine, so etwas brauchen wir nicht.«

»Aber wir werden es schon bald benötigen, wenn deine Schwester das Sortiment vergrößert«, widersprach Anna. »Außerdem schwebt

Hermann ein richtig großes Kaufhaus vor. Der Laden in der Spitalstraße kommt dem schon ziemlich nahe, finde ich.«

»Aber noch ist so ein Kaufhaus nicht geplant, Anna.«

»Sicher werden Sie dazu noch einmal Rücksprache mit Herrn Tietz
halten wollen«, wiederholte der Makler und klang plötzlich ein wenig
kühl.

»Ich denke, er wird die Sache so sehen wie ich«, behauptete Anna
rasch. Sie fürchtete, dass das Geschäft nun doch nicht zustande kommen könnte. Dabei hatte sie sich längst in den großen Laden an der
Spitalstraße verliebt. Immer, wenn sie für einen Moment die Augen
schloss, konnte sie sehen, wie der Laden mit Leben erfüllt wurde. Sie
musste unbedingt mit Flora über Sallys Bedenken sprechen und
hoffte, dass es bis dahin nicht zu spät sein würde.

Kapitel 29

»Julie hat im Übrigen keine Probleme damit, dass wir in Schweinfurt ein Geschäft eröffnen wollen.« Flora war damit beschäftigt, eines ihrer Kleider in den offenen Koffer zu falten, der auf dem Bett ihres Hotelzimmers lag. »Ganz im Gegenteil: Sie hat mir vorgeschlagen, dass wir auch mit Onkel Markus kooperieren sollten.«

»Die Idee klingt gut«, stimmte Leonhard ihr zu, der gerade einen Brief schrieb, den er vor ihrer Abreise aus Bamberg noch aufgeben wollte. Er legte den Stift in das hölzerne Kästchen, streckte sich und wandte sich zu seiner Frau um. »Es entspricht dem, was Onkel Chaskel vorgeschlagen hat.«

Bei der Erwähnung des Patriarchen rollte Flora mit den Augen. »Hat sich dein Onkel zwischenzeitlich mit den neuen Gegebenheiten abgefunden?«

Leonhard schüttelte den Kopf. »Genauso wenig wie unser Vater.« Bedauern lag in seiner Stimme.

Flora spürte den dicken Kloß, der plötzlich in ihrer Kehle saß. Für sie war es immer noch unvorstellbar, dass sich eine ganze Familie dem Diktat eines einzelnen selbst ernannten Familienoberhaupts unterwarf. Bei den Baumanns gab es derartige Hierarchien nicht.

Leonhard schüttelte mit einem wehmütigen Lächeln den Kopf. »Er wird sich nicht damit abfinden, weil er es niemals tolerieren wird, was die beiden vorhaben. Für ihn sind Oscar und Betty Cousin und Cousine, der Umstand, dass Betty nur Hermanns Ziehtochter ist, spielt seiner Auffassung nach keine Rolle, deshalb ist und bleibt er gegen die Hochzeit.«

»Aber die Synagoge sollen sie bauen?« Flora empfand die Bedingung, die Chaskel ihrem Schwager gestellt hatte, als Zumutung. Dem jungen Paar fehlte das nötige Kleingeld, um ein solches Vorhaben wahr werden zu lassen. Wahrscheinlich war genau das Chaskels Plan – den beiden einen scheinbaren Weg zum Segen der Familie aufzuzeigen, der jedoch in Wahrheit unmöglich war.

»Das ist der Wille der Familie, ja.«

»Und du hast dich dafür ausgesprochen?«

»Natürlich nicht, Bella.« Leonhard seufzte. »Was denkst du von mir? Doch mein Widerspruch hat nichts genutzt, und ich bin einfach nur froh, dass unsere Geschäfte gut genug laufen, um vom Geld der Familie unabhängig zu sein. Damit kann Onkel Chaskel nicht über uns bestimmen.«

»Das wäre unerträglich«, stimmte Flora ihm zu. »Er ist ein Tyrann, und die ganze Familie tanzt nach seiner Pfeife.«

Leonhard nickte nachdenklich. Natürlich wusste er, dass Flora recht hatte, und dennoch war Chaskel sein Onkel, dem er Loyalität schuldete.

»Können wir Oscar nicht irgendwie helfen?« Flora war voller Mitleid für ihren Schwager, der in der Familie als schwarzes Schaf galt. Zwar war Oscar mitunter tatsächlich ein wenig eigen, doch bisher war er immer seinen Weg gegangen. Dass er jetzt eine Frau gefunden hatte, die den ambitionierten Werdegang eines Tietz unterstützen wollte, war eine Fügung des Schicksals. Und es stand Chaskel nicht zu, das Leben seines Neffen kontrollieren zu wollen.

»Ich wüsste nicht, wie, Bella. Bis Gera reichen meine Kontakte bedauerlicherweise noch nicht, außerdem stehen für uns die Eröffnungen zweier weiterer Geschäfte unmittelbar bevor.«

»Wir werden unsere Spitzenbänder bei deinem Bruder bestellen, um ihm mehr Umsatz zu ermöglichen«, beschloss Flora mit einem trotzigen Unterton in der Stimme. »Und Onkel Markus wird ebenfalls bei ihm kaufen, für das neue Geschäft hier in Bamberg.«

»Wir tun alles, um meinen Bruder zu unterstützen«, stimmte Leonhard ihr zu. Er verschwieg ihr, dass er diese Vereinbarung bereits am Vortag mit seinem Bruder getroffen hatte. »Und mit ein wenig Geschick kann ich ihm auch den Weg in den Großhandel ermöglichen, damit er seine Bänder in großen Mengen verkaufen kann.«

Floras Gesichtszüge entspannten sich. So liebte sie ihren Leo. Er war immer hilfsbereit und voller Zuversicht. Dinge, die er in die Hand nahm, glückten ihm. Sie trat zu ihm an den Sekretär. »Leo«, sagte sie leise, »ich liebe dich für alles, was du tust.« Zärtlich strich sie ihm durch das dichte Haar und setzte sich auf seinen Schoß. Gerade, als sie sein Gesicht in die Hände nehmen wollte, um ihn zu küssen, klopfte es an der Tür.

Auf Leonhards »Herein« steckte Magda den Kopf ins Zimmer. »Entschuldigen Sie bitte«, sagte sie, »aber Heinrich und Alfred wären jetzt fertig.« Die Tür öffnete sich ganz, und der Kleine tapste ins Zimmer seiner Eltern. Er strahlte über das ganze Gesicht, als er sich auf Floras Schoß fallen ließ. Heinrich folgte ihm. »Kommt her, meine Schätze«, sagte Flora mit sanfter Stimme und schloss beide Kinder in die Arme. »Freut ihr euch darauf, bald schon Onkel Sally und Tante Anna wiederzusehen?«

Alfred nickte. »Ja«, sagte er. »Wir haben sie schon so lange nicht mehr gesehen.«

Auch der kleine Heinrich nickte eifrig. Er war ganz aufgeregt und konnte die Abreise aus Bamberg kaum erwarten. »Wann geht es los?«

»Noch heute«, versprach Leonhard, der gespannt war, was sein Schwager und dessen Verlobte in der Zwischenzeit in Schweinfurt erreicht hatten. Nach dem Frühstück war er zum Bahnhof gefahren, um ihnen Zugtickets für die Fahrt nach Schweinfurt zu kaufen. So planten sie einen Umweg, bevor es zurück nach Stralsund ging. Weder Sally noch Anna ahnten, dass sie die beiden in der neuen Heimat besuchen wollten. Und mit etwas Glück hatten sie bereits ein geeignetes Ladenlokal gefunden. Dann würde Leonhard ihnen gleich den Mietvertrag unterzeichnen, und alles konnte seinen Gang nehmen.

Flora wandte sich an das Kindermädchen. »Sind die Koffer gepackt?«

Magda nickte. »Ich kann mich um die Kutsche kümmern, die uns zum Bahnhof bringt.«

»Hervorragend«, meinte Flora. »Dann nutzen wir die Zwischenzeit für einen kleinen Spaziergang mit Alfred und Heinrich, bevor wir abreisen.« Das Kindermädchen zog sich zurück, um alles Nötige zu veranlassen.

Flora klatschte unternehmungslustig in die Hände. »Und jetzt sehen wir, ob wir Brezeln für euch bekommen«, sagte sie zu ihren Söhnen.

»Au ja – Brezeln!« Heinrich und Alfred quietschten vor Begeisterung, während sie von Floras Knien rutschten. »Ich habe auf dem Weg hierher eine Bäckerei gesehen«, bemerkte sie, bevor sie ihren großen Lederkoffer zuklappte. »Die können wir jetzt aufsuchen.«

»Lass mich noch rasch den Brief zu Ende schreiben, dann kann ich ihn gleich auf dem Postamt aufgeben«, bat Leonhard sie und griff wieder zu seinem Federhalter. »Ich komme nach, so schnell ich kann, einverstanden?«

Flora nickte. »Vater hat noch zu arbeiten«, sagte sie an die Kinder gewandt. »Wir werden uns solange Bamberg ansehen, habt ihr Lust?«

Alfred nickte. »Ich bin schon so gespannt«, plapperte er munter drauflos.

»Und dann eine Brezel«, verlangte Heinrich.

»Versprochen ist versprochen«, stimmte Flora zu.

Sie sind noch so klein und haben doch schon viele Städte kennengelernt, dachte sie mit einem gewissen Stolz. Die Kinder konnten sich immer wieder für neue Orte begeistern, wenn sie zu viert verreisen mussten, weil es die Geschäfte erforderten. Manchmal fragte sie sich, ob sie nicht besser eine normale Kindheit gehabt hätten. Andererseits erlebten sie so Dinge, die anderen kleinen Kindern nicht vergönnt waren.

Insgesamt war es ein schöner Aufenthalt in Bamberg gewesen, überlegte Flora, wenngleich das Familientreffen sie immer noch beschäftigte. Während sie Alfred und Heinrich für den Ausflug vorbereitete, hoffte sie inständig, Onkel Chaskel vor ihrer Abreise nicht noch einmal zu begegnen.

*

»Ich finde das Geschäft immer noch wie geschaffen für unser Vorhaben«, schwärmte Anna am Nachmittag. Das Angebot von Richard Köhler, sie zurück zum Haus von Annas Eltern zu fahren, hatten sie dankend abgelehnt. So hatte sich der Makler nach dem gemeinsamen Mittagessen formvollendet verabschiedet und das Paar allein gelassen. Es war ein Leichtes für Anna gewesen, Sally zu einem kleinen Bummel durch ihre Heimatstadt zu überreden. Sie waren durch die kleinen, teils verwinkelten Straßen flaniert und hatten sich das Angebot anderer Geschäfte angesehen. Nichts wäre schlimmer gewesen, als einen Laden mit vergleichbarem Angebot zu entdecken. Es gab den Modebasar von Louis Viet ein paar Straßen weiter sowie eine Hutmacherei, die auch in der Spitalstraße angesiedelt war. Niemand aber, so schien es, handelte mit Weiß- und Posamentierwaren.

Irgendwann standen sie wieder vor dem leer stehenden Gebäude, das Köhler ihnen am Vormittag gezeigt hatte. Beim Anblick der großen Fenster schlug Annas Herz gleich wieder ein paar Takte schneller. »Sieh nur«, sagte sie, »hier könnten wir Modepuppen aufstellen.« Sie marschierte zum anderen Fenster. »Und hier«, sagte sie, »können wir Stoffe und Tücher präsentieren.«

Sally folgte ihr mit einem eigenartigen Lächeln auf den Lippen. »Du bist verliebt«, stellte er fest.

Anna musste lachen. »So könnte man es sagen. Ich kann es kaum erwarten, das Haus mit Leben zu füllen.«

»Es ist aber ein großes Haus.«

»Sally, manchmal bist du anstrengend.« Sie puffte ihn spielerisch in die Seite. »Wir schaffen das schon!«

»Mit dir schaffe ich wohl wirklich alles.« Er nickte nachdenklich, während sein Blick die Fassade hinaufwanderte. »Aber die zweite Etage? Ist das nicht zu viel?«

Anna rollte mit den Augen. »Mein Gott, Sally, wo ist deine Abenteuerlust geblieben?«

»Ich fürchte, die hat mein Schwager mir abgewöhnt.« Sally zuckte mit den Schultern. »Er hat mich erwachsen werden lassen.«

»Dann zeig mal wieder ein bisschen von deinem alten Wagemut!« Trotzig stemmte sie die Hände in die Hüften. »Das hier«, sie deutete auf den Laden, »könnte der Anfang zu etwas Großem sein!«

Sally schien nachzudenken. »O Mann«, machte er schließlich. »Wie gern würde ich mich mit Flora und Leonhard beraten. Der Laden ist wie gemacht für uns – wäre da nicht die zweite Etage. Wir bezahlen viel Miete für zwei Etagen, benötigen aber eigentlich nur den Verkaufsraum im Erdgeschoss.«

»Man könnte vielleicht auf der zweiten Etage auch eine kleine Fabrik einrichten«, überlegte Flora. »Und wenn Leonhard sich dann doch weiter vergrößern will, kann er die Fabrik auslagern und den Raum als Verkaufsfläche nutzen.«

»Es gibt sicher viele Möglichkeiten, die würde ich aber gern mit den beiden besprechen«, wiederholte Sally und versenkte die Hände in den Hosentaschen.

»Aber denk doch nur daran, wie schön unser Laden ist«, rief Anna aus. »Ich bin überzeugt davon, dass die zweite Etage sowohl Leonhard als auch Flora gefallen wird.«

Jetzt musste Sally lachen. »Du bist unverbesserlich, Kleines.«

»Weil ich unseren Traum lebe?«

»Nein, weil du keine Gegenargumente an dich heranlässt.«

»Aber stell dir mal vor, dies könnte das erste richtige Warenhaus für Flora und Leonhard werden.«

»Ich weiß, was du meinst.« Sally war ernst geworden. »Lass mich eine Nacht darüber schlafen, und morgen treffen wir eine Entscheidung.«

»Einverstanden.« Anna nickte. »Komm«, sagte sie, »jetzt zeige ich dir, wie ich meine Kindheit verbracht habe.«

Sally hatte keine Einwände. Nachdem er ein letztes Mal an der Fassade des Geschäftshauses emporgeblickt hatte, folgte er ihr und ließ sich geduldig Anekdoten aus Annas Kindheit erzählen. Langsam, so stellte sie beruhigt fest, entspannten sich seine Gesichtszüge. Insgeheim war sie sich sicher, ihn von ihrer Sicht der Dinge überzeugen zu können. Bald würde der Laden ihnen gehören!

Kapitel 30

»Und?«

Josephine zuckte erschrocken zusammen, als Eduard hinter ihr den Kopf durch den Vorhang steckte. Soeben hatte eine Kundin den Laden verlassen, der sie gleich ein paar Meter teuersten Stoffes hatte verkaufen können.

Hannah hatte sie vorzeitig nach Hause geschickt, weil sich das Lehrmädchen offenbar den Magen verdorben hatte. Es war nicht viel los an diesem Abend, und Josephine war sicher, dass sie die Arbeit auch allein schaffen würde.

»Hast du mich erschreckt«, sagte sie vorwurfsvoll. Wirklich böse sein konnte sie dem hilfsbereiten Kommis aber nicht.

Mit einer schuldbewussten Miene trat Eduard in den Laden und murmelte eine Entschuldigung. »War er denn schon da?«

Josephine wusste, dass er Georg Wertheim meinte. »Nein«, sagte sie seufzend. »Und ich weiß nicht, ob ich darüber erleichtert sein oder mich noch mehr ängstigen sollte.«

Eduard zuckte mit den Schultern. »Er wird kommen, es ist nur eine Frage der Zeit. Und so, wie ich ihn einschätze, ist ihm klar, dass Herr und Frau Tietz nicht ewig weg sein werden. Also muss er die Gunst der Stunde nutzen. Solange wir auf uns allein gestellt sind, wiegt er sich in Sicherheit.«

»Das ist ja das Schlimme«, nickte Josephine.

»Wir werden uns von Wertheim nicht ins Bockshorn jagen lassen, Josephine. Ich helfe dir, und er wird den Kürzeren ziehen, jede Wette!« Er lächelte sie gewinnend an.

»Dein Wort in Gottes Ohr«, murmelte Josephine, doch Eduard

hatte ihr die Angst ein wenig nehmen können. Trotzdem fürchtete sie den Augenblick des Wiedersehens mit Georg Wertheim.

*

»Da wären wir.« Leonhard betrachtete zufrieden die Villa am Fuße des Weinberges, bevor er den schweren Koffer anhob und ihn leicht schnaufend in Richtung Einfahrt trug. Magda nahm eine kleine Reisetasche und den kleineren der beiden Koffer, während Flora Alfred und Heinrich an den Händen hielt.

Es duftete nach Trauben, und die Abendsonne schien warm auf sie herab. Das saftig grüne Blattwerk der Reben schien zu leuchten. Dazwischen sah Flora die winzigen bunten Farbtupfer der Trauben. Die dicht bewachsenen Reben zogen sich bis zum Grundstück und mündeten in einen großen Garten. Die Pflanzen hier waren von der Sonne verwöhnt und wuchsen prächtig. Annas Eltern wohnten äußerst idyllisch, fand Flora. »Wir hätten unseren Besuch wenigstens ankündigen sollen«, überlegte sie besorgt.

Alfred zupfte an Floras Hand. »Wer wohnt denn hier?«, erkundigte er sich.

»Hier wohnen die Eltern von Tante Anna und Onkel Sally«, erklärte sie.

Alfred machte große Augen. Auch Heinrich schien sehr beeindruckt von dem Anwesen der Familie Abel zu sein.

»Bekommen wir auch mal so ein Haus?«, fragte er.

Flora warf Leonhard einen verschwörerischen Blick zu.

»Natürlich, mein Sohn.« Leonhard streichelte Heinrich über das Haar. »Lange dauert es nicht mehr, dann werden wir in der Villa Tietz wohnen.«

»Wann denn?«, hakte Heinrich nach.

»Bald schon, mein Junge.«

»Ja, wir wollen die Villa Tietz!«, rief Alfred und warf die Arme in die Luft. Auch Heinrich vollführte einen kleinen Tanz.

Villa Tietz, dachte Flora glücklich. *Das klingt gut. Leo hat unseren Traum also nicht vergessen.*

»Und was tun wir hier?«, fragte Alfred.

»Wir besuchen Anna und Sally, und wir wollen sehen, ob sie schon einen passenden Laden gefunden haben, in dem wir unser zweites Geschäft eröffnen können.«

»Werden wir dann hier wohnen?« Alfred zeigte auf das prächtige Haus der Familie Abel.

Leonhard lachte. »Nein, Alfred. Wir werden ...«

»... in der Villa Tietz wohnen, habe ich mir gemerkt.« Heinrich unterbrach den Tanz und kicherte albern.

Flora musste lachen. Sie beneidete die Kleinen. Für Kinder war die Welt noch kunterbunt und unbeschwert.

»Komm, Alfred.« Flora nahm ihn wieder an die Hand, Magda setzte sich in Bewegung und folgte ihnen. Leonhard war bereits vorangeschritten. Das große, schmiedeeiserne Tor der Einfahrt zum Anwesen stand offen. Es gab mächtige Säulen und breite Stufen, die zum Hauseingang führten. In der umliegenden Gartenanlage waren zwei Gärtner mit dem Rasenschnitt beschäftigt. Der weiße Kies der Einfahrt knirschte unter Leonhards Schuhen. »Was ist, wo bleibt ihr denn?«

Flora seufzte. »Wir kommen schon.« Es war ihr ein wenig unangenehm, bei fremden Leuten aufzutauchen, um nach Anna und Sally zu fragen. Ihr wäre es lieber gewesen, wenn sie ihr Kommen vorher angemeldet hätten, doch dazu hatte es keine Gelegenheit gegeben. Während andere Städte erste Fernsprecher hatten, gab es weder in Bamberg noch in Schweinfurt schon Telefonleitungen.

»Lass mich nur machen«, munterte Leonhard sie auf, der wohl ihre Gedanken erraten hatte. »Ich bin sicher, dass ich mit Annas Vater reden kann.« Am Fuß der Treppe stellte er erleichtert den großen Koffer ab.

»Wie du meinst, Leo.«

Als alle an der Treppe angekommen waren, erklomm Leonhard die Stufen zum Portal und betätigte den massiven Türklopfer, der die Form eines brüllenden Löwen hatte. Es dauerte nicht lange, bis ihnen von einem jungen Dienstmädchen geöffnet wurde. »Sie wünschen?«

»Guten Tag, mein Name ist Leonhard Tietz. Das sind meine Frau Flora, meine Söhne Heinrich und Alfred und unser Kindermädchen. Wir würden gern zu Sally Baumann und seiner Verlobten Anna Abel.«

Die Augen der Bediensteten wurden groß, als sie den Namen Tietz hörte. Sie deutete einen Knicks an und bat die Besucher ins Haus. »Ich melde Sie bei den Herrschaften an.« Ohne eine Antwort abzuwarten, wandte sie sich um und verschwand im oberen Stockwerk des Hauses.

Flora nutzte die Zeit, um das Ambiente der Villa auf sich wirken zu lassen. Es gab eine Sitzecke neben der Treppe ins obere Stockwerk, teure Läufer auf dem Marmorboden und riesige Ölgemälde an den mit Stuck verzierten Wänden. Alle Bilder zeigten Motive der näheren Umgebung. Sie sah eine Landpartie, gefällige Weinberge über dem Fluss und die Gebäude eines Straßenzuges, anscheinend in Schweinfurt.

Alfred blickte sich staunend um. Er war sichtlich beeindruckt von der edlen Einrichtung. Flora hatte nicht gedacht, dass mit einer Weinkellerei genug zu verdienen war, um sich eine derartige Villa leisten zu können. Flora strich Alfred über die Wange. »Gefällt es dir?«

»Es ist sehr groß.«

Flora lachte leise. »Ja, mein Schatz, das ist es wirklich.« Sie warf Leonhard einen sehnsuchtsvollen Blick zu. Er schien sie zu verstehen, trat an ihre Seite und raunte ihr ins Ohr: »So in der Art stellst du dir die Villa Tietz vor, oder irre ich mich?«

»Nein«, lachte Flora, »du irrst dich nicht, Liebster. Ich kann es kaum erwarten, bis wir in so einem schönen Zuhause leben.« Sie stellte sich auf die Zehenspitzen und gab ihm einen Kuss auf die Wange. Gerade, als sie sich von ihm löste, brach am oberen Treppenabsatz die Hölle los.

»Ich glaube es nicht«, rief Sally übermütig, »Anna, kannst du mich bitte zwicken, ich glaube, ich träume!«

»Sie sind es wirklich«, lachte Anna, während das junge Paar die Treppe herunterstürmte. »Wie schön, dass ihr hier seid!«

Die Begrüßung fiel herzlich aus, und schon wenig später erfuhren Leonhard und Flora, dass den beiden das Haus im Moment allein gehörte. Annas Eltern befanden sich auf einer Geschäftsreise in Berlin.

»Was führt euch zu uns?«, fragte Sally schließlich.

»Die Sehnsucht nach meinem kleinen Bruder«, behauptete Flora.

»Und die Neugier auf das, was ihr in den letzten Tagen erreicht habt«, fügte Leonhard hinzu. »Sicher gibt es viel zu erzählen.«

Anna ging vor Alfred und Heinrich in die Knie. »Wollt ihr mal sehen, wo ich groß geworden bin?«

»Hier«, sagte Heinrich vorlaut, breitete die Arme aus und drehte sich um die eigene Achse. »In diesem Schloss!«

Anna lachte. »Ein Schloss ist es nun nicht gerade, aber es war sehr schön, hier aufzuwachsen. Mein Mädchenzimmer existiert tatsächlich noch, meine Mutter hat nichts verändert, seitdem ich ausgezogen bin. Möchtet ihr es sehen?«

»Au ja!«

Anna wandte sich an Magda, um ihr den Weg zu ihrem Kinderzimmer zu erklären. Dann setzten sich die drei in Bewegung, und die Erwachsenen waren unter sich.

»Es gibt tatsächlich viel zu erzählen«, sagte Anna.

»Und wir benötigen euren Rat«, fügte Sally mit ernster Miene hinzu. »Doch zunächst: Wie war das Familientreffen in Bamberg?«

»Aufregend«, sagte Flora trocken. »Das müssen wir euch in Ruhe erzählen.«

»Darf ich wissen, was deine Eltern beruflich machen?«, fragte Leonhard an Anna gewandt. Flora konnte erkennen, dass er vor Neugier fast platzte. »Ich meine, dieses Haus, diese Villa … das ist schon sehr beeindruckend.«

»Meinem Vater gehört das Weingut Abel«, erklärte Anna. »Deshalb hat er sich vorgestellt, dass ich jemand Reiches heirate und mein Mann das Gut eines Tages übernimmt.« Sie lachte. »Aber ich habe mit Wein nicht viel am Hut, und der Beruf als Ladenmädchen gibt mir viel mehr Unabhängigkeit.«

»Das kann ich nachvollziehen«, meinte Flora. »Ein eigenes Einkommen ist nicht zu verachten.«

Anna wechselte das Thema »Sicher habt ihr die zahlreichen Weinberge auf der Anreise gesehen?«

»Selbstredend. Und die gehören alle deiner Familie?«, fragte Leonhard.

»Nicht alle, aber viele davon.«

»Beeindruckend«, wiederholte Leonhard. Flora sah ihm an, dass er bereits darüber nachdachte, auch noch Wein in das Sortiment ihrer Läden aufzunehmen. Der Ideenreichtum ihres Mannes kannte keine Grenzen.

*

Es war schon recht spät, als sie den Laden zusperrte. Die Schatten in den Straßenschluchten von Stralsund wurden länger, und die Sonne war bereits untergegangen. Wer nicht unbedingt noch unterwegs sein musste, war längst zu Hause. Abends trieben sich zwielichtige Gestalten in der Hafenstadt herum, und Josephine hatte eigentlich nicht vorgehabt, sich dieser Gefahr auszusetzen.

Sie musste bei der Arbeit die Zeit vergessen haben und hatte viel zu spät Feierabend gemacht. Obwohl sie den Heimweg fürchtete, so freute sie sich auch nicht wirklich darauf, nach Hause zu kommen. Zu viele schlimme Erinnerungen verband sie mit der Wohnung der Eltern. Doch noch konnte sie nicht ausziehen, sie musste zuerst ihr Gehalt sparen, um sich irgendwo eine Kammer leisten zu können.

Unschlüssig verharrte sie vor der Ladentür. Sie bereute, dass sie Eduards Angebot, sie nach Hause zu begleiten, abgelehnt hatte. Josephine hatte den Eindruck, dass er ein wenig gekränkt gewesen war, als sie ihn vorhin nach Hause geschickt hatte. *Vielleicht*, überlegte sie, *sollte ich ihm gegenüber nicht so abweisend sein.* Sicher, Eduard sah nicht so gut aus wie Sally, doch er bemühte sich um sie und stand zu ihr. Sie erwischte sich bei der Frage, wie sie reagieren würde, wenn er sie zu einem Kaffee einlud. Sicher würde sie ihm dann keinen Korb erteilen. Vielleicht wäre es sogar ganz schön, mit Eduard auszugehen. Fast hoffte sie, dass er sich damit nicht mehr allzu viel Zeit ließ.

In Gedanken bei Eduard trat sie schließlich den Heimweg durch die verlassenen Straßen Stralsunds an. Obwohl sie mehrmals das Gefühl hatte, beobachtet zu werden, wandte sie sich kein einziges Mal um, sondern starrte stur geradeaus.

Das metallische Rumpeln eines Gespanns auf dem Kopfsteinpflaster, das sich von hinten näherte, ließ sie zusammenzucken. Ihr Herz klopfte wie wild, während sie ihre Schritte beschleunigte. Josephine vermied es auch jetzt, sich im Gehen panisch umzublicken. *Nur keine Schwäche zeigen*, rief alles in ihr. Außer ihr und dem Fuhrmann befand sich niemand auf der Straße. Im Wirtshaus an der Ecke brannte noch Licht. Stimmengewirr und wildes Gelächter von den Männern in der Schankwirtschaft drangen gedämpft auf die verlassene Straße. Von dort konnte sie keine Hilfe erwarten.

Pferd und Wagen näherten sich rasch. Gegen das Vehikel hatte Josephine keine Chance. Dennoch legte sie noch einmal an Tempo zu. Sie hoffte inständig, dass das Fuhrwerk einfach an ihr vorbeifahren würde. Doch das ungute Gefühl blieb, nein, es verstärkte sich sogar. Josephines Atem ging rasselnd, inzwischen rannte sie, so schnell sie konnte.

Auch der Kutscher beschleunigte seine Fuhre. Offenbar erkannte der Mann, dass sie Angst hatte. »Bleiben Sie stehen!«, gellte seine tiefe Stimme durch die Straße. »Warten Sie!«

Josephine antwortete dem Mann nicht und richtete den Blick weiter starr nach vorn. Sie musste gegen das Ohnmachtsgefühl ankämpfen, das von ihr Besitz ergriff. Josephine hörte, wie die Peitsche knallte und der Mann seine Pferde zur Eile antrieb.

Nun bestand kein Zweifel mehr, dass der Mann etwas von ihr wollte. Aus dem Augenwinkel sah sie die Fuhre jetzt neben sich auftauchen. Wie ein mächtiger Schatten schob sich das Gespann auf sie zu und kam unaufhaltsam näher. Bald schon hatte es sie eingeholt. Das Herz pochte Josephine bis zum Hals. Sie spürte, wie ihr schwindlig wurde. Grelle Lichtpunkte tanzten vor ihren Augen. *Es hat keinen Sinn*, sagte sie sich und verlangsamte ihre Schritte. Als Josephine den Blick nach links wandte, sah sie eine prächtige schwarze Kutsche mit stolzen Pferden. Der Mann auf dem Bock trug eine dunkle Uniform. Nun lagen die Zügel locker in seinen Händen. Er lächelte sie an. »Warum laufen Sie denn weg?«

Das Pferd schnaufte. Josephine blieb stehen und presste keuchend eine Hand in ihre Seite, wo sie einen stechenden Schmerz verspürte. »Sie?«, fragte sie entsetzt, als sie den Kutscher wiedererkannte. Bevor der Mann auf dem Bock etwas antworten konnte, öffnete sich der Wagenschlag. Ein vornehm gekleideter, hochgewachsener Herr mit Hut stieg aus. Er nutzte einen Gehstock mit silbernem Knauf, als er langsam auf Josephine zukam.

»Guten Abend, junge Dame.« Sein Lächeln wirkte gekünstelt. »Ich frage mich, warum du vor mir flüchten wolltest.« Er lachte trocken. »Ein schier sinnloses Unterfangen.«

Warum nur habe ich Eduard nach Hause geschickt?, schrie Josephine in Gedanken. Sie würde alles dafür geben, ihn jetzt an ihrer Seite zu haben. Doch sie durfte sich keine Schwäche anmerken lassen. »Was wollen Sie?«

Georg Wertheim trat einen Schritt näher. »Ich wollte mich erkundigen, ob du über mein Angebot nachgedacht hast. Ich kann mir nur schwer vorstellen, dass du mir eine Absage erteilst.« Er legte eine Pause ein, bevor er fortfuhr. »Also: Wie lautet deine Antwort?«

»Ich bin dabei.« Sie konnte ihm nicht in die Augen sehen und senkte den Blick. »Sie können mir Ihre Fragen stellen.«

Wertheim nickte wohlwollend. »Gut«, sagte er und deutete mit dem Stock auf seine Kutsche. »Dann sollten wir die Fahrt nun gemeinsam fortsetzen.«

»Ich steige da nicht ein.«

»Wie stellst du dir unsere kleine Zusammenarbeit denn sonst vor?« Das Lächeln auf seinen schmalen Lippen gefror. »Man soll dich schließlich nicht mit mir sehen, du dummes Mädchen. Steig ein!«, befahl er mit schneidender Stimme, die keinen Widerspruch duldete.

Alles in Josephine sträubte sich dagegen, doch es half nichts. Sie hatte sich dazu entschlossen, auf seine Bedingungen einzugehen – zumindest zum Schein –, und jetzt konnte sie nicht kneifen. Ins Zuchthaus sollte er sie auf keinen Fall bringen können. Also leistete sie der Aufforderung Folge und stieg zu ihm in die Kutsche. Wertheim klopfte mit dem Stock gegen das Holz des Aufbaus, und das Gefährt setzte sich langsam in Bewegung.

Sie dachte an das Gespräch mit Eduard und erinnerte sich daran, dass er Wertheim verprügeln wollte, wenn er ihr zur Gefahr wurde. Der Gedanke hatte durchaus seinen Reiz, er nutzte Josephine in dieser Situation allerdings nicht viel. So blieb ihr nichts anderes übrig, als sich in ihr Schicksal zu fügen.

»Was wollen Sie wissen?«, fragte Josephine, während die Häuser der Ossenreyer Straße langsam an ihnen vorüberzogen.

»Alles«, antwortete Wertheim. »Ich möchte über Leonhard Tietz und seine Pläne unterrichtet werden.«

»Wie stellen Sie sich das vor?«, konterte Josephine. »Ich bin ein unbedeutendes Ladenmädchen und arbeite noch nicht lange genug bei Tietz, um viel mitbekommen zu haben.« Josephine sah Wertheim ins Gesicht. »Man wird mich auch so bald nicht in die Betriebsgeheimnisse einweihen.«

»Das ist sicher sinnvoll, da man ja nicht wissen kann, wie geschwätzig du so bist.« Er grinste wie ein Haifisch und zeigte ihr seine Zähne. »Dennoch könnte ich mir gut vorstellen, dass du Zutritt zum Büro hast. Dort lagern sämtliche Geschäftsunterlagen. Ich möchte, dass du sie ab morgen aufmerksam liest und dir alles, was für mich von Interesse sein könnte, einprägst.«

Tatsächlich erinnerte sich Josephine an einen großen Schrank im Büro von Flora und Leonhard Tietz. Dort befanden sich die Geschäftsbücher, Bestellungen, Rechnungen, Briefe. Jetzt wunderte sie sich fast ein wenig darüber, dass sie, ein bloßes Ladenmädchen, uneingeschränkten Zugriff auf die Bücher hatte.

Weil sie mir vertrauen, durchzuckte es sie mit einer Mischung aus Stolz und schlechtem Gewissen. Und nun soll ich dieses Vertrauen ausnutzen, um Georg Wertheim mit Informationen zu versorgen. Mit einem Mal war es ihr nicht möglich, Eduards Plan in die Tat umzusetzen. Wie sollte sie Wertheim glaubhaft belügen? Was, wenn er dahinterkam? Und ihm echte Informationen zu übermitteln, stand außer Frage. Josephine bekam vor Angst kaum noch Luft.

»Ich möchte aussteigen«, keuchte sie.

Seine Miene versteinerte. »Wie bitte?«

»Ich möchte aus dem Geschäft aussteigen!«

»Bedaure, das ist nicht möglich.« Langsam schüttelte er den Kopf.

»Wir haben jetzt eine Abmachung.« Er lachte verächtlich. »Oder möchtest du zurück in die Zelle, weil du deinen Vater halb totgeschlagen hast?«

»Es war Notwehr!«, gellte Josephines Stimme durch den Wagen.

»Das liegt im Auge des Betrachters.« Er wandte den Blick nach draußen. »Wir sind da.« Er klopfte wieder mit dem Stock an die Kabinenwand, und die Kutsche blieb stehen.

Als Josephine einen Blick aus dem Fenster wagte, erkannte sie ihr Elternhaus. *Vom Regen in die Traufe*, dachte sie verbittert, als der Kutscher ihr die Tür öffnete und sie aussteigen konnte. So schnell sie konnte, lief sie zum Hauseingang. Josephine hörte, wie sich das Gespann hinter ihr wieder in Bewegung setzte. Ihr war schmerzhaft bewusst, dass sie einen Pakt mit dem Teufel geschlossen hatte.

*

Die Arbeit im Kontor bereitete Eduard große Freude. Es machte ihm Spaß, Verantwortung zu übernehmen und seinen Vorgesetzten Sally würdevoll zu vertreten. Zwar fiel er abends todmüde in das einfache Bett seiner Schlafkammer, doch fühlte er sich dabei gleichermaßen erschöpft und glücklich. Und seit zwei Tagen war da noch etwas, das ihn beflügelte, morgens in aller Frühe in den Laden zu kommen: Josephine, die Neue, hatte es ihm angetan. Sie war wunderschön und hatte ein Lächeln, das ihn um den Verstand brachte. Immer, wenn er in einem stillen Moment die Augen schloss, bildete er sich ein, ihr glockenhelles Lachen zu hören. Bisher hatte Eduard sich aus Mädchen nicht viel gemacht. Für eine Hochzeit fühlte er sich noch zu jung, und auch seine Eltern hatten ihm geraten, zunächst eine Lehre zu machen und anschließend eine gut bezahlte Arbeit zu finden, bevor er eine Familie zu ernähren hatte. Zwar hatte er inzwischen die Lehre absolviert und bekam nun ein festes Gehalt, doch für die Gründung einer Familie fühlte er sich immer noch zu jung und unerfahren. Er wollte noch etwas von der Welt sehen, vielleicht verreisen. Er, ein einfacher Junge von Rügen, wollte erst einmal ankommen in der Welt der Erwachsenen.

Doch seit zwei Tagen hatte sich die Einstellung des Jungen komplett verändert. Er dachte oft, sehr oft, an Josephine Thalbach.

Vorgestern allerdings hatte sie ihm eine unglaubliche Geschichte über Georg Wertheim erzählt. Wertheim erpresste das Mädchen. Allein der Gedanke an diese Unverfrorenheit genügte, um das Blut in Eduards Adern zum Kochen zu bringen. Wenn er eines hasste, dann Ungerechtigkeit und Machtspielchen. Er würde Josephine vor diesem Wertheim beschützen, das hatte er sich fest vorgenommen. Nur fehlte ihm eine gute Idee, wie er Wertheim in die Schranken weisen konnte. Diese Hilflosigkeit brachte ihn geradezu um den Verstand. Wie konnte er sich nur schützend vor Josephine, vor seine Josephine stellen? Er war so tief in Gedanken, dass er die sich nähernden Schritte nicht bemerkte. Er seufzte tief.

»Oje, so schwer?«

Erschrocken fuhr er herum, als eine tiefe Stimme hinter ihm ertönte. Der Mann, der gerade das Kontor betreten hatte, lächelte ihn verständnisvoll an.

»Herr Tietz«, stammelte Eduard, warf den Bleistift auf die Schreibplatte und erhob sich von seinem knarrenden Stuhl. »Was gibt mir die Ehre?«

»Warum so förmlich?« Hermann Tietz trat lächelnd näher.

»Was tun Sie hier?« Eduard biss sich auf die Lippe. Der alte Tietz hätte seine Frage als frech und übergriffig empfinden können, doch er lächelte nur und wirkte versonnen.

»Ich vertrete meinen Neffen und seine zauberhafte Frau in den nächsten Tagen. Sie sind im Anschluss an das große Familientreffen in Bamberg noch nach Schweinfurt gefahren, wo sie sich um die

Eröffnung des zweiten Ladens kümmern wollen. Solange bin ich für euch da, mein Junge.«

»Das ist gut zu wissen.« Eduard atmete erleichtert auf.

Tietz legte eine Hand auf die Schulter des Jungen und deutete mit dem Kinn auf die Bücher, die Eduard vor sich liegen hatte. »Kommst du zurecht?«

»Natürlich.« Eduard nickte eifrig. »Die Arbeit bereitet mir große Freude, und ...«

Tietz zog sich einen Stuhl heran und setzte sich zu ihm. »Und warum seufzt du dann so gequält?«

»Ich ... es ist nur so, dass ich ...« Eduard suchte nach den richtigen Worten, fand sie aber nicht und schüttelte hilflos den Kopf.

»Dann liegt es nicht an der Arbeit?« Tietz warf einen flüchtigen Blick auf die von Eduard geführten Listen der Lagerbestände.

»Nein.« Eduard fühlte sich ertappt und vermied es, Tietz anzuschauen.

»Dann sind es private Probleme, die dir zu schaffen machen?«

»Auch nicht.« Eduard rang mit sich. Er überlegte, ob es richtig war, Tietz vom Besuch Georg Wertheims bei Josephine zu erzählen. Würde sie sich von ihm verraten fühlen? »Es geht um das Ladenmädchen.«

»Um Josephine?« Der Blick seines Gegenübers verfinsterte sich, auf seiner Stirn stand eine steile Sorgenfalte.

»Ja.«

»Hat sie wieder etwas angestellt?«

»Nein, das ist es nicht.« Eduard rang die Hände. Dann fasste er sich ein Herz und berichtete dem alten Kaufmann, was sich in den letzten Tagen ereignet hatte. Tietz hörte ihm aufmerksam zu und unterbrach ihn kein einziges Mal. Als Eduard schließlich seine Ausführungen beendet hatte, nickte er. »Ich danke dir für deine Offenheit, Junge.« Tietz erhob sich und streckte den Rücken durch.

»Was … was passiert denn jetzt?«, fragte Eduard. Er wollte um nichts in der Welt Ärger mit Josephine haben. Plötzlich bezweifelte er, ob es richtig gewesen war, Hermann Tietz von dem Zwischenfall zu berichten. Doch Tietz zerstreute seine Zweifel mit einem väterlichen Lächeln. »Was jetzt passiert?«, fragte er. »Ich werde mich der Sache natürlich annehmen.« Damit ließ er Eduard im Kontor zurück.

Kapitel 31

Sie standen am Abend noch auf der Veranda der Villa Abel und genossen die milde Luft. Anna und Sally hatten sich bereits zurückgezogen. So nutzten Leonhard und Flora die Ruhe, um den milden Sommerabend bei einem Glas fränkischen Wein ausklingen zu lassen. Für Floras Geschmack wies der Riesling ein wenig zu viel Säure auf, doch sie genoss den edlen Tropfen trotzdem.

Von hier aus konnten sie den wundervollen Ausblick auf Schloss Mainberg, das sich in die Weinberge schmiegte, genießen. Die strahlend weiße Fassade des Gemäuers schien im Abendlicht zu glühen. Unter ihnen glitzerte der Fluss. Nur die Gleise der Eisenbahn, die an dieser Stelle parallel zum Main verliefen, störte das idyllische Bild ein wenig. Die warme Sommerluft duftete fruchtig. »Ich könnte mir durchaus vorstellen, dass die zweite Verkaufsetage der Vision von Onkel Hermann sehr nahekommt.« Leonhard betrachtete seine Frau nachdenklich. »Auf der anderen Seite verstehe ich die Bedenken deines Bruders. Mein Plan war ja, das Risiko beim zweiten Geschäft so gering wie möglich zu halten. Bei einem so großen Laden ist die Miete natürlich entsprechend hoch, besonders dafür, dass wir keinerlei Erfahrung darin haben, wie sich die Kaufkraft der Menschen in Schweinfurt entwickeln wird.«

Flora sah ihren Mann nachdenklich an. Sie hatten mit Sally und Anna einen zweiten Besichtigungstermin des Geschäftshauses an der Spitalstraße wahrgenommen, bei dem es sich Köhler natürlich nicht hatte nehmen lassen, sämtliche Vorzüge des Hauses anzupreisen. *Über die Höhe der Miete werden wir uns sicher einig*, hatte er abschließend versprochen – und damit Leonhards empfindlichsten Nerv getroffen.

»Der Laden in Stralsund platzt bereits jetzt aus allen Nähten«, gab Flora zu bedenken. »Wir wissen gar nicht mehr, wohin mit den …«

»Ich hab es!«, rief Leonhard dazwischen. »Warum bin ich darauf nicht schon längst gekommen?«

»Wovon redest du, Leo?« Flora hob fragend eine Augenbraue.

»Von der fehlenden zweiten Etage!«

»Ich fürchte, du sprichst in Rätseln, Liebster. Der Laden hier hat doch zwei Etagen.«

»Stralsund«, rief er aufgeregt und strahlte. »Ich rede von unserem Laden in Stralsund. Er ist schon wieder zu klein geworden. Jetzt weiß ich, wie wir die Verkaufsfläche vergrößern können!«

Langsam dämmerte Flora, was Leonhard vorhatte. »Du meinst, wir könnten auch in Stralsund unsere Waren auf zwei Etagen präsentieren?«

»So ist es.« Er schüttelte über sich selbst den Kopf. »Die genialsten Ideen sind oft die einfachsten. Warum bin ich nicht schon früher darauf gekommen?«

In der ersten Etage des Stralsunder Geschäfts befand sich eine kleine Wohnung, die einige der Arbeiter zum Übernachten benutzten. Doch inzwischen beschäftigten sie zehn Mitarbeiter, und es wurde eng. »Du kannst die Leute nicht vor die Tür setzen«, gab Flora zu bedenken.

»Wir werden eine Lösung finden«, meinte Leonhard, der in seiner Euphorie kaum zu bremsen war. »Dann haben wir künftig zwei Läden mit zwei Etagen.« Begeistert rieb er sich die Hände.

»Das wäre genau das, wovon ich immer geträumt habe«, räumte Flora ein und lächelte versonnen. »Wenn ich die Augen schließe, sehe ich beide Etagen voller Menschen, die wir für unsere Angebote begeistern.«

»Damit kämen wir Onkel Hermanns Vorstellungen schon sehr nahe«, stimmte Leonhard ihr zu, während er die bunten Applikationen auf dem Weinglas in seiner Hand bewunderte.

Floras Wangen glühten vor Aufregung. »Meinst du wirklich, wir sollten es versuchen?«

Leonhard sah sie ernst an. »Bella, du weißt, dass ich das Risiko üblicherweise so gering wie möglich halte.« Nun lächelte er. »Was nicht heißt, dass wir in diesem Fall nicht einmal eine Ausnahme machen könnten.«

Floras Herz hüpfte vor Freude. Sie stellte das Weinglas auf den kleinen Tisch und fiel ihm in die Arme. »Oh, Leo«, rief sie, »das klingt traumhaft!« Sie kuschelte sich an ihn und genoss seine Wärme. »Wir werden erfolgreich sein, jede Wette!«

»Es freut mich, dass du so optimistisch bist und so sehr an mich glaubst.« Er lächelte sanft. »Ich bin frohen Mutes, dass wir uns auch auf deinen Bruder und Anna verlassen können. Morgen werde ich den Mietvertrag bei Köhler unterzeichnen, und dann können die beiden mit der Arbeit beginnen.«

Seine Worte klangen wie Musik in Floras Ohren. »Werden wir noch hierbleiben, um ihnen zu helfen?«

»Ein paar Tage vielleicht, doch sollten wir nicht zu lange bleiben. Stralsund ruft, und ich möchte Onkel Hertie die Verantwortung nicht länger als unbedingt nötig zumuten.« Er lächelte Flora an. »Außerdem werden wir uns ein Hotelzimmer nehmen. Ich möchte die Gastfreundschaft von Annas Eltern trotz ihrer momentanen Abwesenheit nicht über Gebühr strapazieren.«

»Einverstanden. Gleich morgen werde ich mich auf die Suche nach einer geeigneten Unterkunft machen.«

Leonhard nickte zustimmend. »In dieser Zeit werde ich mit Sally und Anna im Laden mit der Arbeit beginnen. Wir benötigen Tischler und Anstreicher, die dem Laden zu neuem Glanz verhelfen.«

Kapitel 32

»Die Geschäfte laufen grandios!« Betty ging am Abend gerade die Kassenbücher durch, als Oscar den kleinen, fensterlosen Raum betrat, in dem er sich vor einiger Zeit gemeinsam mit Hermann ein spartanisches Büro eingerichtet hatte. Seit ihrer Rückkehr nach Gera war der Alltag schnell wieder eingekehrt. Das schreckliche Familientreffen erschien beiden wie ein schlechter Traum, und die Erinnerung daran verblasste von Tag zu Tag.

Die jungen Leute arbeiteten von früh bis spät, doch zwischendurch achteten sie darauf, auch ihre frisch entdeckte Liebe zu genießen. Betty war erleichtert, dass die Familie, allen voran Onkel Chaskel, ihren Verlobten nicht hatte umstimmen können. Betty nutzte inzwischen ihre wenige freie Zeit, um die Hochzeit vorzubereiten.

»Es ist dein Verdienst, dass wir überhaupt weitermachen konnten«, bemerkte Oscar. Er beugte sich zu Betty hinab, um ihr einen Kuss auf die Wange zu geben. Sie legte den Kopf in den Nacken und genoss die innige Liebkosung ihres Verlobten. »Wärst du nicht schon vor unserer Hochzeit mit deiner Mitgift eingesprungen, hätten wir kein Rohmaterial für die Produktion einkaufen können und wären längst pleite. Jetzt, da die neue Lieferung eingetroffen ist, reißt uns die Kundschaft unsere Spitzenbänder förmlich aus den Händen. Wir verkaufen körbeweise!«

»Womit wir beim Thema wären«, lachte Betty und nahm seine Hand. »Wir könnten langsam darüber nachdenken, Korbwaren in unser Sortiment aufzunehmen.«

»Ja, du hattest das bereits angesprochen«, sagte Oscar. »Meinst du denn, wir würden Körbe verkaufen können?«

Wieder lachte Betty. »Ich glaube, es gibt nichts, das wir nicht verkaufen könnten.« Sie war nach ihrer Heimkehr aus Bamberg gelöst. Lange hatte sie den Konflikt mit Onkel Chaskel gescheut, doch die Bekanntgabe ihrer Verlobung anlässlich des Familientreffens empfand sie als eine Befreiung. Nun wusste die ganze Familie, dass sie sich liebten und dass sie schon bald heiraten würden. Für Onkel Chaskel hingegen empfand Betty eine tiefe Missachtung.

»Die Geschäfte laufen inzwischen so gut, dass wir nicht nur über einen zweiten und größeren Laden nachdenken können, sondern auch über die Forderung deiner Familie.«

Oscar wurde ernst. »Du meinst, wir sollten die Synagoge hier wirklich bauen lassen?«

Betty betrachtete ihn lange, bevor sie nickte. »Geliebter Oscar«, sagte sie mit belegter Stimme, »wenn danach endlich Frieden einkehrt und Onkel Chaskel uns durch nichts mehr von der Hochzeit abhalten kann, ist es das wert.«

»Aber die Familie interessiert mich nicht!« Oscar hob trotzig das Kinn. »Ich schere mich nicht um ihre Bedingungen oder ihren Segen. Es ist absurd, so etwas von uns zu verlangen. Wie sollen wir das schaffen?«

»Wir *werden* es schaffen.« Sie drückte seine Hand. »So, wie wir bisher alles geschafft haben, mein Lieber.«

Oscar setzte sich zu ihr. Er musste nicht lange überlegen, um zu wissen, dass seine Verlobte recht hatte. »Ja«, sagte er, »dennoch habe ich Respekt vor einer derart großen Investition, Betty.«

»Dann warten wir noch ein wenig, bis uns der zweite Laden und die Einführung von Korbwaren im Sortiment weitere Sicherheit bieten«, schlug Betty vor. »Wir werden erst unabhängig sein, wenn Onkel Chaskel sich nicht mehr in unsere Angelegenheiten einmischen kann.«

»Dein Vorschlag«, sagte Oscar, »klingt vernünftig. Noch möchte ich nicht allzu viel riskieren, nur um Chaskel zu besänftigen. Wir sind auf seine Gunst nicht zwingend angewiesen, deshalb müssen wir uns jetzt erst einmal um unsere Anliegen kümmern.« Jetzt lächelte er. »Und das Geschäft läuft gut, wie du eben festgestellt hast.«

Betty nickte. »Und jetzt«, sagte sie, während sie die Bücher zuklappte, »sollten wir Feierabend machen. Ich werde uns ein herzhaftes Abendessen zubereiten – wie klingt das?«

»Wie eine sehr, sehr gute Idee«, lachte Oscar. »Ich werde schnell aufräumen und den Laden dann abschließen.«

Zusammen würden sie alles schaffen, das wusste Oscar. Am liebsten hätte er vor Freude die ganze Welt umarmt, denn es war ein Geschenk Gottes, Betty an seiner Seite zu wissen.

*

»Das kommt gar nicht infrage!« Anna stemmte energisch die Hände in die Hüften. »Meine Eltern wären zutiefst gekränkt, wenn ihr in einen Gasthof ziehen würdet.« Sie warf Sally einen Hilfe suchenden Blick zu, doch der zuckte nur mit den Schultern. Anna spürte, dass er sich da raushalten wollte, da er ihre Eltern kaum kannte und nicht einschätzen konnte, ob ihnen der Besuch recht wäre.

Leonhard tauschte einen Blick mit seiner Frau. »Und du bist dir absolut sicher, dass wir willkommen sind?« Als Anna nickte, fuhr er fort: »Ich könnte mir vorstellen, dass deine Eltern sich überrumpelt fühlen, wenn sie von der Reise heimkehren und während ihrer Abwesenheit fremde Leute bei ihnen untergekommen sind.«

»Das Haus ist groß genug«, erwiderte Anna bestimmt. »Meine Geschwister werden euch mögen, und sicher werdet ihr euch auch mit Mutter und Vater blendend verstehen.«

»Vielleicht hast du recht, Anna«, stimmte Flora zu. Sie wollte das Mädchen nicht kränken, indem sie ihre Gastfreundschaft ablehnte.

Als sie Leonhard einen Blick zuwarf, sah sie, dass es ihm ähnlich ging. Er deutete ihr mit einem knappen Nicken an, dass auch er einverstanden war. »Also gut«, sagte Flora, »wir bleiben. Aber sobald deine Eltern heimkehren, werden wir ihnen anbieten, uns anderswo einzuquartieren.«

»Wir werden ohnehin nur noch für ein paar Tage hier sein, danach tragt ihr allein die Verantwortung für den Laden«, fügte Leonhard mit einem Lächeln auf den Lippen hinzu. »Schließlich soll es euer Geschäft werden.«

»Das wird er nie sein«, widersprach Sally kopfschüttelnd. »Egal, wer hinter der Theke steht oder das Kontor auf Vordermann hält – es wird immer ein Tietz-Geschäft sein.«

Flora lachte. »Na gut, damit können wir leben.« Sie stellte einmal mehr fest, wie erwachsen und vernünftig ihr kleiner, einst wilder Bruder in der letzten Zeit geworden war. Anna tat ihm gut, daran bestand kein Zweifel. Obwohl sie jünger war als er, war sie für ihr Alter sehr reif und vernünftig. »Wann heiratet ihr eigentlich?« Kaum dass sie die Frage ausgesprochen hatte, bereute sie es bereits. *Was habe ich da nur gesagt?*, dachte sie erschrocken. Doch sehr zu ihrer Verwunderung reagierte ihr Bruder gelassen. Er nahm seine Anna in den Arm und küsste liebevoll ihr blondes Haar. »Bald«, sagte er mit einem glücklichen Lächeln. »Sehr bald.«

*

Erschrocken sah Georg Wertheim von seiner Arbeit auf, als der Besucher in sein Büro stürmte, gefolgt von einem aufgebrachten Ladenmädchen in dunkelblauer Schürze.

»Es tut mir leid, Herr Wertheim, ich …« Sie riss hilflos die Arme hoch und schüttelte den Kopf.

»Schon gut, Lene«, sagte Wertheim, rang sich ein Lächeln ab und gab dem Mädchen zu verstehen, sich zurückzuziehen. Als die Männer allein waren, räusperte sich Hermann Tietz. Dies war also der große Georg Wertheim, der Mann, der dem Personal seines Neffen hinterherspionierte, um es unter Druck zu setzen. Im Sitzen wirkte er klein und fast ein wenig hilflos. Hermann nutzte die Gunst des Augenblicks, um das Gespräch zu eröffnen.

»Georg Wertheim, nehme ich an?« Er maß den vornehm gekleideten Mann am Schreibtisch mit abschätzendem Blick. Als er keine Antwort erhielt, warf er die Tür hinter sich zu. »Angenehm, mein Name ist Hermann Tietz.«

»Was ... was gibt mir die Ehre Ihres Besuches?« Wertheims Gesicht erinnerte Hermann an einen Adler, seine Nase war zu lang und krümmte sich, die Augen wirkten eiskalt und wachsam. Wertheims Lippen waren schmal wie Striche und angesichts der unangenehmen Überraschung von Hermanns Auftauchen vollkommen farblos.

Hermann blieb in der Mitte des Raumes stehen und betrachtete Wertheim mit düsterer Miene. »Warum versuchen Sie, den Laden meines Neffen auszuspionieren?«

»Das habe ich nicht ...«, stammelte Wertheim. »Ich wollte nur ...«

»Lügen Sie mich nicht an.« Hermann sprach bedrohlich leise. »Was um Himmels willen hat Sie dazu bewegt, eines der Ladenmädchen zu erpressen?«

»Das ist eine Unterstellung, mein Herr.« Wertheim sprang von seinem Stuhl auf. Es war offensichtlich, dass er um Fassung kämpfte. Sekundenlang maßen sich die Männer mit Blicken.

Hermann betrachtete den anderen Kaufmann mit zusammengekniffenen Augen. »Mein lieber Wertheim, Sie wissen wohl selbst, dass Ihr schäbiger Versuch, an Informationen zum Geschäft meines Neffen zu kommen, als Erpressung gewertet werden kann.« Er schüttelte missbilligend den Kopf.

»Das ist ...«, setzte Wertheim an, doch Hermann brachte ihn mit einer erhobenen Hand zum Schweigen.

»Belügen Sie mich nicht«, ermahnte Hermann ihn, während er sich im Büro des Konkurrenten umsah. Alles hier war etwas größer als bei Leonhard und Flora, wirkte teurer, protziger. Allein der Leuchter unter der Decke und die reich verzierte Holzvertäfelung an den Wänden mussten ein Vermögen gekostet haben. Am unsympathischsten war Hermann aber das große Ölgemälde an der linken Wand des Raumes: Es zeigte Georg Wertheim lebensgroß im dunklen Maßanzug. Streng blickte er auf den Betrachter des Bildes herab. Hermann verglich den Wertheim auf dem Gemälde mit dem Original. Der Maler hatte Wertheim geschmeichelt.

»Es ist kläglich, ein Ladenmädchen der Konkurrenz zu bedrohen, um an Informationen zu kommen.« Hermann verschränkte die Hände auf dem Rücken und machte ein paar Schritte durch das Büro, das nur einen Steinwurf vom Laden seines Neffen in der Ossenreyer Straße entfernt lag. Der Teppich dämpfte die Schritte seiner Ledersohlen. »Sie sollten wissen, dass ich einige gute Advokaten kenne, die Ihnen aus Ihrem Versuch einen Strick drehen könnten.«

»Es war keine Erpressung«, behauptete Wertheim.

Hermann unterbrach abrupt seine Wanderung durch das Büro und fixierte Wertheim mit einem Blick. »Nein?«, fragte er. »Wie würden Sie es denn sonst nennen?«

»Das, was das Mädchen behauptet, ist eine dreiste Lüge!«

»Soso.« Hermann glaubte ihm kein Wort. Zwar gehörte Josephine Thalbach noch nicht allzu lange zur Belegschaft seines Neffen, doch war ihm sofort klar gewesen, dass sie ein gutes Herz besaß. Hermann trat an den Schreibtisch und öffnete eine Ledertasche, die er mitgebracht hatte. Er zog eine große Kladde daraus hervor und warf sie vor Wertheim auf den Schreibtisch. »Suchen Sie das hier?«

Wertheim warf einen Blick auf den Deckel. Es handelte sich um das Bestellbuch von Leonhard Tietz. Hermann sah ihm förmlich an, wie gern Wertheim sofort einen Blick in die Bestellungen geworfen hätte. Nur mit Mühe gelang es ihm, die Hand nicht danach auszustrecken. Hermann griff erneut in die Tasche und zog eine weitere Kladde heraus. »Oder interessiert Sie das hier?« Er tippte mit dem Zeigefinger auf den vergilbten Deckel mit den geschwungenen Lettern. »Das ist die Kundenkartei meines Neffen.« Hermann sah, wie es hinter Wertheims hoher Stirn arbeitete. »Kommen Sie nächstes Mal einfach zu mir, wenn Sie etwas wissen wollen.« Natürlich hielt Hermann die Bücher sorgfältig geschlossen. Niemals würde er Wertheim die Namen der Kundschaft verraten. Es ging ihm lediglich darum, ein Zeichen zu setzen.

Hermann wartete einen Moment. Als Wertheim sich hartnäckig in Schweigen hüllte, nahm er beide Kladden und stopfte sie in die Ledertasche zurück. Er verschloss die Riemchen, bedachte Wertheim mit einem letzten verachtenden Blick, dann machte er auf dem Absatz kehrt. »Einen schönen Tag noch, Herr Wertheim.«

Kapitel 33

Natürlich hatten Johannes und Elisabeth Abel, Annas Eltern, nach ihrer Heimkehr darauf bestanden, dass Familie Tietz weiterhin ihre Gastfreundschaft genoss und darauf verzichtete, in ein Hotel zu ziehen.

Sehr zur Freude von Anna, ihrer Mutter und Flora verstanden sich die Männer auf Anhieb. Nachdem man gemeinsam gegessen hatte, gingen die drei Frauen nach draußen, um einen Spaziergang durch den abendlichen Garten zu machen. So waren die Männer unter sich und standen gemeinsam auf der Veranda, wo jeder von ihnen eine Zigarre und einen schottischen Single-Malt-Whisky genoss.

Leonhard paffte guter Dinge den Rauch in den Abendhimmel, während er dem Gespräch über das allgemeine Weltgeschehen lauschte und überlegte, ob es wohl möglich wäre, Zigarren ins Tietz-Sortiment aufzunehmen. Er beschloss, Flora später nach ihrer Meinung zu fragen.

Abel bemühte sich, Leonhard ins Gespräch über die aktuelle politische Lage zwischen dem bayerischen Reich und Preußen einzubeziehen, doch Leonhard weigerte sich standhaft, seine Meinung zur Politik kundzutun. Diesem Thema wich er generell aus, um Meinungsverschiedenheiten bei gesellschaftlichen Anlässen zu vermeiden.

Irgendwann kam man auf den Weinanbau im Frankenland zu sprechen. »Früher war es leichter«, seufzte Abel, »doch ich will mich nicht beschweren, unser Riesling ist ein Gedicht und im gesamten Reich bekannt.« Er lächelte versonnen. »In nächster Zeit werde ich in Maschinen investieren, die meinen Arbeitern das Leben erleichtern und es mir ermöglichen, größere Mengen herzustellen und abzusetzen.«

»Wie verkaufen Sie eigentlich Ihren Wein?«, fragte Leonhard. Er hielt gerade das bauchige Whiskyglas ins Licht der tief stehenden Sonne und bewunderte die goldbraune Färbung.

»Ich arbeite mit Großhändlern und Handelsreisenden zusammen, die wiederum Gasthöfe, Schankwirtschaften und Hotels beliefern lassen.«

»Könnten Sie sich vorstellen, Ihren Wein in größeren Mengen abzusetzen, in einem Ladengeschäft beispielsweise?«

Johannes Abel lächelte. »In einem Laden an der Spitalstraße, meinen Sie, werter Herr Tietz?« Er wusste, worauf Leonhard anspielte. »Wollten Sie Ihren Handel nicht mit Textilien betreiben?«

»Nicht ausschließlich«, bemerkte Sally nun. »Wir denken darüber nach, unser Sortiment zu erweitern.«

»Sie wollen den Herren einen guten Wein offerieren, damit die Damen sich in aller Ruhe umsehen können und Stoffe und Kleider erwerben können?« Abel nickte verstehend. »Warum nicht? Die Idee klingt vernünftig.«

Leonhard wunderte sich über Abels Offenheit. Bisher war er immer nur zweifelnden Blicken begegnet, sobald er ansprach, was er in der nächsten Zeit vorhatte.

»So oder so ähnlich könnte es durchaus funktionieren, damit würde man die Verweildauer der Kundschaft im Laden verlängern, und es gäbe ein attraktives Angebot für jeden«, erklärte er.

»Sie müssen sehen, welcher Bedarf besteht«, überlegte Abel. »Wenn Sie Stoffe und alles rund um Mode anbieten, Wein im Programm haben, dann müssen Sie weiterdenken: Was benötigen die Menschen, die Ihr Geschäft betreten, noch?«

»Kerzen«, schoss es aus Sally hervor. »Viele Frauen arbeiten bis spätabends, um sich und ihren Familienmitgliedern Kleider zu schneidern.«

Leonhard betrachtete ihn erstaunt und nahm einen Schluck aus dem Glas. »Du bist brillant, Sally.«

»Ich weiß.« Er lachte jungenhaft. »Aber mal im Ernst: Wir müssen uns gut überlegen, was wir anbieten wollen.«

»Wahre Worte«, stimmte Abel zu. Er wandte sich wieder an Leonhard: »Wenn Sie der Meinung sind, dass sich mein Wein bei Ihnen gut verkaufen lässt, sollten wir es wagen. Ich wäre bereit, Ihnen ein paar Kisten auf Kommission zu überlassen. So müssen Sie kein Risiko eingehen, und wenn unsere Idee funktioniert, profitieren alle Seiten.«

»Klasse!«, rief Sally begeistert und leerte sein Whiskyglas in einem Zug. »Schlag zu, Leo!«

Leonhard lachte. Manchmal war sein Schwager immer noch ein Wildfang, doch einer mit Köpfchen. »Wie recht du hast«, bemerkte Leonhard und paffte an seiner Zigarre. Dann ergriff er die Hand, die Abel ihm hinhielt, um sie fest zu drücken. »Wir versuchen es.«

Die Männer begossen die neue Geschäftsidee mit einem weiteren Glas Single Malt. Im Haus waren die Laternen angegangen, und Stimmen aus der Ferne, die durch die offene Verandatür drangen, zeugten von der Rückkehr der Frauen. Es war ein wenig kühl geworden, und Leo fröstelte. Nachdenklich stand er an der breiten Sandsteinbrüstung und ließ den Blick über das Maintal gleiten. Dabei blieb sein Blick am Schloss Mainberg hängen, das, von Weinbergen umgeben, über dem Fluss thronte.

»Wer lebt eigentlich in einem derartig imposanten Gemäuer, sicher eine Adelsfamilie?«, fragte Leonhard interessiert, während sein Blick auf die pastellfarbenen Mauern gerichtet blieb.

Abel schüttelte den Kopf. »Mitnichten, mein Freund, das Schloss gehört einem Industriellen, der dort wohnt und arbeitet. Sagt Ihnen der Name Wilhelm Sattler etwas?«

»Sie sprechen von dem Farben- und Tapetenfabrikanten?« Der Name war Leonhard durchaus bekannt. Sattler war der Name einer Fabrik, die ihre Waren von Franken aus im gesamten preußischen Reich vertrieb. »War er es nicht, der das Schweinfurter Grün erfand?«

»Ich sehe, Sie kennen sich aus, mein Bester.« Abel nickte zustimmend.

Leonhard überlegte, was er von dem bekannten Fabrikanten wusste. Wilhelm Sattler selbst war es gewesen, der einst den Bau der Eisenbahnlinie zwischen Bamberg und Schweinfurt vorangetrieben hatte, die Linie, mit der sie nach dem Familientreffen nach Schweinfurt gekommen waren. »Ich war der Auffassung, dass Sattler tot ist.«

Wieder nickte Abel. »Seit dem Tod des Vaters führt Wilhelm Sattler junior die Geschäfte seines Vaters fort. Er besitzt einen Laden in der Kirchgasse, wo er seine auf Schloss Mainberg hergestellten Waren verkauft.«

Wo sie gerade davon gesprochen hatten, das Sortiment der Tietz-Läden zu erweitern, fragte er sich, ob sich wohl auch für Farben und Tapeten Direktkäufer finden würden. Und ob Sattler junior offen wäre für eine Zusammenarbeit.

»Das müssen Sie ihn schon selbst fragen«, erwiderte Johannes Abel lächelnd, als Leonhard ihm von seiner spontanen Idee berichtete. »Wundern Sie sich aber nicht – Sattler ist ziemlich unbeliebt in der Stadt. Dennoch sind die Menschen auf seine Waren angewiesen.«

»Also kann er sich auf einen steten Kundenstrom verlassen?«

»Absolut, mein Freund.« Abel nickte. »Und man darf nicht außer Acht lassen, dass er fast fünfhundert Menschen angestellt hat.«

»Sehr imposant«, fand Leonhard. »Ich sollte Kontakt zu ihm aufnehmen.«

»So wie mit mir zu meinem Wein?« Abel lachte. »Warum nicht? Dann finden auch die Herren künftig gute Gründe, bei Tietz zu kaufen.« Er schenkte ihnen noch einmal die Gläser voll.

Warum sollten nicht auch Männer gern bei Tietz einkaufen, dachte Leonhard, jetzt, wo sich der Name in der Damenwelt herumgesprochen hatte. Floras Idee von der eigenen Modekollektion war ebenfalls auf breite Zustimmung gestoßen. Schon im nächsten Jahr würden sie die großen Messen besuchen, um die neueste Mode einzukaufen.

»Also wäre es für Sie vorstellbar, auch Malerbedarf bei Tietz zu verkaufen?«, fragte Leonhard sicherheitshalber. Oft musste er aufpassen, sich nicht in irgendwelche wilden Ideen zu verrennen.

»Warum nicht? Gehen Sie zu Sattler und reden Sie mit ihm. Mehr als Nein sagen kann er nicht, und auch er dürfte ein Interesse daran haben, zusätzliche Geschäfte zu machen.«

Leonhard nickte zufrieden, während er zu Schloss Mainberg hinübersah, hinter dessen Fenstern es heimelig leuchtete. »Dann werde ich ihm morgen einen Besuch abstatten.«

»Ich drücke Ihnen die Daumen, lieber Herr Tietz.«

*

»Herzlich willkommen auf Schloss Mainberg.« Wilhelm Sattler war ein schlanker, großer Mann mit aristokratischen Gesichtszügen. Er nahm zur Begrüßung die edle Elfenbein-Pfeife aus dem Mund und schüttelte Leonhard die Hand. Das Gesicht des Fabrikanten zeigte keine Regung, als er seinen Gast hereinbat und ihn schweigend in sein großes Arbeitszimmer im Hauptgebäude des stolzen Anwesens führte. Durch die großen Fenster hatte man einen imposanten Ausblick auf die sanften Hügel, die sich bis ans gegenüberliegende Ufer des Flusses erstreckten. Alles im Schloss wirkte erwartungsgemäß pompös auf Leonhard, vom verschnörkelten Muster des Fliesenbodens bis zu den massiven hölzernen Eichensäulen, die die hohen, gewölbten Decken mit den opulenten Malereien stützten. Es gab kein Möbelstück, das nicht irgendwelche prunkvollen Schnitzereien aufwies. Die Innenräume des Schlosses hatten etwas von einer Kathedrale, fand Leonhard. Immer wieder blieb sein Blick auf den leeren Ritterrüstungen im Gang haften, die ihm ein wenig unheimlich waren.

»Vielen Dank, dass Sie sich die Zeit für ein persönliches Gespräch nehmen«, sagte Leonhard, als sich Wilhelm Sattler hinter einem Monstrum von Schreibtisch niederließ. Darauf befanden sich eine kleine Tabaksdose, ein Etui mit Stiften und Papier und eine ganze Reihe dicker Bücher.

Während Sattler in der linken Hand die Pfeife hielt, lag die rechte auf der reichlich verzierten Armlehne seines Stuhls. Mit der Andeutung eines Lächelns wandte er sich seinem Gast zu. »Nun, Herr Tietz«, sagte er, »was kann ich für Sie tun?« Er deutete auf einen der beiden Stühle vor dem Schreibtisch. Leonhard nahm dankend Platz.

»Ich beabsichtige, in Kürze ein Ladengeschäft in der Spitalstraße zu eröffnen«, begann er. »Dort handeln wir in erster Linie mit Posamentier- und Weißwaren, aber auch mit Mode.«

Sattler nickte, machte aber den Eindruck, als würde ihn der Besucher nicht sonderlich interessieren. Während Leonhard sprach, lagen Sattlers Blicke auf den Aufzeichnungen, die vor ihm auf dem Tisch ausgebreitet waren.

Leonhard ließ sich von der Gleichgültigkeit des Fabrikanten aber nicht verunsichern. »Wir ziehen in Erwägung, unser Sortiment aufgrund der uns zur Verfügung stehenden Verkaufsfläche zu erweitern.«

Sattler hob eine Augenbraue, sagte aber immer noch nichts.

»Unter anderem um Porzellan- und Glaswaren, angedacht ist aber auch die Erweiterung um Werkzeuge und Malerbedarf. Dabei werden wir sowohl mit Malerfarben handeln als auch mit Farben und Bedarfsmaterial für Künstler.«

Jetzt lachte Sattler. »Das klingt, als wollten Sie mir Konkurrenz machen.«

»Mitnichten, Herr Sattler.« Leonhard schüttelte den Kopf und lächelte dem Mann jenseits des Schreibtisches gewinnend zu. »Ich dachte eher an eine Art von Kooperation.«

Sattler verschränkte die Arme vor der Brust. »Wie stellen Sie sich das vor? Sicher ist Ihnen bekannt, dass ich meine Waren in einem eigenen Laden verkaufe.«

»Natürlich. Allerdings, verzeihen Sie mir diese Anmaßung, ist die Kirchgasse nicht gerade die erste Adresse in Schweinfurt, wenn es um Ladengeschäfte geht.«

Sattlers Miene verdunkelte sich. »Ihre Aussage grenzt an eine Frechheit«, sagte er kalt.

»Mitnichten«, rief Leonhard und hob beschwichtigend beide Hände. »Mir liegt es am Herzen, dass Sie Ihre Umsätze steigern können.«

»Wie stellen Sie sich das vor?«

»Ich möchte Ihre Waren in mein Sortiment aufnehmen«, erklärte Leonhard schnell. »Und werde durch die gute Lage meines Geschäfts sicher mehr davon absetzen können als Sie.«

»Und im Gegensatz schließe ich das Ladengeschäft in der Kirchgasse?« Sattler beugte sich vor und massierte sich das Kinn.

Leonhard nickte. »Sie würden Personalkosten sparen, ebenso die Miete für das Geschäft und wie gesagt größere Mengen Ihrer Farben und Tapeten verkaufen.«

Jetzt lachte Sattler amüsiert. »Größere Mengen? Wie kommen Sie auf die Idee, so mir nichts, dir nichts ein Geschäft in Schweinfurt errichten zu können, das dann gleich derart erfolgreich wird?«

Kurz war Leonhard nun doch verunsichert. Sattler war einer der größten Fabrikanten im Süddeutschen, und er wollte ihn mit größeren Absatzmengen locken? Er, ein einfacher Kaufmann? »Lassen Sie mich Ihnen einen kleinen Einblick in meine Geschäfte geben«, sagte Leonhard schließlich. »Schon jetzt betreibt meine Familie Läden in

Prenzlau, Gera, Bamberg und Stralsund. Und es werden in den nächsten zwei Jahren weitere Standorte hinzukommen, an denen wir Ihre Waren verkaufen können.« Während er sprach, fand Leonhard zu seiner Selbstsicherheit zurück. »Wissen Sie«, sagte er, bevor Sattler weiter Bedenken äußern konnte, »der Handel befindet sich im Umbruch – weg von Spezialläden, hin zu Geschäften, in denen man alles für den täglichen Bedarf findet. Alles unter einem Dach, sozusagen.«

»Wissen Sie«, sagte der Fabrikant, »meine verstorbenen Eltern und ich haben viel Geld in die Fabrik investiert, haben das Schloss modernisiert und die Eisenbahnstrecke nach Bamberg vorangetrieben – alles, um sicherzustellen, dass unsere Geschäfte von Erfolg gekrönt sind. Und nun kommen Sie und schlagen mir vor, dass ich meinen Laden schließen soll?«

»Es ist …«, setzte Leonhard an, wurde aber unterbrochen.

»… mutig«, beendete Sattler den Satz. »Es ist sehr mutig.« Der Fabrikant betrachtete Leonhard mit einem Gesichtsausdruck, den dieser nicht zu deuten vermochte.

»Doch unser Land lebt von mutigen Männern und gewagten Ideen. Ich habe immer Mut bewiesen und konnte die Fabrik meines Vaters zum Erfolg führen. Deshalb muss ich Ihnen für Ihren Mut meinen Respekt zollen.«

»Dann kann ich auf eine Zusammenarbeit hoffen?«

»Bevor man antwortet, sollte man immer erst seine Pfeife anzünden«, lächelte Sattler und machte sich daran, die Elfenbein-Pfeife mit Tabak zu stopfen und sie, einem Ritual gleich, anzuzünden. Für den Augenblick schien er seinen Gast vergessen zu haben, derart versunken war Sattler. Kurz darauf breitete sich ein würziger Duft im Arbeitszimmer des Fabrikanten aus.

»Also?« Leonhard rutschte unruhig auf seinem Stuhl hin und her.

»Ich werde es mir überlegen«, erwiderte Sattler schließlich, während er seine Pfeife paffte. »Ihr Vorschlag klingt interessant. Es hat durchaus einen gewissen Reiz, meine Artikel künftig in Ihren vielen Läden zu wissen.«

»Wir würden beide davon profitieren«, versicherte Leonhard ihm erneut.

»Das wird sich zeigen«, meinte Sattler. »Wir werden uns noch einmal treffen, um die nötigen Schritte für eine derartige Zusammenarbeit zu besprechen.«

»Einverstanden«, sagte Leonhard.

»Gut.« Der Fabrikant erhob sich. Er klingelte nach einem Dienstmädchen und verabschiedete sich mit einem knappen »Ich habe zu tun« von Leonhard.

Leonhard ließ sich von dem Dienstmädchen durch die langen Gänge des Schlosses zum Ausgang geleiten und trat beschwingt wieder nach draußen. Dass er den großen Wilhelm Sattler so schnell von seiner Idee überzeugen könnte, hätte er nie für möglich gehalten.

Kapitel 34

Betty hatte schlecht geschlafen. Immer wieder waren Bilder von Hexenverbrennungen durch ihre Träume gegeistert. Sie sah Frauen mit langen roten Haaren, die von maskierten Männern gefesselt und zu einem Scheiterhaufen geführt wurden, um sie bei lebendigem Leibe zu verbrennen, während eine schaulustige Meute jubelnd zuschaute. Die schrecklichen Schreie der Frauen hatten sich ebenso in ihr Gehirn eingebrannt wie die ekelerregenden Gerüche von verbrannter Haut und Haaren.

Zuletzt hatte sie sich selbst gesehen. Als eine vermeintliche Hexe hatte man sie in die Flammen gestoßen. Sie hatte kaum Luft bekommen in dem dichten Rauch. Als sie an sich herabblickte, sah sie, wie die Flammen bereits am Stoff ihres einfachen Kleides leckten, um es in Brand zu setzen. Sie hatte die Hitze und den unerträglichen Schmerz gespürt – und war mit rasendem Herzen aufgewacht. Es hatte einen Augenblick gedauert, bis Betty erkannt hatte, dass es nur ein Traum gewesen war. Sie atmete erleichtert die rauchfreie Luft ein.

Mit einem flauen Gefühl in der Magengegend stand Betty auf und fuhr sich mit den Händen über das erhitzte Gesicht. Der Traum war so realistisch gewesen, dass sie noch immer das Prasseln der Flammen hörte, sobald sie die Augen schloss.

Als sie sich umwandte, sah sie, dass Oscar bereits aufgestanden war. Offensichtlich hatte er sich wieder im Morgengrauen aus dem Bett gestohlen, so wie er es öfter tat. Betty schlüpfte in die Filzlatschen vor dem Bett, bevor sie das Fenster weit öffnete und die Luft des jungen Morgens tief in ihre Lungen sog. Die Dächer der Stadt lagen im Dunst unter ihr. Hundegebell drang aus der Ferne an ihre Ohren, irgendwo weinte ein Kind. Zwei Erwachsene stritten sich lautstark, ihr Geschrei wurde nur vom Rumpeln eines Fuhrwerks übertönt. Gera erwachte langsam zum Leben.

Betty wandte sich ab und verließ die kleine Schlafkammer. Die Dielen knarzten leise unter ihren Schritten, als sie an der Küche vorbeikam, wo sie ihren Verlobten vorfand. Er saß bei einer Tasse Kaffee am Tisch und blickte mit einem Lächeln auf, als sie den Raum betrat.

»Du hast so schön geschlafen, da wollte ich dich nicht wecken«, bemerkte er, nachdem er sie zärtlich geküsst hatte.

In diesem Fall wäre es besser gewesen, mich von den bösen Träumen zu befreien, dachte Betty. Aber sicher würde er sie für verrückt halten, wenn sie ihm von ihrem Alptraum erzählte.

»Ich habe ganz schön lange geschlafen.« Betty gähnte herzhaft und sank auf einen der vier Holzstühle.

»Keine Sorge, wir sind noch nicht zu spät dran.« Er deutete auf den Stapel Papier neben ihm. »Das hier«, sagte er, »muss heute runter in den Laden. Ich werde die Packstube damit bestücken, dann können die Kontoristen unsere Waren damit einschlagen.«

Wie gebannt starrte Betty auf das vergilbte Papier. Plötzlich wusste sie wieder, woher ihr Alptraum rührte. Und gleichzeitig wurde sie das ungute Gefühl nicht los, dass der Traum mehr mit ihr zu tun hatte, als sie ahnte.

»Hast du dir das näher angesehen?«, fragte sie beklommen. »Diese Dokumentationen von Hexenprozessen?« Ihre Finger zitterten, als sie auf den Stapel der vergilbten Papierbogen tippte.

»Das ist über hundert Jahre her.« Oscar winkte gleichgültig ab. »Niemand interessiert sich noch für diesen alten Kram.«

»Trotzdem. Schau dir diese Aufzeichnungen mal genauer an.« Oscar beugte sich mit gerunzelter Stirn über eines der Papiere und versuchte, die altertümliche Schrift zu entziffern. Seine Miene verfinsterte sich mehr und mehr, während er die Texte studierte. »Das ist ja schrecklich«, murmelte er schließlich und sah Betty erschrocken an. »Ich dachte immer, das mit den Hexenprozessen ist nur Spinnerei.«

»Es ist die grausame Geschichte Bambergs«, erwiderte Betty. »Oscar, mit diesen Aufzeichnungen kannst du unmöglich unsere Ware einpacken lassen.«

»Vielleicht hast du recht.« Er dachte angestrengt nach. »Aber was mache ich jetzt damit?«

Egal, wollte sie ihm zurufen, *Hauptsache, die Hexenakten verschwinden aus unserem Haus. Sie bringen Unglück!* Betty fühlte sich furchtbar unwohl. »Schaff sie weg«, bat sie Oscar schließlich.

»Aber ich habe für das Papier bezahlt«, wandte er ein. »Ursprünglich sollten die alten Akten als Schürpapier verwendet werden, um damit Feuer anzuzünden.« Er schüttelte den Kopf. »Ich dachte, es wäre schlau, wenn wir das Papier zum Verpacken nutzen und kein teures neues Papier kaufen müssen.«

»Die Idee war gut.« Sie rang sich ein Lächeln ab. »Trotzdem habe ich ein eigenartiges Gefühl bei der Sache, Oscar.«

»Wovon redest du?« Oscar leerte seine Tasse und runzelte die Stirn.

»Ich glaube ... nun, ich glaube, für die Familie bin auch so etwas wie eine Hexe.«

»Wie bitte?« Oscar sah sie verdutzt an und legte eine beschwichtigende Hand auf ihren Unterarm. »Wie kommst du denn darauf?«

»Naja, Onkel Chaskel ist der Meinung, dass die Hochzeit Unheil über die ganze Familie, die ganze Gemeinde bringt – so, wie man es früher den Hexen nachgesagt hat.« Sie deutete auf die alten Aufzeichnungen auf dem Küchentisch. »Und jetzt das da. Das kommt mir einfach wie ein unheilvolles Omen vor.«

»Du machst dich verrückt.« Oscar schüttelte mit besorgter Miene den Kopf. »Ich bin das schwarze Schaf in der Familie«, erinnerte er sie und drückte ihre Hand. »Es liegt nicht an dir, dass Onkel Chaskel so stur ist, und wir werden der Familie beweisen, dass unsere Hochzeit der Familie kein Unheil bringen wird.«

»Das ist nicht alles.« Betty zögerte. Doch wem konnte sie sich anvertrauen, wenn nicht ihrem geliebten Oscar? »Ich hatte einen schrecklichen Traum.«

»Einen Traum? Magst du mir davon erzählen?«

Betty berichtete ihrem Verlobten stockend von ihrem Alptraum. »Ich habe mich in diesem Traum als Hexe gesehen, habe erlebt und gespürt, wie es ist, bei lebendigem Leibe verbrannt zu werden.« Tränen sammelten sich in ihren Augen. »Es war so schrecklich.« Dankbar ergriff sie das Taschentuch, das er ihr hinhielt, und putzte sich damit die Nase. »Unter diesen Umständen können wir nicht heiraten, Oscar.« Als sie zu ihm hinübersah, stand das pure Entsetzen auf seinem Gesicht.

»Natürlich werden wir heiraten, Betty, sei nicht albern.« Seine Stimme klang energisch.

Betty schüttelte den Kopf. »Das können wir nicht. Es spricht zu vieles dagegen.«

»Wir dürfen jetzt nicht aufgeben, Betty.« Oscar erhob sich und zog sie vom Stuhl in seine Arme. Sie ließ es zu, konnte seine Umarmung aber nicht erwidern. Es war ein eigenartiges Gefühl, das von ihr Besitz ergriffen hatte. Sie liebte Oscar über alles, und doch überwog in manchen Momenten die Angst vor der Macht der Familie.

Mit tränenverschleiertem Blick sah sie zu ihm auf. »Chaskel wird uns das Leben zur Hölle machen, wenn wir gegen den Willen der Familie heiraten.«

»Wir werden uns an seine Bedingung halten und diesen Betsaal errichten lassen, sobald es unsere Finanzen zulassen.« Er rang sich ein Lächeln ab. »Ich werde das Papier wegbringen«, versprach er. »Egal, was kommt, Betty – bald werden wir Mann und Frau sein.«

Sie nickte und versuchte ein Lächeln, was ihr auch fast gelang. Oscar ließ sich durch nichts in der Welt von seiner Liebe zu ihr abbringen. Und Betty beschloss, sich an dieser Tatsache festzuhalten, auch wenn alles andere um sie herum zu zerbrechen drohte.

Kapitel 35

Das neue Geschäft nahm in den nächsten Tagen schnell Gestalt an. Handwerker wuselten durch die Räume an der Spitalstraße, Leonhard und Sally beaufsichtigten die Maler und Tischler, die für die neue Ladeneinrichtung zuständig waren, und die Frauen waren damit beschäftigt, die Dekoration für den großen Eröffnungstag zusammenzustellen. Man hatte sich schnell daran gewöhnt, dass das neue Tietz-Geschäft zwei Etagen besaß. In aller Eile war im Erdgeschoss ein Büro eingerichtet worden, in dem man Bestellungen aufgeben konnte. Schließlich könnte der neue Laden innerhalb weniger Stunden ausverkauft sein, und dann wäre Nachschub dringend nötig. Flora war begeistert von der Idee, die Verkaufsfläche auch in Stralsund zu vergrößern. Sie konnte die Heimreise kaum erwarten, um auch dort mit der Arbeit zu beginnen.

Leonhard indes war gespannt auf die Meinung von Onkel Hermann zu diesem Plan. »Was er wohl sagen wird, wenn wir seinem Traum vom großen Warenhaus etwas näherkommen?«, fragte er immer, wenn Flora ihn darauf ansprach.

»Wir werden es bald wissen.«

Leonhard klappte seinen Reisesekretär zusammen und erhob sich. Der Tag der Abreise nach Stralsund rückte näher. »Ich bin froh, dass er ein wachsames Auge auf unsere Leute hat und den Laden während unserer Abwesenheit führt, aber allzu lange möchte ich seine Hilfsbereitschaft auch nicht mehr in Anspruch nehmen.«

Im ganzen Haus duftete es nach Farbe, die Leonhard bei Wilhelm Sattler bestellt hatte. »Sie werden von der Qualität meiner Produkte begeistert sein«, hatte Sattler ihm versichert.

Schnell war man sich über die Konditionen einig geworden. Leonhard war begeistert, wie reibungslos die Verhandlungen auch mit den anderen örtlichen Geschäftspartnern verliefen. Sobald die Regale aufgebaut waren, sollte auch die erste Lieferung Wein aus der Kellerei der Familie Abel eintreffen. So konnte Johannes Abel sich darüber freuen, dass seine Tochter Anna wenigstens in kleinstem Maße seinen Weinverkauf fortführte – wenngleich auch als Ladenmädchen bei *Tietz*. Doch damit, so hatte Flora den Eindruck gewonnen, hatte sich Abel inzwischen abgefunden. Anna war voller Tatendrang und konnte es kaum erwarten, die ersten Ladenmädchen und Kontoristen einzustellen. Denn allein mit Sally würde sie den neuen Laden kaum führen können. Leonhard hatte sich in den letzten Tagen sehr aufmerksam in Schweinfurts Geschäftswelt umgesehen und mit Sally einen Plan gemacht, was sie alles ins Sortiment aufnehmen konnten, ohne die Konkurrenz eines ansässigen Kaufmanns befürchten zu müssen.

Wilhelm Sattler würde sein Geschäft am Tag vor der Eröffnung des neuen *Tietz* schließen. Damit war gewährleistet, dass seine Kundschaft gleich den Weg in die Spitalstraße fand.

Schließlich war für den großen Tag alles vorbereitet, und so konnten Flora, Leonhard, Heinrich und Alfred mit Magda den Heimweg antreten. Im Zug nach Norden zeichnete Flora bereits einen Entwurf für die künftige Einrichtung der *Tietz*-Läden. Der Abschied von Anna und ihrem Bruder war ihr schwergefallen, doch man verabschiedete sich mit der Aussicht auf ein baldiges Wiedersehen in Schweinfurt, denn den Tag der großen Eröffnung wollten sich Leonhard und Flora nicht entgehen lassen.

Kapitel 36

»Zu Hause ist es doch am schönsten.« Flora freute sich, als sie am Nachmittag des nächsten Tages endlich die eigene Wohnung betraten. Alles wirkte so vertraut und heimelig, der Duft der Wohnung, die Einrichtung, all das, was die Wohnung in den letzten Jahren zu ihrem Zuhause gemacht hatte. Flora nahm den Strohhut vom Kopf und legte ihn auf die Kommode im langen Flur, dann drehte sie sich zu Leonhard um, stellte sich auf die Zehenspitzen und küsste ihn überglücklich.

»Wie angenehm, von deinen Glücksgefühlen zu profitieren«, schmunzelte Leonhard. Magda, die noch im Treppenhaus stand, wandte den Kopf diskret zur Seite, während Alfred die sich küssenden Eltern mit einem angeekelten Gesichtsausdruck beobachtete. »Bäh«, machte er und schüttelte den Kopf. »Das ist nicht schön.«

Flora musste lachen, als sie den Gesichtsausdruck ihres Sohnes sah. »Doch«, rief sie, »es ist sogar sehr schön. Menschen, die sich lieb haben, dürfen sich küssen.«

»Wenn du mir abends im Bett einen Gutenachtkuss gibst, dann ist das schön«, stimmte Alfred ihr zu. »Aber alles andere ist eklig.« Er marschierte an den Eltern vorbei und blieb mitten im Korridor stehen. »Hier ist es zu klein«, fand er. »Die Villa Abel hat mir besser gefallen.«

»Wir werden bald in der Villa Tietz wohnen«, versprach Leonhard seinem Sohn. »Ein wenig musst du dich aber noch gedulden.«

Flora zwinkerte Alfred zu. »Das verspricht er mir auch immer.«

»Dann wird es Zeit, dass der Vater sein Versprechen einlöst«, fand Alfred.

»Wir werden ihn regelmäßig daran erinnern«, lachte Flora und küsste Leonhard auf die Wange. »Komm«, sagte sie, »lass uns die Koffer auspacken. Dann möchte ich noch zum Laden.«

»Bist du nicht müde?« Leonhard hob verwundert eine Augenbraue.

»Doch, aber ich würde keine Ruhe finden, wenn ich nicht nach dem Rechten gesehen habe.«

Leonhard nickte verstehend. »Mir ergeht es ähnlich«, stimmte er ihr zu. »Ich möchte Hermann auch so schnell wie möglich ablösen. Sicher wird er bald nach Gera reisen wollen.«

»Ob Oscar das recht sein wird?«

»Ich denke schon, schließlich hat Onkel Hertie sich in Bamberg auf seine Seite gestellt.«

»Du wirst recht haben.« Flora nahm den Koffer und trug ihn in die kleine Schlafkammer. Hier warf sie ihn auf das Kastenbett und löste die Riemen. Morgen würde sich Magda um die Wäsche kümmern. Nun kehrten sie also in den Alltag zurück, zumindest so lange, bis sie irgendwann die geplante Reise nach Elberfeld antraten. Im Zug hatte Leonhard Pläne gemacht, wie sie die obere Etage ihres Geschäftshauses an der Ossenreyer Straße schnell zur Verkaufsfläche umwandeln konnten. Dazu mussten nur ein paar Mauern und Türen verschwinden, die Maler mussten sich um den Anstrich kümmern, und ein Schreiner würde neue Regale und Ladentische bauen. Danach stand der großen Sortimentserweiterung nichts mehr im Wege.

»Es ist schön, dass du mich auf meinen Reisen begleitest.« Lautlos war Leonhard ihr in die Schlafkammer gefolgt, während Magda sich um Alfred und Heinrich kümmerte. Gedämpft klangen ihre Stimmen an Floras Ohren. Als sie sich zu Leonhard umwandte, stand er lässig mit vor der Brust verschränkten Armen im Türrahmen und beobachtete sie mit dem feinen Lächeln, das sie so an ihrem Mann liebte. Am liebsten wäre sie ihm um den Hals gefallen. »Ich liebe es auch, mit dir zu reisen«, murmelte Flora. »Und wir haben das große Glück, in Magda eine treue Seele gefunden zu haben, die sich zuverlässig und liebevoll zugleich um unsere Söhne kümmert, während wir Geschäfte machen.«

»Ja«, nickte Leonhard und trat näher. »Magda ist ein Segen für uns.« Mit einem vielsagenden Lächeln auf den Lippen schloss er die Tür der Schlafkammer und legte den kleinen Riegel des Kastenschlosses vor. Flora spürte, wie ihr Herz vor Aufregung schneller schlug. Ihre Wangen glühten, als Leonhard sie in seine Arme zog und sie innig küsste.

Kapitel 37

»Nanu, täuschen mich meine alten Augen?« Hermann Tietz wirkte freudig überrascht, als Leonhard und Flora das kleine Büro betraten. Offenbar hatte er noch nicht mit dem Paar gerechnet und sich auf einen weiteren Arbeitstag im *Tietz* eingestellt.

Er saß am Schreibtisch und brütete gerade über einer Liste, die ihm einer der Kontoristen gebracht hatte. »Wir sind schon wieder fast ausverkauft und erwarten dringend eine Lieferung.« Hermann erhob sich und massierte sich den schmerzenden Rücken.

»Das ist doch erfreulich.« Leonhard umarmte seinen Onkel. »Dann bleibt zu hoffen, dass die Lieferung zeitig eintrifft und wir gute Geschäfte machen können.«

»Aber das soll heute nicht eure Sorge sein, Kinder.« Hermann winkte ab. »Sagt, was treibt euch hierher? Wann seid ihr in Stralsund angekommen? Hattet ihr eine gute Reise?«

»Heute Nachmittag.« Flora zog sich lächelnd einen Stuhl heran und sah die Bestellliste durch, die der junge Kommis Eduard geschrieben hatte. »Der Zug hatte allerdings Verspätung, weil unterwegs eine Weiche nicht funktioniert hat.«

»Ihr müsst hundemüde sein.«

»Nennen wir es einen wohligen Zustand der Erschöpfung«, erwiderte Leonhard. »Doch wir wollten unbedingt sehen, wie es dir hier in den letzten Tagen ergangen ist, Onkel Hertie.«

Hermann wurde ernst. »Es gab in der Tat ein paar Probleme, nichts Ernstes zwar, aber es war gut, dass ich die Dinge klären konnte, um Schlimmeres abzuwenden.«

»Müssen wir uns Sorgen machen?« Flora legte die Liste zur Seite und sah zu Leonhards Onkel auf. Ein ungutes Gefühl beschlich sie. Und ihr Gefühl trog sie äußerst selten.

Hermann setzte sich wieder auf seinen Stuhl. »Georg Wertheim scheint es nicht zu gefallen, dass ihr mit eurem Geschäft erfolgreich seid.« Er lächelte müde. »Er hat versucht, hier zu spionieren, und wollte eines der Ladenmädchen erpressen.«

»Josephine«, entfuhr es Flora sofort.

»Woher weißt du …?«

»Sie ist angreifbar, seitdem die Sache mit ihrem Vater geschehen ist.«

»Du liegst richtig, werte Flora.« Hermann nickte. »Genau da hat Wertheim angesetzt – weiß der Geier, wie er an die Information gekommen ist. Er hat jedenfalls versucht, Josephine ins Zuchthaus zu bringen, wenn sie nicht kooperiert.«

»Unfassbar.« Flora spürte, wie Wut in ihr aufstieg. »Was bildet dieser aufgeblasene Kerl sich ein, hier in unserer Abwesenheit aufzutauchen und …« Sie schlug mit der Hand auf die Tischplatte. Das Tintenfässchen und der hölzerne Globus vollführten einen wilden Hüpfer.

»Reg dich nicht auf, Flora.« Ein mildes Lächeln lag auf Hermanns Lippen. »Ich habe die Sache bereits geklärt.«

»Wie denn?« Nun hatte auch Leonhard seine Sprache zurückgefunden.

»Ich habe Wertheim einen Besuch abgestattet und ihm gesagt, dass wir solche Machenschaften nicht dulden werden.«

»Und – wie hat er reagiert?« Flora sah zu Leonhard, der ruhelos durch das Büro trottete und den Boden anstierte. Dabei schüttelte er nur den Kopf. Flora kannte ihn gut genug, um zu wissen, dass das kein gutes Zeichen war.

Onkel Hermann lachte. »Er war verwundert über meine offenen Worte.«

»Was hast du ihm gesagt?«, wollte Flora wissen.

»Dass er, wenn er Fragen hat, gerne zu mir kommen kann. Sollte er sich noch einmal unserem Personal nähern, könnte das unangenehme Folgen für ihn haben. Ich denke, dass er es nicht mehr wagen wird, hier aufzutauchen, um krumme Dinger zu drehen.«

»Das wollen wir hoffen«, murmelte Flora.

»Er wird nach Berlin gehen«, erzählte Onkel Hertie ihnen. »Dort ist die Eröffnung eines großen Kaufhauses geplant. Ich denke, dass er wissen wollte, ob ihr ähnliche Ambitionen habt.«

»Berlin kann er haben«, brummte Leonhard und massierte sich das Kinn. »Woher weißt du davon?«

Jetzt musste Hermann lachen. »Hier in Stralsund pfeifen es die Spatzen von den Dächern, Leo.«

»Dann lässt er uns hoffentlich in Ruhe.« Flora atmete auf. »Wie geht es Josephine?«

Hermann wiegte den Kopf. »Ich denke, Eduard kümmert sich aufopferungsvoll um sie.«

»Jetzt hat sie also ein Auge auf unseren Kommis geworfen?« Flora musste lächeln. »Wenigstens lässt sie dann die Finger von Sally.«

Hermann lachte polternd. »Wie schön, dass sich alles zum Guten gewendet hat.« Er machte eine Pause. »Jetzt aber zu euch: Wie ist es euch in Schweinfurt ergangen?«

»Es wird einen Laden geben«, eröffnete Leonhard ihm mit feierlicher Miene. »Einen sehr großen Laden.«

»Du folgst meiner Vision«, stellte Hermann zufrieden fest. »Also habt ihr gleich nach einem größeren Ladenlokal Ausschau gehalten?«

»Das nicht.« Leonhard zwirbelte seinen Bart. »Es war eher ein Zufall. Richard Köhler, der Hausmakler, hat uns in der Tat ein geeignetes Ladenlokal von guter Größe und in bester Lage der Schweinfurter Innenstadt vermieten können.«

»Prima!« Hermann schlug sich begeistert auf die Schenkel und sprang auf, nur um gleich darauf das Gesicht zu verziehen. »Der verdammte Rücken«, fluchte er. Als der Schmerz nachließ, fragte er: »Aber sind zwei Etagen nicht etwas viel für Knöpfe, Spitzen, Stoffe, Bänder und eine kleine Modekollektion?«

»Nun, es kommen Korbwaren, Malereibedarf, Tapeten, Porzellan und Wein hinzu.« Leonhard strahlte. Am liebsten hätte Flora ihn in diesem Moment an sich gezogen und geküsst. Sie liebte es, wenn er seine Pläne so leidenschaftlich vorstellte.

»Du machst Witze!«

»Keineswegs, werter Onkel.« Leonhard berichtete von den verschiedenen Gesprächen, die er in Schweinfurt geführt hatte. »Unsere Idee kommt bei vielen Herstellern gut an«, freute er sich. »Wenn es so weitergeht, werden die Großhändler uns bald hassen. Wir verderben ihnen die Geschäfte, weil wir unsere Waren gleich bei den Herstellern beziehen.«

»Das kann uns niemand verbieten.« Hermann massierte sich den schmerzenden Rücken. »Es scheint in Windeseile voranzugehen«, bemerkte er schließlich. Dann ging er zum Sessel, ließ sich in die weichen Polster sinken und betrachtete Flora und Leonhard. »Schießt los und lasst einen alten Mann nicht dumm sterben.«

»Was möchtest du hören?«, fragte Leonhard.

»Alles«, rief Onkel Hertie. »Ich will alles wissen.« Dann deutete er zur Zimmerdecke. »Und wenn wir es richtig anstellen, wird hier auch das nächste Warenhaus entstehen.«

Leonhard hob fragend eine Augenbraue.

»Ich habe nachgedacht«, erklärte Onkel Hermann ihm. »Über uns befindet sich die Wohnung, deren Kammern von den Arbeitern genutzt werden. Wie wäre es, wenn wir ihnen eigene Quartiere zur Verfügung stellen und die Wohnung zur Verkaufsfläche umbauen lassen?«

Leonhard warf Flora einen Blick zu und lächelte zufrieden. »Onkel Hermann«, sagte er, »ich sehe, wir sprechen die gleiche Sprache – genau diese Idee ist mir in Schweinfurt auch schon gekommen. Wir werden uns vergrößern, damit alle, die Bürgerschaft, die Arbeiter und alle Bauern aus der Umgebung ihre Waren des täglichen Bedarfs bei *Tietz* einkaufen.«

Onkel Hermann grinste. »Und wenn uns das gelingt, wird Wertheim schon bald ziemlich dumm aus der Wäsche gucken!«

*

Josephine war froh darüber, dass Flora und Leonhard Tietz endlich zurück in Stralsund waren. Nun lief wieder alles in geregelten Bahnen, und niemand würde es wagen, sie zu erpressen. Den Zwischenfall mit Georg Wertheim hatte der Onkel des Chefs zwischenzeitlich für sie geregelt. Was genau er mit Wertheim besprochen hatte, war sein Geheimnis geblieben, doch er hatte ihr versichert, dass sie sich nun keine Sorgen mehr machen müsse. Georg Wertheim werde sie fortan nicht mehr behelligen. Zum ersten Mal seit Tagen fühlte sie sich im Laden richtig wohl und erwischte sich auch nicht mehr dabei, verängstigte Blicke auf die Straße zu werfen, um sich zu vergewissern, dass Wertheim ihr nicht doch wieder auflauerte. Es war, als hätte es den Zwischenfall niemals gegeben.

Statt an den furchtbaren Wertheim dachte sie nun immer öfter an Eduard. Bei dem Gedanken an den zuvorkommenden Kommis wurde ihr immer ganz warm ums Herz. Er schien sie ebenfalls zu mögen, denn er hielt sich bei jeder Gelegenheit in ihrer Nähe auf, und war es auch nur, um sie in ein kurzes Gespräch zu verwickeln. Dabei lächelte er sie immer so seltsam an. Eduard war keiner dieser Männer, die sich übertrieben geckenhaft verhielten, sobald sie Interesse an einem Mädchen hatten. Er war hilfsbereit, hatte stets ein nettes Wort für sie übrig und suchte, wenn er mit ihr sprach, immer den Blickkontakt. Josephine hatte ihre anfängliche Schwärmerei für Sally Baumann fast vollkommen vergessen und wünschte ihm viel Glück mit seiner Anna.

Josephine bediente die Kundschaft heute mit ganz besonderer Begeisterung, denn Eduard hatte sie zum Ausgehen eingeladen. Heute war Sonntag, und sie hatte am Nachmittag frei. Zwar hatte das *Tietz* geöffnet, um den Landarbeitern die Gelegenheit zum Einkauf zu geben, doch Hannah hatte sich bereit erklärt, Josephines Schicht zu übernehmen. Das Lehrmädchen war aufmerksam genug, um zu bemerken, dass es zwischen Eduard und Josephine gefunkt hatte.

Immer wieder sah Josephine auf die große Uhr an der Wand. Eine Stunde noch, dann hatte sie endlich Feierabend. Sie konnte es kaum erwarten, mit Eduard loszuziehen, und war gespannt, wohin er sie entführen würde.

Kapitel 38

Floras Wangen glühten vor Aufregung. »Ich möchte aus jedem Laden ein modernes Spezialhaus machen, mit einer sehenswerten Schaufensterdekoration und feenhaften Innendekorationen, ich will Lampen im Innern, die einen bezaubernden Lichtschein verbreiten und den Käufern ein buntes Bild unseres Sortiments präsentieren.«

Leonhard lächelte. Die Worte seiner Frau malten ein detailliertes Bild davon, wie Flora sich die *Tietz*-Geschäfte künftig vorstellte. Er saß in dem bequemen Sessel am Fenster der Stube und hörte ihr aufmerksam zu.

Flora wanderte ruhelos durch die lichtdurchflutete Wohnung, während sie sprach. »Ich will die Waren so drapieren, dass sie eine Farbsymphonie darstellen, ein Flimmern soll in der Luft liegen, wie wenn sich auf einer Blumenwiese die goldenen Sonnenstrahlen in tausend und abertausend glitzernden Tauperlen widerspiegeln.« Sie blieb mitten im Raum stehen und betrachtete Leonhard. »Warum sagst du nichts?«

Er lächelte. »Ich lausche deinen Worten, Bella. Du hast vor, alles künstlerisch zu präsentieren und eine Darbietung unseres Sortiments zu inszenieren, die den Kunden einen feierlichen Eintritt ins Reich der Mode ermöglicht.«

»Jedes Kaufhaus soll eine Sehenswürdigkeit sein«, nickte Flora. »Vielleicht sollten wir Schilder malen lassen, auf denen so etwas steht wie: Besichtigung höflich erbeten.«

»Das ist eine gute Idee.« Leonhard sah mit einem seligen Lächeln auf den Lippen zu seiner Frau auf. »Bald wird ganz Stralsund bei uns kaufen, davon bin ich überzeugt.« Er erhob sich und trat an das selbst gebaute Grammophon, das er einst von einem guten Freund geschenkt bekommen hatte. Damals ahnte Leonhard noch nicht, dass die Erfindung von Emil Berliner die Musikwelt revolutionieren würde. Leonhard stand einen Moment lang unschlüssig vor der Kommode, bevor er die neueste Platte auflegte, die ihm sein Freund bei ihrem letzten Treffen mitgebracht hatte. Leonhard betätigte die Kurbel, der Plattenteller begann sich zu drehen, es knisterte und knackte, dann drang die Melodie von *Home, Sweet Home* aus dem riesigen Metalltrichter. Nach ein paar Klaviernoten erklang die glasklare Stimme der australischen Opernsängerin Nellie Melba, die eigentlich Helen Mitchell hieß. Leonhard hatte vor einigen Jahren die Gelegenheit gehabt, Melba im Anschluss eines Konzertes in Berlin persönlich kennenzulernen. An manchen Tages gelang es ihm trotz der Hektik und seines geschäftigen Treibens, seiner größten Leidenschaft, der Musik, nachzugehen.

»Das klingt wundervoll«, bemerkte Flora.

»Nellie Melbas Stimme ist grandios«, schwärmte Leonhard.

»Das meine ich nicht.« Flora musste lachen, als sie Leos weltentrückten Blick sah. »Das Knistern der Platte«, erklärte sie und nahm seine Hand. »Es klingt wie das Prasseln eines Kaminfeuers an einem kalten Wintertag, wobei die Flammen unser Haus zu einem heimeligen Unterschlupf machen.«

»Die Villa meinst du?« Leo lächelte.

Flora nickte. »Ja, unsere Villa.«

»Bald werden wir uns das leisten können, wenn die Geschäfte weiter so gut laufen.«

»Hast du noch einmal über Elberfeld nachgedacht?« Flora war nachdenklich geworden. Es würde ihr sicher nicht leichtfallen, hier in Stralsund alle Zelte abzubrechen, um im fernen Westfalen ein neues Leben zu beginnen. Stralsund war ihr in den letzten Jahren ans Herz gewachsen, und es war nicht so weit vom heimischen Birnbaum entfernt wie Elberfeld. Der Gedanke, sich bald noch weiter von ihren Wurzeln in Posen zu entfernen, bereitete ihr Unwohlsein.

Leonhard schien zu wissen, was sie bewegte. »Wir können jederzeit nach Birnbaum fahren, wenn dich das Heimweh packt, Bella.«

Sie nickte nur und senkte den Blick. Fast war es ihr ein wenig unangenehm, dass Leo offenbar bis in die Tiefen ihrer Seele blicken konnte. »Ich liebe meine Familie, und es ist eine glückliche Fügung, dass Sally hier eines Tages auftauchte, weil er es in Birnbaum nicht mehr aushielt.«

»Und nun werden er und Anna in Schweinfurt große Erfolge erzielen.«

»Das wollen wir hoffen, Leo.« Flora seufzte. »Aber was ich meinte, ist, dass meine Geschwister über das halbe Land verteilt sind. Julie lebt ja inzwischen mit Markus in Bamberg.«

»Das ist der Lauf des Lebens, Liebes. Kinder werden erwachsen, sie gehen ihren eigenen Weg und erlernen Berufe, die sie in alle Himmelsrichtungen davontreiben.«

»Auch Max fehlt mir sehr.« Flora hatte ihren geliebten Bruder schon eine Ewigkeit nicht mehr gesehen. »Zwischen uns existiert schon immer eine ganz besondere Verbundenheit«, erzählte sie Leonhard. Seit ihrer Kindheit gab es zwischen Max und ihr ein unsichtbares Band. Zwar liebte sie alle ihre Geschwister, doch das Verhältnis zu ihrem fünf Jahre jüngeren Bruder Max war ein ganz besonderes. Umso schmerzhafter war es, dass sie sich so lange nicht mehr gesehen hatten, denn Max war ein Weltenbummler und liebte das Reisen über alles. Er war damals erst kurz vor ihrer Hochzeit heimgekehrt, um gleich danach ins ferne Afrika zu reisen, wo er fünf Jahre gelebt hatte. In dieser Zeit hatten sie kaum voneinander gehört, denn die Briefe, die sie sich geschrieben hatten, waren mehrere Wochen unterwegs gewesen, wenn sie denn überhaupt ankamen.

Vielleicht, dachte Flora, *ist es unser Schicksal, dass wir weit voneinander getrennt leben.*

»Elberfeld ist nicht Südafrika, weißt du«, riss sie Leonhards Stimme aus den Gedanken. Er lächelte, und erst jetzt fiel Flora auf, dass die Musik aus dem Grammophon verstummt war.

»Manchmal ist es mir unheimlich«, flüsterte sie.

»Was meinst du, Bella?« Seine Stimme war sanft.

»Dass du offenbar meine Gedanken lesen kannst.«

»Ach was«, Leonhard winkte ab, »das ist zwischen uns völlig normal – du bist so fest ein Teil meines Herzens, dass ich mir oft denken kann, was du gerade empfindest.«

Tränen der Rührung traten in Floras Augen. Sie trat auf ihn zu und schmiegte sich eng an ihn. Leonhard legte seinen Arm um sie und küsste ihr Haar, so wie er es schon immer gern getan hatte. Minutenlang genossen sie einfach die Nähe des anderen.

»Ich habe eine Idee«, sagte Leonhard so plötzlich, dass Flora ein wenig erschrak. Sie löste sich von ihm und sah zu ihm auf.

»Was treibt dein Bruder gerade?«

»Max?«

Leonhard nickte. Da war es wieder, das träumerische Strahlen in seinen Augen. »Ja, was macht er gerade beruflich?«

Flora wurde bewusst, wie wenig sie über ihren Bruder wusste, und schämte sich ein wenig dafür. Sie zuckte mit den Schultern. »Nach seiner Rückkehr aus Afrika hat er sich hier und dort ein wenig verdingt, ohne aber irgendwo Fuß zu fassen.«

»Verfügt er über kaufmännisches Fachwissen?«

»Er ist zumindest bei unserem Onkel in die Lehre gegangen«, erwiderte Flora.

»Man müsste ihn also einarbeiten.«

Langsam verstand Flora, worauf ihr Mann hinauswollte. Ihre Miene hellte sich auf. »Du meinst, wir sollten Max fragen, ob er für uns arbeiten möchte?«

»Wir benötigen dringend zuverlässiges Personal«, nickte Leonhard. »Das wächst bedauerlicherweise nicht auf Bäumen. Und unsere Familienmitglieder kennen wir gut genug, um ihre Fähigkeiten einschätzen zu können, von der zwingend notwendigen Loyalität ganz zu schweigen.«

»Loyal ist Max«, versicherte Flora ihm. »Auf ihn ist Verlass, er war schon immer sehr umsichtig und besaß stets die Fähigkeit, einen Schritt weiterzudenken als wir anderen Geschwister, die wir teils älter sind als er.« Sie erinnerte sich an ihre Kindheit in Birnbaum und spürte plötzlich eine tiefe Sehnsucht.

»Gut, dann scheint er der richtige Mann für uns zu sein.« Leonhard nickte zufrieden. Er trat an das Grammophon und nahm die Platte vom Drehteller. Aus dem Kabinett zog er eine weitere Scheibe hervor und legte sie auf. Nach ein paar Drehungen der Kurbel ertönte aus dem Trichter wieder das heimelige Knistern, das Flora so liebte. Als die Musik anfing, versank Leonhard für den Augenblick in seiner eigenen Welt. Er schloss die Augen und bewegte stumm die Lippen mit.

»Wusstest du, dass manche Sänger gar nicht für das Grammophon singen wollen?« Leonhard schlug die Augen auf. Er trat an das Kabinett und schenkte sich einen Whisky ein. »Sie haben Angst, in den Trichter zu singen, weil sie fürchten, dass ihre Stimmen dort zwar hinein-, aber nicht mehr herauskämen.« Leonhard lachte amüsiert.

Flora wusste, dass ihr Mann die Oper und den Gesang liebte und leidenschaftlich gern tanzte – wenn ihm dazu mal die Zeit blieb. Sie beschloss, ihn bei nächster Gelegenheit mit einem Besuch der Oper zu überraschen. »Was hältst du davon, wenn du ihm einen Brief schreibst?«

»Wem?« Flora konnte den Gedankensprüngen ihres Mannes nicht folgen.

Er stellte die Whiskyflasche ab und kehrte mit dem Glas zu seiner Frau zurück. »Ich meine deinen Bruder Max.«

»Ich bin mir gar nicht sicher, ob ich seine aktuelle Anschrift kenne«, erwiderte Flora traurig.

»Versuch es in Birnbaum«, empfahl Leonhard ihr.

»Sollten wir dort nicht auch mal wieder hinfahren?« Flora wusste schon gar nicht mehr, wie lange sie nicht mehr in der alten Heimat gewesen war.

»Sobald wir Zeit finden, sollten wir das in Angriff nehmen.«

»Aber Leo, wir haben nie Zeit«, seufzte Flora. »Die Jungen, die Geschäfte in Stralsund, in Schweinfurt und bald in Elberfeld. Wann sollen wir uns die Zeit nehmen, die Familie zu besuchen?«

»Du vermisst deine Familie, mein Schatz, also werden wir das irgendwie schaffen.« Er seufzte und nippte von seinem Single Malt. »Noch bevor wir nach Elberfeld fahren, sollte unser Weg nach Birnbaum führen, Bella.«

»Ihr seid ja noch wach!«

Erschrocken fuhr Flora herum. Onkel Hermann war lautlos in der Stube aufgetaucht. Als er ihren Blick sah, wirkte er schuldbewusst. »Oje«, sagte er schnell, »ich wollte nicht indiskret sein, bitte entschuldigt die Störung.«

»Schon gut«, sagte Leonhard. »Komm und leiste uns Gesellschaft.«

»Wir sollten längst im Bett sein.« Flora fühlte sich schuldig. »Haben wir dich geweckt?«

»Nicht wirklich.« Hermann trat näher und ließ sich von Leonhard ein Glas Whisky einschenken. »Ich war noch wach und dachte darüber nach, wohin mich mein Weg als Nächstes führt.«

»Sicher bist du zu einer weisen Entscheidung gekommen.« Die Männer prosteten sich zu.

»Darf man erfahren, wie deine Pläne sind?« Leonhard sank wieder in seinen Ohrensessel. Die Musik verstummte, und sekundenlang war es still im Raum.

»Ich werde wie geplant nach Gera fahren, um zu sehen, ob ich deinem Bruder helfen kann.« Hermann zog sich einen Hocker heran und setzte sich seinem Neffen gegenüber. »Er hat ziemlich gelitten beim Familientreffen in Bamberg.«

»Chaskel ist ein Tyrann«, entfuhr es Flora. Als Hermann sie ansah, bereute sie sofort ihre Ehrlichkeit.

»Wie recht du hast, Flora.« Hermann nahm einen Schluck aus dem Glas. Sein Blick ging ins Leere. »Aber es fällt jedem in unserer Familie schwer, ihm Einhalt zu gebieten, und so hält er sich weiterhin für das Familienoberhaupt.«

»Was kann man denn dagegen tun?« Flora sank mit hilfloser Miene auf das weiche Sofa. »Oscar und Rebecka leiden sehr unter seinem Regime.«

»Ich weiß«, knurrte Hermann. Seine freie Hand hatte er zur Faust geballt. »Es zerreißt mir das Herz, zu sehen, wie Betty leidet. Sie will einfach nur glücklich sein an Oscars Seite.«

»Und das sei ihr vergönnt«, fand Flora.

»Wie recht du hast, meine Liebe.« Hermann wirkte plötzlich so verbittert, wie sie ihn noch nie erlebt hatte.

»Was hast du vor?«

Onkel Hertie stierte in sein Glas, nahm einen Schluck und betrachtete erst seinen Neffen und dann Flora. »Ich werde ihnen diese verdammte Synagoge bauen.«

»Was?« Leonhard verschluckte sich und erlitt auf der Stelle einen Hustenanfall. Er murmelte eine Entschuldigung. »Bei allem Respekt, werter Onkel«, sagte er, nachdem er sich beruhigt hatte, »aber die Forderung von Onkel Chaskel bewerte ich als Schikane, um die Hochzeit zu verhindern.«

»Richtig.« Hermann lächelte grimmig. »Und genau das werde ich nicht zulassen. Betty und Oscar werden heiraten, weil ich davon überzeugt bin, dass sie einander wirklich lieben.« Ein sanftes Lächeln spielte um seine Mundwinkel. »So, wie es bei euch der Fall ist.«

»Das ist es.« Floras Blick glitt zu dem Bild an der Wand, das Sally vor Jahren von ihr gemalt hatte. Nicht auszudenken, wie sie sich gefühlt hätte, wenn damals, kurz vor ihrer Hochzeit, jemand ihrem Glück mit Leonhard im Weg gestanden hätte.

»Und ich werde mich nach Kräften darum bemühen, dass es Oscar genauso gut ergeht wie euch.«

»Was wäre die Familie nur ohne dich, Onkel Hermann?« Flora bewunderte den alten Mann zutiefst.

Hermann trank einen Schluck Whisky und brummte etwas Unverständliches. »Morgen«, fügte er hinzu, »werde ich meine Koffer packen.«

»Das ist sehr bedauerlich«, meinte Leonhard.

»Ich weiß, und ich wäre auch gerne noch geblieben, aber Gera ruft.« Hermann seufzte. »Dort gilt es, das Glück der beiden wieder auf den rechten Weg zu bringen.« Er leerte sein Glas und erhob sich, wobei er ein Gähnen unterdrückte. »Ich bin sicher, dass dein Bruder seinen Weg machen wird, Leonhard. Und wenn es erforderlich ist, stehe ich ihm zur Seite, so, wie ich euch zur Seite stehe.«

»Bitte lass es mich wissen, wenn ich etwas für Oscar tun kann.«

»Ich denke, ihr seid auf dem rechten Weg. Das ist das Einzige, was in Bamberg gut funktioniert hat – der Zusammenhalt auf der geschäftlichen Ebene.«

»Und bald bieten wir auch noch ein größeres Sortiment an«, platzte es aus Flora heraus. Ihr war aufgefallen, dass sie Onkel Hertie noch nicht berichtet hatten, dass sie künftig auch Wein, Farben und Tapeten verkaufen würden.

»Genauso machen es auch die Amerikaner«, stellte Hermann anerkennend fest. »Dort geht man in ein Warenhaus und kauft alles, was man benötigt. So etwas fehlt uns hier noch.«

Leonhard lächelte verstehend. »Wir arbeiten bereits daran, Onkel Hertie.«

»Wenn das so weitergeht, wird der Name Tietz bald in aller Munde sein.« Hermann stellte sein Glas auf das Mahagonikabinett und betrachtete das florale Muster der Wandtapete. »Und so etwas«, sagte er, »wollt ihr demnächst auch verkaufen?«

»Ich konnte in Schweinfurt vielversprechende Gespräche mit Wilhelm Sattler junior führen«, erzählte Leonhard seinem Onkel.

»Dem Hersteller des Schweinfurter Grün?« Hermann war sichtlich beeindruckt. »Respekt, lieber Neffe. Sattler gilt in der Geschäftswelt als selbstverliebt und größenwahnsinnig. Du solltest wachsam sein, wenn du mit ihm Geschäfte machst.«

»Das werde ich.«

»Schweinfurter Grün?« Flora hörte den Begriff zum ersten Mal.

»Eine ganz besondere Farbe«, erklärte Hermann ihr. »Sie ist sehr bekannt und ziemlich beliebt.«

Flora überlegte kurz. »Wir sprachen doch über ein Wiedererkennungsmerkmal für die Tietz-Geschäfte«, erinnerte sie dann die Männer. »Wie wäre es, wenn das Tietz im Schweinfurter Grün erstrahlt? Das könnte eine schöne Verbindung zwischen Sattler und Tietz herstellen, meint ihr nicht?«

»Dann begrüßen die Tietz-Läden künftig ihre Kundschaft mit dem berühmten Schweinfurter Grün.« Hermann nickte begeistert. »Das ist ein genialer Einfall, liebe Flora, und du, mein schlauer Neffe, hast es mit deinen Verhandlungskünsten erst möglich gemacht.« –

»Vielen Dank für das Lob.« Leonhard errötete auf der Stelle. Dass er von seinem hochgeschätzten Onkel derart gepriesen wurde, war ihm sichtlich unangenehm. Auch Flora spürte Hitze in ihren Wangen aufsteigen.

»Nun, Kinder, es ist spät geworden«, bemerkte Onkel Hermann und gähnte herzhaft. »Ich wünsche eine angenehme Nachtruhe.« Mit diesen Worten ließ er Flora und Leonhard allein zurück.

»Ich liebe deinen Onkel«, entfuhr es Flora, als seine Schritte verhallt waren. »Was täten wir nur ohne ihn?«

»Ja.« Leonhard nickte gedankenverloren. »Wo wären wir nur ohne unseren guten Onkel Hertie?«

Kapitel 39

In der Kutsche auf dem Weg zu Oscars Haus entdeckte Hermann eine Annonce in der *Geraer Zeitung*, die ihm ein Zeitungsjunge am preußischen Bahnhof verkauft hatte. Kurz hatte er überlegt, in der Bahnhofsrestauration einzukehren, wo man auf einer großen Tafel für Beefsteaks, Ente und Meerrettich warb. Daneben lockte eine Karte mit verschiedenen Biersorten zum Verweilen, doch Hermann zog es zu seiner Familie. So ignorierte er den Hunger und nahm eine der vor dem Bahnhofsgebäude bereitstehenden Kutschen, um sich zur Straße Sorge bringen zu lassen. Nachdem der Kutscher sich um Hermanns Koffer gekümmert hatte, führte die Fahrt durch die Straßen der Stadt, vorbei an der von einem schrecklichen Brand zerstörten und neu aufgebauten Likörfabrik der Gebrüder Häußler in Richtung Innenstadt.

Während draußen die teils grauen und unansehnlichen Häuser Geras vorüberzogen, blätterte Hermann in der Zeitung, um sich über das aktuelle Zeitgeschehen zu informieren.

In Gera drohten Streiks, denn die Textilarbeiter verlangten einen Lohn von mindestens zwölf Mark pro Woche und eine Arbeitszeit von maximal zehn Stunden am Tag, in der Zeit von montags bis samstags. *Endlich regt sich Widerstand gegen die unmenschlichen Arbeitsbedingungen*, freute sich Hermann, bevor sein Blick auf die großformatige Annonce neben dem Zeitungsartikel fiel.

Dem verehrten Publikum Geras und Umgebung die
ergebene Mitteilung, dass ich am hiesigen Platze,
Sorge 23,

im Hause des Herrn Anton Perzel,

Ein Garn-, Knopf-, Posamentier-, Weiss- und Wollwarengeschäft

en gros und en détail

Unter der Firma

HERMANN TIETZ

eröffnet habe.

Haben Sie die Güte, mich mit Ihrem Besuch zu beehren,

und seien Sie sich meiner Hochachtung gewiss!

Hermann Tietz

Hermann runzelte die Stirn. Was er da las, kam ihm vor wie ein schlechter Scherz. Die Adresse Sorge 23 war exakt die, die er dem Kutscher vor der Abfahrt genannt hatte, und der in der Anzeige der Geraer Zeitung genannte Anton Perzel war der Vermieter des Hauses, in dem Oscar mit Betty lebte und arbeitete. Doch wie kam sein Neffe dazu, in seinem Namen für das Geschäft zu werben?

Es war ein eigenartiges Gefühl aus Wut und Enttäuschung, das in Hermann brodelte. Was hatte Oscar bewogen, im Namen seines abwesenden Onkels zu werben? Auch vor seiner Abreise hatten sie kein Wort über eine solche Zeitungsannonce verloren. Es hatte den Anschein, als betriebe Oscar sein Geschäft unter dem Namen des Onkels. Immer wieder überflogen Hermanns Blicke den Inhalt der Anzeige, immer wütender wurde er, je öfter er seinen eigenen Namen in fettgedruckten Lettern auf dem Zeitungspapier las.

»Kutscher«, rief Hermann aufgebracht und klopfte gegen die Kabine des Fuhrwerks. »Geht das nicht schneller?«

»Bedaure, mein Herr, es ist viel Verkehr heute«, entgegnete der Kutscher mit lauter Stimme.

Hermanns Hände zitterten, als er die Zeitung zusammenfaltete. Er achtete dabei darauf, dass die Anzeige vorn lag. Wütend warf er die Seiten neben sich auf die Sitzbank und blickte aus dem Fenster. Doch die Häuserzeilen, die an ihnen vorüberzogen, die Menschen auf dem Trottoir und das geschäftige Treiben in den holprigen Straßen nahm er gar nicht bewusst wahr. Er konnte nur daran denken, seinen Neffen zur Rede zu stellen.

*

»Hermann – wie schön!« Betty strahlte, als ihr Ziehvater den Laden betrat. Gerade hatte sie eine Kundin zur Tür gebracht, das Lehrmädchen befand sich im Kontor, um neue Stoffe zu holen, so dass Betty allein im Verkaufsraum war. Sie hatte überhaupt nicht mit dem Besuch von Hermann gerechnet.

»Ich dachte, du bist noch in Stralsund«, sagte Betty, als Hermann schwieg. Da lag etwas in seinem Blick, das sie nicht einordnen konnte, obwohl sie ihn in den langen gemeinsamen Jahren schon in vielen Situationen erlebt hatte. Seine Miene wirkte eigenartig verschlossen, über seiner Nasenwurzel lag eine steile Falte.

Hermann stellte den Koffer gleich neben der Tür ab. »Wo steckt Oscar?«

Betty bekam es mit der Angst zu tun. Irgendetwas musste vorgefallen sein, das ihn derart aufgebracht hatte. Ihr Ziehvater kämpfte sichtlich um seine Fassung.

»Hinten, im Büro.«

»Hol ihn bitte her.«

Betty wagte nicht, ihm irgendwelche Fragen zu stellen. Sie ließ ihren Ziehvater allein im Laden zurück und begab sich in die hinteren Räumlichkeiten. Dort wäre sie um ein Haar mit Oscar zusammengeprallt. Er sah mit einem einzigen Blick, dass etwas nicht stimmte.

»Was ist denn los, Liebes?«

»Hermann ist hier«, flüsterte Betty. Als sie mit der Hand in Richtung Laden deutete, zitterte sie leicht. »Und er will dich sprechen. Sofort.«

»Seltsam.« Oscar machte eine ratlose Miene und folgte ihr zurück in den Laden. Inzwischen waren zwei Kundinnen aufgetaucht, die sich offenbar für die Spitzendeckchen interessierten. »Ich bin sofort bei Ihnen«, versprach Betty ihnen.

»Hallo, Onkel Hermann.« Oscar lächelte seinen Onkel vorsichtig an und breitete zur Begrüßung die Arme aus. Doch Hermann verharrte regungslos wie eine Statue.

Schließlich deutete Hermann mit dem Daumen nach draußen. »Mitkommen«, sagte er knapp. Der strenge Tonfall duldete keinen Widerspruch. Betty warf ihrem Verlobten einen fragenden Blick zu, den Oscar nur mit einem hilflosen Schulterzucken beantwortete. Brav folgte er seinem Onkel, der bereits in der Ladentür stand und auf seinen Neffen wartete. Betty machte, dass sie den Männern folgte. Die beiden Kundinnen hatte sie für den Augenblick vergessen.

Mit vor der Brust verschränkten Armen stellte sich Hermann mitten auf die Straße. Ein Mann, der seinen schwer mit Säcken beladenen Handkarren zu einer benachbarten Bäckerei schob, fluchte wild, doch Hermann ignorierte ihn.

Oscar und Betty gesellten sich zu ihm auf das ungleiche Kopfsteinpflaster, so dass sie geradewegs auf die Fassade des Hauses blicken konnten. Hermann deutete bedeutungsvoll auf den Laden. Oscar und Betty folgten seinem Blick. Mittig über dem Eingang, zwischen den beiden Treppenhausfenstern, prangte der Schriftzug des Hausbesitzers Anton Perzel.

»Und?«, fragte Oscar verwundert. »Das ist der Name unseres Vermieters.«

Hermann schüttelte den Kopf. »Ich meine das da.« Er zeigte auf die neue Reklame, die über den beiden Schaufenstern und dem Eingang hing, der zwischen den Fenstern lag. »Was hat das zu bedeuten?«

»Ach so.« Oscar lächelte Hermann stolz an. »Gefällt es dir?«

»Wie kommt ihr auf so etwas?«, grollte Hermann mit einem Kopfschütteln. »En gros und en détail, HERMANN TIETZ«, las er die Inschrift des Banners vor.

»Ist doch gut, oder?«, fragte Oscar zaghaft.

»Was fällt euch ein …?« Hermann beäugte erst seinen Neffen, dann wanderte sein Blick zu Betty. »Wie könnt ihr es wagen?« Er griff in die Innentasche seines schwarzen Jacketts und zog die *Geraer Zeitung* hervor. »Und das hier!«

Betty erkannte die Annonce, die sie bei der Zeitung aufgegeben hatte, sofort wieder.

»Ohne mich zu fragen!«, wetterte Hermann. »Es ist eine Frechheit! Wie könnt ihr den Laden nach mir benennen? Bekommt ihr einen besseren Kredit bei der Bank, oder warum benutzt ihr ungefragt meinen Namen?« Hermann war laut geworden, und seine Stimme schallte über die Straße wie die Explosion einer Bombe. Seine Augen funkelten vor Wut. »Eine Frechheit ist das, Kinder!«

Eine Passantin blickte sich erschrocken zu ihnen um. Sie nahm ihr kleines Kind schnell an die Hand und hastete weiter.

»Wie könnt ihr es wagen, mit meinem Namen für euer Geschäft zu werben?«

So aufgebracht hatte Betty ihren Ziehvater noch nie erlebt. Da Hermann seiner Wut nun Luft machte, blickten sich immer mehr Menschen auf der Straße zu ihnen um. Am liebsten wäre Betty vor Scham im Boden versunken.

»Können wir das drinnen besprechen?«, fragte sie kleinlaut.

Hermann musterte sie mit unverwandtem Blick. »Warum«, sagte er leise, »warum hast du deinen Verlobten nicht von dieser Schnapsidee abgebracht? Ich habe dich aufgezogen wie mein eigenes Kind, du müsstest wissen, dass ich keinen Spaß verstehe, wenn es um meinen Namen geht.«

»Lass uns reingehen – bitte.« Ihre Stimme war eindringlich. Hermann zögerte kurz, knüllte dann die Zeitung zusammen und warf sie achtlos auf die Straße. Ein Mann in zerrissenen Hosen und löchrigem Hemd eilte herbei, um sich danach zu bücken. Hermann schüttelte den Kopf, bedachte die neue Reklame über dem Laden mit einem letzten verächtlichen Blick, dann stapfte er zurück in Richtung Laden. Betty und Oscar folgten ihm.

»Wir dachten, du freust dich«, flüsterte Betty ihm zu.

»Ich soll mich freuen?« Wie angewurzelt blieb Hermann stehen. »Darüber, dass ihr in meinem Namen ein Geschäft betreibt, an dem ich bedauerlicherweise gar nicht mehr beteiligt bin?«

Die beiden Frauen im Laden schauten dem Trio beim Eintreten mit empörten Mienen entgegen. »Werden wir denn noch bedient?«

»Aber selbstverständlich, die Damen.« Betty setzte ein beflissenes Lächeln auf und versuchte, den Streit mit ihrem Ziehvater auszublenden. Sie fragte die Kundinnen nach ihren Wünschen und sah aus dem Augenwinkel, wie Hermann Oscar am Ärmel seiner Jacke nach hinten zog. Oscar folgte seinem Onkel mit hochrotem Kopf.

Betty konnte sich kaum auf die Beratung der beiden Damen konzentrieren, und so war sie froh, dass die beiden es sich noch einmal überlegen wollten und den Laden schnell verließen, ohne etwas gekauft zu haben. Sobald sie weg waren, eilte Betty den Männern hinterher in das kleine Büro. Zum ersten Mal, seitdem sie das Haus bezogen hatten, wirkte der Raum eng und bedrückend. Oscar hockte auf dem Schreibtisch und stierte mit vor der Brust verschränkten Armen auf den Fußboden.

Hermann stand vor ihm. »Also, erkläre dich.«

»Es war meine Idee«, warf Betty beherzt ein. Sie stand im Türrahmen und beobachtete ihren Ziehvater, der sich im Zeitlupentempo zu ihr umwandte.

»Wie bitte?«

»Es war meine Idee, das Geschäft nach dir zu benennen.«

Hermann seufzte, zog sich einen Stuhl heran und ließ sich darauf nieder. »Ihr schuldet mir eine Erklärung, Kinder.«

»Wir haben den Laden dir zu Ehren Hermann Tietz genannt«, erklärte Oscar. »Du hast immer hinter mir gestanden, als ich mich mit dem Gedanken getragen habe, ein Geschäft zu eröffnen, damals war ich gerade einmal vierundzwanzig und verfügte weder über die nötige Erfahrung noch über die finanziellen Mittel.«

Betty glaubte, bei diesen Worten den Ansatz eines Lächelns in seinem Gesicht erkennen zu können. Ihr wurde fast schwindlig vor Erleichterung.

»Aber du hast es mir dennoch ermöglicht, meine Träume Wirklichkeit werden zu lassen«, fuhr Oscar fort. »Deine jahrelange Erfahrung, dein Wissen, dein Geld – du warst immer für mich da. Und jetzt ...« Oscar breitete die Arme aus und drehte sich einmal um die eigene Achse, »jetzt stehen wir in einem erfolgreichen Laden, die Kunden reißen uns die Waren aus den Händen, und wir denken über eine Expansion nach.« Oscar lächelte seinen Onkel dankbar an. »All das hier wäre ohne dich gar nicht möglich gewesen.«

Hermann schüttelte reumütig den Kopf. »Aber als ich das Geld, das ich dir zur Verfügung gestellt hatte, auf Chaskels Drängen hin zurückfordern musste, war eure ganze Existenz bedroht.«

»Dennoch wären wir ohne deine Hilfe heute nicht da, wo wir jetzt sind«, protestierte Oscar. »Und deshalb gilt dir unser ewiger Dank für all das, was du für uns getan hast, Onkel.«

Betty lächelte sanft. »Indem wir den Laden in deinem Namen führen, Hermann, wollten wir ein Zeichen setzen und uns immer daran erinnern, dass du zu uns gehörst.«

»Und das haben wir getan, ohne dich zu fragen«, murmelte Oscar schuldbewusst. »Dafür möchte ich mich in aller Form entschuldigen.« Er holte tief Luft. »Und wenn du absolut nicht damit einverstanden bist, dass der Laden deinen Namen trägt, machen wir das selbstverständlich wieder rückgängig.«

Hermann dachte einen Augenblick lang nach, dann sah er die beiden ernst an. »Nein«, sagte er leise, »alles bleibt, wie es ist. Und ich war ein Narr, dass ich euch dermaßen zusammengestaucht habe.«

»Ich verstehe das schon«, meinte Betty, »ich hätte wohl ähnlich reagiert, wenn ich die Zeitung aufgeschlagen und dort so unerwartet meinen Namen gelesen hätte.«

»Es war trotzdem nicht in Ordnung, und es tut mir aufrichtig leid.«

»Schon gut.« Oscar winkte ab. Auch er schien erleichtert zu sein, dass wieder Harmonie herrschte. »Wir hätten dich natürlich um Erlaubnis bitten müssen, Onkel Hermann.«

»Vergeben und vergessen.« Jetzt war er von Stolz erfüllt. »Ihr wollt also schon expandieren?«

»Ja«, sagte Oscar. »Wir denken über Berlin nach.«

»Das wäre ungünstig«, erwiderte Onkel Hermann kopfschüttelnd. »In Stralsund habe ich mit Georg Wertheim gesprochen. Er wird ebenfalls in Berlin einen Laden eröffnen.«

»Davon lassen wir uns nicht abhalten«, sagte Betty mit entschlossener Miene. Dann musste sie lachen. »Wertheim wird Augen machen: Erst verzieht er sich aus Stralsund, weil Leonhard ihm das Leben schwer macht. Und dann eröffnet er in Berlin einen Laden, in der Hoffnung, der Familie Tietz entkommen zu sein.«

»Und bekommt es in Berlin mit seinem Bruder zu tun.« Hermann lachte schallend. »Das könnte mir gefallen!« Er hielt kurz inne. »Wenn euer Laden – oder bald schon eure Läden – meinen Namen tragen sollen, dann möchte ich euch aber auch unterstützen.«

Betty hätte am liebsten laut aufgejubelt, und auch Oscar schien sich sehr über das Angebot zu freuen.

»Onkel Hermann …«, stammelte er überglücklich, »das … das wäre großartig!«

»Dann sind wir uns ja einig«, antwortete Hermann zufrieden. Er bedachte seine Ziehtochter mit einem fragenden Blick. »Und was ist mit dir, Kind? Bist auch du einverstanden, wenn ich mich wieder in die Geschicke des Ladens einbringe?«

»Und wie!«, jauchzte Betty. Sie sprang förmlich in seine Arme. Es fühlte sich ungemein vertraut an, von ihm gehalten zu werden. Plötzlich war er nicht mehr der große, etwas einschüchternde Hermann Tietz, sondern ihr lieber alter Ziehvater. Ein Mann, der seine Hand schützend über sie halten würde. Und ein Mann, der sich mit seinen Brüdern überworfen hatte, weil die mit ihrer Verlobung nicht einverstanden waren.

»Hast du noch einmal mit Onkel Chaskel und Onkel Jakob gesprochen?«, fragte sie zaghaft.

»Selbstverständlich, mein Kind. Doch sie weichen nicht von ihrer Meinung ab.« Er seufzte. »Nur Markus scheint mit euren Heiratsplänen keine Probleme zu haben. Er könnte sich durchaus vorstellen, mit euch zu kooperieren, sobald er den Laden eröffnet hat.«

»Das ist gut zu wissen. Und es schert mich überhaupt nicht, was der Rest der Familie zu unserer Verlobung sagt. Wir werden heiraten, komme, was wolle«, erklärte Oscar trotzig.

»Dann scheint ihr euch ja sicher zu sein«, bemerkte Hermann.

Kurz dachte Betty an ihre schrecklichen Alpträume. Immer wieder geisterten ihr nachts die Hexenverbrennungen durch den Kopf, immer wieder war sie schweißgebadet aufgewacht. Sie fürchtete immer noch, dass sich dahinter ein schlechtes Omen verbarg, doch Oscar hatte in den letzten Tagen reichlich Überzeugungsarbeit geleistet, so dass sie langsam wieder Hoffnung schöpfte, doch noch eine glückliche Ehe mit ihm führen zu können.

Ihr zuliebe hatte Oscar zudem die Gerichtsakten zurück nach Bamberg geschickt, wo sie nun gesichtet und archiviert werden sollten. Seitdem die grausigen Dokumente das Haus verlassen hatten, waren auch ihre Angstträume weniger geworden. Damit erhärtete sich Bettys Verdacht, dass die Papiere, die Oscar in Bamberg ersteigert hatte, verflucht gewesen waren.

Hermann rieb sich unternehmungslustig die Hände. »So«, sagte er, während er sich im Büro umsah, »wo fangen wir mit der Arbeit an? Es gibt viel zu tun, nehme ich an?«

Betty war froh, dass er ihre schrecklichen Gedanken offenbar nicht bemerkt hatte. Sie atmete einmal tief durch, dann deutete sie auf den Schreibtisch. »Wir verhandeln gerade mit einem Großhändler, der uns Körbe verkaufen möchte, scheitern aber am Preis.«

»Ja«, bestätigte Oscar. »Wir stehen mit dem Großhändler seit geraumer Zeit in Kontakt, doch er kommt uns nicht entgegen, obwohl wir ihm die Abnahme größerer Mengen in Aussicht gestellt haben.«

»Kein Wunder«, brummte Hermann, »man wittert das große Geschäft und will sehen, inwieweit ihr zu Kompromissen bereit seid.« Er setzte sich an den Schreibtisch und sah zu den jungen Leuten auf. »Passt auf, wir machen es anders und beziehen die Ware direkt vom Hersteller.«

Betty genoss es, dass er *wir* gesagt hatte. Ihr wurde bei dem Gedanken, dass ihr Ziehvater wieder mit im Geschäft war, ganz warm ums Herz.

»Wie stellst du dir das vor?«, hörte sie Oscar fragen.

»Ganz einfach: Wir wenden uns an die Korbmacher und gehen in die Verhandlungen. Dabei können wir ihnen gute Geschäfte in Aussicht stellen, denn Leonhard und Flora werden ebenfalls Korbwaren ins Sortiment nehmen, Markus in Bamberg ebenso. «

Aus seinem Mund klingt alles so logisch, so einfach, dachte Betty. *Warum sind wir nicht schon selbst darauf gekommen?*

»Wenn man einen Schritt weiterdenkt und Verbindungen aufbaut, hat man eine ganz andere Ausgangsposition bei den Preisverhandlungen«, ergänzte Hermann.

»Wenn wir direkt bei den Herstellern kaufen, bliebe zu überlegen, ob wir gleich noch mehr Artikel ins Sortiment aufnehmen«, murmelte Oscar. »Ich meine, wir könnten, wenn wir uns preislich einig werden, eine Vielzahl von Artikeln einkaufen: Stühle, Korbflaschen, ja sogar Möbel werden von den Bandreißern und Korbmachern hergestellt.«

Hermann nickte dann zufrieden. »Du denkst in die richtige Richtung«, lobte er seinen Neffen. »Und ich kenne einige Korbmachereien in Geesthacht und im Heinsberger Land. In diesen Gegenden gibt es ganze Korbmacherdörfer, und sicher werden wir dort fündig.«

»Großartig!«, rief Oscar und klatschte in die Hände. »Worauf warten wir?«

»Immer mit der Ruhe, Neffe. Lass uns unser Vorgehen noch mal überdenken.« Hermann erhob sich von seinem Stuhl und wandte sich an Betty. »Warum bist du eigentlich nicht vorne im Laden?«

»Oje«, rief Betty erschrocken und schlug sich mit der flachen Hand vor die Stirn. Tatsächlich war es höchste Zeit, wieder an die Arbeit zu gehen. Sie warf Oscar einen Luftkuss zu und eilte zurück in den Laden.

Kapitel 40

Obwohl sie ihre Heimat als verschlafenes Nest in Erinnerung hatte, war Flora nicht bewusst gewesen, wie ländlich die Gegend um Birnbaum war. Der Kutscher beklagte sich ständig über die unbefestigten Wege, denn Straßen gab es kaum in Posen. Entsprechend langsam ging die Fahrt voran. Der Himmel war grau und wolkenverhangen, und der Regen, der am Morgen gefallen war, hatte die Pfade aufgeweicht.

Flora fühlte sich wie auf einer Zeitreise in ihre eigene Vergangenheit, als die kleinen und windschiefen Häuschen von Birnbaum vor den Fenstern der Kutsche auftauchten. Zwei alte Männer standen rauchend an einer Hausecke und sahen dem Fuhrwerk skeptisch entgegen, Kinder in heruntergekommener Kleidung spielten mit einem Ball. Das Gebell eines Hundes begleitete die Fahrt einen Augenblick, bevor es von dem Wiehern eines Pferdes abgelöst wurde, das offenbar wenig Lust hatte, einen völlig überladenen Karren durch die Gassen zu ziehen. Für Flora fühlte es sich an, als würde sie durch die Kulissen eines Theaterstückes rollen. Alle Häuser, die sie noch aus ihrer Kindheit kannte, gab es noch, doch sie waren heruntergekommen, und die Menschen auf der Straße begegneten ihr mit Argwohn.

Und hier bin ich geboren und aufgewachsen, durchfuhr es Flora. Um nichts in der Welt konnte sie sich vorstellen, jetzt noch hier zu leben. Nur, als das Fuhrwerk an ihrer alten Schule vorbeikam, überkam sie ein kleiner Anflug von Wehmut. Sie überlegte, was wohl aus ihr geworden wäre, wenn sie Leo nicht kennengelernt und mit ihm nach Stralsund gegangen wäre. Wahrscheinlich würde sie im kümmerlichen Geschäft der Eltern aushelfen müssen. Ein Seufzen kam über ihre Lippen. In Stralsund hatte sie es bei Weitem besser getroffen. Und jetzt war sie in ihre alte Heimat gekommen, um ihrem Bruder ein unwiderstehliches Angebot zu unterbreiten.

»Wir sind am Ziel, meine Dame«, riss die raue Stimme des Kutschers sie aus den Gedanken. Der Mann schien froh zu sein, dass die Strapazen für Pferde und Wagen beendet waren. Sicher freute er sich auf eine wohlverdiente Pause im kleinen Wirtshaus.

Flora sah nach draußen und erkannte ihr Elternhaus, ein schäbiges Bauernhaus mit kleinen, staubblinden Fenstern und einem Dach, auf dem sich Moos gebildet hatte. Der Putz blätterte von der Fassade. Flora hatte das Haus gar nicht so klein in Erinnerung. Von hier aus war die Warthe nur ein paar Schritte entfernt. Oft hatten sie als Kinder am Ufer gespielt und den Frauen beim beschwerlichen Wäschewaschen zugesehen.

Der Kutscher hielt ihr die Tür auf und reichte ihr seine Hand. Flora ergriff sie und ließ sich die Stufen hinunterhelfen. Sofort sanken ihre schwarzen Lederstiefel im aufgeweichten Boden ein. Als sie den Fuß hob, ertönte ein hässliches Schmatzen. Sie raffte den Rock ihres mintgrünen Kleides hoch, um grobe Verschmutzungen zu vermeiden. Der Kutscher reichte ihr die Tasche und verabschiedete sich.

Mit einem eigenartigen Gefühl in der Magengegend sah Flora dem Gespann hinterher, bis es um die nächste Häuserecke verschwunden war, dann stand sie vor der geschlossenen Haustür und klopfte zaghaft an. Als niemand reagierte, pochte sie ein wenig kräftiger an die Tür, von der die einst himmelblaue Farbe blätterte. Jetzt hörte Flora, wie sich drinnen etwas tat. Schritte näherten sich, dann quietschte die Tür in den Angeln. Vor Flora stand ein gebücktes Mütterchen in grauweißer Schürze mit faltigem Gesicht und tiefen Ringen unter den Augen.

Sie ist alt geworden, meine liebe Mama, durchzuckte es Flora erschrocken, doch sie ließ sich nichts anmerken.

Nach dem ersten misstrauischen Blick erhellte sich Amalie Baumanns Miene. »Flora!«, rief sie krächzend und hatte gleich Freudentränen in den Augen. Sie zog ihre Tochter in den Arm. »Wie schön!«

Während die beiden Frauen sich in den Armen lagen, genoss Flora den vertrauten Geruch und die Nähe ihrer Mutter.

»Was führt dich zu mir, Kind?«

»Ich war schon lange nicht mehr hier«, erwiderte Flora ausweichend. Das schlechte Gewissen überkam sie, denn eigentlich war sie nicht gekommen, um ihre Mutter zu besuchen. Rasch beschloss sie, künftig öfter nach Birnbaum zu kommen. *Irgendwann*, dachte sie wehmütig, *wird der Tag kommen, an dem ich Mutter nicht mehr besuchen kann.*

»Ich mache uns erst einmal einen Tee.« Amalie nahm ihre Hand und zog Flora in die Wohnküche, die gleich am Anfang des kleinen Korridors auf der rechten Seite lag.

Auch hier war seit ihrem letzten Besuch in Birnbaum alles unverändert. Das Mobiliar, die selbst genähten Gardinen an den kleinen Fenstern, sogar der Teppich vor dem Ofen war noch da, allerdings wirkten seine Farben verblasst, und der Stoff war abgewetzt. Im Ofen selbst prasselte ein munteres Feuer.

»Setz dich doch, Kind.«

Flora nahm auf der Eckbank am Fenster Platz und strich die Tischdecke glatt, während sie ihrer Mutter dabei zusah, wie sie ihnen einen Tee aufsetzte.

»Sag, wie ergeht es euch in Stralsund? Ist mit deinem Leonhard alles in Ordnung?« Amalie nahm Geschirr aus dem einfachen Holzregal und trug es zum Tisch.

»Und ob«, antwortete Flora. »Leo ist ein guter Mann, er ist liebevoll und sehr, sehr fleißig. Die Geschäfte laufen gut, wir werden zusätzliche Läden eröffnen.«

Amalie nickte anerkennend. »Das freut mich.« Sie setzte sich zu ihrer Tochter. »Was machen die Jungs?«

»Sie wachsen und gedeihen«, lachte Flora. »Alfred und Heinrich sind tolle Kinder mit guten Manieren. Natürlich halten sie Magda und mich auch ganz schön auf Trab.«

Das Wasser kochte. Amalie erhob sich und goss den Tee auf. »Was macht Sally, er lebt doch noch bei euch?«

Amalies jüngster Sohn war schon immer das schwarze Schaf der Familie gewesen, er war ein Hitzkopf und sehr lebensfroh, was seine Eltern stets mit Misstrauen beobachtet hatten. Als er dann auch noch etwas mit der Tochter des Rabbiners von Birnbaum angefangen hatte, war es zum Streit gekommen. Fluchtartig hatte Sally das Dorf verlassen und war nach Stralsund gekommen, wo er Unterschlupf bei seiner großen Schwester und seinem Schwager gefunden hatte.

»Er ist erwachsen geworden«, antwortete Flora und berichtete, wie es ihrem kleinen Bruder in der Zwischenzeit ergangen war. »Und jetzt lebt er mit seiner Verlobten in Schweinfurt, wo die beiden einen Laden für uns führen.«

Die Mutter nickte anerkennend. »Ihr werdet noch zu reichen Leuten.« Sie schenkte Tee in zwei Tassen. Der würzige Duft breitete sich in der Küche aus, dazu reichte Amalie etwas Gebäck.

Flora langte genüsslich zu. Die Fahrt war lang und anstrengend gewesen, und sie hatte Hunger. »Die Geschäfte laufen in der Tat gut«, stimmte sie ihrer Mutter kauend zu. »Und deshalb bin ich auch gekommen.«

»Was kann ich für euch tun?«

Flora seufzte. »Wie gern würden wir dich zu uns holen. Sicher ist die Arbeit beschwerlich.«

Mit einem leisen Echo des Schmerzes und der Trauer, die Familie Baumann vor ein paar Jahren hatte durchmachen müssen, dachte Flora daran, dass ihre Mutter die Arbeit nun allein verrichtete. Abraham Baumann war nicht mehr, und Flora wusste, dass ihre Mutter nach dem Tod des Vaters die Felder und das Vieh an einen anderen Bauern verkauft hatte. Um ihren Lebensunterhalt zu sichern, schuftete sie nun dort auf dem Hof.

Amalie winkte ab. »Einen alten Baum verpflanzt man nicht. Hier habe ich alles, was ich zum Leben brauche, ich bin bescheiden geblieben.«

»Was treibt Max so?«

»Er verdingt sich als Tagelöhner.«

Flora war überrascht. »Aber er hat doch eine Kaufmannslehre gemacht und war lange Zeit in Afrika.«

»Über die Jahre hat er viel verlernt«, erklärte Amalie. »Und außerdem: Hier kann er seine Erfahrung kaum einbringen, denn die wenigen Geschäfte in Birnbaum werden von den Besitzern unterhalten und werfen zu wenig Gewinn ab, um sich Angestellte leisten zu können.«

»Wir hätten Arbeit für ihn.« Flora nahm die Tasse, schnupperte genießerisch und trank von dem Tee.

»Für Max?« Amalie lachte, als hätte Flora einen guten Witz erzählt. »Ob er das kann?«

»Wir werden es herausfinden. Wo steckt Max denn?«

Wie auf Kommando klopfte es an der Haustür. »Das wird er sein.« Amalie erhob sich und schlurfte aus der Küche.

»Du ahnst nicht, wer hier ist«, hörte sie die Stimme ihrer Mutter im Flur.

»Doch – Flora.« Max lachte. »Der Fuhrmann, mit dem sie hergekommen ist, hat es mir eben im Wirtshaus erzählt.«

»Dann rein mit dir, Junge, aber tritt dir die Füße ab!«

Flora vernahm das raschelnde Geräusch von Sohlen, die über den Abtreter glitten, dann näherten sich Schritte. Kurz darauf tauchte ihr Bruder im Türrahmen auf, gefolgt von der Mutter. Max war fast zwei Köpfe größer als Flora, er war breitschultrig und ähnelte immer mehr ihrem Vater. Das dunkle Haar war dicht und wellig, der Bart sorgfältig gestutzt. Sein Anzug wirkte etwas abgewetzt, doch die Schuhe waren relativ sauber. Die Begrüßung der Geschwister fiel herzlich aus. Max umarmte seine große Schwester und setzte sich dann zu ihr. Amelie stellte auch ihm eine Tasse Tee hin. »Was führt dich in unser verschlafenes Nest?« Er faltete die Hände auf dem Tisch, während er seine Schwester voller Neugier betrachtete.

»Du«, brachte es Flora auf den Punkt. »Ich habe eine Anstellung für dich.« Sie berichtete ihrem Bruder von Leonhards Plänen.

»Und dein Mann glaubt, ich wäre der Richtige dafür, den nächsten Laden zu führen?«, fragte Max, nachdem Flora geendet hatte.

Flora nickte. »Wir setzen bei den höheren Posten ausschließlich auf Familienmitglieder.«

»Aber ich bin kein Tietz.«

»Du bist ein Baumann und gehörst damit zur Familie.«

»Wie du meinst.« Max dachte einen Moment lang nach, dann sah er zu ihrer Mutter. »Was denkst du darüber?«

»Ach, Junge«, seufzte Amalie und strich ihm liebevoll über die Wange, »du musst deinen Weg gehen. Nimm keine Rücksicht auf mich, hier kannst du es als Tagelöhner nicht weit bringen.«

Max senkte den Blick. Er rang mit sich. »Meinst du«, fragte er schließlich, »dass ich geeignet bin, einen Laden zu führen?«

»Du hast eine Kaufmannslehre absolviert und erste Erfahrungen gesammelt, bevor du nach Südafrika gegangen bist«, erinnerte Flora ihn. »Also bringst du das nötige Rüstzeug für die Position mit.«

»Das ist alles so lange her.«

»Sicher fällt dir mit der Zeit alles wieder ein. Und die Textillehre bringen wir dir bei.«

Max sah immer noch zweifelnd aus.

Amalie knabberte an einem Stück Gebäck. »Du schaffst das, mein Sohn.«

»Meinst du?«

»Ja, natürlich. Schließlich habe ich keine dummen Kinder großgezogen. Schau dir nur Flora und Julie an – beiden führen Läden an der Seite ihrer Männer. Auch du wirst deinen Weg gehen. Nur fehlt es dir offensichtlich noch an Mut.«

»Meinst du, ich werde eine Frau finden, die mir zur Seite steht?« Max sah seine Schwester an.

»Das liegt in deiner Hand, Bruderherz.« Flora lachte. »Aber es gibt jedenfalls überall mehr Optionen als in Birnbaum.«

»Dann komme ich natürlich mit«, scherzte Max.

»Du bist beinahe so schlimm wie Sally.« Amalie drückte Max die Hand und nickte ihm ermutigend zu. »Du schaffst das, mein Junge. Und hier verpasst du nichts.«

Max sah erst seine Mutter, dann seine Schwester an. Schließlich nickte er entschlossen. »Also gut«, sagte er, »ich werde mitkommen und mein Glück versuchen. Aber bitte jagt mich nicht zum Teufel, wenn ich mich nicht als perfekte Führungskraft erweise.«

»Dann finden wir eine andere Stelle für dich, Max.« Flora wusste, dass ihr Bruder seine Ziele früher verbissen verfolgt hatte. Und wenn er ihr Angebot annahm, dann war sie sicher, dass er dem Posten sehr wohl gewachsen sein würde.

»Einverstanden.« Max nickte. »Wann geht es los?«

Flora warf einen raschen Blick auf Amalie. »Jetzt sofort, fürchte ich.« Ihre Mutter nickte verständnisvoll.

»So schnell?« Max war erstaunt. »Dann muss ich wohl flott meine Koffer packen.«

»Das solltest du tun, Bruderherz. Wir haben keine Zeit zu verlieren, Leo wartet schon auf dich«, schmunzelte Flora.

*

Leonhard hatte einen Plan, als er am frühen Nachmittag das Kontor aufsuchte. Im angrenzenden Büro fand er Eduard Scheffel. Der junge Mann bearbeitete gerade die nächsten Bestellungen und blickte erschrocken auf, als Leonhard plötzlich an seinem Schreibtisch stand.

»Herr Tietz ...«, stammelte Eduard mit hochrotem Kopf. Er legte den Stift auf die Schreibunterlage und erhob sich, um eine Verbeugung anzudeuten.

Leonhard nickte ihm lächelnd zu und zog sich einen Stuhl heran. Auf seine Geste hin nahm auch der junge Mann wieder Platz. »Wie lange arbeiten Sie jetzt bei uns?«

Eduard Scheffel überlegte kurz. »Seit einem halben Jahr«, antwortete er schließlich. »Und ich fühle mich sehr wohl hier, Herr Tietz.«

Leonhard hatte den Mitarbeiter im Kontor aufgesucht, um ein Gespräch unter vier Augen mit ihm zu führen. Der junge Mann hatte sich innerhalb weniger Monate gut eingewöhnt, er war über die Maßen fleißig und sehr zuverlässig. Es war an der Zeit, seinen Einsatz zu würdigen. Ein wenig überrascht stellte er jedoch fest, dass den jungen Mann etwas zu bedrücken schien. Er sprach ihn darauf an.

»Es geht um unsere Kammern«, eröffnete Eduard ihm. Er deutete mit dem Zeigefinger zur Decke. »Man munkelt, dass wir alle ausziehen müssen.«

»Das ist richtig. Ich benötige die Fläche für eine Ladenvergrößerung, damit wir unser Sortiment künftig auf zwei Ebenen anbieten können.« Er schmunzelte. »Doch Sie haben nichts zu befürchten, mein lieber Scheffel.«

Eduard schien Hoffnung zu schöpfen. Seine Miene hellte sich auf. »Nein?«

»Ich plane, ein Wohnhaus zu kaufen, in dem die Belegschaft des *Tietz* eigene Zimmer bekommt. Nebenan steht ein Haus zum Verkauf, das sich eignen könnte.«

»Das ... das wäre wunderbar!«

Leonhard nickte zufrieden. »Hätten Sie denn auch Lust auf eine berufliche Veränderung?«

Eduard druckste herum. »Es käme darauf an, Herr Tietz.«

»Könnten Sie sich vorstellen, mein Assistent zu werden?«

»Sie machen Witze«, platzte es aus Eduard heraus, während er Leonhard mit großen Augen anstarrte.

»Das ist mein voller Ernst.« Leonhard musste lächeln. Er traute dem jungen Mann viel zu und konnte sich gut vorstellen, ihm künftig mehr Verantwortung zu übertragen. Sally, der ihm bisher treu zur Seite gestanden hatte, war jetzt in Schweinfurt und stand nicht mehr zur Verfügung, um Leonhard in Stralsund zu entlasten. Leonhard spürte, dass ihm die Arbeit langsam über den Kopf wuchs. Die Zeit mit Flora und den Jungs war knapp geworden, er arbeitete von früh bis spät und fühlte, dass ihm das auch gesundheitlich nicht lange guttun würde. Als Flora sich auf den Weg nach Birnbaum gemacht hatte, war Leonhard die Idee gekommen, einen Nachfolger für Sally zu suchen. »Selbstverständlich werde ich Ihren Lohn erhöhen«, versprach Leonhard dem jungen Eduard.

»Ich will es gern versuchen, Sie zu unterstützen«, versicherte Eduard ihm. »Aber darf ich fragen, warum Ihre Wahl bei der Suche nach einem Nachfolger für Sally ausgerechnet auf mich fiel?« Er errötete. »Also ich fühle mich geehrt, jedoch gibt es viele andere Arbeiter, die älter sind und wohl auch mehr Erfahrung als Kommis mitbringen.«

»Und sich für die Aufgabe besser eignen als Sie?« Leonhard schlug die Beine übereinander und betrachtete den jungen Mann amüsiert. Er war bescheiden, das gefiel ihm.

»Vielleicht.« Eduard zögerte. »Ich will Sie nicht enttäuschen, Herr Tietz.«

»Das werden Sie nicht, mein Bester. Sie haben sich als sehr loyal erwiesen, indem Sie unserer Josephine so ritterlich zur Seite standen, als Georg Wertheim sie bedroht hat.«

Eduard senkte bescheiden den Kopf.

»Leider gehört es zum Geschäftsleben dazu, dass man ab und zu ausspioniert wird. Und Sie haben alles richtig gemacht. Sie haben nichts ausgeplaudert und Josephine gut beraten.«

Eduards Kopf ruckte hoch. »Niemals hätte ich zugelassen, dass Wertheim Einblick in Ihre Bücher erhält.«

»Das weiß ich, und deshalb führen wir jetzt dieses Gespräch.« Leonhard warf einen Blick auf seine Taschenuhr. Gleich stand der Termin mit dem Architekten an, der die Wohnung in eine Verkaufsfläche umbauen sollte. »Also«, sagte er, »kann ich auf Sie zählen?« Er hielt dem Kommis die Hand hin.

Eduard nickte eifrig. Mit rotem Kopf ergriff er Leonhards Hand und schüttelte sie. »Selbstverständlich«, sagte er. »Ich bin dabei, Herr Tietz.«

»Das freut mich außerordentlich.« Leonhard schlug dem Jungen vor, am Abend ein Gespräch zu führen, bei dem sie alles Weitere besprechen würden, dann verabschiedete er sich und zog sich aus dem Kontor zurück. Im Laden herrschte ein betriebsames Gewusel, doch genau so mochte es Leonhard. Mit einem zufriedenen Lächeln trat er an die Theke, wo der Architekt bereits auf ihn wartete. *Es geht mit großen Schritten voran*, freute sich Leonhard, während er den Architekten ins obere Stockwerk des Hauses führte, um den baldigen Umbau des Ladens voranzutreiben.

*

»Wie genau stellt ihr euch die Sache vor?« Max saß Flora in der engen Kabine der Kutsche gegenüber und betrachtete seine Schwester mit fragendem Blick. Der Abschied aus Birnbaum war ihnen nicht leichtgefallen, Amalie hatte ein paar Tränen vergossen. Beiden Geschwistern war es schwergefallen, ihre Mutter zurückzulassen. Sie hatten ihr versprochen, sie so oft wie möglich zu besuchen.

Nun rumpelte das Fuhrwerk zurück nach Stralsund. Flora ging davon aus, dass sie erst am späten Abend ankommen würden. Als sie den Blick aus dem Fenster wandte, sah sie endlose Felder an sich vorüberziehen. Auf der anderen Seite schlängelte sich die Warthe dahin. Das Wasser glitzerte im milchigen Licht.

»Leo wird dich einarbeiten«, beantwortete Flora die Frage ihres Bruders. »Er wird sich deiner annehmen und dir alles beibringen, was du wissen musst.«

Max nickte, fuhr sich durch das dichte Haar und lehnte sich auf der Bank zurück. »Ich werde Birnbaum nicht vermissen.«

»Es ist unsere Heimat, aber offen gestanden freue ich mich auch schon wieder auf Stralsund.« Längst waren Flora die Annehmlichkeiten, die das Leben in der Stadt bot, ans Herz gewachsen. In diesem Moment freute sie sich aber vor allem auf ihre Söhne und ihren Mann. Flora wurde ganz warm ums Herz, wenn sie an ihre drei Männer dachte.

Außerdem konnte sie es kaum erwarten, ihrem Bruder Stralsund zu zeigen. Sicherlich würde er sich schnell an seine Arbeit und an das Leben in der Stadt gewöhnen. Flora freute sich darauf, bald wieder häufiger ihre Freundinnen besuchen zu können und gemeinsam in dem kleinen Hausorchester zu musizieren. All diese kleinen Dinge waren in letzter Zeit viel zu kurz gekommen. Von nun an, so hoffte sie, würde Max sie ein wenig bei der Arbeit entlasten. Und wenn sie Glück hatte, stellte ihr Bruder sich als fähig genug heraus, die Führung des neuen Ladens in Elberfeld zu übernehmen, so dass sie ihr geliebtes Stralsund vielleicht nie verlassen musste.

Kapitel 41

»Josephine, hier steckst du also!« Eduard schien völlig außer sich zu sein, als er sie im hinteren Teil des Kontors in einem Gang zwischen den hohen Regalen fand. Sie war gerade im Begriff, eine neue Rolle der Brüsseler Spitze aus einer Holzkiste zu nehmen.

»Was bist du denn so aufgeregt?«, fragte Josephine, während sie von der Leiter auf ihn hinabsah.

»Der Herr Tietz hat gerade mit mir gesprochen.«

»Und?«

Eduard blickte sich um, als müsse er sich vergewissern, dass niemand ihnen zuhören konnte. »Er will mich zu seinem Assistenten machen«, raunte er ihr zu.

Josephine lachte amüsiert. »Ist klar.« Ein wenig umständlich kletterte sie mit der Rolle Spitzenband die Leiter hinunter.

»Nein, wirklich, ich scherze nicht. Ich soll seine rechte Hand werden und ihn hier vertreten, wenn er auf Reisen ist.«

»Wie kommt er denn darauf?«

»Er sagte, dass er jemanden brauche, weil Sally und Anna jetzt in Schweinfurt für den Laden zuständig sind.«

»Und da kommt er ausgerechnet auf dich?« Josephine runzelte die Stirn. Als sie Eduards verkniffenes Gesicht sah, tat ihr die Bemerkung sofort leid.

»Warum nicht?« Trotzig schob er das Kinn vor. Weil er dadurch wie ein beleidigter kleiner Junge wirkte, musste Josephine lachen.

»Entschuldige«, sagte sie schuldbewusst, »so meinte ich das nicht. Es ist nur etwas überraschend, weil wir doch beide noch nicht lange hier arbeiten.«

Eduard seufzte. »Also gut«, sagte er, »es hat etwas mit dir zu tun.«

»Mit mir?«

»Weil ich dich vor Wertheim geschützt habe.« Jetzt war es also raus, und Josephine sah Eduard an, dass er das eigentlich nicht hatte zugeben wollen. »Er sagte, dass das zeigt, wie sehr ich zu ihm und meinen Kollegen stehe, dass ich vertrauenswürdig bin.«

Sie lächelte ihn an. »Das ist ja wundervoll! Wie schön, dass aus dieser schrecklichen Angelegenheit auch etwas Gutes entstanden ist und Herr Tietz erkannt hat, was für ein toller Kerl du bist.«

Eduard strahlte. Schnell legte Josephine die schwere Rolle aus Brüsseler Spitze in ein leeres Regalfach, um beide Hände frei zu haben. Bevor er es sich versah, packte sie ihn beim Kragen und gab ihm einen stürmischen Kuss auf die Wange. »Ich freue mich wirklich sehr für dich, Eduard.«

Auf der Stelle errötete er, ließ sich die Liebkosung aber gern gefallen und schloss beide Arme um Josephines schlanke Taille. Nach kurzem Zögern erwiderte er die zärtliche Berührung, indem er seine Lippen auf ihre legte und sie leidenschaftlich küsste. Josephine spürte, wie ihre Knie weich wurden. Allzu gern ließ sie sich in Eduards starke Arme fallen.

*

Leonhard und Flora hatten für Max Sallys alte Kammer hergerichtet, in der er während seiner Zeit in Stralsund leben konnte. Der Plan war, dass Max von nun an seinen Schwager auf den Reisen zu Großhändlern und Lieferanten begleiten würde, während Flora sich an der Seite von Eduard Scheffel um das Tagesgeschäft kümmerte.

Nach den Selbstzweifeln ihres Bruders hatte Flora zunächst befürchtet, Max müsse die Kompetenzen eines Kaufmanns wieder von der Pike auf lernen, doch Leonhard berichtete ihr immer wieder vom Sachverstand und Fleiß, den der junge Mann an den Tag legte.

»Ich denke, wir können ihn schon bald mit der Leitung eines Ladens betrauen«, überlegte Leonhard eines Abends, als sie nur noch zu zweit im Schein einer Kerze in der Küche beisammensaßen.

Flora strich die Spitzendecke auf dem Tisch glatt und sah in die Flamme der Kerze. »Das freut mich sehr.«

»Fleiß und Strebsamkeit scheinen in eurer Familie zu liegen«, lächelte Leonhard. »Ich bin hoffnungsvoll, dass Max in der Lage sein wird, den Laden in Elberfeld für uns zu führen.«

»Max ist lernfähig«, stimmte Flora ihm zu. »Er wird sich der Herausforderung schon bald stellen können. Wenn du magst, kannst du dich schon nach einem geeigneten Ladenlokal umsehen, Liebster.«

»Nichts lieber als das. Ich werde in den nächsten Tagen einen Brief ins Rheinland schicken, um einen Freund mit der Suche zu beauftragen. Sobald er etwas Passendes gefunden hat, können wir mit der Ausstattung beginnen.«

»Manchmal glaube ich, dass ich träume.« Flora lächelte ihren Mann mit geröteten Wangen an. »Es geht alles so schnell.«

»Erst einmal konzentrieren wir uns jetzt auf die Eröffnung in Schweinfurt«, schlug Leonhard vor.

Flora hatte sich in den letzten Tagen Gedanken gemacht, wie man die Menschen in Franken auf die bevorstehende Eröffnung aufmerksam machen könnte. »Das passt mir gut, ich habe schon einige Zeitungsinserate vorbereitet.«

In wenigen Tagen würden sie erneut nach Schweinfurt reisen, wo Leonhard und sie bei der Eröffnung anwesend sein würden. Während dieser Zeit würden Max und Eduard den Stralsunder Laden leiten. Flora hatte beschlossen, Josephine erneut mit der Verantwortung für die Bedienung der Kunden zu betrauen.

Als hätte er ihre Gedanken erraten, erkundigte sich Leonhard nach Josephine.

»Sie macht gute Fortschritte«, berichtete Flora. »So langsam kommt sie an Annas Fähigkeiten heran.«

Er zog anerkennend die Mundwinkel hoch. »Das klingt vielversprechend«, bemerkte er. »Es ist wichtig, dass wir Leute haben, auf die wir uns verlassen können.«

»Allerdings.« Flora seufzte. Es fiel ihr immer noch schwer, Verantwortung abzugeben, doch so langsam musste sie ihren Angestellten mehr zutrauen, damit sie sich selbst nicht zu viel zumutete. Sie lächelte. »Wir werden gerade von kleinen Kaufleuten zu Großunternehmern, mein lieber Leo.«

Leonhard nickte. »Hoffen wir, dass uns das Glück dabei auch künftig gewogen bleibt.«

Kapitel 42

»Nur noch wenige Tage, dann ist es so weit.« Anna strahlte glücklich, als sie Sally durch den Laden führte. Während Sally sich um die Warenlieferungen und die Bestellungen bei Herstellern und Großhändlern gekümmert hatte, war Anna für die Renovierung des Ladens zuständig gewesen. Zwölf, manchmal sogar vierzehn Stunden am Tag hatten sie gearbeitet, doch nun stand die Eröffnung des Ladens unmittelbar bevor. Jetzt galt es, die letzten Arbeiten durchzuführen, die noch eingehenden Lieferungen einzuräumen und die Eröffnung des Warenhauses *Leonhard Tietz* in Schweinfurt in der Zeitung zu bewerben.

In den vergangenen Tagen hatte sich das anfangs karge Ladenlokal in der Spitalstraße zu einem Schmuckstück gemausert. Zahlreiche Handwerker hatten unter Annas strengem Blick die Wände und Regale angestrichen, das Schachbrettmuster des Fußbodens aufbereitet und Türen und Fensterrahmen gestrichen. Dabei hatten die Anstreicher die Eckleisten der Regale in einem satten Dunkelgrün angemalt – so war es Floras Wunsch gewesen. Das Grün sollte die Erkennungsfarbe der *Tietz*-Geschäfte werden, hatte sie Anna erklärt. Sally war unterdessen für die Warenbestände zuständig gewesen. Inzwischen war das Kontor gut gefüllt und die Waren bereit, in den Laden geräumt zu werden.

Die Menschen in der Stadt ahnten bereits, dass hier etwas Großartiges entstand. Wie ein Lauffeuer hatte sich die Nachricht verbreitet, dass hier, an der Ecke Spitalstraße/Metzgergasse ein großes und modernes Warenhaus entstand.

Immer wieder hatte Anna in den letzten Tagen alte und junge Menschen aus allen Schichten beobachtet, wie sie sich voller Neugier an den Fensterscheiben die Nasen platt drückten.

Anna und Sally hatten drei Ladenmädchen, einen Kommis und zwei Kontoristen eingestellt, die allesamt fleißig und zuverlässig wirkten.

»Jetzt warten wir nur noch auf Flora, damit sie die Werbung mit der Zeitung abstimmen kann«, sagte Anna zu Sally, der mit einem breiten Grinsen den Laden begutachtete. In den letzten Tagen hatte er sich meistens im hinteren Teil aufgehalten, um die Lagerbestände aufzufüllen.

»Du hast Großes vollbracht«, lobte Sally sie mit einem Kuss auf die Stirn, »Leo und Flora werden stolz auf dich sein.«

»Gefällt es dir?«

Er nickte. »Du hast hier Wunder vollbracht, Anna.«

»Jetzt, Sally«, sagte sie nachdenklich, »jetzt sind wir erwachsen.«

»Ja«, nickte er und legte einen Arm um ihre Schultern. »Das sind wir wohl.« Plötzlich war da ein melancholischer Unterton in seiner Stimme.

»Alles in Ordnung?«

Sally überlegte kurz. »Es fühlt sich nur etwas komisch an. Eben war ich noch ein junger Rumtreiber mit keinerlei Verantwortung, und jetzt leite ich mit meiner Verlobten einen großen Laden im Auftrag meines Schwagers.«

»Und freust du dich denn nicht darüber?«

»Doch, Liebste, natürlich tue ich das«, antwortete er leise. »Es fühlt sich nur noch so ungewohnt an, so wie …« Er suchte nach einem passenden Vergleich, der ihm aber nicht einfallen wollte.

»Wie ein neues Jackett, so neu und ungewohnt?«, half Anna ihm auf die Sprünge. Sie hoffte, dass Sally seine Bedenken schnell überwinden würde. Manchmal hatte sie den Eindruck, dass er seine alte Freiheit vermisste.

»Ja«, stimmte er ihr zu, »es fühlt sich an wie eine zu große Jacke, in die ich noch hineinwachsen muss.«

»Das wirst du, davon bin ich überzeugt.«

Ein Klopfen an der Ladentür unterbrach ihr Gespräch. Als Anna sich umwandte, erkannte sie durch das Fenster ihren Vater, der ihr zuwinkte. Sie eilte zur Tür, um ihm aufzuschließen. »Vater«, rief sie erfreut.

Johannes Abel blieb vor dem Laden stehen und zeigte über die Schulter. Dort stand sein Fuhrwerk, beladen mit unzähligen Kisten Wein. »Die erste Lieferung ist da.«

»Ich komme gleich!«, rief Sally. Er verschwand im Kontor, um einen Augenblick später mit den beiden Kontoristen zurückzukehren. Zu dritt luden sie die Weinkisten ab, während Anna die Gelegenheit nutzte, ihrem Vater den Laden zu zeigen.

Der Inhaber des Weingutes sah sich mit anerkennenden Blicken um und war sichtlich stolz auf seine Tochter. »Das sieht großartig aus, und ich bin sicher, ihr werdet gute Geschäftsleute.«

Dennoch war Anna ein wenig besorgt. »Und du bist wirklich nicht böse auf mich?«

»Warum sollte ich das sein, Kleines?«

»Nun, ich hatte den Eindruck, dass du traurig warst, als ich dir damals auf Rügen sagte, dass ich das Weingut nicht eines Tages übernehmen möchte, sondern auf eigenen Füßen stehen will.«

»Ach was.« Ihr Vater schüttelte den Kopf. »Natürlich wünscht sich ein Vater, dass seine Kinder eines Tages in seine Fußstapfen treten, doch ich habe längst erkannt, dass dir der Weinbau nicht so am Herzen liegt wie der Umgang mit Menschen.«

»Was wird mit dem Weingut, wenn du es nicht mehr führen kannst?«, fragte Anna ein wenig bange.

»Ich werde es deinen Geschwistern vererben und dich auszahlen«, erwiderte Johannes Abel. »Mach dir also keine Gedanken.«

Anna wusste, dass die Sorglosigkeit ihres Vaters nur vorgetäuscht war. Vor Jahren, während der gemeinsamen Sommerfrische auf Rügen, hatte sie ihm klargemacht, dass sie nach der Lehre als Ladenmädchen weiter in einem Geschäft ihr Geld verdienen wollte, statt mit ihrem Ehemann das Weingut zu übernehmen.

Ihre Pläne hatten sich damals noch nicht weit in die Zukunft erstreckt, und Johannes Abel hatte ihrem Wunsch wohl nur deshalb zugestimmt – in der Hoffnung, sie würde ihre Meinung bald ändern, wenn sie lange, harte Arbeitstage durchgestanden hatte. Seitdem war so viel geschehen, dass es ihr fast unwirklich erschien – die Verlobung mit Sally, ihr Aufstieg im Laden in Stralsund, die Eröffnung eines Geschäfts in ihrer Heimatstadt. Sie erinnerte sich an das Gespräch mit Sally und verstand nun besser, was er gemeint hatte. Es gab viel, woran auch sie sich noch gewöhnen musste.

»Wie dem auch sei«, ertönte die tiefe Stimme ihres Vaters, »ihr werdet euren Weg gehen, davon bin ich überzeugt.«

Anna war ihrem Vater unendlich dankbar für das Vertrauen, das er in sie setzte. Und sie war froh, dass er nicht allzu traurig war, weil sie sein Angebot ausgeschlagen hatte, eines Tages das elterliche Weingut zu übernehmen. Dass sie geschäftlich dennoch miteinander verbunden blieben, hatte sie Leonhard zu verdanken, der sich bei seinem Besuch in Schweinfurt dazu entschlossen hatte, den Wein der Familie Abel im oberen Stockwerk des Ladens zu verkaufen.

»So«, rief Sally, der gerade mit den Männern aus dem Kontor zurückkam. »Wir sind fertig.«

»Danke.« Johannes Abel zwinkerte ihm zu. »Es ist mir eine Ehre, mit euch Geschäfte zu machen.«

»Eigentlich machst du sie ja mit Leo«, erwiderte Anna.

»Nein, hier in Schweinfurt seid ihr meine Partner«, widersprach ihr Vater. »Wenn sich Leonhard aber entschließt, meinen Wein auch in seinem anderen Laden anzubieten, dann sieht das schon anders aus.«

»Das wird er sicher tun«, meinte Sally. Er lehnte sich mit verschränkten Armen an eines der Regale.

»Das ist alles noch so ungewohnt«, bemerkte Anna.

»Was, Liebes?« Sally warf ihr einen fragenden Blick zu.

»Dass es künftig das Weinsortiment meines Vaters bei *Tietz* geben wird.«

Sie lächelte. Endlich gehörte das, was die Beziehung zwischen Vater und Tochter in den letzten Jahren überschattet hatte, der Vergangenheit an. Nun konnte sie unbeschwert in ihre Zukunft aufbrechen.

*

Während sie sich in Eduards Kammer umsah, fragte Josephine sich unwillkürlich, warum sie sich nicht ebenfalls um eine Übernachtungsmöglichkeit im Geschäftshaus von Leonhard Tietz bemüht hatte. Sie schätzte, dass rund fünfzehn Angestellte hier für wenig Geld eine kleine Kammer angemietet hatten. So sparten sie an der Miete und hatten keinen langen Weg zur Arbeit. Statt ebenfalls davon zu profitieren, kümmerte Josephine sich um ihre kranke Mutter, wenn sie in den Abendstunden nach Hause kam. Sie hatte es einfach noch nicht übers Herz gebracht, von zu Hause auszuziehen und ihre Mutter und die Geschwister im Stich zu lassen.

»Gefällt es dir?« Eduard saß auf der Bettkante seiner Kammer und sah erwartungsfroh zu ihr auf. Es war Abend, und er hatte den Anzug gegen eine gestreifte Hose und ein weit geschnittenes Hemd getauscht.

»Hier hat man alles, was man zum Leben braucht«, antwortete Josephine, während sie das einfache Mobiliar in Augenschein nahm. Ein Bett mitsamt Nachtkonsole, ein Kleiderschrank, Tisch und zwei Stühle waren vorhanden. Mehr brauchte es nicht, um sich nach einem langen Arbeitstag zu erholen.

»Leider nicht mehr lange.« Eduards Miene verfinsterte sich. »Wir müssen hier raus, weil der Herr Tietz aus dieser Etage eine zusätzliche Verkaufsfläche machen möchte.«

»Dann musst du dir eine andere Kammer suchen.« Josephine trat ans Fenster und warf einen Blick in den Hinterhof, wo Kinder mit einem Reifen spielten.

»Leichter gesagt als getan. Alles, was ich finden werde, wird mit Sicherheit teurer sein als das hier.« Eduard zog eine Grimasse. »Aber Herr Tietz hat mir versichert, dass er sich um Ersatz kümmert. Es ist ihm nicht wohl bei dem Gedanken, uns alle vor die Tür zu setzen.« Eduard grinste schief. »So kurz wie jetzt wird mein Weg zur Arbeit künftig jedenfalls nicht mehr sein.«

»Es gibt Schlimmeres.« Josephine seufzte. »Ich wäre froh, wenn ich eine eigene kleine Kammer hätte.«

»Vielleicht kann ich uns schon bald eine kleine Wohnung mieten«, hoffte Eduard und sah Josephine forschend an.

»Uns?« Sie legte die Stirn in Falten. »Wer zieht mit dir ein?«

»Na, du natürlich! Ich könnte mir gut vorstellen, dass wir zusammenziehen.«

»Was sollen denn die Leute denken?« Josephines Empörung war gespielt. »Oder willst du mich heiraten?«

»War das jetzt ein Antrag?« Als sie nichts erwiderte, setzte er nach: »Muss ich nicht erst um deine Hand anhalten?«

Josephine lachte schallend. Sie mochte Eduard sehr, er war ein treuer Kamerad und hatte immer ein offenes Ohr für sie. Doch ob sie an seiner Seite alt werden wollte, konnte sie noch nicht sagen. Sie rang verlegen mit den Händen und wich seinem bohrenden Blick aus.

»Josephine«, wagte er einen zögerlichen Versuch, »das da neulich ... ich meine, der Kuss, also unser erster Kuss ...«

»Was ist damit?«

»Ich habe ihn sehr genossen.« Eduards Gesicht war puterrot angelaufen. »Ich empfinde etwas für dich, Josephine. Ich denke oft an dich.«

»Das tue ich auch.«

Jetzt erhob er sich, um ihre Hand zu ergreifen. Eduard sah ihr tief in die Augen, und sie hätte in seinem Blick ertrinken können. Vergessen war ihre kindliche Schwärmerei für Sally, der sowieso längst an Anna vergeben war. In den letzten Tagen hatte sie Eduard mit ganz anderen Augen gesehen, glaubte, ihn erst jetzt richtig kennenzulernen. Morgens beim Aufwachen war er ihr erster Gedanke, und abends vor dem Einschlafen war er das Letzte, an das sie dachte. Und wenn sich ihre Wege tagsüber bei der Arbeit kreuzten, klopfte ihr Herz wie verrückt. So musste es sich anfühlen, wenn man verliebt war. Doch ging es wirklich so schnell, sich zu verlieben? Ein wenig unheimlich war ihr der Gedanke schon. Aber was hatte sie zu verlieren? Offensichtlich ging es Eduard ja genauso.

Sie stand mit dem Rücken zum Fenster, während er sich ihr näherte, die Hände nach ihr ausstreckte und ihr Gesicht berührte. Als seine Fingerkuppen sanft über ihre Haut strichen, durchzuckten sie tausend winzige Blitze. Es fühlte sich gut an, als er den Kopf an ihre Schulter legte und sie seinen Atem auf ihrer Haut spüren konnte. Sie schloss die Augen und fühlte, wie ihre Knie weich wurden, als er ihr Gesicht wieder in beide Hände nahm und seine Lippen ihren Mund berührten. Ein wohliger Schauer rieselte Josephines Rücken hinunter, als sie sich erst zart und forschend, dann heftiger küssten.

»Komm«, wisperte Eduard, nachdem sie sich voneinander gelöst hatten. Er nahm ihre Hand und führte sie zum Bett. Hier küsste er sie erneut, und wieder war es Josephine, als würde er sie um den Verstand bringen. Seine Hände glitten über ihren Rücken, dann sanken sie, in einem nicht enden wollenden Kuss vereint, auf das doch sehr schmale Bett in seiner bescheidenen Schlafkammer. Doch das störte sie nicht, denn schon im nächsten Moment waren sie derart miteinander beschäftigt, dass sie alles um sich herum vergaßen.

Kapitel 43

»Sie führen ein absolut unredliches Geschäft!« Der kleine Mann im schlecht sitzenden Anzug war außer sich. Sein rundes Gesicht war rot vor Zorn, seine Augen schienen Blitze in Oscars Richtung abzufeuern. Er hatte die Hände zu Fäusten geballt und gestikulierte wild.

»Verzeihung?« Oscar betrachtete sein Gegenüber verwundert. Eben war Oscar vor seinen Laden getreten, um einem Lieferanten den Weg zum Eingang des Kontors zu weisen. Der Kutscher stand gelangweilt neben seinem Fuhrwerk und kaute an den Fingernägeln, während er zusah, wie sein Auftraggeber von dem untersetzten Mann beschimpft wurde. Oscar hatte keine Ahnung, wovon der Mann sprach. Er kannte ihn nur vom Sehen und wusste, dass er Gustav Klein hieß und einen Laden ein paar Häuser weiter in derselben Straße betrieb.

»Sie sind ein Verbrecher!«, giftete Klein jetzt.

»Was erlauben Sie sich?« Oscar hatte langsam genug.

»Mit Ihrem unredlichen Geschäft zerstören Sie die Existenz von uns kleinen Händlern!«

»Ich fürchte, das müssen Sie mir erklären.« Im Augenwinkel konnte Oscar sehen, wie sich der Kutscher von seinem Gespann abstieß und hinter Gustav Klein trat, der immer noch wilde Drohgebärden vollführte. Oscar sah den Moment für gekommen, die Ärmel hochzukrempeln, um dem Giftzwerg eine Tracht Prügel zu verpassen, falls er sich nicht bald beruhigte.

»Sie kaufen Ihre Waren bei den Herstellern, anstatt, wie es sich gehörte, beim Großhändler.« Klein spie Oscar jedes Wort entgegen, so wütend war er.

»Ist das denn verboten?« Oscar stellte sich dumm. Er hatte keine Lust, sich von Klein provozieren zu lassen.

»Wir kaufen unsere Waren beim Großhändler zu den Konditionen ein, zu denen Sie sie verkaufen können! Das ist unredlicher Wettbewerb!«

»Sind Sie etwa neidisch?«

»Ich verwahre mich gegen Ihre Geschäftspraktiken, Tietz! Und damit stehe ich nicht allein da – sämtliche Geschäftsleute sind auf meiner Seite. Verlassen Sie Gera, machen Sie Ihre Geschäfte, wo immer Sie wollen, aber nicht hier!«

Oscar schüttelte den Kopf. »Es steht jedem frei, wo er seine Waren einkauft, um sie an den Mann zu bringen«, sagte er. »Und es steht jedem frei, wo er sie verkauft. Ich bleibe.«

Der Kutscher stand angriffsbereit hinter Gustav Klein. Oscar gab dem Mann ein Zeichen, dass es nicht nötig war, sich einzumischen.

»Kaum jemand kauft mehr bei uns ein, seitdem Sie in Gera sind«, schimpfte der untersetzte Mann. »Ich werde Sie anzeigen!«

»Was ist denn hier los?«

Keiner der Streithähne hatte bemerkt, dass Hermann Tietz sich zu ihnen gesellt hatte. Erschrocken fuhr Gustav Klein herum und erblickte erst den Kutscher, der bedrohlich nah hinter ihm stand, und dann Onkel Hermann.

»Sie haben mir gerade noch gefehlt!«, zischte Klein.

Hermann zog eine Augenbraue hoch und schenkte dem Geschäftsmann ein Lächeln. »Angenehm«, sagte er freundlich, »Hermann Tietz.« Er hielt ihm die Hand hin. »Was verleiht uns die Ehre?«

Gustav Klein übersah die ausgestreckte Hand. »Die Familie Tietz ist ein Fluch für Gera!«, behauptete der kleine Mann wütend und zeigte auf die Fassade des Ladens. »Ein Fluch! Seitdem Sie und Ihr Neffe hier sind, gehen unsere Umsätze zurück. Wir protestieren aufs Schärfste und werden …«

Hermann sah sich demonstrativ um. »Wer sind denn *wir?*«

»Ich … und die anderen Kaufleute der Stadt. Wir finden, Sie sind zu billig!«

Onkel Hermann zuckte mit den Schultern. »Wir haben das Glück, unsere Waren günstig einzukaufen, und geben diese Konditionen an unsere werte Kundschaft weiter – das können Sie auch, denn die Preisgestaltung obliegt jedem Geschäftsmann, lieber Herr …?«

»Klein, Gustav Klein.«

»Angenehm, Herr Klein.«

Der untersetzte Kerl plusterte sich auf. »Hören Sie auf mit diesen Praktiken, ich warne Sie!«

Hermann schüttelte den Kopf. »Wir werden uns die Kundschaft doch nicht vergraulen, weil Sie mit unseren Einkaufsmethoden nicht einverstanden sind.«

»Dann werde ich andere Wege finden, um …«

»Um was?« Jetzt bekam die Stimme von Hermann Tietz einen drohenden Unterton. Oscar spürte, dass es mit der Geduld seines Onkels gleich vorbei war.

»Um Ihnen das Handwerk zu legen!« Wütend stampfte Gustav Klein mit dem Fuß auf. »Sie sind aufgeblasene Schnösel, alle beide! Das werden Sie noch bereuen!« Damit machte Klein kehrt und ließ die drei anderen Männer vor dem Laden stehen.

»Wird er uns Probleme machen?« Oscar sah mit besorgter Miene zu seinem Onkel.

»Davon ist auszugehen, doch seine Bemühungen werden im Sande verlaufen, Neffe. Wir beide wissen, dass Geschäftsleute nur beim Einkauf, nicht beim Verkauf Gewinn machen können. Und wir verstehen unser Handwerk.« Onkel Hermann lächelte. »Jeder ist seines Glückes Schmied, und wir werden unser Eisen schmieden, solange es heiß ist.«

Oscar musste lachen. Die Anspannung fiel von ihm ab, als der wütende kleine Mann um die nächste Straßenecke verschwunden war.

Auch der Fuhrmann entspannte sich. Oscar grinste seinen Onkel an. »Seit wann redest du in Sprichwörtern?«

»Immer dann, wenn sie angebracht sind, Junge. Und ich bin nicht gewillt, uns von diesem komischen Kauz einschüchtern zu lassen.« Er klatschte unternehmungslustig in die Hände. »So«, rief er, »und jetzt zurück zum Tagesgeschäft, Junge, es gibt viel zu tun.« Er blickte zum Pferdegespann hinüber. »Wolltest du nicht eben eine Lieferung annehmen?«

Oscar nickte, ein wenig verdattert. Manchmal wunderte er sich über seinen Onkel, der sich scheinbar durch nichts verunsichern ließ. Den Zwischenfall mit Gustav Klein schien er einfach an sich abperlen zu lassen. Doch Oscar fürchtete, dass der Ärger jetzt erst begann.

*

Flora war aufgeregt, als der Zug in den Schweinfurter Bahnhof rollte. Diesmal waren die Kinder mit Magda in Stralsund geblieben. Sie wusste, dass sie die beiden vermissen würde, doch bei ihrem Kindermädchen waren sie in guten Händen.

Manchmal bekam sie ein schlechtes Gewissen, weil sie Heinrich und Alfred zu viele Reisen zumutete. Nach der letzten Fahrt sollten sie sich erst einmal von den Strapazen erholen. Trotzdem fühlte sich Flora unvollständig, wenn sie die Jungs nicht in ihrer Nähe wusste.

Schnaufend schob sich die Eisenbahn auf den Bahnsteig zu. Obwohl Flora am geöffneten Fenster des Abteils stand, konnte sie von den Häusern nicht viel erkennen, denn die schwere Dampfwolke des stählernen Ungetüms senkte sich auf die ganze Umgebung herab. Das Pfeifen eines Schaffners ging im Schnaufen der Lok und dem Quietschen der Gleise unter.

»Da sind wir also wieder«, sagte Leonhard. Er trat neben sie und legte einen Arm um ihre Taille.

»Ja«, nickte sie, ohne den Blick abzuwenden, »da wären wir wieder.« Flora konnte es kaum erwarten, der Eröffnung beizuwohnen. Sie war gespannt, was Sally und Anna aus dem leer stehenden Ladenlokal gemacht hatten.

»Ich bin froh, dich an meiner Seite zu wissen, Bella.« Leonhard hauchte ihr einen Kuss in den Nacken, der sie erschaudern ließ.

»Und ich bin froh, dass wir uns gefunden haben, Leo.« Sie stellte sich auf die Spitzen ihrer geschnürten Lederstiefel, um ihn zu küssen. Seine Lippen schmeckten köstlich.

Leonhard genoss ihre Zärtlichkeiten, und erst als der Zug zum Stillstand gekommen war, lösten sie sich widerwillig voneinander. Leo wandte sich ab, um den schweren Koffer aus dem Gepäcknetz zu ziehen.

Mit anderen Reisenden drängelten sie sich durch den engen Gang des Waggons zum Ausgang. Leonhard wuchtete den Koffer auf den Bahnsteig, dann wandte er sich seiner Frau zu, um ihr beim Aussteigen behilflich zu sein. Flora raffte den Rock ihres himmelblauen Kleides hoch und machte einen großen Schritt, dann stand sie neben ihm auf festem Boden. Sie freute sich darauf, ihren Bruder wiederzusehen. Flora brannte darauf, sich den renovierten Laden anzuschauen, doch zuerst ging es ins malerische Maintal, ins Haus von Annas Eltern. Johann Abel hatte es erneut nicht geduldet, dass sie sich für die Dauer ihres Aufenthaltes in Schweinfurt ein Hotelzimmer nahmen. Nun wartete ein großzügiges Zimmer in der Villa am Fuße der Weinberge auf sie. Es gab Schlimmeres, fand Flora.

*

Der Zwischenfall mit Gustav Klein beschäftige Oscar den ganzen Vormittag. Jetzt war er also nicht nur das schwarze Schaf der Familie, auch die Geschäftsleute von Gera hegten einen Hass gegen ihn. Bisher hatte er sich damit trösten können, dass der Rest der Familie zu weit von Gera entfernt lebte, um ihm das Leben schwerzumachen. Doch die Geschäfte der anderen Kaufleute lagen gleich nebenan, und der Groll seiner Konkurrenten und Neider bedeuteten für den jungen Mann eine ernsthafte Gefahr. Es war damit zu rechnen, dass sein Ruf leiden würde, und das würde spürbare Umsatzrückgänge bedeuten. Dadurch rückte der Bau einer Synagoge in weite Ferne – und damit auch die Hochzeit mit seiner geliebten Betty.

Ihr gemeinsames Glück stand nun auf der Kippe. Immer wieder hatte Oscar darüber nachgedacht, wo er denn hingehen könnte, sollten sie Gera verlassen müssen. Eigentlich fühlte er sich wohl in Thüringen. Und Gera war angenehm übersichtlich und doch groß genug, um hier ordentlich Geld zu verdienen. Die Kundschaft hatte sie kennen- und schätzen gelernt und kam regelmäßig, um bei ihnen einzukaufen. Doch es hatte keinen Sinn, zu bleiben, wenn sie hier nicht in Ruhe leben konnten. Ihm war Harmonie sehr wichtig, auch wenn er oft ein Hitzkopf war und vieles aus dem Bauch heraus entschied. Diesmal, das spürte Oscar, galt es, besonnen zu handeln.

»Hier steckst du also.«

Oscar zuckte zusammen, als er die warme Stimme seines Onkels hinter sich vernahm. Gerade war er im Kontor damit beschäftigt gewesen, die am Morgen eingetroffene Lieferung in die Regale zu räumen. Einer der Kontoristen hatte sich krankgemeldet.

»Onkel Hermann.« Oscar rang sich ein Grinsen ab, obwohl ihm nicht danach zumute war. »Hast du mich gesucht?«

Er nickte. »Ich habe nachgedacht über die Sache mit Gustav Klein.«

»Der Vorfall geht mir auch nicht aus dem Kopf«, sagte Oscar bedrückt. Er putzte sich die staubigen Hände am Hosenboden ab. »Was können wir tun?« Er lehnte sich mit verschränkten Armen gegen das Regal in seinem Rücken. »Ich habe nicht vor, mich von der Konkurrenz vertreiben zu lassen.«

»Unsere Kundschaft ist treu, und sie wächst ständig«, stimmte Hermann ihm zu. »Ein untrügliches Zeichen dafür, dass wir alles richtig machen.«

»Klein sieht das anders.«

Hermann seufzte. »Und deshalb sollten wir etwas unternehmen.«

»Wie stellst du dir das vor?«

»Wir werden an die Öffentlichkeit gehen, Junge, um euren guten Ruf zu erhalten. Flora hat in Stralsund vor einiger Zeit schon einen Weg gefunden, die Menschen zu erreichen. Dazu arbeitet sie eng mit der Zeitung zusammen. Immer, wenn sie oder Leonhard etwas zu verkünden haben, schalten sie eine Anzeige in der Zeitung.«

Es klingt so einfach wie genial, dachte Oscar. Dennoch blieben ihm Zweifel. »Wir sind nicht von hier«, gab er zu bedenken, »die anderen Ladenbesitzer schon, mit unserer Preispolitik legen wir uns mit den teils alteingesessenen Geschäftsleuten an. Wir müssen befürchten, dass die Menschen in Gera zu denen halten, die sie schon länger kennen als uns. Eine Zeitungsannonce könnte alles nur noch schlimmer machen.«

»Du meinst, sie verbünden sich gegen uns?« Eine steile Sorgenfalte erschien auf Hermanns Stirn.

»Sie werden sich auf ihre Wurzeln besinnen. Und die Leute in Gera halten zusammen.«

»Wir müssen aber etwas unternehmen, denn dieser Gustav Klein wird die Leute sicher gegen euch aufstacheln. Besser, wir kommen dem zuvor und stellen unsere Seite der Dinge dar. Ich werde so bald wie möglich zur Zeitung gehen.« Hermann wirkte entschlossen. »Es wird einen Artikel geben, in dem wir die Leute darüber aufklären, wie wir unsere Waren beziehen und warum wir unser Sortiment so billig verkaufen können. Ganz nebenbei wird darin zu lesen sein, dass es bei Hermann Tietz ein größeres Sortiment gibt als bei der Konkurrenz.« Hermann grinste. »Das wäre doch gelacht, wenn wir diesen Kampf nicht gewinnen könnten, Neffe.«

»Und was soll ich tun?«

»Du bleibst hier und kümmerst dich ums Geschäft.« Hermann wandte sich um und ließ Oscar allein im Kontor zurück. Manchmal beneidete Oscar ihn um seinen schier endlosen Ideenreichtum und seine Entschlossenheit.

*

Für Flora stieg die Spannung schier ins Unermessliche, als sie und Leonhard am Nachmittag die Spitalstraße erreichten. Die Köchin von Johann Abel hatte ihnen in der Villa eine herrliche Mahlzeit zubereitet, und nach der langen Bahnfahrt hatten sie sich die Zeit genommen, sich frisch zu machen und umzuziehen. Nun trug Flora einen knöchellangen, weinroten Rock mit schwarzen Applikationen, dazu ein eng geschnittenes und hochgeschlossenes Oberteil. Sie hatte sich für den kleinen Krempenhut entschieden, der mit einem breiten, floral gemusterten Band unter dem Kinn gebunden wurde.

»Da hängt es«, rief Flora aufgeregt, als sie ein gut zweieinhalb Meter breites, tiefgrünes Holzschild über der Tür entdeckte. Die Aufschrift war erhaben und strahlte in gut lesbarem Weiß auf die Passanten herunter. *Tietz* stand dort in geschwungenen Lettern, einfach nur *Tietz.* »Es ist unser Laden, Leo, sieh dir das an.«

Leonhard half ihr aus der Kutsche, dann glitt sein Blick an der Fassade des Geschäftshauses empor. Er freute sich stiller als Flora, doch auch er lächelte glücklich, als er das große Schild über der Tür erblickte. »Es sieht großartig aus.«

Nachdem Leonhard dem Kutscher ein paar Münzen in die Hand gedrückt hatte und sich das Fuhrwerk in einem langsamen Trott entfernte, ergriff Flora seine Hand. »Komm schon!«, rief sie ungeduldig.

Lachend ließ sich Leonhard von Flora zum Eingang ziehen. Den zusammengefalteten Sonnenschirm trug sie in der Armbeuge. »Schon gut, schon gut.« Er legte die Hand auf die Türklinke und drückte sie nieder. Die Tür war abgesperrt. »Nanu?«

»Anna und Sally lassen niemanden rein, nicht vor dem großen Tag«, vermutete Flora.

»Uns aber doch schon, nehme ich an.«

Flora klopfte gegen die Scheibe der Tür und spähte ins Halbdunkel des Ladens. Drinnen tat sich etwas. Kurz darauf erkannte sie Anna, die gerade damit beschäftigt war, mit einem jungen Mädchen in Schürze einen der Tische zu dekorieren, auf denen sie Hemden präsentierten. Eilig näherte sich Anna der Tür und schloss auf, um Flora und Leonhard einzulassen. »Da seid ihr ja!« Die Begrüßung fiel herzlich aus. Anna sah bezaubernd aus. Die langen blonden Haare hatte sie hochgesteckt, und sie trug ein Kostüm, das aus einem dunkelblauen Rock und einer taubengrauen Bluse mit markanter Knopfleiste bestand.

Flora nahm den Geruch von frisch gefärbter Baumwolle, von Holz und Malerfarben wahr.

»Wie war die Reise?« Anna gab den Eingang frei und schloss hinter ihnen wieder ab.

»Anstrengend, aber die Aufregung hat klar überwogen«, antwortete Flora. »Nun sind wir sehr gespannt, was ihr hier geschaffen habt.«

Anna rief nach Sally. Es dauerte nicht lange, bis Floras Bruder im Laden erschien. Als er seine Schwester und den Schwager sah, strahlte er. »Rechtzeitig zum großen Tag«, freute er sich, »herzlich willkommen im *Tietz Schweinfurt*.«

Die Worte *Tietz Schweinfurt* klangen noch neu und ungewohnt. Daran mussten sich ihre Ohren erst einmal gewöhnen. Sie betrachtete ihren kleinen Bruder. Sally trug braune Kniebundhosen, dazu passend ein Sakko mit aufgesetzten Taschen und dunkelbraune, moderne Halbschuhe. Offensichtlich hatte er inzwischen seinen eigenen Kleidungsstil gefunden.

»Habt ihr Lust, euch umzusehen?«

»Ich kann es kaum erwarten«, rief Flora.

»Auch mich würde durchaus interessieren, was ihr auf die Beine gestellt habt«, fügte Leonhard etwas zurückhaltender hinzu.

»Na dann los!« Sally machte eine einladende Geste. Er und Anna führten sie durch die untere Etage des Ladens, der sich mit frischer Farbe und geputzten Fenstern hell und freundlich präsentierte. Obwohl er jetzt nicht mehr leer stand wie bei ihrer ersten Besichtigung, wirkte der Laden immer noch groß und einladend. Auch die Regale und Tische waren frisch gestrichen. Begeistert stellte Flora fest, dass die Fronten der Regale in einem satten Grün erstrahlten. »Das ist ja unser Tietz-Grün!«

Flora war stolz darauf, dass ihr Vorschlag in die Tat umgesetzt wurde. Sicherlich hatte Leonard diesen Wunsch bei den Planungen an Sally weitergegeben.

Auf dem Tresen thronte eine riesige, blank polierte Registrierkasse, wie es sie bereits im Laden in Stralsund gab. Auch die Preisschilder wiesen dieselbe Schrift- und Farbgebung auf wie dort. Warentische luden zum Stöbern ein, an den Säulen gab es Hängeregale und Fächer, an den Wänden waren deckenhohe Regale montiert worden. Lebensgroße Modepuppen zeigten die aktuelle Kollektion aus Berlin. Flora war begeistert und fühlte sich gleich ein wenig heimisch. »Ihr habt das alles großartig umgesetzt«, lobte sie ihren Bruder.

»Es ist, als wären wir dabei gewesen«, stimmte Leonhard ihr sichtlich beeindruckt zu. Er klopfte Sally anerkennend auf die Schulter. »Großartig, werter Schwager!«

Sally grinste schief. »Anna hat sich dafür eingesetzt, dass alles aussieht wie in Stralsund.«

»Nur eben größer«, bemerkte Flora und schaute zur Treppe hinüber. »Jetzt bin ich gespannt, wie es oben aussieht.«

»Dann kommt mit.« Anna schritt voran. Ladenmädchen, die noch mit letzten Handgriffen beschäftigt waren, nickten ihnen zu und knicksten höflich. Sie wussten offenbar, dass Leonhard und Flora Tietz höchstpersönlich gekommen waren, um sich ein Bild vom neuen Laden zu machen.

Auch die zweite Etage war gelungen. Sie erzeugte einen Eindruck von Weite, was vielleicht daran lag, dass es hier weder einen Tresen noch raumfressende Schaufenster gab. In einer Ecke fand Leonhard die Weinabteilung, in der die edlen Tropfen des Weingutes Abel präsentiert wurden. Schräg gegenüber gab es eine Abteilung für Farben und Malerwerkzeuge. Hier konnte die Kundschaft das Sortiment von Wilhelm Sattler in Augenschein nehmen. Sogar einige Farbmühlen bereicherten die Ausstellung. Leonhard sah sich alles genau an und war voll des Lobes.

»Die zweite Etage als Verkaufsfläche wird sich als Bereicherung herausstellen, ihr werdet sehen!« Sally stemmte die Hände in die Hüften. »Wir können mit einem viel größeren Angebot aufwarten, als es die umliegenden Geschäfte können.«

Flora nickte nachdenklich. Plötzlich hatte sie eine ungute Vorahnung beschlichen. Obwohl Konkurrenz angeblich das Geschäft belebte, so hatte sie nicht vor, sich in Schweinfurt Feinde in der Geschäftswelt zu machen. »Dann bleibt nur zu hoffen, dass wir damit keine Neider auf den Plan rufen.«

*

Josephines Gedanken kreisten unaufhörlich um Eduard. Seit sie in der letzten Nacht zusammen im Bett gelandet waren, konnte sie sich nur schwerlich auf andere Dinge konzentrieren. Erst nach Einbruch der Dunkelheit hatte sie sich aus dem Haus geschlichen und gehofft, dabei nicht gesehen zu werden. Nachts war Damenbesuch auf den Kammern nicht erlaubt, und so musste Josephine sich schweren Herzens aus Eduards starken Armen lösen, um den Heimweg anzutreten. In ihrem eigenen Bett hatte sie sich schnell zu ihm zurückgeträumt und war so rasch eingeschlafen, als hätte sie vor dem Zubettgehen noch eine heiße Milch mit Honig getrunken. An diesem Morgen war sie mit einem breiten Grinsen aufgestanden und hatte die Schmetterlinge im Bauch so deutlich gespürt wie nie zuvor.

Bei der Arbeit war sie unkonzentriert. Josephine konnte froh sein, dass die anderen Ladenmädchen für sie mitdachten. Sie nahm sich vor, Eduard während der Arbeitszeit aus ihrem Kopf zu verdrängen. Er selbst ließ sich heute nicht im Verkaufsraum blicken, wohl, weil er in den nächsten Tagen Max Baumann, den Bruder der Chefin, anlernen würde, solange Leonhard Tietz auf Reisen war. Da konnte er es sich nicht leisten, unkonzentriert zu sein.

Der Gedanke, dass Eduard fortan ein fester Bestandteil ihres Lebens sein könnte, fühlte sich gut an. Wenn es ihm ähnlich erging, war es nur eine Frage der Zeit, bis er um ihre Hand anhielt. Doch noch war es nicht so weit, und sie mussten allabendlich in getrennten Betten einschlafen.

»Alles in Ordnung, Josi?« Hannahs Stimme riss sie jäh aus den Gedanken.

»Natürlich«, nickte Josephine. »Warum?«

»Du stehst grinsend in der Gegend herum und seufzt ständig.«

Josephine lachte. »Alles in Ordnung, um mich musst du dir keine Sorgen machen.« Sie bemerkte, dass Hannah an ihren Worten zweifelte, und kümmerte sich schnell darum, der jungen Frau eine neue Aufgabe zu geben, während sie selbst eines der beiden Schaufenster neu dekorierte. Dabei wanderte ihr Blick immer wieder sehnsüchtig zu der großen Wanduhr. Der Feierabend – und damit ein Wiedersehen mit Eduard – ließ noch auf sich warten, und heute schien die Zeit besonders langsam zu vergehen.

*

Flora freute sich sehr daran, wie sorgfältig der leer stehende Laden zu einem *Tietz* mit Wiedererkennungswert gestaltet worden war. Sie fühlte sich pudelwohl hier.

»Freut ihr euch auf die Eröffnung?«, fragte sie ihren Bruder.

»Anna spricht Tag und Nacht von nichts anderem mehr«, bemerkte Sally mit einem amüsierten Lächeln. »Aber mal im Ernst: Ich bin froh, dass es euch gefällt.«

»Es ist grandios geworden.« Leonhard stand mit leuchtenden Augen mitten im Laden und sah sich immer wieder um. Begeistert, wie Flora ihn kaum erlebt hatte, klopfte er ihrem Bruder auf die Schulter. »Gut gemacht, mein Junge.«

»Danke.« Sally errötete vor Stolz. »Es hat uns riesigen Spaß gemacht.«

»Und viel Arbeit«, fügte Anna hinzu. »Aber das Ergebnis kann sich sehen lassen.«

»Wie recht du hast, Anna.« Am liebsten hätte Flora ihre Schwägerin auf der Stelle umarmt. »Dann werde ich noch heute die Annoncen zur Zeitung bringen, damit die Leute wissen, was sie hier erwartet.«

Leonhard wandte sich an seinen Schwager. »Ich würde gern das Kontor sehen.«

»Na klar.« Sally marschierte seinem Schwager voraus die breite Treppe hinunter in die untere Etage. »Wo bleiben Sie, alter Mann?« Er wandte sich zu Leonhard um und grinste ihn süffisant an.

»Pass bloß auf, du frecher Kerl«, brummte Leonhard und folgte seinem Schwager.

»Mir fällt ein Stein vom Herzen«, sagte Anna, als die beiden Frauen unter sich waren.

Flora sah sie verwundert an. »Aber warum denn?«

»Ich habe so etwas«, Anna breitete die Arme aus, »noch nie allein gemacht, und es gab so unendlich viel zu beachten. Deshalb bin ich froh, dass alles so geworden ist, wie ihr es euch vorgestellt habt.«

Nun nahm Flora Anna doch in den Arm. »Das ist es wirklich«, versicherte Flora ihr. »Ich selbst hätte es nicht besser machen können.«

»Wir haben Tag und Nacht gearbeitet und hatten nicht einmal mehr Zeit, uns zu streiten.«

»Gab es denn Anlass zum Streit?«

»Nein, kaum.« Anna schüttelte den Kopf. »Wir sind glücklich, und ich bin froh, dass ihr Sally damals nach Rügen geschickt habt, wo wir uns kennenlernen durften.«

»Wie schön.« Flora atmete erleichtert auf. Sie wagte nicht zu fragen, ob und wann die Hochzeit stattfinden sollte, aber lange konnte es nicht mehr dauern.

»Lebt ihr noch im Haus deiner Eltern?«

Anna nickte. »Vater und Mutter würden es nicht dulden, wenn wir ausziehen. Aber sobald der Laden eröffnet ist, werden wir uns eine kleine Wohnung in der Nähe der Innenstadt suchen, um kürzere Wege zu haben.«

»Das klingt vernünftig.« Flora erinnerte sich an die Anfänge von Leonhard und ihr in Stralsund. Dass sie den Laden des alten Albert Holst übernommen hatten, war eine glückliche Fügung des Schicksals gewesen. Ebenso der Umstand, dass der kleine Laden in der Ossenreyer Straße nur einen Steinwurf von ihrer Wohnung entfernt lag. Das war ungemein praktisch, und sie konnte es Anna und Sally nur ans Herz legen.

»Was machen eure Überlegungen, einen weiteren Laden in Elberfeld zu eröffnen?«, erklang Sallys Stimme hinter ihr.

»Sie schreiten voran«, erklärte Leonhard, der sich nahezu unbemerkt mit Floras Bruder den Frauen genähert hatte.

»Max wird den Laden führen«, fügte Flora hinzu.

Sally machte große Augen. »Du hast es geschafft, ihn aus Birnbaum wegzubekommen?«

»Klar, er hat zwar etwas gezögert, aber in dem Nest hielt ihn nicht viel – außer Mutter natürlich.«

»Ich habe unsere Mutter schon eine Ewigkeit nicht mehr zu Gesicht bekommen«, meinte Sally traurig.

»Du solltest dich mal wieder in Birnbaum blicken lassen, Bruderherz.«

Sally zog eine Grimasse. »Um der Tochter des Rabbis zu begegnen?« Er schüttelte den Kopf. »Nein, das gibt nur Ärger.«

Anna winkte ab. »Das sind alte Geschichten«, behauptete sie. Flora ging davon aus, dass Sally ihr von seiner Affäre erzählt hatte, die ihn schließlich dazu bewogen hatte, seine Heimat zu verlassen.

»Mutter ist alt geworden.« Flora überkam ein schlechtes Gewissen. »Eines Tages werden wir sie nicht mehr besuchen können, Sally. Und ein wenig schäme ich mich dafür, dass ich ihr jetzt auch noch Max weggeholt habe.«

»Er muss auf eigenen Beinen stehen«, fand Leonhard. »Und dazu gehört oft auch ein Ortswechsel. Wir bieten deinem Bruder beste Voraussetzungen für eine erfolgreiche Karriere.«

»Sicher hast du recht, Leo.« Flora lächelte, als sie sich wieder ihrem kleinen Bruder zuwandte. »Also bleiben wir trotz unseres Wachstums ein Familienbetrieb.«

»Und das ist auch gut so«, sagte Sally und legte einen Arm um Annas Schulter. »Auf Familie ist Verlass.«

Leonhard zog seine Taschenuhr hervor, klappte sie auf und warf einen Blick auf das Ziffernblatt. »Es ist spät geworden.«

»Und ich habe einen Bärenhunger«, fügte Sally hinzu. »Wie wäre es, wenn wir uns im Gasthof ein gutes Essen gönnen?«

Alle waren einverstanden.

»Wolltest du vorher noch zur Redaktion der örtlichen Zeitung?«, fragte Leonhard Flora. Sie schüttelte den Kopf.

»Heute Abend werde ich einen Entwurf für eine Annonce anfertigen und ihn morgen hinbringen.« Es war ihr ein wenig unangenehm, dass sie noch keine Zeit gefunden hatte, den Text eines Inserates zur bevorstehenden Eröffnung zu formulieren, doch Leonhard schien kein Problem damit zu haben. Er nickte zustimmend. »Dann lass uns gehen, bevor dein Bruder vor Hunger tot umfällt.«

»Die Gefahr besteht immer!«, bestätigte Sally und rieb sich vielsagend den Bauch. »Ich könnte ein Pferd verspeisen!« Lachend verließen sie das Geschäft und kehrten schon wenig später im Gasthof am Markt ein, um sich vom Wirt und seinem Koch verwöhnen zu lassen. Schließlich hatten sie guten Grund zum Feiern.

Kapitel 44

Schon beim Aufwachen spürte er, dass etwas nicht stimmte. Mit einem unguten Gefühl registrierte Oscar Tietz, dass die eigenartige Geräuschkulisse nicht zu seinem Traum gehörte. Er richtete sich im Bett auf und blinzelte. Das Fenster der kleinen Schlafkammer war geöffnet. Wie immer in den lauen Sommernächten hatten sie bei offenem Fenster geschlafen.

Lärm und aufgebrachtes Stimmengewirr drangen an seine Ohren. Oscar rieb sich den Schlaf aus den Augen und versuchte, die Trägheit des frühen Morgens abzuschütteln. Was war da bloß los? Aus der dumpfen Geräuschkulisse schälten sich wütende Schreie, die von der Straße kamen.

»Weg mit *Tietz*! Weg mit *Tietz*!«

Es waren unzählige Stimmen, die sich zu einem beängstigenden Sprechgesang vereinten. Oscar griff mit zitternden Händen nach dem Wasserglas auf seinem Nachttisch und kippte sich den Inhalt in die Kehle. Die Rufe und Drohungen, die von der Straße heraufschallten, machten ihm Angst. Bevor er seine Gedanken ordnen konnte, flog die Zimmertür auf. Betty stürmte herein. »Oscar!«, rief sie, »hörst du das?« Wie immer war sie vor ihm aufgestanden, um das Kaffee- und Waschwasser auf dem Ofen zu erhitzen. Sie hatte sich eine Strickjacke über das knöchellange Nachthemd gezogen, das lockige rote Haar war zu einem lockeren Pferdeschwanz zusammengebunden.

»Weg mit *Tietz*! Weg mit *Tietz*!«, hallte es durch den Raum.

Betty schlang die Arme um den Oberkörper. »Wir müssen etwas unternehmen.«

»Was … was ist denn da los?« Oscar sprang mit klopfendem Herzen aus dem Bett und trat an das Fenster. Vorsichtig beugte er sich hinaus und sah nach unten. Zwei Dutzend aufgebrachte Männer und Frauen hatten sich vor dem Laden versammelt. Sie trommelten auf Kannen und Töpfen herum und ballten die Fäuste.

Schnell zog Oscar den Kopf zurück. »Was hat das zu bedeuten?«

Betty war auf die Bettkante gesunken. »Ich weiß es nicht, aber es fühlt sich an, als würde eine Hexenverbrennung bevorstehen.«

Oscar wusste, dass Betty seit dem unglückseligen Familientreffen in Bamberg schlimme Alpträume hatte. Schützend baute er sich vor ihr auf und zog ihren Kopf an seinen Oberkörper. Zärtlich strich er ihr über das Haar. »Hab keine Angst«, flüsterte er, dann wandte er sich ab und warf wütend das Fenster zu. Der Tumult auf der Straße drang nur noch gedämpft ins Haus, war aber laut genug, um auch Onkel Hermann auf den Plan zu rufen. Er trug einen nachtblauen Morgenmantel über dem Pyjama. Die grauen Haare standen ihm wirr vom Kopf ab. »Was ist denn da los, Kinder?«

»Sie wollen uns vertreiben«, antwortete Oscar mit tonloser Stimme. Er war leichenblass und sah besorgt in Bettys grüne Augen, in denen sich Tränen sammelten.

»Wenn wir das mal nicht diesem Gustav Klein zu verdanken haben«, grollte Hermann und ballte die Hände zu Fäusten. Er trat ans Fenster und warf einen Blick nach unten.

»Ich lasse mir das nicht gefallen«, entfuhr es Oscar. Die Angst in Bettys Augen machten ihn rasend vor Wut.

Als Hermann sich zu ihm und Betty umwandte, war auch er ungewöhnlich blass. So hilflos hatte Oscar seinen Onkel nie zuvor erlebt. Immer war Hermann Tietz stolz und kräftig gewesen, stets hatte er eine Lösung für jedes Problem parat gehabt. Nur diesmal wirkte er klein und machtlos. »Was willst du tun, Junge?«

»Ich weiß es doch auch nicht«, stöhnte Oscar verzweifelt. »Aber es steht fest, dass ich mich von diesem Pöbel nicht ins Bockshorn jagen lasse.«

»Willst du etwa da runter, um sie alle zu verprügeln, oder was?«

»Ich habe Angst«, entfuhr es Betty. Ihre Stimme zitterte. »Können wir nicht die Polizei rufen?«

Hermann warf seiner Ziehtochter einen Blick zu. »Wie soll das gelingen?«

»Ich könnte mich durch den Hinterausgang aus dem Haus schleichen und zur Wache rennen.«

»Keine gute Idee.« Oscar schüttelte den Kopf. »Die Menschen in der Nachbarschaft kennen dich zu gut, Betty. Sie würden dich erkennen und aufhalten.«

Bei diesen Worten wurde Betty starr vor Angst. Oscars hilflose Wut wuchs. Was bildeten sich diese Menschen ein, ihn, seine Verlobte und Onkel Hermann derart zu verängstigen? Unruhig wie ein Tiger im Käfig marschierte er durch die Schlafkammer.

»Hab keine Angst«, beruhigte Hermann Betty mit sanfter Stimme. »Uns wird nichts geschehen.« Sein Lächeln wirkte aufgesetzt.

»Hauptsache, sie stecken uns das Haus nicht in Brand.« Bettys Stimme bebte. Oscar wagte nicht, ihr zu sagen, dass einige der aufgebrachten Männer bereits brennende Fackeln schwenkten.

*

Am Morgen sprach Flora ihren Mann auf etwas an, das sie schon länger beschäftigt hatte.

»Was können wir für unsere Angestellten tun?« Sie saß an der Kommode im Gästezimmer der Villa Abel und bürstete sich das lange braune Haar. Locker fielen die Strähnen auf ihre nackten Schultern. Leonhard war bereits halb angekleidet und band sich gerade eine taubengraue Krawatte um. »Was meinst du, Bella?«

»Nun, ich denke, unsere Arbeiter strengen sich tagein, tagaus sehr an und leisten alles Menschenmögliche für uns. Sie sollten eine Gelegenheit bekommen, sich zwischendurch auszuruhen.«

»Im Laden?« Leonhard zog eine Augenbraue hoch, während er seine geliebte Frau im Spiegel betrachtete.

»Ja, warum nicht?« Flora legte die Bürste beiseite und wandte sich zu ihm um. »Sie sollten regelmäßig essen und trinken können, wenn sie schon zwölf Stunden täglich hart arbeiten müssen.«

»Möchtest du ihnen etwas kochen?«

»Das nun nicht gerade.« Flora musste bei der Vorstellung, wie sie in einem riesengroßen Kessel rührte, lachen. »Aber sie sollten die Gelegenheit haben, sich zurückzuziehen, um wieder zu Kräften zu kommen.«

»Sie sollen Pausen machen?«

»Ja, warum nicht?«

»Wenn es hilft, ihre Arbeitskraft zu erhalten, bin ich einverstanden«, lächelte Leonhard. »Ich möchte sie gut behandeln, denn unsere Angestellten sollen stolz darauf sein, bei *Tietz* zu arbeiten.«

Flora nickte. »Wie wäre es mit einem kleinen Zimmer, in dem sie sich an einen Tisch setzen können, um gemeinsam zu essen oder etwas zu trinken? Gerade unsere Bandwirker schuften in der Sommerhitze stundenlang und ohne Pausen unter dem Dach.«

»Dann werden wir einen Erfrischungsraum bauen lassen.« Aus seinem Munde klang das ganz selbstverständlich.

»Erfrischungsraum«, wiederholte Flora. Das Wort klang gut. »Du bist ein Schatz, Leo.«

»Ich bin dein Mann, was erwartest du?« Er beugte sich zu ihr hinab und küsste sie sanft.

»Sobald wir wieder in Stralsund sind, werde ich unseren Architekten bitten, einen entsprechenden Raum einzuplanen.«

Leonhard gab ihr noch einen letzten Kuss und verließ das Gästezimmer. Auch Flora freute sich auf ein Frühstück. Das Klappern von Geschirr aus der Küche und der herrliche Duft von Kaffee drangen zu ihr hoch. Rasch kleidete sie sich an. Sie wählte heute eine cremefarbene Bluse und einen etwas weiter geschnittenen braunen Rock, der genau richtig war, um bequem damit arbeiten zu können. Heute galt es, letzte Vorbereitungen zu treffen, denn morgen war der große Tag, und das neue *Tietz*-Geschäft würde seine Pforten öffnen.

*

Mit großen Schritten stürmte Oscar in die Küche. Dort nahm er den schweren Zinkbottich, der nahezu randvoll mit Wasser war. Da das Küchenfenster zum Hinterhof lag, drangen die tumultartigen Geräusche der Menge auf der Straße nur gedämpft an seine Ohren. Es war Oscar gleichgültig, ob sie das Haus in Brand stecken oder ob sie sie nur einschüchtern wollten. Er würde nicht abwarten, um herauszufinden, worin ihr Plan bestand. So schnell wie möglich bugsierte er den schweren Bottich aus der Küche und über den Korridor. Das darin befindliche Wasser schwappte bedenklich. Immer wieder hinterließ er Wasserflecken auf dem Dielenboden, doch er hatte keine Zeit zu verlieren. »Aus dem Weg!«, rief er schon vom Flur aus, als er das Schlafzimmer erreichte.

Hermann und Betty sahen ihn entgeistert an, als sie die Wanne in seinen Armen erblickten.

»Junge«, rief Hermann, »was hast du vor?«

»Aus dem Weg!«, rief Oscar anstelle einer Antwort. Hermann und Betty machten ihm Platz. Oscar warf seinem Onkel einen Hilfe suchenden Blick zu – der Bottich wog eine halbe Tonne. Hermann zögerte nicht lange und packte mit an. Gemeinsam schafften sie es, den Bottich auf das Fensterbrett zu wuchten. Als Hermann einen Blick nach unten warf, wusste er, was Oscar mit dem Wasser vorhatte. »Also los«, zischte er. »Auf drei!«

Die Männer und Frauen auf der Straße hatten sie noch nicht bemerkt. »Weg mit *Tietz!* Weg mit *Tietz!*«, schrien sie immer wieder und klapperten mit ihren Töpfen und Kannen herum, dass es einem angst und bange werden konnte.

»Eins …« Hermann umklammerte einen Griff der Wanne. Weiß traten die Knöchel seiner Finger unter der Haut hervor. »Zwei …« Er machte sich bereit. »Und … drei!«

Gleichzeitig kippten die Männer den Wasserbottich nach vorn. Mit einem rauschenden Geräusch schwappte das Wasser wie ein Sturzbach in die Tiefe. Auf der Stelle verstummte das Scheppern und Klappern, die Sprechchöre wurden von erschrockenen Schreien abgelöst. Ein lautes Klatschen, dann herrschte für einen Moment trügerische Ruhe.

Hastig zogen Hermann und Oscar die Wanne wieder in die Kammer, um sie unter lautem Scheppern auf dem Boden abzustellen. Als sie sich wieder aus dem Fenster lehnten, sahen die Teilnehmer der fragwürdigen Versammlung aus wie begossene Pudel. Strähnig hingen ihnen die Haare in die Gesichter, ihre Kleidung triefte vor Nässe, und die Fackeln waren erloschen.

»Das habt ihr davon!«, rief Oscar nach unten und lachte. »Und jetzt verschwindet, sonst rufe ich den Wachtmeister zu Hilfe!« Er wunderte sich selbst, dass man seiner Forderung nachkam. Zwar tuschelten die Leute und sahen immer wieder böse zu ihm herauf, doch die Versammelten zerstreuten sich schnell, und bald war Ruhe eingekehrt.

»Du bist ein Genie!«, rief Betty erleichtert und umarmte ihn.

»Das musste ich tun«, sprach er in ihr Haar, »sie hatten Fackeln dabei.«

»Sie wollten uns einschüchtern«, war Hermann sicher. Er fuhr sich mit einer Hand durch das Haar und schüttelte den Kopf. »Was sind das bloß für Menschen? Und wie gehen wir jetzt damit um?«

»Klein war ein Teil der Meute, ich habe ihn gesehen«, antwortete Oscar, »ich bin sicher, er hat die Leute aufgestachelt. Vielleicht sollte ich mit der Polizei besprechen, wie es weitergeht.«

»Möglicherweise wäre es besser, wenn wir Gera verlassen«, schlug Betty zaghaft vor. Tränen standen in ihren grünen Augen. »Ich möchte hier nicht mehr bleiben, Oscar. Kannst du das verstehen?«

Er nickte betroffen. »Ja, Betty, das kann ich verstehen.«

»Ihr wollt euch von einer Meute Dahergelaufener in die Flucht schlagen lassen?« Hermanns Miene war finster. »Ernsthaft?«

»Wir wollen nicht«, entgegnete Oscar, »aber ich habe nicht vor, unsere Existenz und unser Leben aufs Spiel zu setzen.«

»Deshalb werde ich gleich losziehen und mit dem Wachtmeister und mit dem Bürgermeister sprechen. Und ich werde zum Büro der Zeitung gehen. Es gilt, einige Dinge richtigzustellen.« Hermann Tietz hatte die rechte Hand zur Faust geballt. »So geht man mit uns nicht um«, zischte er verbittert, und in Gedanken musste Oscar seinem Onkel recht geben.

*

»Hast du das schon gehört?« Hermann Tietz saß am Abend des nächsten Tages mit der ausgebreiteten Zeitung in seinem Schaukelstuhl am Fenster, als Oscar die Stube betrat. Eigentlich wollte er ihm nur Bescheid sagen, dass das Abendessen in wenigen Minuten fertig sein würde. Betty stand seit über einer Stunde in der Küche und bereitete das Essen vor. Über den Zwischenfall hatten sie kein Wort mehr verloren. Hermann hatte ihnen nur erklärt, dass der Bürgermeister und der Hauptwachtmeister ihm versichert hätten, dass es nie wieder einen derartigen Vorfall geben werde. Beide hatten sich in aller Form entschuldigt. Oscar hatte am nächsten Tag weniger Kundschaft verzeichnet, auch die Umsätze waren leicht zurückgegangen. Nun blieb zu hoffen, dass sich alles schnell normalisieren würde.

»Was habe ich gehört?« Oscar trat hinter den Schaukelstuhl, um mit in die Zeitung schauen zu können.

»Gustav Klein verlässt Gera.«

»Wie kommt das?«

Hermann zuckte mit den Schultern. »Man munkelt, er sei pleite.«

»Und uns will er jetzt die Schuld in die Schuhe schieben?«

»Das ist anzunehmen. Aber wenn er die Stadt verlassen muss, sind wir ihn bald los. Und ich habe schon eine Idee, wie wir das ausnutzen können.«

Oscar ahnte, was sein Onkel vorhatte. Seit Wochen schon platzten Laden und Kontor aus allen Nähten. Oscar, Betty, Hermann und die inzwischen sechzehn Angestellten kamen kaum hinterher, neue Waren zu beschaffen. Das Geschäft florierte seit ihrer Zeitungsanzeige, und jeden Tag machten sie mehr Umsatz – zumindest bis vor dem Auftauchen der schreienden Menschenmenge. »Du willst unseren Laden erweitern?«

»Das Haus von Klein liegt direkt nebenan«, nickte Hermann und faltete unter lautem Rascheln die Zeitung zusammen. »Wir sollten es kaufen oder anmieten, um es für unsere Zwecke zu nutzen.«

»Können wir uns das denn leisten?« Oscar zog sich einen Stuhl heran und ließ sich seinem Onkel gegenüber nieder.

»Die Zahlen sind gut«, sagte Hermann. »Ich habe erst heute die Buchführung überprüft. Durch unseren schnellen Warenumschlag sind wir in der Lage, uns zu vergrößern. Und wir sollten nicht zögern, denn der Laden von Gustav Klein steht schon leer. Man sucht bereits einen neuen Mieter für das Objekt.«

»Ich hoffe, dass der Zwischenfall die Kundschaft nicht allzu sehr verängstigt hat.«

»Die Menschen vergessen schnell«, erwiderte Hermann zuversichtlich. »In diesen Zeiten hat niemand etwas zu verschenken, und wer seinem Geld nicht böse ist, wird auch weiterhin bei uns kaufen, weil wir die niedrigsten Preise haben.«

Oscar dachte kurz nach. Er vertraute seinem Onkel, was die geschäftlichen Geschicke betraf, nahezu blind. Dennoch beschloss er, sich morgen selbst einen Überblick zu verschaffen. Und wenn die Umsätze so gut waren, wie Hermann behauptete, bestand kein Grund, länger mit der Geschäftserweiterung zu warten.

»So kenne ich dich, Neffe«, lächelte Hermann Tietz zufrieden, als Oscar ihm seine Gedanken mitgeteilt hatte. »Und jetzt lass uns zu Abend essen.« Er sog geräuschvoll die Luft durch die Nase ein. »Es duftet verführerisch, und ich bin gespannt, womit Betty uns heute verwöhnt.« Er legte die Zeitung auf das Beistelltischchen aus hellem Kirschholz und erhob sich schwungvoll. Für ihn schien die Erweiterung des Warenhauses Hermann bereits beschlossene Sache zu sein. So blieb Oscar nichts anderes übrig, als sich ebenfalls zu erheben, um seinem Onkel in die Küche zu folgen.

Kapitel 45

Bei einer weiteren Besichtigung des neuen Ladens kam Leonhard eine Idee. Er würde die Etage zwischen dem Verkaufsraum und dem Dachspeicher zu Wohnräumen herrichten lassen, um den Angestellten die Möglichkeit zu bieten, billige Unterkünfte anzumieten, so, wie er es schon in Stralsund tat. Dort allerdings würden die Angestellten bald ausziehen müssen, wie er Eduard Scheffel bereits erklärt hatte. Dafür plante Leonhard, das Nebenhaus in der Ossenreyer Straße zu erwerben, um den Angestellten dort neue Unterkünfte anbieten zu können. Es war eine gute Lösung, denn das Haus würde sich von den Mieteinnahmen der Mitarbeiter tragen.

Leonhard machte sich auf den Weg, um Flora von seinen Überlegungen zu berichten. Er fand sie im Laden, wo sie gerade mit der Dekoration der Schaufenster beschäftigt war – einer ihrer Lieblingsaufgaben, für die sie sich auch in Stralsund immer viel Zeit nahm. Während das Schaufenster zur Spitalstraße von zwei kopflosen Modepuppen beherrscht wurde, die Röcke und Blusen trugen, drapierte sie das Fenster zur Metzgergasse mit Tüchern und Gardinen.

»Das sieht großartig aus«, bemerkte Leonhard, während er sich ihr näherte. Im restlichen Laden wurde ebenfalls fleißig gearbeitet, die Ladenmädchen zupften die Ausstellungsstücke zurecht, ein Lehrmädchen stand am Tresen, um die letzten noch fehlenden Preisschilder zu beschriften. Auch hier würde sich die Kundschaft an Barzahlung und Festpreise gewöhnen müssen. Das Kaufen auf Pump fiel weg, dafür gab es, wie schon in Stralsund, volles Umtauschrecht und keinen Kaufzwang. Leonhard bezweifelte keine Sekunde, dass die Menschen im Frankenland sich ebenso schnell an die neuen Regeln gewöhnen würden wie die Kundschaft in Stralsund.

Heute Morgen hatte die Eröffnungsanzeige die Titelseite der örtlichen Zeitung geziert. Ein Vermögen hatte das großformatige Inserat bei bester Platzierung gekostet, doch Flora und Leonhard waren sicher, dass es gut investiertes Geld war, denn die Neugier der Leute auf den Tag der Eröffnung wuchs ständig. Gestern hatte Anna mit zwei Mädchen die Schaufenster mit ganzen Bahnen von braunem Packpapier abgedeckt. Die Leute sollten erst dann über das Angebot staunen, wenn sie auch kaufen konnten, hatte Anna gesagt.

Flora stand mit einem Fuß im Schaufenster, während sie eine Ecke des Gardinenstoffes zurechtzupfte. »Und?«, fragte sie ihren Mann, als er bei ihr auftauchte. »Gefällt dir das so?«

Er nickte. »Natürlich, Bella, dein Geschmack ist einwandfrei.« Mit einer Geste bedeutete er ihr, ihm zu folgen. Flora unterbrach die Arbeit und marschierte hinter ihm her, bis sie eine Ecke im Laden gefunden hatten, in der sie etwas Ruhe hatten. Er erzählte Flora von seinem Plan für den Schweinfurter Laden, und sie hatte keine Einwände.

»Und nach unserer Rückkehr nach Stralsund werde ich ein Angebot für das Nachbarhaus machen«, teilte er ihr dann mit.

Flora lachte. »Ist das nicht ein wenig voreilig?«

»Mitnichten, Bella, mitnichten.« Er berichtete ihr von seinen Plänen, aus dem leer stehenden Nachbarhaus ein Wohnhaus für die Angestellten zu machen.

»Ich dachte schon, du wolltest unser Geschäft in Stralsund vergrößern.«

»Nur nach oben«, lachte er, dann wurde er ernst. »Wobei ... so schlecht finde ich den Gedanken gar nicht.«

»Ich fürchte, das musst du mir erklären, Leo.«

»Nun, möglicherweise findet das Wachstum kein Ende, und auch der neue Laden wird selbst nach der Einrichtung einer zweiten Verkaufsfläche bald zu klein.«

»Was hast du vor?« Flora lehnte sich an eine der Säulen und ließ ihn nicht aus den Augen.

»Wenn man langfristig denkt und plant, besteht zu einem späteren Zeitpunkt die Option, aus dem angrenzenden Wohnhaus ein Geschäftshaus zu machen. Oder wir bauen einfach ein neues, größeres Geschäftshaus und werden die unangefochtene Nummer eins in Stralsund.«

»Was ist mit unseren Angestellten, die im neuen Haus wohnen sollen?«

»Keine Sorge, für die finden wir im Fall der Fälle andere Unterkünfte.« Er nickte eifrig. »Aber wäre es nicht wundervoll, wenn sich in Stralsund die Nachricht verbreitet, dass Tietz zwei Häuser abreißt, um an ihrer Stelle ein neues, hochmodernes Warenhaus zu errichten? Georg Wertheim würde Augen machen«, war Leonhard sicher. Der Gedanke daran, seinem schärfsten Konkurrenten eine Nasenlänge voraus zu sein, bereitete ihm diebische Freude, vor allem nach dem, was er sich mit Josephine Thalbach erlaubt hatte.

»Ich denke, wir sollten dabei nicht vergessen, uns gut um unsere Angestellten zu kümmern«, fand Flora. »Der Erfrischungsraum ist ein Anfang, die Bereitstellung von Unterkünften sicherlich ein weiterer Schritt.«

»Du solltest dich sozial engagieren«, sagte Leonhard lächelnd. Er liebte seine Frau für ihre fürsorgliche und herzensgute Art. Noch nie war er einem gutmütigeren Menschen als Flora begegnet. Und sie war nicht nur seine Frau und Partnerin im Geschäft – sie war auch die Mutter seiner beiden Söhne.

Leonhard gab dem Bedürfnis nach, Flora in die Arme zu schließen und sie zu küssen. Dabei interessierte es ihn auch nicht, dass die

Ladenmädchen sie beobachten konnten und leise hinter ihrem Rücken kicherten.

*

Noch am selben Tag brach Hermann Tietz nach Erfurt auf. Dort gelangte er mit der Pferde-Straßenbahn vom Bahnhof zum Anger, einem zentralen Platz, der in die gleichnamige Einkaufsstraße überging. Hier lag angeblich das Büro von Wilhelm Haage, dem Besitzer des Nachbarhauses in Gera, das bis vor Kurzem von Gustav Klein gemietet wurde. Hermann war gekommen, um Haage ein Angebot zu unterbreiten. Er war gespannt, ob seine Reise von Erfolg gekrönt sein würde. Hermann ging davon aus, bereits am Abend wieder zu Hause in Gera zu sein.

Auf dem Weg hierher hatte sich Hermann eine Erfurter Volkszeitung bei einem Zeitungsjungen am Bahnhof besorgt, um auf der Fahrt in der Straßenbahn die Schlagzeilen zu überfliegen. Nun stand er mit der unter dem Arm zusammengerollten Zeitung auf dem Anger und ließ die Atmosphäre einen Moment lang auf sich wirken. Die imposanten Neubauten bildeten einen starken Kontrast zu den teils ärmlichen Fachwerkhäusern, an denen die Fahrt mit der Pferde-Straßenbahn ihn vorbeigeführt hatte.

Schräg gegenüber befand sich ein Neubau, in dem der Beschilderung zufolge die Oberpostdirektion beherbergt war. In diesem Zusammenhang glaubte Hermann sich zu erinnern, dass man Erfurt erst kürzlich an das Fernsprechnetz angeschlossen hatte. Das Telefon war eine sinnvolle Erfindung, und es war zu hoffen, dass man bald im gesamten preußischen Reich telefonieren konnte. Eine moderne und imposante Häuserzeile aus Wohn-, Büro- und Geschäftshäusern bildete ein Ensemble, das Hermann den Wohlstand der Stadt demonstrierte. Es bestand kein Zweifel daran, dass es sich bei Erfurt um eine moderne Metropole handelte. Linker Hand plätscherte ein imposanter Brunnen, der vom Selbstbewusstsein der Erfurter Bürgerschaft zeugte. Eine Steinsäule ragte mitten im Becken des Brunnens steil in die Höhe, und es gab überall Pflanzschalen, in denen üppige Geranien in leuchtenden Farben um die Wette blühten.

Das Büro von Wilhelm Haage lag in einem Haus mit stolzem Treppengiebel, zahlreichen Säulen und steinernen Skulpturen, die wachsam auf die Menschen am Anger herabzublicken schienen. Zielstrebig marschierte Hermann auf das Gebäude zu und fand sich kurz darauf in einer mächtigen Empfangshalle wieder, die ihn an die Lobbys der großen Hotels in Berlin, Paris oder gar New York erinnerten. Marmorboden, vergoldete Handläufe und überdimensionale Gemälde an den Wänden kündeten von Reichtum. Uniformierte Portiere wuselten umher und waren den Gästen behilflich. Hermann wandte sich an einen der Jungen in knallroter Uniform, um nach dem Weg zu Wilhelm Haages Büro zu fragen. Nachdem der Portier ihm den Weg erklärt hatte, drückte Hermann ihm eine Münze in die Hand, wartete den formvollendeten Diener ab und marschierte dann über die breite Treppe in das erste Obergeschoss. Hier dämpfte ein dicker Kokosteppich seine Schritte. Hermann blieb vor einer Tür stehen, neben der sich ein Holzschild mit dem Namen *Wilhelm Haage* befand. *Hausmakler*, stand in kleineren Buchstaben darunter. Hermann klopfte an und wurde mit einem leisen »Herein« hineingebeten. Er trat ein und fand sich in einem Vorzimmer wieder, in dem eine Schreibkraft ihre Arbeit verrichtete. Sie sah auf und fragte ihn nach seinem Anliegen.

»Ich würde gern mit Herrn Haage sprechen. Es geht um eines seiner Häuser in Gera.«

Die Dame sah ihn mit unverwandtem Blick an. »Sind Sie verabredet?«

»Nein, ich bin hier, um eine dringende Angelegenheit mit ihm zu besprechen.« Hermann stellte sich vor, doch auch bei der Nennung seines Nachnamens trat nicht die gewünschte Wirkung ein. Bis Erfurt hatte sich der Name Tietz wohl noch nicht herumgesprochen.

»Ich werde sehen, was ich tun kann«, versprach die Schreibkraft. Sie erhob sich und verschwand im angrenzenden Büro. Kurz darauf kehrte sie mit einem freundlichen Lächeln auf den Lippen zurück. »Herr Haage lässt bitten.« Sie hielt ihm die Tür auf. Hermann bedankte sich und stand im nächsten Moment in einem riesigen Büro, das von einem kolossalen Schreibtisch am Fenster beherrscht wurde, an dem ein gut gekleideter Mann arbeitete. Der Stuhl, auf dem er saß, erinnerte Hermann an einen ägyptischen Thron.

Bei Wilhelm Haage handelte es sich um einen hochgewachsenen Mann in Hermanns Alter. Das Haar trug er streng gescheitelt, der schwarze Anzug saß perfekt, ebenso der sorgsam gebundene Krawattenknoten. Haage blickte seinem Besucher durch das Glas eines Monokels entgegen. Er wies stumm auf die Besucherstühle vor seinem Schreibtisch, Hermann nickte und ließ sich auf einen davon sinken. Die Stuhlbeine und die Armlehnen waren aufwendig gedrechselt, das Polster von feinstem tiefroten Samt. Hermann ließ seine Hände auf den Lehnen ruhen. Er hielt dem fragenden Blick von Wilhelm Haage stand, der sich mit einem künstlichen Lächeln auf den Lippen vorbeugte und die Fingerspitzen beider Hände aneinanderlegte. »Was kann ich für Sie tun, mein Herr?« Seine Stimme klang freundlich und gleichzeitig distanziert.

»Es geht um ein Wohn- und Geschäftshaus in Gera, das Sie an einen gewissen Gustav Klein vermietet haben.«

Kurz verdunkelte sich Haages Miene. »Der Mietvertrag wurde kurzfristig gekündigt.«

»Ich habe davon gehört«, nickte Hermann, »deshalb sah ich es für angemessen, mich auf den Weg hierher zu machen.«

»Sind Sie Geschäftsmann?«

»Mit Leib und Seele.«

»Dann möchten Sie das Haus mieten?«

»Nein. Ich möchte es Ihnen abkaufen.« Der verblüffte Gesichtsausdruck seines Gegenübers bereitete Hermann große Freude.

Es dauerte einen Augenblick, bis Wilhelm Haage seine Fassung zurückgewonnen hatte. »Sie belieben zu scherzen, mein Herr.«

Hermann schüttelte den Kopf. »Es läge mir fern, Ihnen Ihre sicherlich wertvolle Zeit mit meinen schlechten Scherzen zu rauben. Ich habe ernsthaftes Interesse am Kauf des Hauses.« Als Haage nichts erwiderte, fuhr Hermann fort: »Der Zustand ist übrigens nicht sonderlich gut, die Fenster sind zugig, das Dach marode, und die Fassade benötigt dringend einen neuen Anstrich.«

»Warum erzählen Sie mir das alles?« Haage verengte die Augen unter den buschigen Brauen zu schmalen Schlitzen. »Wollen Sie den Preis drücken, bevor wir die Verhandlungen beginnen?«

»Mitnichten. Ich möchte nur darauf aufmerksam machen, dass Sie in das Haus investieren müssten, sollten Sie sich nicht davon trennen wollen.«

Haage lächelte eiskalt. »Sie sind ein echter Geschäftsmann.«

Hermann nickte. »Das sagte ich Ihnen ja bereits. Also – könnten wir uns nun über den Kaufpreis unterhalten, mein Herr?«

»Wer sagt, dass ich verkaufen möchte?«

»Ihr kluger Verstand, denn die Investitionen in Renovierungsarbeiten wären vollkommen unwirtschaftlich.«

»Und für Sie wäre das beim Kauf kein Nachteil?« Haage nahm das Monokel aus dem Auge und schob es in die Tasche seines Anzugs.

»Mein Neffe ist handwerklich begabt und kann viel in Eigenarbeit leisten. Aber lassen Sie das meine Sorge sein, Herr Haage. Vielleicht können wir jetzt über den Preis sprechen?«

»Ihre Entschlossenheit gefällt mir, Herr Tietz.« Haage erhob sich und trat an einen Aktenschrank. Er öffnete die Türen und suchte nach den richtigen Unterlagen. Dann kehrte er mit einer Akte zum Schreibtisch zurück. Auf der Rückseite konnte Hermann die Aufschrift *Sorge 21, Gera* erkennen. Haage zog das Monokel wieder aus der Tasche und klemmte es sich vor das Auge. Er schlug den Ordner auf und blätterte in den Aufzeichnungen. Dabei brummte er immer wieder unverständliche Worte, nickte und wiegte den Kopf.

»Also gut.« Ruckartig blickte er zu seinem Besucher auf, während er den Ordner zuklappte. »Sie können das Haus haben. Nun müssen wir nur noch über den Preis sprechen.«

Um ein Haar wäre Hermann von seinem Stuhl aufgesprungen und hätte Wilhelm Haage umarmt.

Kapitel 46

»Es ist ein Kreuz«, seufzte Eduard am nächsten Tag, als er Josephine im Gang zum Büro begegnete. Er wirkte niedergeschlagen.

»Was ist los?«, fragte sie, nachdem sie sich flüchtig umgesehen hatte, um sich zu vergewissern, dass sie allein waren. Erst dann wagte sie es, ihn zu küssen.

»Wir werden nie eine gemeinsame Wohnung mieten können.«

»Wie kommst du jetzt darauf?«

»Heute Morgen war ich in aller Frühe unterwegs, um mir eine Wohnung anzuschauen.« Er grinste mit einem Mal wie ein kleiner Junge, den man bei einem Streich erwischt hatte. »Hätte ich den Mietvertrag bekommen, hätte ich dich damit überrascht.«

»Dann müssen wir wohl tatsächlich heiraten.« Josephine strahlte. Die Vorstellung, den Rest ihres Lebens mit Eduard zu verbringen, gefiel ihr von Tag zu Tag besser. Ein wenig waren Flora und Leonhard Tietz ihre Vorbilder, denn die beiden gingen Seite an Seite durch das Leben, im Laden und privat. Sie ergänzten sich einfach perfekt und waren ein gutes Team. Und auch in diesen hektischen Zeiten hatten die beiden Geschäftsgründer immer ein Lächeln füreinander übrig. Seitdem Josephine bei ihnen arbeitete, hatte sie einen Traum, ein Ziel und eine Vorstellung, wie sie sich ihre eigene Zukunft wünschte. Und diese Zukunft konnte sie sich mit Eduard Scheffel gut vorstellen. Es war sicherlich eine glückliche Fügung des Schicksals, dass sie sich hier im Geschäft kennengelernt hatten. Eduard stand zu ihr, trotz ihrer schrecklichen Erlebnisse, und er glaubte an sie. Und mit der Art, wie er sie im Kampf gegen Wertheims Erpressermethoden beschützt hatte, hatte er ihr Herz im Sturm erobert.

»Dazu müsste ich erst einmal um deine Hand anhalten«, drang seine warme Stimme zu ihr durch. Als Josephine zu ihm aufsah, lächelte er.

»Warum tust du es dann nicht?«, fragte sie kokett und erwiderte sein Lächeln.

»Jetzt?« Er sah sich um. »Hier?«

»Warum nicht?« Sie waren allein auf dem Gang, der den Laden mit dem Büro und dem Kontor verband. »Wenn du es ernst meinst?«

Bevor sie es sich versah, sank Eduard auf ein Knie. Wortlos nahm er ihre rechte Hand und legte sie in seine. Sekundenlang sah er mit Ehrfurcht zu ihr auf. »Josephine Thalbach«, sagte er dann in feierlichem Ton, »innerhalb kürzester Zeit habe ich mich unsterblich in dich verliebt. Du bist abends mein letzter Gedanke vor dem Einschlafen, nachts träume ich von dir, und morgens bist du das Erste, an das ich denke. Das zeigt, dass du einen festen Platz in meinem Herzen hast.« Er seufzte. Als er sie ansah, schimmerten seine Augen feucht. »Ein Leben ohne dich kann und will ich mir nicht mehr vorstellen, liebste Josephine.« Wieder legte er eine Pause ein, in der er gegen die Freudentränen ankämpfte.

Wie feinfühlig er doch ist, dachte Josephine.

»Deshalb möchte ich dich hiermit ganz offiziell fragen, ob du meine Frau werden möchtest.«

Jetzt war es raus. Eduard senkte kurz den Blick, um sich zu sammeln, hielt ihre Hand aber weiterhin fest.

Die Zeit rann zäh dahin, Josephine brauchte einen Moment, um seine Worte zu verarbeiten. Ihr Herz raste vor Aufregung. Sie zog ihn an der Hand nach oben, ergriff auch seine andere Hand und nickte energisch. »Ja«, rief sie freudestrahlend, »ja, liebster Eduard, ich will deine Frau werden!« Jetzt stahlen sich erste Freudentränen auch in ihre Augen und rannen über ihre Wangen. Eduard küsste sie rasch weg und näherte sich dann ihren Lippen. Wie automatisch fanden sie zueinander und küssten sich innig.

»Leider habe ich keinen Ring dabei«, stammelte er zwischen zwei Küssen.

»Macht nichts«, lachte Josephine, »das war ja auch sehr spontan.«

»Ich reiche den Verlobungsring nach«, versprach er und holte tief Luft. »Dann sind wir jetzt ganz offiziell verlobt?«

»Ja«, sagte Josephine, »das sind wir. Wir sind verlobt und werden bald heiraten. Und die ganze Welt soll es erfahren!«

»Was soll die ganze Welt erfahren?«

Erschrocken fuhren sie auseinander. Max Baumann war unbemerkt neben ihnen aufgetaucht und war sichtlich verwundert, die Turteltauben in inniger Zweisamkeit anzutreffen.

»Du bist der Erste, der es erfährt«, sagte Eduard und lächelte den Bruder der Chefin an. Offenbar war er gerade auf dem Weg ins Kontor gewesen, als er Josephine und Eduard ertappt hatte. »Ich habe Josephine gerade um ihre Hand gebeten.«

»Herzlichen Glückwunsch!« Max freute sich sichtlich über das Glück der beiden. Er klopfte Eduard jovial auf die Schulter und drückte Josephine kurz an sich. »Aber«, sagte er dann etwas ernster, »muss man als künftiger Bräutigam nicht beim Vater der Braut um deren Hand anhalten?«

Kurz spürte Josephine einen Kloß im Hals. Schlaglichtartig sah sie die schreckliche Szene vor ihrem geistigen Auge auftauchen, die sie wohl nie vergessen würde.

»In diesem Fall nicht«, antwortete Eduard und winkte ab. »Aber das ist eine lange Geschichte.«

»Eine Geschichte für ein andermal.« Max lächelte. »Ihr macht sicher alles richtig. Und jetzt wollt ihr bestimmt feiern gehen?«

»Geht das denn?« Eduard zögerte. Eigentlich war er von Leonhard

Tietz damit betraut worden, sich an der Seite von Max Baumann ums Geschäft zu kümmern.

»Das geht in Ordnung«, nickte Max gerade. »Ich habe die Situation im Griff, mach dir also keine Sorgen.«

»Danke«, sagte Eduard und klopfte ihm auf die Schulter. »Du hast was gut bei mir!«

»Darauf komme ich sicher bei Gelegenheit zurück«, grinste Max Baumann und zeigte zur Tür. »Und jetzt ab mit euch.«

Das ließen sich Josephine und Eduard nicht zweimal sagen. Sie nahmen sich an den Händen, bedankten sich bei Max und verschwanden, bevor er es sich anders überlegen konnte.

$$*$$

Der weißhaarige alte Mann bedachte Eduard mit einem feindseligen Blick, wie er da an der Seite von Josephine vor seiner Tür stand. »Sie schon wieder?«

Ihr erster Weg hatte sie zu dem Haus geführt, in dem eine Wohnung zu vermieten war. Jetzt, in Josephines Begleitung, fühlte sich Eduard selbstbewusster. »Ja, ich schon wieder. Sie sagten, dass Sie die Wohnung nur an Paare vermieten wollen.«

»Richtig. Daran hat sich seit Ihrer letzten Besichtigung heute Morgen auch nichts geändert.«

»Darf ich vorstellen: Meine künftige Ehefrau.«

»Soso.« Claudius Gerson, so hieß der griesgrämige Mann im taubengrauen Freizeitanzug, betrachtete Josephine mit einem prüfenden Blick. Als er keinen Ring an ihrer Hand entdecken konnte, schüttelte er den Kopf. »Was soll das?«

»Wie bitte?« Eduard wusste nicht, was Gerson meinte.

»Wo ist der Ring? Ist das ein Trick?«

»Ich verstehe die Frage nicht.«

»Das ist doch Lug und Trug«, wetterte Gerson. »Das ist niemals Ihre Braut.«

»Doch, das bin ich«, mischte sich Josephine ein. »Wir werden schon bald heiraten.«

»Na sicher.« Gerson winkte gelangweilt ab.

»Sie werden es ja sehen.«

»Gibt es eine Mitgift?« Gerson schien ein Gedanke gekommen zu sein.

»Warum fragen Sie?« Wenn sie ehrlich war, hatte sich Josephine darüber noch gar keine Gedanken gemacht. Aber sicher hatten sich ihre Eltern beizeiten um eine Mitgift gekümmert. Sie hoffte bloß, dass ihr Vater sie nicht versoffen hatte.

»Wegen der Kaution, die bei Bezug fällig wird.«

»Sicher gibt es eine Mitgift«, behauptete Josephine trotzig.

Gerson ließ sie noch für einen Moment schmoren, dann sagte er: »Nun gut, Sie können die Wohnung haben. Aber ich bekomme eine Kaution als Vorauszahlung der ersten Miete!« Der Alte rang sich ein verbissenes Lächeln ab. »Sicher ist sicher. Ich kenne Sie schließlich nicht.«

»Das klingt fair.«

»Arbeiten Sie auch bei Tietz?«

»Ja, als Ladenmädchen. Ich verfüge über ein geregeltes Einkommen.«

Gerson nickte. »Also gut.« Er wandte ihnen kurz den Rücken zu und kehrte mit einem Schlüssel in der Hand zurück, den er ihnen hinhielt. »Hier«, sagte er, ohne eine Miene zu verziehen. »Auf gute Nachbarschaft.«

Bevor Eduard etwas erwidern konnte, streckte Josephine die Hand nach dem Schlüssel aus und nahm ihn an sich. »Haben Sie besten Dank.« Sie wandte sich an ihren Verlobten. »Zeigst du mir jetzt unsere Wohnung, Liebster?« Sie war gespannt auf ihre neue Unterkunft.

Eduard nickte. »Nichts lieber als das!« Er nahm ihre Hand und zog sie von Claudius Gerson fort. Der alte Mann schlug mit einem unverständlichen Fluch auf den spröden Lippen die Tür seiner Wohnung ins Schloss.

*

»Ich weiß bald nicht mehr wohin mit diesem Zeug!« Oscar fand keine Zeit, seinen Onkel richtig zu begrüßen, als dieser am späten Abend im Geschäft auftauchte. Am Nachmittag war eine große Lieferung Korbwaren eingetroffen. Jetzt stapelten sich die Körbe in den Gängen des kleinen Ladens. Jeder, der hier durchwollte, musste den Bauch einziehen.

»Das werden wir ändern, Junge.« Hermann betrachtete die Korbwaren mit prüfendem Blick. »Eines hast du nämlich vergessen, als du über die Erweiterung des Sortiments nachgedacht hast.«

»Und das wäre?« Oscar seufzte. Manchmal nervte ihn die besserwisserische Art seines Onkels ein wenig.

Hermann schien den Unmut seines Neffen nicht zu bemerken. »Mehr Waren brauchen auch mehr Platz.«

»Na danke auch.« Oscar schnaubte wütend. »Der Laden wird eben nicht automatisch größer, wenn wir mehr Material bestellen.«

»Du hättest mit mehr Bedacht bestellen sollen«, brummte Hermann und lehnte sich an einen Stapel Weidenkörbe.

»Ich fürchte, das hilft uns jetzt auch nicht weiter«, entgegnete Oscar. »Der Laden ist zu eng.«

»Deshalb war ich heute in Erfurt.«

»Ach ja.« Oscar rang sich ein Lächeln ab. »Wie war die Reise – und was hast du überhaupt in Erfurt gemacht?«

»Die Reise war traumhaft, Erfurt ist nicht zu vergleichen mit Gera, eine richtige kleine Weltstadt. Sie fahren mit Pferde-Straßenbahnen in die Stadt, es gibt eine große Post, Geschäfte wie in New York, und sie haben schon elektrischen Strom und Fernsprecher.«

»Warum ziehen wir nicht nach Erfurt um und eröffnen dort ein Geschäft?«, fragte Oscar. »Das erspart uns hier eine Menge Ärger.«

»Die Idee sollten wir zu einem späteren Zeitpunkt noch einmal besprechen«, antwortete Hermann, dem der Vorschlag seines Neffen offenbar gefiel. »Doch jetzt geht es um Gera, und zwar um diesen Laden.« Hermann zog sich einen kleineren Stapel Körbe heran, um sich daraufzusetzen. »In Erfurt habe ich den Besitzer unseres Nachbarhauses aufgesucht.«

Oscar kratzte sich am Hinterkopf. »Das Haus nebenan steht leer – Gustav Klein ist in einer Nacht-und-Nebelaktion verschwunden, wahrscheinlich hat er sogar noch Mietschulden. Was haben wir damit zu tun?«

»Nichts, im Grunde genommen nichts, Neffe.« Ein feines Lächeln huschte um Onkel Herties Mundwinkel. »Es ist unser Haus.«

»Wie bitte?« Oscar glaubte, sich verhört zu haben.

»Es ist unser Haus«, wiederholte sein Onkel geduldig. »Ich habe es heute gekauft. Weil wir, wie du eben richtig festgestellt hast, dringend mehr Platz benötigen.« Hermann erhob sich und breitete die Arme aus, wobei er an beiden Seiten auf Körbe traf. »Hier ist es zu eng. Also werden wir aus den beiden Häusern eines machen und eröffnen schon bald unser erstes eigenes Warenhaus!« Er machte eine bedeutungsvolle Pause. »Na, wie klingt das?«

»Ich glaube, ich träume«, stammelte Oscar. »Aber je länger ich darüber nachdenke, umso besser klingt es!«

»Das dachte ich mir.« Hermann schloss seinen Neffen in die Arme. »Gemeinsam werden wir das erste Warenhaus am Platz schaffen, Junge! Das ist ein Grund zum Feiern!« Er blickte sich suchend um. »Wo steckt eigentlich Betty?«

»Oben«, antwortete Oscar und klang plötzlich betrübt. Seit dem Zwischenfall vor dem Haus war sie still und wirkte in sich gekehrt.

Noch immer hatte sie Angst, vor die Tür zu gehen. »Sie hat sich mit starken Kopfschmerzen hingelegt.«

»Wir sollten sie wecken«, meinte Hermann und zog seinen Neffen nach hinten zum Treppenhaus. »Meine liebe Tochter muss wissen, dass wir heute den Grundstein für das erste Warenhaus in Gera gelegt haben!« Hermann duldete keinen Widerspruch, und Oscar musste sich eingestehen, dass sein Optimismus ansteckend war. Vielleicht tat die Neuigkeit seiner Verlobten sogar gut, und sie kam auf andere Gedanken. Voller Hoffnung folgte Oscar seinem Onkel ins obere Stockwerk, wo ihre bescheidene Wohnung lag, um Betty die frohe Kunde mitzuteilen.

*

Es war eine laue Sommernacht. Seit zwei Stunden saß Flora nun schon an ihrem Entwurf für die Eröffnungsanzeige. Zufrieden war sie nicht mit dem, was sie bisher zu Papier gebracht hatte.

Leonhard war auf die Veranda des Zimmers getreten, um die Nacht bei einer guten brasilianischen Zigarre und einem Glas Wein zu genießen. Wenn der Wind sich drehte, wehte der würzige Tabakduft ins Zimmer. Das leise, aber fortwährende Zirpen der Grillen drang wie ein nicht enden wollendes Lied der Natur an ihre Ohren.

Flora hockte vor dem kleinen Reisesekretär ihres Mannes und vergrub das Gesicht in den Händen.

Obwohl sie sich auf die Eröffnung des neuen Ladens schon seit Wochen freute und sie voller Euphorie den Eröffnungstag herbeisehnte, wollte ihr nichts Besseres einfallen als eine Handvoll von Stichworten. *Vielleicht*, dachte sie, *hilft es, wenn Leonhard einen Blick auf meine Aufzeichnungen wirft*. Vermutlich war sie einfach zu müde, um eine ordentliche Annonce zu formulieren. Seufzend erhob sie sich, nahm das Blatt Papier und trat damit hinaus auf die Veranda. Zunächst bemerkte Leonhard sie nicht. Er saß gedankenverloren auf einem bequemen Stuhl, hatte die Füße auf einen kleinen Hocker gelegt und paffte den Rauch seiner Zigarre in die Luft, während er hinauf zum tiefblauen Nachthimmel blickte. Die Sterne funkelten wie Abertausende Diamanten.

Ein Lächeln stahl sich auf Floras Gesicht. Stundenlang hätte sie einfach dastehen und ihren geliebten Mann beobachten können. Dann erinnerte sie sich wieder an ihren Entwurf und machte einen Schritt auf die hölzerne Veranda.

Erst jetzt bemerkte Leonhard sie. Rasch nahm er die Füße von dem Hocker und machte eine einladende Bewegung. »Bella, Liebes«, sagte er sanft, dann bemerkte er das Blatt Papier in ihren Händen, »arbeitest du immer noch?«

Flora trat näher und setzte sich zu ihm. »Leider«, murmelte sie und seufzte. »Es will mir einfach nicht gelingen, einen passenden Text für die Zeitungsannonce zu formulieren.«

»Wie kommt das?« Er nippte von seinem Wein. »Normalerweise geht dir das doch leicht von der Hand.«

»Ich weiß.« Sie nahm ihm das Glas ab, um selbst einen Schluck zu trinken. Der fruchtige Geschmack nach Muskat und Beeren besänftigte sie ein wenig. »Aber heute kommen nur Stichworte dabei heraus.«

Leonhard legte die Zigarre im Aschenbecher ab, langte in die Tasche und zog eine Packung Zündhölzer hervor, mit denen er eine Kerze auf dem Beistelltischchen anzündete.

Flora beobachtete ihn dabei. Im Schein der zuckenden Flamme wirkte sein Gesicht markant und geheimnisvoll. Würde sie ihn nicht schon lieben, hätte sie sich bei diesem Anblick auf der Stelle in ihn verguckt.

»Lass mich mal sehen.« Er streckte die Hand nach ihrem Entwurf aus. Zögernd reichte Flora ihm den Papierbogen. Leonhard beugte sich vor und hielt das Blatt so, dass das Licht der Kerze darauf fiel.

Flora versuchte vergeblich, in seinem Gesicht zu lesen, konnte aber nicht erkennen, wie er über ihre zu Papier gebrachten Entwürfe dachte.

Ihre Ungeduld wuchs im Sekundentakt, als er nichts sagte, den Text nur immer und immer wieder überflog. »Ist das nicht schrecklich?«

Er ließ das Blatt sinken und betrachtete sie mit regungsloser Miene.

Er ist enttäuscht von mir, dachte Flora erschrocken.

Leonhard schüttelte stumm den Kopf. »Nein«, sagte er nach einer gefühlten Ewigkeit, »es ist nicht schrecklich.« Er griff nach seiner Zigarre und nahm einen tiefen Zug, um den Rauch in Kringeln in den Nachthimmel der lauen Sommernacht zu blasen.

»Es ist grandios!« Jetzt grinste er.

»Du machst Witze.«

»Keineswegs.«

»Leo, ich bitte dich, das ist nur eine Ansammlung von Stichworten, versehen mit unendlich vielen Ausrufezeichen. Es klingt, als würden wir unsere Kundschaft anschreien.«

»Der Ton der Anzeige ist genau richtig, wenn du mich fragst.« Leonhard nahm den Zwicker von der Nase und sah sie an. »Es ist besser als alles, was du je fabriziert hast, Bella, und das will etwas heißen.«

»Findest du?« Flora wagte nicht, ihm zu glauben, so unzufrieden war sie mit ihrer Arbeit.

»Absolut.« Er nickte voller Überzeugung, setzte den Zwicker wieder auf und betrachtete den Entwurf erneut. »Vielleicht solltest du das, was du geschrieben hast, einmal laut hören.« Er lehnte sich auf seinem Stuhl zurück und las ihr den Text des Anzeigenentwurfes vor.

Große Neueröffnung von Leonhard Tietz:
Einziges modernes Warenhaus am Platze
Sämtliche Bedarfsartikel, Weiß,- Garn- und Wollwaren
Verkauf in zwei Stockwerken, riesige Auswahl!
Gute Qualitäten! Äußerst günstige, feste Preise!

Streng reelle zuvorkommende Bedienung!
Bei Bestellungen von über 20 Mark erfolgt Lieferung!
Besichtigen Sie bitte stets unsere
Schaufenster und Schaukästen!
Sie sparen dadurch Geld!

Es klang, als würde Leonhard einen Bibelvers zitieren, er sprach wohlbetont und mit feierlichem Unterton in der Stimme, ja, er zelebrierte die knappen Worte, die Flora eingefallen waren. »Das ist genau richtig, Bella!«

»Findest du?« Sie stützte das Kinn in die Hände und betrachtete ihren Mann. »Ist es nicht zu marktschreierisch?«

»Nicht im Geringsten, Bella. Deine Worte treffen den Nerv der Zeit. Die Leute werden uns die Bude einrennen!« Er klang, als wäre der Erfolg der Neueröffnung unvermeidlich. »Einziges modernes Warenhaus am Platze«, zitierte er sie. »Das ist genau das, womit wir die Leute zu uns locken – indem wir sie neugierig machen.«

»Wirklich?«

»Nicht umsonst tummeln sich die Leute seit Tagen vor dem Laden und versuchen vergeblich, einen Blick durch die Schaufenster ins Innere zu werfen.«

»Ich bete, dass du recht behältst«, antwortete Flora. Sie spürte, wie die Anspannung langsam von ihr abfiel. Ihr Blick glitt ins Leere, sie verlor sich sekundenlang im Schein der zuckenden Kerzenflamme.

Leonhard blieb nicht verborgen, dass sie etwas zu bewegen schien. Er legte den Anzeigenentwurf auf das Beistelltischchen, beugte sich vor und sah ihr tief in die Augen. »Was bedrückt dich in einem derart feierlichen und historischen Augenblick?«

»Ich weiß auch nicht«, wich sie ihm aus. »Es ist ein großartiger Moment, da gebe ich dir recht, Liebster, und dennoch fehlt etwas.«

»An was fehlt es dir?« Er ergriff ihre Hand.

»Ich vermisse Heinrich und Alfred«, gestand Flora ihm. »Die Jungs werden eines Tages das Geschäft übernehmen, und abgesehen davon, dass sie mir fehlen, können sie in diesem Moment nicht bei uns sein und miterleben, wie wir das erste Warenhaus eröffnen.«

Leonhard nickte nachdenklich. Er blickte zu den dunklen Hügeln, die sich jenseits des Mains erhoben. »Mir fehlen die beiden auch«, gab er schließlich zu. »Und so bleibt uns nichts anderes übrig, als ihnen von diesem furiosen Moment zu erzählen. Manchmal ist es eigenartig, wenn die liebsten Menschen in einem solchen Augenblick nicht dabei sein können, doch glaube mir, die Strapazen des ständigen Reisens sind für Kinder nicht zu unterschätzen. Deshalb sind sie in diesen Tagen bei unserer Magda besser aufgehoben.«

Flora wusste, dass er recht hatte. »Dennoch zieht es mir das Herz zusammen, wenn mir bewusst wird, dass sie mehrere Hundert Kilometer von uns entfernt sind und nicht miterleben, wie unser großer Traum immer greifbarer wird.«

Leonhard schmunzelte. »Du meinst die Villa.«

»Ja, die Villa Tietz.« Flora nickte. »Erinnerst du dich, wie die Kinder neulich danach gefragt haben?«

»Natürlich. Und zu meinem Versprechen stehe ich, Bella. Eines Tages werden wir in der Villa Tietz leben.«

Flora lächelte, doch es ging in ein Gähnen über. Die Anstrengung der letzten Tage machte sich bemerkbar. »Es ist spät, und wir sollten zu Bett gehen.«

Leonhard paffte an der Zigarre und nickte. »Ich bin auch müde. Wir sollten auf unsere Körper hören und uns ein paar Stunden Ruhe gönnen. Auch die kommenden Tage werden uns wieder fordern.« Er drückte den Stummel der Zigarre im Aschenbecher aus, beugte sich über die Kerze und pustete die Flamme aus. Flora erhob sich ebenfalls von ihrem Stuhl und folgte ihm in das Zimmer, wo sie sich wenig später erschöpft, aber überglücklich in den Armen lagen und schon bald einschliefen.

Kapitel 47

»Da stehen unzählige Menschen auf der Straße, die es kaum erwarten können, den Laden zu betreten.« Anna wirkte nervös, als sie sich an Flora und Leonhard wandte, die im Büro saßen, um die letzten Vorbereitungen zu treffen. Stimmengewirr und Gelächter wie auf einem Jahrmarkt drangen gedämpft an ihre Ohren. In einer guten Stunde würden sie den Laden eröffnen. Die Aufregung, die in der Luft lag, war deutlich zu spüren.

Flora warf Leonhard einen vielsagenden Blick zu. »Es ist ein wenig wie damals in Stralsund«, bemerkte sie. »Alle haben unsere Annonce in der Zeitung gelesen.«

Leonhard lächelte. »Du hast eine außergewöhnliche Gabe, unsere Kundschaft neugierig zu machen.«

»Sie sollen kommen, sehen und staunen«, lachte Flora. »Und uns im Idealfall den Laden leer kaufen.«

»Das wird so schnell nicht passieren«, mischte sich Sally ein. »Das Kontor ist prall gefüllt, und wir können Unmengen verkaufen.« Er grinste. »Ich würde sogar behaupten, wir können ganz Schweinfurt mit unseren Artikeln versorgen.«

Plötzlich drang Musik an ihre Ohren. »Was ist denn das?«, fragte Flora. Es klang wie eine Drehorgel.

»Da hat sich ein Leierkastenmann unter die Wartenden gemischt«, vermutete Sally. »Soll ich ihn verjagen?«

»Nein, lass ihn«, bat Flora und legte eine Hand auf seinen Unterarm. »Er trägt sicher zur guten Laune bei.«

Leonhard legte lauschend den Kopf schräg, schloss die Augen und wippte im Takt der Musik. Kurz erinnerte er in seinem dem Anlass angemessenen schwarzen Frack an den Dirigenten einer Oper. Er führte einen imaginären Taktstock durch die Luft und summte leise mit. »Ruhe bitte«, sagte er, ohne die Augen zu öffnen, und löste bei Flora Heiterkeit aus. Leonhard war ein leidenschaftlicher Musikliebhaber.

Als er die Augen aufschlug, sah er von einem zum anderen. »Das ist *La Caravane du Caire* von André-Modeste Grétry in einer vereinfachten Interpretation für die Drehorgel.«

»Ja«, nickte Sally, der überhaupt keine Ahnung von Musik hatte, »in einer sehr vereinfachten Form, würde ich sagen.« Er grinste und fing sich für die vorlaute Bemerkung einen vorwurfsvollen Blick seines Schwagers ein.

»Wie dem auch sei«, murmelte Leonhard, »die Melodie soll unsere Ouvertüre für die Neueröffnung sein.«

Dagegen hatte niemand etwas. Leonhard war beschwingt und guter Dinge. Seine gute Laune übertrug sich auf Flora, Anna und Sally.

»Seid ihr bereit?« Er sah jeden von ihnen einen Moment lang an.

»Ich kann es kaum erwarten«, beteuerte Anna.

»Kann losgehen«, nickte Sally.

»Lasst uns den neuen Laden eröffnen.« Floras Wangen glühten vor Freude und Aufregung. Sie genoss den Kuss, den Leonhard ihr auf die Lippen hauchte, bevor er ihre Hand nahm und mit ihr Seite an Seite durch das Hinterzimmer zum Laden schritt. Langsam und würdevoll, so, als würde er jeden Schritt, den er tat, genießen und für immer in seiner Erinnerung festhalten wollen. Ihnen folgten Anna und Sally, die sich ebenfalls an den Händen hielten. Fast war es wie der Gang zum Altar bei einer Hochzeit.

Vor dem Tresen standen vier Ladenmädchen und bildeten ein kleines Spalier für das Quartett. Sie lächelten ihnen entgegen und verneigten sich. Alle trugen dieselben Kleider und Schürzen, sogar auf ähnliche Frisuren hatten Anna und Flora geachtet. In den letzten

Tagen hatten sie die jungen Verkäuferinnen eingearbeitet, damit sie die Kundinnen fachgerecht und zuvorkommend bedienen konnten. *Die Verkäuferinnen fiebern der Eröffnung ebenso entgegen wie wir alle,* stellte Flora fest, als sie die Mädchen ansah.

Langsam schritten die vier durch den Laden zur Tür. Alles war blitzblank und auf Hochglanz poliert, die Regale waren üppig gefüllt und luden zum Stöbern ein, die Schilder an der Ware ließen keinen Zweifel über die Preise aufkommen, und die Modepuppen zeigten die neuesten Kollektionen. Es war alles bereit.

Als Flora einen Blick durch die Schaufensterscheiben warf, packte sie das Lampenfieber. »Seht nur, die vielen Leute!« Eine riesige Menschentraube hatte sich auf der Straße gebildet. Frauen, Kinder und Männer aller Schichten waren gekommen, um die große Neueröffnung mitzuerleben. Mütter hielten ihre Kinder hoch, damit diese sich die Nasen an den Schaufenstern platt drücken konnten. Einige winkten fröhlich, als sie sahen, dass sich im Laden etwas tat.

Leonhard schob eine Hand in die Jackentasche. Flora wusste, dass er darin den blank polierten Ladenschlüssel bei sich trug. An der Tür angekommen, blieb er stehen, und wieder fühlte Flora sich an eine Hochzeit erinnert – der Bräutigam hatte den Traualtar erreicht. Er wandte sich zu Anna und Sally um. »Es ist so weit«, sagte er in feierlichem Tonfall. »Das *Tietz* eröffnet.« Er nahm den Schlüssel aus der Tasche, betrachtete ihn wie einen wertvollen Schatz, dann übergab er ihn an Anna. Sie lächelte, stolz, mit dieser Aufgabe betraut worden zu sein.

»Na dann mal los.« Sally grinste und deutete mit dem Kinn nach draußen. »Sonst rennen sie uns noch die Bude ein.«

Anna schob feierlich den Schlüssel ins Schloss und drehte ihn im Zeitlupentempo.

»Mach hin«, forderte Sally sie ungeduldig auf.

»Ich mach ja schon.« Anna sperrte den Laden auf und gab den

Eingang frei. Sie bedeutete Leonhard, die wartenden Menschen zu begrüßen. Leo nickte, dann stellte er sich auf die oberste Stufe. Unzählige Augenpaare waren auf ihn gerichtet, der Drehorgelspieler, ein hagerer Mann im schlecht sitzenden Anzug und mit einer verbeulten Melone auf dem Kopf, stellte das Spielen ein. Kurz herrschte Stille, die Leonhard für eine Begrüßung nutzte.

»Meine hochverehrten Damen und Herren«, sprach er mit erhobener Stimme. »Mein Name ist Leonhard Tietz. Von heute an werden Sie im ersten und einzigen Warenhaus am Platze unter einem Dach so gut wie alles finden, das Sie zum täglichen Leben benötigen – sei es nun ein einzelner Knopf für die Reparatur Ihrer Kleidung, Garn oder Wolle, edle Stoffe oder die neueste Mode, im *Tietz* werden Sie fündig.« Einige der Umstehenden klatschten. »Auch die Herren werden von unserem Angebot an Malerwerkzeug und Farben überzeugt sein, ebenso von edlem Wein aus den Schweinfurter Weinbergen. Sie sehen, hier gibt es fast nichts, was es nicht gibt.« Wieder spendete man ihm Applaus. »Und«, fügte Leonhard hinzu, »wenn Sie etwas vermissen, sprechen Sie uns gerne an, wir werden von heute an unser Sortiment ständig erweitern und freuen uns sehr darauf, all Ihren Wünschen gerecht zu werden!« Er wandte sich um und stellte der Menge Flora, Anna und Sally vor. »Und jetzt, werte Damen und Herren, ist der feierliche Augenblick gekommen, jetzt ist das *Tietz* für Sie geöffnet. Kommen Sie herein, sehen Sie sich um – ohne Kaufzwang selbstverständlich, überzeugen Sie sich und kaufen Sie allerbeste Ware zu besten Preisen!«

Er trat ein wenig zur Seite und machte eine einladende Geste. Kaum dass er den Weg freigegeben hatte, strömten die Leute an ihm vorbei. Flora sah Männer und Frauen aus der Arbeiterschicht, aber auch elegant gekleidete Mitglieder der Bürgerschaft waren gekommen, um sich vom Angebot des *Tietz* überzeugen zu lassen. Einige Dienstmädchen waren offenbar von ihren Herrschaften geschickt worden, um das neue Warenhaus in Augenschein zu nehmen. Flora hoffte, dass sie ihren Arbeitgebern nur Gutes über das *Tietz* berichten würden.

Als der Leierkastenmann, der auf dem Trottoir stehen geblieben war, sein Spiel fortsetzte, fiel die Anspannung von Flora ab. Leonhard wippte im Takt der Musik mit, nahm ihre Hände und machte ein paar Walzerschritte gleich neben dem Eingang. »Wir haben es geschafft, Bella. Das neue *Tietz* ist eröffnet.« Als sie zu ihm aufsah, erkannte sie, dass seine Augen feucht schimmerten. »Ja, Liebster«, sagte sie gerührt. »Wir haben es geschafft. Am liebsten würde ich die ganze Welt umarmen.«

»Vorschlag zur Güte«, lachte Leonhard. »Fang mit mir an!« Das ließ Flora sich nicht zweimal sagen. Sie war überglücklich und unendlich stolz auf das, was sie mit Sallys und Annas Hilfe geschaffen hatten, und warf sich schwungvoll in die Arme ihres Mannes.

Kapitel 48

Die nächsten Monate vergingen wie im Flug. Hermann beaufsichtigte die Umbaumaßnahmen der beiden Häuser an der Straße Sorge, während sich Oscar und Betty mit den inzwischen sechzehn Angestellten um das Tagesgeschäft kümmerten. Die Geschäfte liefen prächtig, seitdem in Gera die Nachricht von der Vergrößerung des *Weißwarengeschäfts Hermann Tietz* die Runde gemacht hatte. Man war gespannt, was da Neues entstand.

Der Winter war mild, so dass die Bauarbeiten nur an wenigen Tagen wegen Schnee und Eis ruhen mussten und die Zusammenlegung beider Häuser schneller vonstattenging, als Hermann es sich erhofft hatte. Sie hatten so viel zu tun, dass Betty und Oscar ihre Hochzeitspläne zurückstellten.

»Du läufst mir schon nicht weg«, meinte Oscar immer lachend, sobald Rebecka ihn auf einen Termin für den großen Tag ansprach. »Außerdem brauchen wir erst das Geld für den Bau einer Synagoge.« Insgeheim war er froh, dass Betty sich von dem unglückseligen Familientreffen in Bamberg erholt zu haben schien – oder sie war eine Meisterin der Verdrängung. Oscar glaubte aber nicht, dass sie ihm die heile Welt nur vorgaukelte. Er war froh, dass auch ihre Alpträume nachließen, seit er die alten Akten zu den Hexenverbrennungen zurück nach Bamberg geschickt hatte. Sollten sie damit machen, was sie wollten, Oscar mochte die teuflischen Dokumente nicht länger unter seinem Dach wissen.

So konnten sie ihre Liebe nun ungestört genießen, wenn ihnen bei all der Arbeit einmal Zeit dazu blieb. An manchen Tagen fragte Oscar sich insgeheim, was die Familie wohl denken würde, wenn sie von ihrem Glück wüsste. Doch eigentlich war es ihm egal, was sie dachten. Das Glück mit seiner Betty war ihm wichtiger als das vernichtende Urteil seines Onkels. Und so hielt Oscar sich an seinen Bruder Leonhard, der schon im Sommer ein großes Warenhaus in Schweinfurt eröffnet hatte und seitdem im Frankenland für Furore sorgte. Der Erfolg war auf der Seite seines Bruders, der jetzt mit dem Gedanken spielte, auch in Elberfeld, einer rasant wachsenden Stadt in Westfalen, einen Laden zu eröffnen. Oscar konnte es recht sein, wenn sein Bruder die Fühler in den Westen des Reiches ausstreckte. Erst gestern hatte er sich mit Hermann beratschlagt, der nach seiner Reise nach Erfurt von der thüringischen Metropole derart überzeugt war, dass er am liebsten dort ein riesiges Warenhaus bauen würde. Berlin war auch eine Option, doch der Gedanke, dass er damit seinem Onkel Chaskel in Prenzlau gefährlich nahe kommen würde, bremste seine Euphorie. Erst einmal galt es, den Standort Gera auszubauen und wieder zu festigen. Dass ihm das an der Seite seines Onkels Hermann glücken würde, bezweifelte er zu keiner Sekunde. Sie machten gute Umsätze und erwirtschafteten trotz des kostspieligen Umbaus ansehnliche Gewinne. Und die Kooperation mit seinem Bruder würde weitere Vorteile mit sich bringen.

»Niemand braucht Onkel Chaskel«, murmelte Oscar eines Abends, als er sich bettfertig machte. »Der alte Griesgram kann mir gestohlen bleiben.«

»Wovon redest du?« Schlaftrunken räkelte sich Betty in den Laken. Sie blinzelte zu ihm hinauf und rieb sich den Schlaf aus den Augen.

Es war beinahe Mitternacht, als Oscar zu ihr ins Bett kroch und das Licht der Petroleumleuchte löschte. »Nichts«, sagte er schnell, während er sich unter der Decke an sie schmiegte. »Ich habe nur laut gedacht.«

»Dann denk jetzt leise und schlaf schön.« Sie lächelte müde, kurz darauf war sie wieder in einen tiefen Schlaf gesunken. Sekundenlang lag Oscar mit auf der Hand aufgestütztem Kinn da und betrachtete sie im kalten Licht des Mondes, das durch das Fenster in den Raum fiel. *Sie ist wunderschön, meine Betty*, dachte er verliebt und konnte sich gar nicht an ihr sattsehen. Natürlich ging es gegen jede Gepflogenheit, sich unverheiratet ein Bett zu teilen, aber weder er noch Betty hatten der Versuchung widerstehen können. Nachdenklich lauschte er ihren gleichmäßigen Atemzügen. Friedlich und unschuldig lag sie da und sah dabei ungemein jung und hilflos aus. *Dabei ist sie es, die mir tagein, tagaus die Kraft gibt, das Geschäft zum Erfolg zu führen.* Betty war eine starke Frau, sie war modern und emanzipiert. Gerade Letzteres war nicht überall gern gesehen, doch das scherte Betty nicht im Geringsten. Oscar legte sich auf die Seite und zog die Bettdecke bis zum Kinn. Über der Frage, was er wohl ohne sie wäre, schlief auch er irgendwann ein.

*

Flora war spät dran. Es war ein kalter, aber sonniger Tag, und im Licht der Morgensonne verdampfte der Raureif der frostigen Nacht auf der Straße. Obwohl Leonhard ihr davon abgeraten hatte, war sie wieder mit ihrem Veloziped unterwegs. Die Glocke am Lenker klingelte bei jeder Unebenheit, doch in Floras Ohren klang es wie Musik. Sie war ein wenig traurig, weil sie ihre beste Freundin Paula, die einzige Tochter der bekannten Malerin Antonie Biel, schon viel zu lange nicht mehr gesehen hatte. Früher waren sie mindestens einmal in der Woche zusammengekommen, um in ihrem Damenhausorchester zu musizieren. Diese kleinen Inseln im Meer der Geschäftigkeit waren seltener geworden. Doch es lag nicht nur am Wandel in Floras Leben, denn auch bei Paula war eine Veränderung eingetreten. Sie hatte sich auf einem Ball in Berlin Hals über Kopf in den Sohn eines Aristokraten verliebt und war wenige Wochen nach ihrem Kennenlernen zu ihm in die Hauptstadt gezogen. Seitdem sahen sich die Freundinnen

nur noch selten, und ihr Kontakt bestand hauptsächlich aus dem
Schreiben oft seitenlanger Briefe.

Flora empfand Stralsund als sehr verändert, und das lag nicht nur
daran, dass Paula Biel nicht mehr hier lebte. Die Stadt war im Wandel
und hatte seit einigen Monaten nur noch wenig mit der Stadt gemein,
die sie kennengelernt hatte, als sie damals mit Leonhard hierherge-
zogen war. Obwohl sie sich immer noch wohlfühlte, hatte der Gedanke, eines Tages von hier wegzuziehen, seinen Schrecken verloren.

Leonhard sprach immerzu von Elberfeld. *Du wirst dich wundern,
welche Geschäftigkeit dort herrscht und wie schön es dort ist inmitten der
sanften grünen Hügel des Bergischen Landes*, schwärmte er bei jeder
sich bietenden Gelegenheit. Floras Bruder Max, der den Laden in
Elberfeld einmal führen sollte, arbeitete nun schon fast ein Jahr lang
bei ihnen in Stralsund. Dabei attestierte ihm Leonhard immer wieder
großen Fleiß und Lernbereitschaft.

»Dein Bruder ist ein ungeschliffener Diamant, den es nun gilt, zum
Glänzen zu bringen«, behauptete Leonhard. Flora freute es, dass ihr
Bruder solch vielversprechende Fortschritte machte, doch der Gedanke, auch er könne, wie Sally, bald in eine andere Stadt ziehen, be-
trübte sie sehr. Das Leben war einem ständigen Wandel unterworfen.

Obwohl Max für die Leitung des Ladens in Elberfeld ausgebildet
wurde, kam es Flora an manchen Tagen so vor, als trage sich Leonhard
mit dem Gedanken, seinem Schwager Stralsund zu überlassen, um
selbst in Elberfeld neu anzufangen. Eine Trennung von ihrem geliebten Bruder stünde so oder so bevor, doch ein Teil von Flora war einem
neuen Abenteuer mit Leonhard in einer fremden Stadt nicht gänzlich
abgeneigt.

Inzwischen hatte sie das Geschäftshaus an der Ossenreyer Straße
erreicht. Elegant schwang sich Flora vom Sattel ihres Velozipeds und
schob das Rad durch eine Einfahrt in den Hinterhof. Hier gab es einen
düsteren kleinen Schuppen, in dem sie das Fahrrad unterstellte. Im

Hof drang das monotone Rattern der Strick- und Webmaschinen unter dem Dach an ihre Ohren. Die selbst produzierten Waren sorgten für guten Umsatz in beiden Tietz-Geschäften. Erst vor Kurzem hatte Leonhard mit seinem Onkel Markus ganz offiziell eine Kooperation vereinbart, so dass Markus nun bei ihnen seine Waren für den Laden in Bamberg bezog.

Durch den Hintereingang erreichte Flora das Büro ihres Geschäfts. Hastig streifte sie sich die Handschuhe von den eiskalten Fingern und warf sie auf das kleine Tischchen neben der Tür. Dabei fiel ihr Blick auf den bequemen Sessel, in dem es sich Onkel Hertie immer gemütlich machte, wenn er in Stralsund war. Doch nun war er schon eine ganze Weile nicht mehr bei ihnen gewesen, und Flora hoffte, dass es ihm gut ging. Wahrscheinlich war er bei Oscar derart eingespannt, dass er keine Zeit mehr zum Reisen fand.

»Bella, Liebes, da bist du ja.« Leonhard tauchte hinter einem Aktenschrank auf.

»Ja, da bin ich.« Sie war ein wenig atemlos von der Fahrt, als sie den Mantel aufknöpfte, um ihn am Garderobenhaken hinter der Tür aufzuhängen.

»Stell dir vor«, sagte Leonhard, »Josephine und Eduard wollen heiraten.«

»Das Ladenmädchen und der Komis?«

Leonhard nickte. »Die beiden haben sich hier bei uns kennen- und lieben gelernt.« Er setzte sich auf den Schreibtischstuhl und spannte ein Blatt Papier in die nagelneue Schreibmaschine ein, die hier seit ein paar Tagen ihren Dienst verrichtete. Leonhard stand moderner Technik immer offen und voller Begeisterung gegenüber. Flora zog es vor, weiterhin mit der Hand zu schreiben. An der Maschine vermochte sie sich nicht zu konzentrieren, da ihre Finger stets nach den richtigen Tasten suchen mussten. »Sie haben uns zu ihrer Hochzeit eingeladen.«

»Wie schön!« Flora freute sich für die jungen Leute.

»Und sie haben mich gefragt, ob wir ihre Trauzeugen sein wollen.« Leonhard sah sie über den Rand seines Zwickers an. »Das machen wir doch gerne, oder?«

Flora war gerührt über das Vertrauen, das Josephine und Eduard ihnen schenkten. »Natürlich erfüllen wir ihnen diesen Wunsch.«

»Das habe ich auch gedacht und bereits in deinem Namen zugesagt«, schmunzelte Leonhard. »Übrigens macht Max gute Fortschritte. Wir werden ihn in ein paar Tagen nach Elberfeld entsenden können.«

»Ist er schon so weit, dass wir ihn mit der Leitung eines dritten Ladens betrauen können?«

Leonhard nickte. »Absolut.«

Flora senkte den Blick. »Dann bleiben wir in Stralsund?«

»Das klingt, als seist du enttäuscht«, stellte Leonhard verwundert fest. »Wolltest du nicht hierbleiben?«

»Doch, schon. Aber ich hatte, also, ich dachte ...« Sie verhaspelte sich, hielt kurz inne und fuhr dann fort: »Ach, ich weiß auch nicht, Leo. Irgendwie hatte ich uns schon in Elberfeld gesehen, wie wir da alles umkrempeln.«

Leonhard lachte amüsiert. »Meine liebe Flora«, sagte er, »immer gut für einen Sinneswandel.«

»Du wolltest mir Elberfeld doch zumindest mal zeigen.«

»Ja, aber es kam immer etwas anderes dazwischen. Das Geschäft ist rasant gewachsen, und unsere Reisepläne haben wir immer wieder zurückgestellt.«

»Ja«, seufzte Flora. »Es ist ein Jammer.«

»Dann werden wir die Reise nach Elberfeld nachholen«, versprach er ihr.

»Einverstanden.« Flora lächelte. »Aber erst einmal ist Max an der Reihe.«

Leo nickte. »Ich habe ihm eine Kammer im Haus eines Freundes angemietet. Er wird vorübergehend dort wohnen können und wird Gelegenheit haben, sich nach einem geeigneten Geschäft umzuhören. Mein Freund Emil Weyerbusch wird ihm dabei behilflich sein.«

»Es ist ein wenig wie mit Sally und Anna in Schweinfurt.«

»Richtig, und mit den beiden haben wir alles richtig gemacht.«

»Max ist allein«, gab Flora zu bedenken. Schon öfters hatte sie sich eine Frau an der Seite ihres Bruders gewünscht.

»Noch«, hörte sie Leonhard sagen. »Lass ihn erst mal nach Elberfeld reisen. Ich bin sicher, dort wird er schon bald die Frau seines Lebens treffen.«

Flora musste bei der Vorstellung lachen. »Meinst du?«

Leonhard nickte. »Aber sicher. Dein Bruder ist doch ein charmanter Kerl, er wird schon jemanden finden.«

Elberfeld, dachte Flora sehnsüchtig, *das klingt aufregend und neu, nach Freiheit und Reichtum*. Und ein wenig nach der Villa, von der sie seit Jahren schon träumte, der Villa Tietz. Dass das Leben in Elberfeld für viele Menschen nur sehr wenig mit Reichtum oder Freiheit zu tun hatte, das ahnte sie zu diesem Zeitpunkt noch nicht.

Kapitel 49

Wilhelmine hatte es so satt. Tagein, tagaus schuftete sie als Weberin in einer dunklen Fabrik am Wupperufer. Die Arbeit war sehr anstrengend, und so litt sie trotz ihrer jungen Jahre schon an chronischen Rückenschmerzen. Zudem tat die staubige Luft in der Fabrik ihren Lungen überhaupt nicht gut. Seit einiger Zeit wurde sie den Husten nicht mehr los. Aber die junge Frau hatte keine andere Wahl, als hier zu arbeiten. Sie war als eines von sieben Kindern in Elberfelds Armutsviertel »An der Fuhr« aufgewachsen. Am Wupperufer hatte sie als Kind mit den anderen im Matsch gespielt, der Vater war ein Trinker gewesen und hatte früh das Zeitliche gesegnet. Seitdem musste Wilhelmine dabei helfen, das Auskommen der Familie zu sichern. Da sie keinen Beruf gelernt hatte, war ihr keine Wahl geblieben, als die Stelle als Weberin in Barmen anzutreten. In der Fabrik herrschte ein rauer Umgangston, und niemand scherte sich darum, dass sie von zierlicher Statur war und bei Weitem nicht so viel schleppen konnte wie ihre männlichen Kollegen. Deshalb bekam sie ständig Ärger mit Karl, dem Vorarbeiter.

»Was ist denn jetzt, Mina?«, rief in diesem Moment die Stimme des stämmigen Kahlkopfes. Durch das ohrenbetäubende Rattern der Webstühle hatte er es geschafft, unbemerkt hinter Wilhelmine aufzutauchen. Als sie sich erschrocken zu ihm umwandte, grinste er und präsentierte ihr eine Reihe fauliger Zähne. Sein stinkender Atem schlug ihr ins Gesicht, und am liebsten wäre Wilhelmine angewidert zurückgewichen. »Kriegst die Decken bis heute Abend fertig?« Mit dem unrasierten Kinn deutete er auf die Stoffbahn, die sich in der hölzernen Maschine befand und auf ihre Fertigstellung wartete.

»Weiß nicht«, gab Wilhelmine ein wenig kleinlaut zurück. Eigentlich war es nicht zu schaffen, sie konnte sich jetzt schon kaum noch bewegen. »Muss sehen.«

Karls Augen verengten sich zu schmalen Schlitzen. »Was soll das heißen«, zischte er wütend. »Muss sehen?« Schweißperlen glänzten auf seiner Stirn. »Das schaffst du, weil du es schaffen *musst*, Mädchen.«

»Um sechs habe ich Feierabend.«

Karl legte der Kopf schräg und bohrte sich im Ohr, als hätte er sie nicht verstanden. »Wie bitte?«, rief er gegen das Rattern der Webstühle an. »Hör mal, du Göre, du setzt keinen Fuß vor diese Fabrik, solange die Decken für Althoff und Co. nicht fertig sind, ist das klar?«

Wilhelmine spürte, wie sich ihre Kehle zuschnürte. »Das geht nicht«, wagte sie einen Einspruch. Wie gern hätte sie sich erklärt, doch es war unmöglich, dem Vorarbeiter begreiflich zu machen, warum sie heute pünktlich gehen musste. Sie setzte alles auf eine Karte, und wenn Karl den Grund dafür erfuhr, würde er sie in der Luft zerreißen.

»Ich hab nur Scherereien mit dir, Mädchen, und wenn das nicht aufhört, werde ich dich an die frische Luft setzen, ist das klar?«

Mit gesenktem Blick nickte Wilhelmine. *Das wäre mir sogar recht,* hätte sie um ein Haar geantwortet, doch sie hielt sich zurück.

*

Ein paar Wochen später war es endlich so weit. Max hatte gemeinsam mit Leonhards Freund Emil Weyerbusch einen geeigneten Laden gefunden. Nun reisten Flora und Leonhard ins Tal der Wupper, um das Geschäft in Augenschein zu nehmen.

Flora genoss die Fahrt vom Elberfelder Bahnhof in die Innenstadt. Entspannt saß sie neben Leonhard auf der weich gepolsterten Sitzbank des offenen Fuhrwerkes. Das sanfte Schaukeln des Fuhrwerks und das gleichmäßige Hufgetrappel der beiden Pferde ließen sie in einen Zustand völliger Gelassenheit absinken.

»Gefällt dir Elberfeld?«, fragte Leo. Als sie ihm den Kopf zuwandte, lächelte sie.

»Sehr sogar.« Sie suchte nach den richtigen Worten. »Hier pulsiert das Leben, schau nur, wie viele Menschen auf den Straßen unterwegs sind.«

»So ist es hier immer.« Leonhard folgte ihrem Blick. Tatsächlich waren viele Leute unterwegs, Menschen jeden Alters und jeder Klasse. Einige nickten dem Paar in der Kutsche freundlich zu, andere waren zu sehr mit sich beschäftigt, um das Gespann überhaupt wahrzunehmen.

Im warmen Licht des milden Sommerabends schienen die Fassaden der Häuser, die an ihnen vorüberglitten, golden zu glühen. Durch die offenen Fenster drangen Stimmengewirr, Gelächter und Kindergeschrei an ihre Ohren. Vor einer Schankwirtschaft lieferten sich zwei offenbar betrunkene Männer eine wilde Prügelei. Dabei ließen sie sich auch nicht von einem schwergewichtigen Schutzmann stören, der sich keuchend näherte. Mit einer Hand hielt er den Helm auf seinem Kopf fest, mit der anderen schwang er seinen Knüppel. Zwischen seinen Lippen klemmte eine Trillerpfeife, mit der er sein Eintreffen offenbar ankündigen wollte – just in dem Moment, als einer der Kontrahenten bewusstlos zu Boden ging.

»Sieh da lieber nicht hin, Bella«, empfahl Leonhard ihr. »Diese wilden Kerle gibt es wohl in jeder Stadt.«

»Das stört mich nicht«, antwortete Flora ehrlich, während sie sich im Polster zurücklehnte. Eine Schar Kinder in schmutzigen Kleidern winkte ihr zu.

Flora hob die Hand und winkte zurück. »Sind sie nicht goldig?«, fragte sie ihren Mann.

»Sie werden denken, du seist eine Prinzessin«, vermutete Leonhard amüsiert, während er ihre Hand hielt.

Flora sah prüfend an sich herab. Vielleicht hatte Leo recht – sie trug heute das neue cremefarbene Kleid, dazu einen weit ausladenden Hut. »Meinst du?«

»Ich bin mir dessen sogar ziemlich sicher.« Leonhard lächelte sie verliebt an. »Ich bin gespannt, ob dir unser neues Ladenlokal gefällt.«

Flora war unbesorgt. In der Vergangenheit hatte Leonhard immer ein glückliches Händchen bewiesen, und er war vor zwei Wochen schon einmal nach Elberfeld gereist, um sämtliche Formalitäten zu klären. Nun löste er endlich sein Versprechen ein und zeigte ihr Elberfeld.

»Sind wir gleich da?«, fragte sie aufgeregt.

Leonhard sah sich um und orientierte sich, bevor er nickte. »Lange dauert die Fahrt sicher nicht mehr.« Sie bogen in die Herzogstraße ein. Hier reihten sich zahlreiche kleinere Läden aneinander. Bunte Markisen flatterten im Wind, Flora sah das Geschäft eines Hutmachers, einen Zigarrenladen, ein Blumengeschäft und zwei Frisöre, wenig später warb ein Bekleidungsmagazin mit *Neuester Mode aus Berlin, Mailand und Rom*. Man gab sich weltoffen in Elberfeld. Ein Zeitungsjunge mit einem hölzernen Bauchladen versuchte, Gazetten an die Passanten zu verkaufen. Flora fielen die zahlreichen vornehm gekleideten Herren auf, die mit Spazierstöcken unterwegs waren und bei jeder Begegnung mit einer Dame leutselig die Hüte lüpften.

Leonhard sollte mit seiner Vermutung recht behalten, denn einige Minuten später brachte der Kutscher das Fuhrwerk zum Stehen. »So«, rief er, während er die Bremse anlegte, »da wären wir, die Herrschaften.« Mit Schwung sprang er vom Kutschbock und hielt dem Paar die kleine Tür auf. »Bitte sehr, meine Dame.« Er deutete eine Verbeugung an und war Flora behilflich, den Rock ihres Kleides zu straffen, damit sie sich nicht auf den schmalen Stufen der Kutsche verheddere.

Nachdem Leonhard ihr gefolgt war, beglich er bei dem Mann die Rechnung und verabschiedete den Fuhrmann.

»Und?«, fragte Leonhard. »Was denkst du?« Er streckte den rechten Arm aus und deutete auf die gegenüberliegende Straßenseite. Flora folgte gespannt seinem Blick.

Das kleine Geschäftshaus war eher unscheinbar mit seinen verdreckten Fenstern, der schmalen Eingangstür und den ausgetretenen Steinstufen, die zum Laden führten. Über dem Geschäft, davon hatte Leonhard ihr berichtet, befand sich eine Wohnung. Im Dach war eine dreieckige Gaube eingelassen, in der sich ein doppeltes Fenster befand. Offenbar war der Dachboden vom Sonnenlicht geflutet, denn das Licht spiegelte sich trotz der Staubschicht im Glas.

»Es ... es ist wundervoll«, staunte Flora, ohne den Blick von dem Haus abzuwenden. Sie war sicher, dass sich aus dem vernachlässigten Geschäftshaus etwas machen ließ. Kurz schloss sie die Augen. »Ich sehe schon unsere prachtvoll dekorierten Schaufenster vor mir, an denen die Leute einfach nicht vorbeigehen können.« Auf der Fahrt hierher hatte sich Flora vorgenommen, den neuen Laden genauso prächtig zu dekorieren wie in Schweinfurt. Alles sollte einladend wirken und die Kundschaft dazu bewegen, den Laden zu betreten und sich umzusehen.

»Ich bin froh, dass du zufrieden bist«, gab Leonhard erleichtert zu. »Komm, lass uns Max begrüßen, sicher erwartet er uns schon.«

Floras jüngerer Bruder hatte sich zu einem Umzug nach Elberfeld bereit erklärt, um hier die Dependance ihres inzwischen dritten Geschäfts zu leiten. In der Villa von Leos Freund Emil Weyerbusch, einem im ganzen preußischen Reich angesehenen Knopffabrikanten, hatte er ein Domizil für die erste Zeit gefunden.

Ein keuchender Mann mit schief sitzender Schiebermütze schob seinen schwer beladenen Handkarren an ihnen vorüber.

»Guten Tag, Fritz, wie geht es dir heute?« Eine Frau mit weißer Schürze, die zwei Milchkannen trug, grüßte den Mann freundlich, doch er hatte nur ein grimmiges Brummen für sie übrig. Flora würde sich an die Mentalität der Menschen im Tal der Wupper erst noch gewöhnen müssen.

Leonhard nahm Floras Hand, und Seite an Seite überquerten sie die Geschäftsstraße.

»Was steht ihr denn da herum?« Max, der Floras und Leonhards Ankunft offenbar durch eines der Fenster mitangesehen hatte, trat aus der Tür und breitete die Arme aus. »Wie schön, dass ihr hier seid!«, rief er erfreut.

Flora ließ sich von ihrem Bruder umarmen, danach begrüßten sich die beiden Männer. »Und?«, fragte Leonhard. »Wie weit ist deine Suche nach Ladenmädchen vorangeschritten?«

»Recht gut«, erklärte Max. »Zwei habe ich bereits einstellen können, ein drittes erwarte ich gleich. Und da ihr beiden gerade da seid, könnt ihr gleich auch euer Urteil zu der Bewerberin fällen.«

»Hat sie denn schon als Ladenmädchen gearbeitet?«, fragte Flora.

»Das nicht. Aber die Arme arbeitet als Bandweberin in Barmen und wäre froh, wenn mit der Schufterei in der Fabrik endlich Schluss ist.«

»Eine Arbeiterin soll im Laden stehen, um unsere Kundschaft zu bedienen?« Flora hörte selbst, wie zweifelnd sie klang.

»Sicher, keine kennt sich so gut mit Textilien aus wie sie, darauf kannst du wetten, Schwesterherz.« Max grinste zuversichtlich. Dann machte er eine einladende Geste. »Aber kommt doch erst einmal in den Laden, dort können wir ungestört reden.«

Flora und Leonhard folgten Max Baumann in das Geschäft. Auf den Stufen betrachtete Flora ihren Bruder. Von einem einfachen, mitunter weltfremden Zeitgenossen hatte er sich zu einem stattlichen Mann entwickelt. Er trug einen adretten schwarzen Anzug und feine Lederstiefel und strahlte eine Souveränität aus, die sie so von ihm nicht kannte.

Die Ladentür quietschte leise. »Ich werde das ölen, sobald der

Maler da war und alles auf Vordermann gebracht hat«, versprach Max, der den tadelnden Blick seiner großen Schwester sofort bemerkt hatte. »Und wenn du magst, werde ich dafür sorgen, dass auch hier ein Glöckchen an der Tür hängt, so, wie du es vom alten Herrn Holst kennst.«

»Das wäre schön.« Flora stellte erfreut fest, dass Max auch ein feines Auge für Details entwickelt hatte. Irgendwann einmal hatte sie ihm von dem Glöckchen an der Stralsunder Ladentür erzählt, und er hatte sich das genau gemerkt.

Der Laden wirkte beengt, was auch an dem düsteren Anstrich liegen konnte. Flora sah sich um und stellte sich das Geschäft vor, wie es schon bald aussehen würde. Helle Farben, dicke Teppiche und eine moderne Einrichtung, Verkaufstische und Regale und natürlich eine Theke, auf der sich wie in den anderen Läden eine moderne Registrierkasse befinden würde.

Max beobachtete sie. »Wir werden investieren müssen, bevor wir eröffnen können.«

»Das ist so geplant«, versicherte ihm Leonhard an Floras Stelle. »Die Lage ist perfekt – in dieser Straße gibt es bereits einige andere Geschäfte.«

»Machen sie uns Konkurrenz?«, fragte Flora besorgt.

Leonhard lachte. »Niemand wird uns Konkurrenz machen, wenn wir weiterhin innovieren und unser Sortiment erweitern.«

»Die Leute werden an *Tietz* gar nicht vorbeikommen«, pflichtete Flora ihm mit roten Wangen bei. »Ich kann es kaum erwarten, mit dem Renovieren zu beginnen.« Ihr Herz hüpfte vor Freude. Sie erinnerte sich an das Familientreffen in Bamberg, als ihre Idee, ein weiteres Geschäft im Rheinland zu eröffnen, bei der Familie auf großen Zuspruch gestoßen war. Und jetzt war es endlich so weit.

Elberfeld war einfach perfekt für ihr Vorhaben, weil es eine strategisch gute Lage hatte. Das enge Tal der Wupper war dicht besiedelt, und zahlreiche Textilbetriebe hatten hier ihre Fabriken. Hier wurde gewebt, gefärbt und geflochten. Auch die Industrien zur Herstellung von Bändern und Litzen waren hier ansässig. Flora und Leonhard würden schon bald von den kurzen Wegen ihrer Lieferanten profitieren.

»Es scheint, als wäre Flora zufrieden mit unserer Auswahl«, grinste Max und zwinkerte Leonhard verschwörerisch zu.

»Ein Glück für uns, werter Schwager«, entgegnete Leonhard mit gespieltem Ernst.

»Wie seid ihr auf dieses Gebäude gekommen?«, fragte Flora ihren Mann.

»Das war das Haus von Carl Sasse«, erklärte Leonhard. »Einem Korbmacher, der ebenfalls auf die glorreiche Idee gekommen ist, die Fabrikation mit einem eigenen Ladengeschäft zu kombinieren – ähnlich, wie es bei uns der Fall ist.«

»Warum verkauft er sein Haus dann?«

Leonhard deutete mit dem Daumen nach Westen. »Sasse hat neu gebaut, weil ihm dieses Haus hier zu klein geworden ist. Erst vor zwei Monaten hat er ein riesiges Geschäft an der Ecke zur Kaiserstraße eröffnet, wir sind eben daran vorbeigefahren.«

Max nickte. »Der alte Sasse scheint ein brillanter Geschäftsmann zu sein.«

»Ich bin sicher, dass er von uns noch etwas lernen kann«, meinte Flora vergnügt. Sie war neugierig und wollte sich später das neue Geschäft von Carl Sasse genauer ansehen.

»Ich zeige es dir«, versprach Leonhard. »Es liegt nur einen Steinwurf von hier entfernt.«

»Ob er uns Konkurrenz machen wird? Wo er doch eine ähnliche Strategie verfolgt wie wir?«

»Nein, das glaube ich nicht, immerhin werden wir günstiger verkaufen können, weil wir bessere Konditionen erzielen werden. Da hilft ihm auch die eigene Herstellung nicht.«

Flora erinnerte sich an den Zeitungsjungen, dem sie auf dem Weg hierher begegnet waren. »Gibt es schon einen Kontakt zur Redaktion?«

Leonhard schmunzelte. »Den wirst du in den nächsten Tagen herstellen. So wie ich dich kenne, brennst du schon darauf, unseren neuen Laden mit großen Annoncen in der Zeitung zu bewerben.«

»Du kennst mich gut«, stimmte sie lächelnd zu, während sie sich an ihn schmiegte. »Wir werden es machen wie schon in Stralsund und Schweinfurt. Ich hoffe, dass wir den Geschmack der Käuferschaft treffen werden.«

»Dafür wirst du sicher sorgen.« Leonhard hauchte ihr einen Kuss auf die Stirn. »Ich verlasse mich auf dein geschicktes Händchen.«

»Meinst du, wir werden eines Tages nach Elberfeld ziehen?« Seit sie die Stadt mit eigenen Augen gesehen hatte, war sie von dieser Vorstellung noch mehr angetan. Schon jetzt war sie in Elberfeld verliebt. Im Gegensatz zum eher beschaulichen Stralsund pulsierte hier das Leben. Die Straße war voller Menschen aus allen Gesellschaftsschichten. Sie würden ihr Angebot noch sorgfältiger auf die Arbeiterklasse und gleichzeitig auf die gehobene Gesellschaft ausrichten müssen. Im Gegensatz zu Stralsund gab es in der Stadt an der Wupper keine oder nur wenige Bauern. Flora war es wichtig, dass sie mit jedem neuen Laden die richtige Klientel ansprachen, und entsprechend musste das Sortiment ausgewählt werden. Keine Frage, es würde eine Herausforderung darstellen, Waren in allen Preisklassen bereitzuhalten, doch das traute sie Max zu.

Max zeigte ihnen noch die restlichen Räumlichkeiten des Hauses. Es war viel zu tun, doch Flora war guten Mutes. Sie würden aus dem Geschäftshaus schon bald ein Schmuckstück machen.

Als sie gerade wieder ins Ladenlokal gingen, klopfte ein junges Mädchen an die Tür. Das verschüchtert dreinblickende Mädchen trug einfache Kleidung, eine schmuddelige Schürze und war barfuß. »Wer ist das?«, fragte Flora überrascht. Die Besucherin wirkte wie eine Bettlerin.

»Das ist Wilhelmine Oppermann, vielleicht bald unser drittes Ladenmädchen«, erklärte Max. Ohne sich um den erschrockenen Blick seiner Schwester zu kümmern, trat er an die Tür und schloss auf. »Herzlich willkommen bei *Tietz*«, drang seine Stimme wie durch Watte an Floras Ohren. Sie hoffte inständig, dass sich ihr Bruder das gut überlegt hatte.

*

»Sagt dir der Begriff Türkischrotfärbung etwas?« Leonhard betrachtete das Mädchen mit prüfendem Blick.

»O ja, mein Herr. Dabei handelt es sich um die Färbung von Baumwollstoffen mit Kuhmist, ranzigem Öl und Tournant-Öl sowie Rinderblut.« Wilhelmine schüttelte sich. »Ich mag gar nicht daran denken, aber mein Chef bietet dieses widerliche Verfahren seinen Kunden an.«

»Darf ich erfahren, wo genau du arbeitest?«, fragte Flora. Ihr Interesse war geweckt. Wilhelmine schien sich tatsächlich sehr gut mit der Verarbeitung von Stoffen auszukennen.

»Seit fast zwei Jahren schon in der Textilfabrik von Karl Oberkötter am Furter Hof. Das liegt an der Grenze von Elberfeld zu Barmen.«

An Leonhards Gesicht erkannte Flora, dass ihm der Name des Fabrikanten etwas sagte.

»Wir bieten nahezu alle Verfahren an«, fuhr Wilhelmine fort. »Von der Färberei über die Spinnerei, Bandweberei und natürlich das Bleichen der Stoffe machen wir alles.«

Leonhard hob eine Augenbraue. »Warum möchtest du denn bei Oberkötter kündigen?«

»Weil er ein schrecklicher Mensch ist«, platzte es aus dem Mädchen heraus. »Er lässt uns vierzehn Stunden am Tag schuften und

376

nimmt keine Rücksicht darauf, wenn jemand von den Arbeitern krank ist. Und die Bezahlung ist denkbar schlecht.« Sie redete sich in Rage. »Nicht, dass Sie mich falsch verstehen: Ich bin nicht faul oder dumm, aber es ist schwer vorstellbar, den Rest meines Lebens dort zu verbringen.«

»Könntest du dir denn vorstellen, in unserem Geschäft als Ladenmädchen zu arbeiten?«, fragte Leonhard.

»Auf jeden Fall, mein Herr«, antwortete Wilhelmine begeistert. »Mit Stoffen kenne ich mich aus, wie Sie sehen.«

»Das hat in der Tat den Anschein«, stimmte Leonhard ihr zu. Er wandte sich an seinen Schwager. »Max«, sagte er, »was denkst du, soll Wilhelmine Oppermann unser Ladenmädchen werden?«

Max warf seiner Schwester einen bangen Blick zu, bevor er antwortete. Wahrscheinlich fürchtete er, dass Flora gegen seine Entscheidung intervenieren könnte. Er kannte sie wohl gut genug, um an ihrem Blick zu sehen, wie Flora über Wilhelmine dachte. Flora rang sich ein Lächeln ab und deutete ein Nicken an.

»Ich würde sagen, wir versuchen es miteinander«, sagte Max wirkte erleichtert, dass Flora einverstanden zu sein schien.

Ein breites Grinsen schlich sich auf das dreckige Gesicht des Mädchens. Sie knickste ein wenig ungeschickt. »Vielen Dank, meine Herren, vielen Dank, meine Dame.«

»Wir werden an deinem Äußeren arbeiten müssen«, bemerkte Flora. »So kannst du unmöglich im Laden stehen.«

»Wie gern würde ich neue Kleider kaufen und Schuhe, wenn ich nur Geld hätte.« Wilhelmine senkte den Blick.

Flora sah ihr an, wie unangenehm ihr das Thema war. Das arme Mädchen tat ihr leid. »Sicher werden wir einen Weg finden, dich hübsch zu machen.« Sie warf Leo einen Blick zu, der keine Bedenken zu haben schien. »Du benötigst Kleider und Schuhe, und wir bringen dich zu einem Frisör.«

»Ehrlich?« Die Augen von Wilhelmine wurden groß wie Unterteller.

»Ehrlich.« Flora nickte lächelnd.

»Aber ich habe doch kein Geld.«

»Lass das unsere Sorge sein«, antwortete Flora energisch. Sie würden das Mädchen auf ihre eigenen Kosten neu ausstatten. Flora schämte sich ein wenig dafür, dass sie Wilhelmine aufgrund ihres verwahrlosten Aussehens so falsch eingeschätzt hatte. Ihr Fachwissen aber hatte sie schnell überzeugt. Manchmal sollte man die Menschen eben nicht nach ihrem Äußeren beurteilen.

*

Ein paar Wochen später läuteten in Stralsund die Hochzeitsglocken. Es war ein wunderbar milder Frühlingstag, und Eduard trug einen dunklen Anzug und einen Zylinder auf dem Kopf. Für Flora und Leonhard würde die Hochzeit eine neue Erfahrung werden, denn weder Eduard noch Josephine waren jüdischen Glaubens. Sie heirateten christlich.

»Eigentlich«, hatte Leonhard Flora vor der Kirche ins Ohr geflüstert, »ist alles gar nicht so anders als bei uns. Wir begleiten die beiden zum Traualtar, wo ein Pfarrer die Rede halten wird, bevor er die Trauung vollzieht.«

»Das kriegen wir hin«, lächelte Flora.

Leonhard musterte sie von Kopf bis Fuß. »Weißt du, wenn ich so meine wunderschöne Frau betrachte, könnte ich sie glatt noch einmal heiraten.«

Flora trug ein festliches Kleid in Azurblau, das Oberteil hatte einen viereckigen Ausschnitt, in dem sie die Kette mit dem silbernen Medaillon zur Schau trug, das sie vor einigen Jahren von Leo geschenkt bekommen hatte. Um die Taille trug sie eine dunkelblaue Schärpe, die mit der Farbe des kleinen Huts auf ihrem Kopf korrespondierte. Die Lederstiefel drückten noch ein wenig, sie waren neu und wohl ein wenig zu eng geschnürt. Trotzdem fühlte sich Flora pudelwohl und freute sich auf die Eheschließung. Auch Leonhard hatte sich für den wichtigen Anlass herausgeputzt. Er trug einen schwarzen, elegant geschnittenen Gehrock, darunter eine perlfarbene und hochgeschlossene Weste aus Seide, eine Hose in gestreiftem Kammgarn und einen festlichen Zylinder mit breitem Filzband.

Flora beobachtete, wie sich der Platz vor dem Kirchenportal von Sankt Jakobi langsam mit Hochzeitsgästen füllte. Auch einige der *Tietz*-Angestellten waren gekommen, um der Trauung beizuwohnen. Die Kirche lag nur einen Steinwurf vom Stralsunder Marktplatz entfernt und schien sich hinter die benachbarte und viel größere Kirche Sankt Nikolai ducken zu wollen. Nun setzte das Glockenspiel im Turm ein. Die Gäste verschwanden in der Kirche, und im nächsten Moment fuhr eine Kutsche vor. »Da kommt die Braut«, sagte Flora.

»Dann kümmere ich mich mal um den Bräutigam.« Leonhard lächelte ihr zu und näherte sich Eduard, der ein wenig abseits stand und sichtlich nervös war. Leonhard bugsierte ihn hastig in das Kirchenschiff, so dass Flora einen Moment lang mit Josephine allein sein konnte.

Flora wartete, bis die schwarze Kutsche zum Stehen kam, dann näherte sie sich dem festlich geschmückten Fuhrwerk. Der grauhaarige Kutscher half Josephine beim Aussteigen. Sie sah traumhaft aus, fand Flora. Das Hochzeitskleid verlieh ihr ein feenhaftes Aussehen und schmeichelte ihrer Figur. Ihr Gesicht war hinter einem weißen Schleier verborgen.

»Du siehst großartig aus«, raunte Flora ihr zu, »Eduard wird Augen machen!«

»Wo ist er denn?« Die Braut blickte sich suchend um.

»Sagt man nicht, dass es Unglück bringt, wenn sich Braut und

Bräutigam vor der Hochzeit sehen?«, fragte Flora, die sich nur mit jüdischen Hochzeitsbräuchen auskannte. »Ich werde jetzt hineingehen und Eduard zum Altar begleiten, sobald das Orgelspiel einsetzt, danach wird Leonhard dich in die Kirche führen.«

»Einverstanden.« Josephine war ganz hibbelig vor Aufregung. Ihr war anzusehen, dass sie es kaum erwarten konnte, bis die Trauzeremonie begann. Flora konnte gut nachvollziehen, was in ihr vorging. Sie erinnerte sich noch genau an ihre eigene Hochzeit vor ein paar Jahren, als Paula sie und Onkel Hertie Leo zur Chuppa geführt hatte, wo der Rabbiner sie zu Mann und Frau erklärt hatte.

Damals, in ihrem selbst genähten Hochzeitskleid. Fast fühlte es sich an, als sei es ein ganz anderes Leben gewesen. Sie waren so jung gewesen und gerade erst in Stralsund angekommen, um hier ihr gemeinsames Leben zu beginnen. Danach hatten sich die Ereignisse überschlagen, und sie waren nur selten zur Ruhe gekommen. Doch der Erfolg und das Glück waren ihre steten Begleiter gewesen, hatten ihren Ehrgeiz und ihren Fleiß reichlich belohnt. Flora wusste nicht, was die Zukunft bringen würde, ob sie in den nächsten Jahren in Stralsund oder vielleicht doch in Elberfeld leben würde. Doch eines war sicher: Mit ihrem Leonhard und den geliebten Söhnen konnte sie überall glücklich werden.

ENDE

Nachwort

Liebe Leserinnen und Leser,

ich freue mich, dass Sie das vorliegende Buch bis zum Ende gelesen haben und hoffe, dass Ihnen die Lektüre ebenso viel Freude bereitet hat wie mir das Schreiben. Nach dem Auftakt der großen Saga um die Kaufhausdynastie Tietz in »Zeit der Sehnsucht« konnten wir nun miterleben, wie es mit Flora und ihrem Mann Leonhard weiterging. Ihre Vision, den Einzelhandel mit neuen Ideen zu revolutionieren, erwies sich als großer Erfolg, denn sie mussten expandieren und suchten erstmals nach neuen Standorten außerhalb von Stralsund.

So begann der Siegeszug der späteren Tietz-Warenhäuser. Durch historische Aufzeichnungen ist belegt, dass Leonhard Tietz das unternehmerische Risiko dabei immer möglichst gering hielt. So mietete er zum Beispiel zunächst kleinere Ladenlokale, bevor er sich vergrößerte. Das spricht dafür, dass Flora und Leonhard der Erfolg nie zu Kopf gestiegen ist – sie blieben bodenständig und handelten stets wohlüberlegt.

Immer, wenn sie expandierten, wurden Familienmitglieder für Aufgaben in Führungspositionen gewonnen. Dank der Unterstützung ihrer Verwandten konnten sich Flora und Leonhard nicht nur um die ständigen Geschäftserweiterungen kümmern, auch ihr Privatleben kam trotz eines hohen Arbeitspensums nicht zu kurz. Die beiden führten dadurch eine sehr innige und glückliche Beziehung und meisterten gemeinsam viele Höhen und Tiefen.

Leonhard Tietz war nicht nur kreativ und fleißig, sondern auch ein liebenswerter Mensch mit einem großen Herzen. Er liebte die Kunst, konnte sich an schönen Gemälden erfreuen und war ein Genießer, wenn es um die Musik ging. Zudem war er wortgewandt und beliebt bei seinen Mitmenschen.

Über Flora ist leider weniger bekannt, doch es ist unverkennbar, dass sie eine für ihre Zeit moderne und emanzipierte Frau war. In Leonhard traf sie auf einen Partner, der ihr Freiheiten bot, die für die damalige Zeit ungewöhnlich waren. Flora engagierte sich sozial und war Mitglied in Vereinen, die sich mit der Frauenbewegung beschäftigten. Außerdem weiß man, dass sie beim Werdegang des Geschäfts eine wichtige Verbündete für Leonhard war. Beratend stand sie ihm in vielen Dingen zur Seite, so, wie es im Roman geschildert ist. Im Geschäft war sie für die Werbung zuständig – sie verfasste die Annoncen für die lokalen Zeitungen und liebte es, die Schaufenster zu dekorieren. Diese Details haben die Figur meiner Flora lebendig gemacht – und zeigen, dass sie eine ganz besondere Persönlichkeit war.

Beim Schreiben sind die beiden Hauptfiguren in meiner Vorstellung zu neuem Leben erwacht. Ich hatte oft das Gefühl, als würden sie eigenständig agieren. Für einen Schriftsteller ist es wunderbar, seinen Figuren bei ihren Handlungen und Entscheidungen zuzusehen, ohne sie in eine bestimmte Form pressen zu müssen. Flora und Leonhard haben mir ihre Geschichte erzählt, ich habe sie lediglich aufgeschrieben.

Dabei habe ich mir allerdings ein paar kreative Freiheiten erlaubt. Beispielsweise war der Vater von Flora und Sally, Abraham Baumann, im Jahr 1879, in dem »Zeit der Sehnsucht« spielt, bereits seit ein paar Jahren verstorben, doch ich wollte Sally die Gelegenheit geben, sich mit beiden Elternteilen auszusöhnen, so dass Floras Vater in Band eins noch am Leben war.

Die ganze Familie Tietz ist mir während des Schreibprozesses sehr ans Herz gewachsen. Wir alle verbinden etwas mit dem Namen Tietz, mit den großen Kaufhäusern, die durch Floras und Leonhards jahrelange Arbeit entstanden sind. Wir kennen diese Kaufhäuser in der

Gegenwart unter den Namen »Kaufhof« oder »Hertie«, was für den Namen von Hermann Tietz steht, und die Gründer all dieser großen Warenhäuser, die für uns in der heutigen Zeit eine Selbstverständlichkeit sind, waren Flora, Leonhard, Oscar, Betty und ihr Onkel Hermann. In der Saga können wir miterleben, wie sie ihre kleinen Ladengeschäfte in einen großen Warenhauskonzern verwandelt haben und welche Hindernisse sie dabei überwinden mussten. Die Figuren wurden für mich dabei zu guten Freunden, die ich ein Stück ihres Weges begleiten durfte.

Und dieser Weg geht weiter, denn in Band drei der Saga, »Zeit des Wandels«, dürfen wir Zeugen sein, wie die Geschichte der Familie Tietz zu Beginn des 20. Jahrhunderts im Rheinland und in Berlin weitergeht.

Ich freue mich schon sehr darauf, Flora und Leonhard in Kürze wiederzusehen und den Höhepunkt ihrer spannenden und romantischen Geschichte niederzuschreiben.

Herzlichst
Susanne von Berg alias Andreas Schmidt